普通高等教育"十一五"国家级规划教材

U0141029

计算机绘图

郑阿奇　主编

徐文胜　马　骏　编著

电子工业出版社

Publishing House of Electronics Industry

北京·BEIJING

内 容 简 介

本书内容包括制图基础、机械制图、计算机绘图基础和计算机绘图实践等。第 1 部分为制图基础，由浅入深、由易到难地通过一系列的绘图和读图的练习，重点帮助学生逐步建立起空间图形的概念，由点、线、面到体，建立空间模型的抽象概念。第 2 部分安排了计算机绘图基础，介绍 AutoCAD 2008 的基本内容，学生可以使用教材的实例进行上机实验。第 3 部分介绍计算机绘图实践，训练学生应用计算机实践机械制图的能力。第 4 部分为制图基础手绘练习题，可通过http://www.hxedu.com.cn免费下载。

本书可作为大学本科、高职高专有关课程的教材，也可作为自学教材和有关人员的参考书。

图书在版编目（CIP）数据

计算机绘图/郑阿奇主编. —北京：电子工业出版社，2009.1

普通高等教育"十一五"国家级规划教材

ISBN 978-7-121-07655-8

Ⅰ. 计… Ⅱ. 郑… Ⅲ. 自动绘图—高等学校—教材 Ⅳ. TP391.72

中国版本图书馆 CIP 数据核字（2008）第 168084 号

责任编辑：赵云峰　　特约编辑：张荣琴

印　　刷：北京牛山世兴印刷厂

装　　订：

出版发行：电子工业出版社

　　　　　北京市海淀区万寿路 173 信箱　邮编　100036

开　　本：787×1 092　1/16　印张：20.5　字数：525 千字

印　　次：2009 年 1 月第 1 次印刷

印　　数：4 000 册　　定价：29.80 元

前 言

机械技术图样是信息的载体，现代工业生产中的机器、仪器、设备等从设计、制造到使用、维护和保养都离不开机械图样。设计者通过图样表达设计对象；制造者通过图样了解制造对象的设计和工艺要求；使用者通过图样了解使用对象的结构性能。显然，机械图样是工程技术界表达和交流思想必不可少的技术文件，人们常把图样比喻为"工程界的语言"。

机械制图既有系统的理论性，又有较强的实践性，通过手工绘图来实现实践性虽然是必要的，但却远远不够。在实际使用的过程中，计算机绘图才能解决实践性的问题。目前，市场上适应这种要求的教材很少，本书就是为了适应这种要求而编写的。我们总结长期从事机械制图、计算机绘图教学和工程实践的经验和体会，又吸取由我们编著的在市场上长时间热销的制图基础、AutoCAD 实用教程（共 2 版，近 20 万册）的成功经验，编写、出版本书，这是读者学习这门课程教材的一个新选择。

本书内容包括制图基础、机械制图、计算机绘图基础和计算机绘图实践等。第 1 部分为制图基础，在掌握基本理论和基本概念的基础上，由浅入深、由易到难地通过一系列的绘图和读图的练习，使学生逐步建立起空间图形的概念。重点是帮助学生由点、线、面到体，建立空间模型的抽象概念。计算机绘图是当前机械技术图样实现的主要手段，为了进行计算机绘图，本书第 2 部分安排了计算机绘图基础，介绍 AutoCAD 2008 的基本内容，可以使用教材的实例进行上机实验。第 3 部分介绍计算机绘图实践，训练学生应用计算机实践机械制图的能力。这部分的内容既可以在手绘训练的基础上，又可以在制图基础后直接进行。第 4 部分为制图基础手绘练习题，可免费下载，降低了教材的价格，用户可以根据需要选择。

本书配套教学课件、辅助绘图文件和制图基础手绘练习题，请到华信网 http://www.hxedu.com.cn网站免费下载。

本书由南京师范大学徐文胜、马骏编写，南京师范大学郑阿奇统编和定稿。

由于作者的水平有限，错误之处还请大家批评指正。我们的 E-mail: zaq_book@163.com，我们会在华信网上及时反馈信息。感谢你选择本书！

编者

2008.7

目　　录

第 1 部分　制图基础

第 1 章　制图基本知识 ·· 1

1.1　《机械制图》与《技术制图》国家标准 ·· 1

　　1.1.1　图纸幅面和格式（GB/T 14689—1993） ······································· 1

　　1.1.2　比例（GB/T 14690—1993） ··· 3

　　1.1.3　字体（GB/T 14691—1993） ··· 4

　　1.1.4　图线（GB/T 17450—1998、GB/T 4457.4—2002） ······················ 4

　　1.1.5　尺寸注法（GB/T 4458.4—2003） ··· 5

1.2　绘图工具及仪器的使用 ·· 8

　　1.2.1　图板、丁字尺、三角板 ··· 8

　　1.2.2　圆规和分规 ··· 8

　　1.2.3　曲线板 ·· 8

　　1.2.4　铅笔 ··· 8

1.3　几何作图 ·· 8

　　1.3.1　斜度和锥度 ··· 8

　　1.3.2　圆弧连接 ·· 9

1.4　平面图形的分析 ·· 9

　　1.4.1　平面图形的尺寸分析 ·· 9

　　1.4.2　平面图形的线段分析 ·· 9

　　1.4.3　平面图形的画图步骤 ·· 10

第 2 章　立体的投影 ··· 12

2.1　投影法的基本知识 ··· 12

　　2.1.1　投影法的基本概念 ·· 12

　　2.1.2　投影的基本性质 ··· 13

2.2　物体的三视图 ··· 14

　　2.2.1　三视图的形成 ·· 14

　　2.2.2　三视图的投影特性 ·· 16

　　2.2.3　三视图的画法与步骤 ··· 16

2.3　立体的投影分析 ·· 17

　　2.3.1　点的投影 ·· 17

　　2.3.2　直线的投影 ··· 18

　　2.3.3　平面的投影 ··· 21

2.4　基本几何体的投影与投影特性 ·· 23

2.5　基本几何体表面交线的投影 ·· 25

　　2.5.1　在立体表面上取点、取线 ·· 25

2.5.2　平面与立体表面的交线 ·························· 27

2.5.3　两曲面立体表面的交线 ·························· 32

第3章　换面法 ·························· 36

3.1　概述 ·························· 36

3.2　换面法的基本作图方法 ·························· 37

　　3.2.1　点的一次变换 ·························· 37

　　3.2.2　点的二次变换 ·························· 37

3.3　换面法的应用实例 ·························· 38

第4章　组合体 ·························· 41

4.1　组合体及其形体分析法 ·························· 41

　　4.1.1　组合体的组合形式 ·························· 41

　　4.1.2　相邻两表面的连接关系 ·························· 42

4.2　画组合体视图 ·························· 43

4.3　组合体的尺寸标注 ·························· 44

4.4　看组合体视图 ·························· 47

　　4.4.1　看图的基本要领 ·························· 48

　　4.4.2　看图的基本方法 ·························· 48

第5章　轴测图 ·························· 52

5.1　轴测图的基本知识 ·························· 52

　　5.1.1　轴测投影的形成 ·························· 52

　　5.1.2　轴间角和轴向伸缩系数 ·························· 53

　　5.1.3　轴测投影的分类 ·························· 53

5.2　正等轴测图 ·························· 53

　　5.2.1　正等轴测图的轴间角和各轴向的简化伸缩系数 ·························· 53

　　5.2.2　正等轴测图的画法 ·························· 54

5.3　斜二等轴测图 ·························· 59

　　5.3.1　斜二等轴测图的轴间角和轴向伸缩系数 ·························· 59

　　5.3.2　斜二等轴测图的画法 ·························· 59

第6章　机件常用的表达方法 ·························· 60

6.1　视图 ·························· 60

　　6.1.1　基本视图 ·························· 60

　　6.1.2　向视图 ·························· 60

　　6.1.3　局部视图 ·························· 61

　　6.1.4　斜视图 ·························· 61

6.2　剖视 ·························· 62

　　6.2.1　剖视的概念 ·························· 62

　　6.2.2　剖视图的种类 ·························· 64

　　6.2.3　剖切面的种类 ·························· 66

6.3　断面图 ·························· 69

　　6.3.1　断面图的概念 ·························· 69

　　　6.3.2　断面图的种类 ·· 69
　　　6.3.3　断面图的标注 ·· 70
　6.4　其他表达方法 ··· 72
　　　6.4.1　局部放大图 ·· 72
　　　6.4.2　简化表示法 ·· 72
　6.5　综合应用举例 ··· 75
　6.6　第三角画法简介 ·· 76
第7章　标准件和常用件 ··· 78
　7.1　螺纹及螺纹紧固件 ·· 78
　　　7.1.1　螺纹 ·· 78
　　　7.1.2　常用螺纹紧固件及其连接的规定画法和标注 ··························· 84
　7.2　键连接和销连接 ·· 88
　　　7.2.1　键连接 ··· 88
　　　7.2.2　销连接 ··· 90
　7.3　齿轮 ··· 91
　　　7.3.1　标准直齿圆柱齿轮的几何参数、代号和尺寸计算 ······················ 91
　　　7.3.2　标准直齿圆柱齿轮的规定画法 ··································· 93
　7.4　弹簧与滚动轴承 ·· 95
　　　7.4.1　弹簧 ·· 95
　　　7.4.2　滚动轴承的表示法（GB/T 4459.7—1998） ······························ 97
第8章　零件图 ··· 100
　8.1　零件图概述 ··· 100
　　　8.1.1　零件图的作用 ·· 100
　　　8.1.2　零件图的内容 ·· 100
　8.2　零件的视图表达分析 ·· 100
　　　8.2.1　视图选择的一般原则 ··· 100
　　　8.2.2　典型零件的视图表达分析 ··· 101
　8.3　零件图的尺寸标注 ·· 103
　　　8.3.1　尺寸基准的选择 ··· 103
　　　8.3.2　零件图上标注尺寸的一般原则 ··· 105
　8.4　零件图上的技术要求 ·· 107
　　　8.4.1　表面粗糙度 ··· 107
　　　8.4.2　极限与配合 ··· 110
　　　8.4.3　形状与位置公差 ··· 115
　8.5　零件结构的工艺性简介 ·· 116
　8.6　看零件图 ··· 117
第9章　装配图 ··· 119
　9.1　概述 ··· 119
　　　9.1.1　装配图的作用 ·· 119
　　　9.1.2　装配图的基本内容 ··· 119

9.2 装配图上常用的表达方法 ································· 119

    9.2.1 装配图上的规定画法 ······························· 120

    9.2.2 装配图上的特殊表达方法 ·························· 121

9.3 装配图的尺寸标注与技术要求 ···························· 122

    9.3.1 尺寸标注 ·· 122

    9.3.2 技术要求 ·· 123

9.4 装配图中零、部件序号，明细栏与标题栏 ················ 123

    9.4.1 零、部件序号（GB/T 4458.2—2003） ·············· 123

    9.4.2 明细栏（GB/T 10609.2—1989） ··················· 124

    9.4.3 标题栏（GB/T 10609.1—1989） ··················· 124

9.5 装配图的画法 ··· 125

    9.5.1 阅读部件装配示意图、分析部件工作原理及其装配关系 ···· 125

    9.5.2 机器（部件）视图表达方案的选择 ················· 125

    9.5.3 画部件装配图的步骤 ····························· 126

9.6 装配结构工艺性简介 ····································· 126

9.7 看装配图及由装配图拆画零件图 ························· 127

    9.7.1 看装配图的方法与步骤 ··························· 127

    9.7.2 看装配图示例 ···································· 128

    9.7.3 由装配图拆画零件图 ····························· 128

第 2 部分　计算机绘图基础

第 10 章　计算机绘图基础 ······································ 130

10.1 AutoCAD 简介 ·· 130

10.2 AutoCAD 基础 ·· 130

    10.2.1 绘图界面 ·· 130

    10.2.2 命令输入方式 ···································· 132

    10.2.3 透明命令 ·· 133

    10.2.4 命令的重复、撤销、重做 ························ 133

    10.2.5 绘图环境设置 ···································· 134

    10.2.6 草图基本设置 ···································· 137

    10.2.7 坐标输入 ·· 139

10.3 显示缩放命令 ··· 140

10.4 对象选择方式 ··· 141

10.5 绘图命令 ··· 142

    10.5.1 直线命令 Line ···································· 142

    10.5.2 圆弧命令 Arc ····································· 144

    10.5.3 圆命令 Circle ···································· 145

    10.5.4 矩形命令 Rectangle ······························ 146

    10.5.5 多段线命令 Pline ································· 147

    10.5.6 正多边形命令 Polygon ···························· 149

10.5.7 椭圆命令 Ellipse ··· 151

10.5.8 点命令 Point ··· 152

10.5.9 画样条曲线 Spline ·· 154

10.6 修改命令 ·· 154

10.6.1 删除 Erase ·· 154

10.6.2 恢复 OOPS ·· 155

10.6.3 复制 Copy ·· 155

10.6.4 镜像 Mirror ··· 156

10.6.5 阵列 Array ·· 156

10.6.6 偏移 Offset ··· 159

10.6.7 移动 Move ·· 160

10.6.8 旋转 Rotate ··· 160

10.6.9 比例缩放 Scale ·· 161

10.6.10 拉伸 Stretch ·· 162

10.6.11 修剪 Trim ·· 163

10.6.12 延伸 Extend ·· 165

10.6.13 打断 Break ··· 167

10.6.14 倒角 Chamfer ··· 167

10.6.15 圆角 Fillet ··· 170

10.6.16 分解 Explode ··· 172

10.6.17 合并 Join ·· 173

10.6.18 多段线编辑 Pedit ·· 174

10.6.19 特性 Properties ··· 176

10.6.20 特性匹配 Matchprop ··· 177

10.6.21 更改为随层 setbylayer ·· 178

10.6.22 使用夹点编辑 ·· 178

10.7 文本命令 ·· 179

10.7.1 文字样式设置 Style ··· 179

10.7.2 单行文字输入 Text 或 Dtext ····································· 181

10.7.3 多行文字输入 Mtext ·· 181

10.7.4 其他文本操作命令 ··· 182

10.8 块操作 ·· 182

10.8.1 创建块 ··· 182

10.8.2 块插入 ··· 184

10.9 图案填充命令 ·· 185

10.9.1 绘制填充图案 ··· 185

10.9.2 编辑修改填充图案 ··· 187

10.10 尺寸标注 ··· 188

10.10.1 AutoCAD 中尺寸标注的基本规则 ································· 188

10.10.2 尺寸样式设置 ·· 188

10.10.3 尺寸标注命令 ··· 191

第 3 部分 计算机绘图实践

第 11 章 绘图实践 1：基础知识练习 ································· 199
11.1 绘制图框及标题栏 ··· 199
11.2 平面图形练习——五角星 ··· 202
11.3 平面图形练习——线段分析 ······································ 204
11.4 平面图形练习——扳手 ··· 209
11.5 基础知识练习 ··· 216

第 12 章 绘图实践 2：绘制点的投影 ································· 218
12.1 求点的第三个投影 ··· 218
12.2 表面取点 ··· 218
12.3 圆柱上的截交线的绘制 ··· 220
12.4 圆锥上的截交线的绘制 ··· 223
12.5 柱柱正交相贯线的绘制 ··· 227
12.6 点的投影练习 ··· 228

第 13 章 绘图实践 3：换面法练习 ··································· 233
13.1 换面法绘制实例 ··· 233
13.2 换面法练习 ··· 243

第 14 章 绘图实践 4：组合体练习 ··································· 245
14.1 组合体练习 ··· 245
14.2 组合体练习图 ··· 250

第 15 章 绘图实践 5：轴测图绘制练习 ····························· 254
15.1 正等轴测图 ··· 254
15.2 斜二等轴测图 ··· 259
15.3 轴测图练习 ··· 262

第 16 章 绘图实践 6：剖视图绘制练习 ····························· 264
16.1 绘制全剖视图 ··· 264
16.2 绘制半剖视图 ··· 265
16.3 表达方法练习 ··· 270

第 17 章 绘图实践 7：零件图绘制练习 ····························· 276
17.1 零件图示例 ··· 276
17.2 零件图练习 ··· 280

第 4 部分 制图基础手绘练习题

附录 A 极限与配合 ··· 282
附录 B 螺纹 ··· 289
附录 C 螺栓 ··· 291
附录 D 双头螺柱 ··· 292
附录 E 螺钉 ··· 294

附录 F　螺母 ……………………………………………………………………………… 298

附录 G　垫圈 ……………………………………………………………………………… 301

附录 H　键 ………………………………………………………………………………… 304

附录 I　销 ………………………………………………………………………………… 305

附录 J　紧固件通孔及沉孔尺寸 ………………………………………………………… 307

附录 K　滚动轴承 ………………………………………………………………………… 308

附录 L　常用材料及热处理名词解释 …………………………………………………… 311

第 1 部分　制 图 基 础

第 1 章　制图基本知识

本章主要介绍国家标准《技术制图》和《机械制图》中有关图幅、图线、字体等内容，并以平面几何为基础，介绍绘制机械图样时常用的几何作图方法，为绘图方法和格式提供基础知识。

1.1　《机械制图》与《技术制图》国家标准

机械图样是表达和交流技术思想的工具，是"工程技术界的语言"。为了便于生产、管理和交流，必须对图样的画法、尺寸标注方法等做出统一的规定。《机械制图》国家标准是我国颁布的一项重要的技术标准，是在遵守《技术制图》标准中基本规定的前提下，做出的必要的技术性的具体补充。

我国的国家标准（简称国标）的代号是"GB"，如 GB/T 14689—1993，其中 GB/T 表示推荐国标，14689 是编号，1993 是发布年号。

1993 年以来，在《技术制图》与《机械制图》国家标准中，分别对图纸的幅面及格式，比例、字体、图线、尺寸标注方法等做出了一系列新的规定或对老标准进行了替代。

1.1.1　图纸幅面和格式（GB/T 14689—1993）

1. 图纸幅面尺寸

为了便于图样的绘制、使用和管理，绘制图样时，应优先采用表 1-1 中规定的基本幅面，必要时可按国标规定加长幅面，加长幅面的尺寸由基本幅面的短边成整数倍增加后得到。

表 1-1　基本图纸幅面及边框尺寸

幅 面 代 号	A0	A1	A2	A3	A4
$B \times L$	841×1189	594×841	420×594	297×420	210×297
a 装订边距	25				
c 其余边距	10			5	
e 不装订边距	20			10	

2. 图框格式

在图纸上需用粗实线画出图框，其格式分为留装订边（图 1-1）和不留装订边（图 1-2）两种，但同一产品的图样应采用相同的格式。加长幅面的图框尺寸，按所选用的基本幅面大一号的图框尺寸确定。

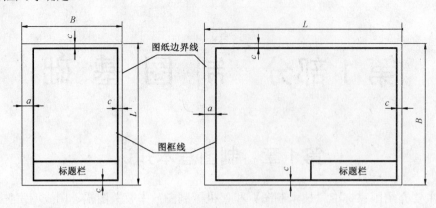

图 1-1　留装订边的图框格式

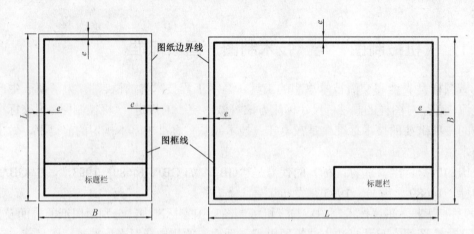

图 1-2　不留装订边的图框格式

3. 标题栏的方位与格式

每张图纸上都必须画出标题栏，它的基本要求、内容、尺寸等应遵守 GB/T 10609—1989《技术制图标题栏》的规定，其格式如图 1-3 所示。为了学习方便，在学校的制图作业中，建议采用如图 1-4 所示的格式。

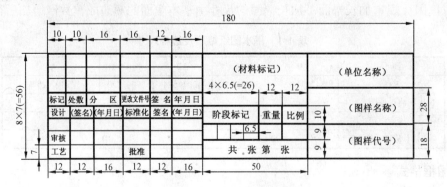

图 1-3　标题栏的格式

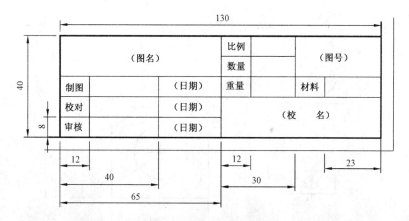

图1-4 学生作业用标题栏

根据视图的布置需要,图纸可以横放(长边位于水平方向)或竖放(短边位于水平方向),标题栏应位于图框右下角,如图1-1、图1-2所示,这时看图与看标题栏的方向一致。对于预先印制的图纸,允许将图纸逆时针旋转90°,标题栏位于图框右上角,如图1-5所示。此时,为了明确绘图与看图方向,应在图纸的下边对中符号处画一个方向符号,方向符号是用细实线绘制的等边三角形。

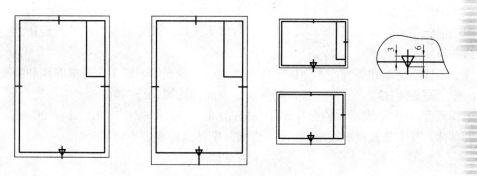

图1-5 对中符号和方向符号的大小与位置

1.1.2 比例(GB/T 14690—1993)

图中图形与其实物相应要素的线性尺寸之比称为比例。比值为1的比例称为原值比例,比值大于1的比例称为放大比例,比值小于1的比例称为缩小比例。

当设计需要按比例绘制图形时,应先从表 1-2 中选用优先比例,必要时也可选用允许比例。

表1-2 规定的比例

种　　类	优先选用比例	允许选用比例
与实物相同	1:1	
缩小的比例	1:2　1:5　$1:2×10^n$…	1:1.5　1:2.5　1:3　1:4　1:6　$1:1.5×10^n$…
放大的比例	5:1　2:1　$5×10^n:1$…	4:1　2.5:1　$4×10^n:1$　$2.5×10^n:1$ …

如图1-6所示为同一机件采用不同比例所绘制的图形。

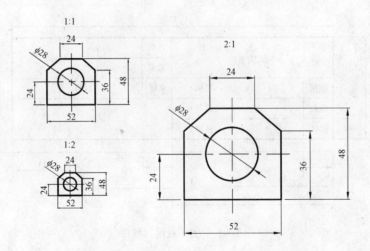

图 1-6 采用不同比例绘制的图形

绘制同一机件的各个图形原则上采用相同的比例，并在标题栏的"比例"一栏中进行填写。当某个图形需要采用不同的比例时，必须按规定另行标注。

1.1.3 字体（GB/T 14691—1993）

图样中除图形外，还需用汉字、字母、数字等来标注尺寸和说明机件在设计、制造、装配时的各项要求。

为了图样的清晰和美观，不致因字体不规范而造成误解，给生产带来麻烦和损失，图样中的字体书写必须做到：字体工整、笔画清楚、间隔均匀、排列整齐。

字体高度（用 h 表示）的公称尺寸系列：1.8、2.5、3.5、5.7、10、14、20mm。如需书写更大字体，其字体高度应按 $\sqrt{2}$ 的比率递增，字体高度代表字体的号数。

1. 汉字

图样上的汉字应写成长仿宋体，并应采用中华人民共和国国务院正式公布推广的《汉字简化方案》中规定的简化汉字，汉字高度 h 应不小于 3.5mm，其字宽一般为 $h/\sqrt{2}$。长仿宋体汉字的书写要领是：横平竖直，注意起落，结构均匀，填满方格。

2. 字母和数字

字母和数字分 A 型和 B 型。A 型字体的笔画宽度（d）为字高（h）的 1/14，B 型字体的笔画宽度（d）为字高（h）的 1/10。在同一图样上，只允许选用同一种形式的字体。

字母和数字可写成直体或斜体。斜体字头向右倾斜，与水平基准线成 75°。图样中常用的字母有拉丁字母和希腊字母两种，每种字母可分为大写和小写两种。

1.1.4 图线（GB/T 17450—1998、GB/T 4457.4—2002）

国家标准规定了图线的名称、形式、结构、标记及画法规则。它适用于各种技术图样，如机械、电气、建筑和土木工程图样等。GB/T 17450—1998 及 GB/T 4457.4—2002 规定，在机械图样中采用粗、细两种线宽，粗线的宽度 d 应按图的大小和复杂程度，在 0.5、0.7、1、

1.4、2mm 五个数值中选用，细线的宽度为粗线宽度 d 的 1/2。线型的规定见表 1-3。为了保证图样清晰、易读和便于微缩复制，应尽量避免在图样中出现宽度小于 0.18mm 的图线。

表 1-3　线型的规定

名 称 代 号	形　　式	宽　　度	主　要　用　途
粗实线		d（0.5～2mm）	可见轮廓线
细实线		约 $d/2$	尺寸线、尺寸界线、剖面线、引出线
细虚线		约 $d/2$	不可见轮廓线
细点画线		约 $d/2$	轴线、对称或心线
粗点画线		d	限定范围表示线
细双点画线		约 $d/2$	相邻辅助零件的轮廓线、可动零件的极限位置的轮廓线、中断线等
双折线		约 $d/2$	断裂处的边界线
波浪线		约 $d/2$	断裂处的边界线、视图和局部剖视的分界线

如图 1-7 所示为各种形式图线的应用示例。

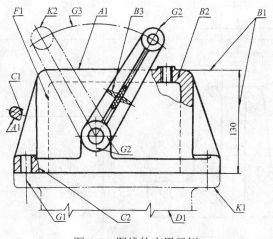

图 1-7　图线的应用示例

在同一图样中，同类图线的宽度应基本保持一致；虚线、细点画线、双点画线的线段长度和间隔也应各自大致相等。

1.1.5　尺寸注法（GB/T 4458.4—2003）

图形只能表达机件的结构形状，而机件的大小则由所标注的尺寸来确定，它是制造机件的依据。图样中标注的尺寸应该做到正确、清晰、完整，要严格遵守国标中尺寸注法的有关规定。

1. 基本规则

国标中的基本规则主要有以下几条。
（1）机件的真实大小应以图样中所注的尺寸数值为准，与图形大小及绘图的准确度无关。

（2）图样中凡以 mm 为计量单位的尺寸，不必标出其尺寸单位的代号或名称，若采用其他计量单位，则必须注明其相应的计量单位代号或名称。

（3）图样中所标注的尺寸，为该图样所示机件的最后完工尺寸，否则应另加说明。

（4）机件的每一尺寸在图样中一般只标注一次，并应标注在反映该结构最清晰的图形上。

2. 尺寸的组成及注法

尺寸的组成及注法如表 1-4 所示。

表 1-4　尺寸的组成及注法

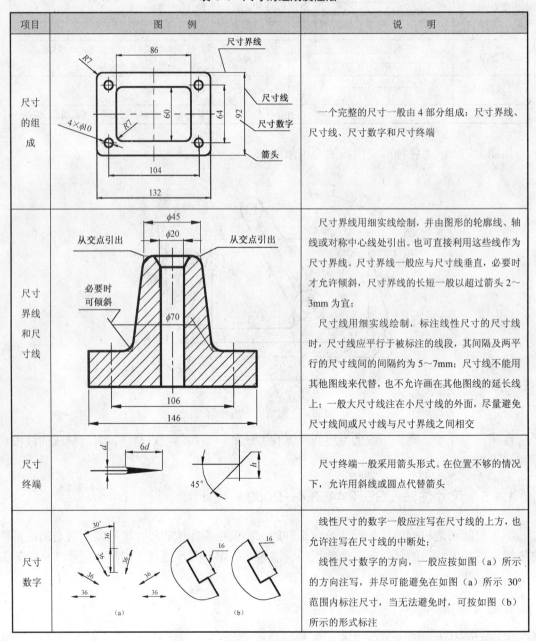

项目	图　例	说　明
尺寸的组成		一个完整的尺寸一般由 4 部分组成：尺寸界线、尺寸线、尺寸数字和尺寸终端
尺寸界线和尺寸线		尺寸界线用细实线绘制，并由图形的轮廓线、轴线或对称中心线处引出。也可直接利用这些线作为尺寸界线。尺寸界线一般应与尺寸线垂直，必要时才允许倾斜，尺寸界线的长短一般以超过箭头 2～3mm 为宜； 尺寸线用细实线绘制，标注线性尺寸的尺寸线时，尺寸线应平行于被标注的线段，其间隔及两平行的尺寸线间的间隔约为 5～7mm；尺寸线不能用其他图线来代替，也不允许画在其他图线的延长线上；一般大尺寸线注在小尺寸线的外面，尽量避免尺寸线间或尺寸线与尺寸界线之间相交
尺寸终端		尺寸终端一般采用箭头形式。在位置不够的情况下，允许用斜线或圆点代替箭头
尺寸数字		线性尺寸的数字一般应注写在尺寸线的上方，也允许注写在尺寸线的中断处； 线性尺寸数字的方向，一般应按如图（a）所示的方向注写，并尽可能避免在如图（a）所示 30° 范围内标注尺寸，当无法避免时，可按如图（b）所示的形式标注

项目	图　例	说　明
尺寸数字	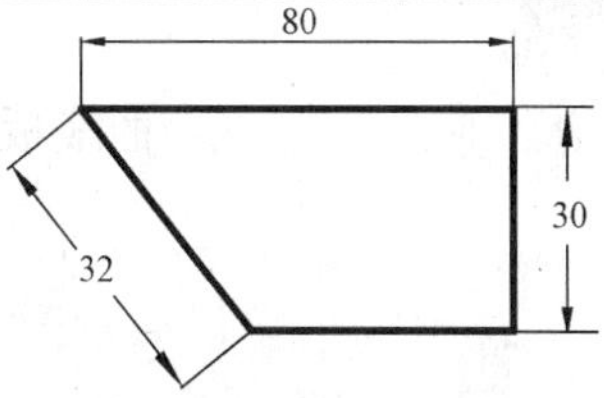	对于非水平方向的尺寸，其数字也可水平地填写在尺寸线的中断处。在同一图样中，尽可能地采用同一种注写方式
	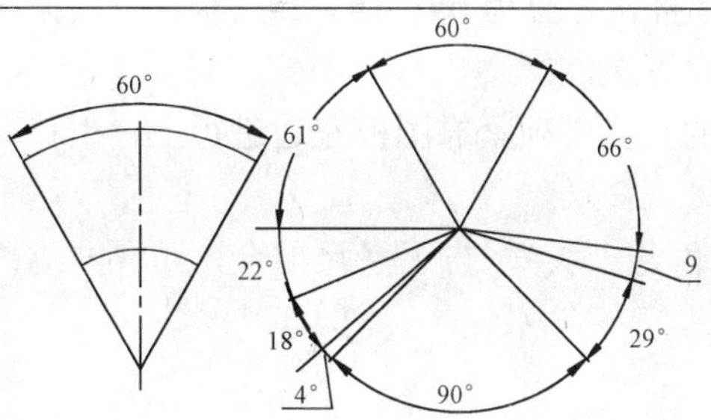	标注角度的尺寸界线应沿径向引出，尺寸线画成圆弧，其圆心为该角的顶点，其半径取适当大小；角度尺寸数字一律写成水平方向，一般注在尺寸线的中断处，也可注在尺寸线的上方或引出标注
圆的尺寸注法	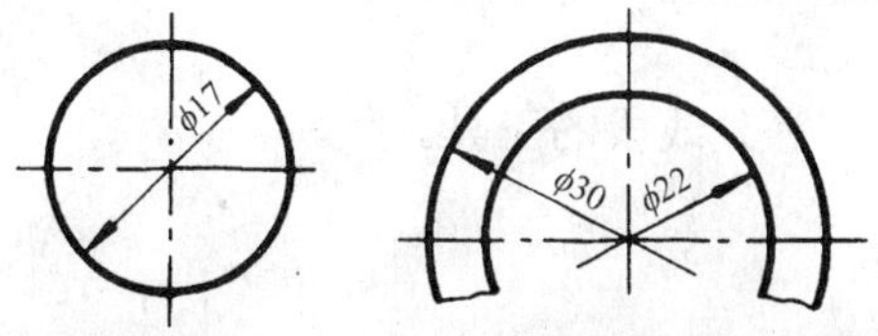	标注整圆或大于半圆的圆弧直径尺寸时，以圆周为尺寸界线，尺寸线通过圆心，并在尺寸数字前加注直径符号"φ"。圆弧直径尺寸线应画至略超过圆心。只在尺寸线一端画箭头指向圆弧
圆弧的尺寸注法	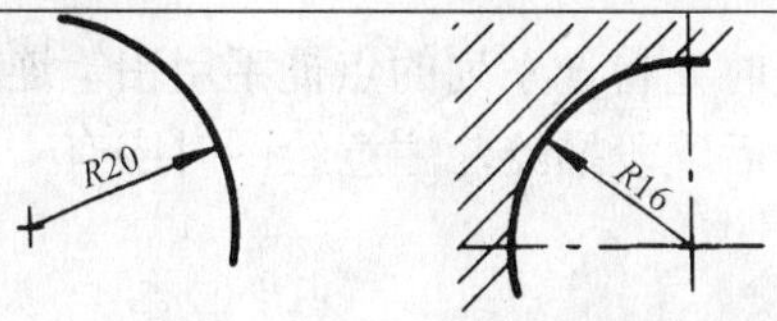	标注小于或等于半圆的圆弧半径尺寸时，尺寸线应从圆心出发向圆弧，只画一个箭头，并在尺寸数字前加注半径符号"R"
	 （a）　　　　（b）	当圆弧的半径过大或在图纸范围内无法标出圆心位置时，可按图（a）的折线形式标注。当不需标出圆心位置时，则尺寸线只画靠近箭头的一段，如图（b）所示
球面尺寸的注法	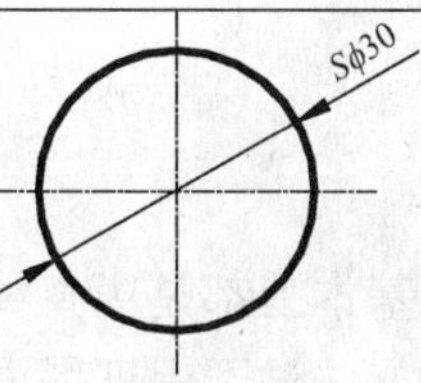	标注球面直径或半径时，应在尺寸数字前加注符号"Sφ"或"SR"
小尺寸的注法	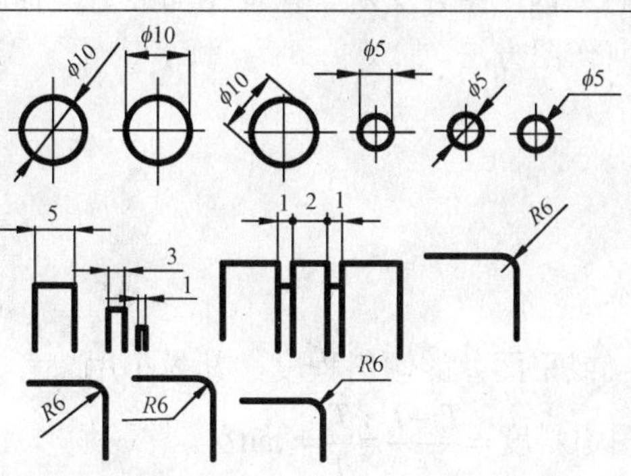	没有足够的地方画箭头或注写尺寸数字的小尺寸时，可按如图所示形式进行标注

1.2　绘图工具及仪器的使用

常用的绘图工具和仪器有图板、丁字尺、三角板、圆规、分规、曲线板、铅笔和橡皮等。

1.2.1　图板、丁字尺、三角板

图板是用来固定图纸的，要求表面平坦光滑，分为 0#、1#、2#三种，可根据图幅大小来选择图板。图纸一般应贴在绘图最方便的位置上。

丁字尺用来画水平线，画线时丁字尺的尺头必须紧靠图板左边进行上、下移动，沿尺子自左至右画线。

三角板（45°-90° 和 30°-60°-90° 角各一块），与丁字尺配合，可画垂直线、45°、30°、60°、15°、75°等斜线。

1.2.2　圆规和分规

圆规用来画圆或圆弧，分规是用来量取和等分线段的工具。

1.2.3　曲线板

曲线板是用来描绘非圆曲线的工具。绘图时先将一系列的点徒手用铅笔连起来，然后选择曲线板上合适的部分与徒手连接的曲线贴合后逐段描绘，注意绘图时应有一段与前一段重合，以保证曲线光滑过渡。

1.2.4　铅笔

绘图铅笔笔杆上的"H"、"HB"、"B"等表示铅芯的软硬程度，其中 2H、H 为硬铅芯，用来画底稿；HB 为软硬适中，用来画细线；B、2B 表示软铅芯，用来画粗线。铅笔一般削成锥形，也有削成扁平的。

1.3　几何作图

机件的形状多种多样，但在图样中，机件的轮廓基本上都是由直线、圆弧和其他一些曲线组合成的几何图形。熟练掌握几何图形的基本作图方法对于保证图面质量，提高绘图速度是十分重要的。下面介绍几种最基本的几何作图方法。

1.3.1　斜度和锥度

1. 斜度

斜度是一直线（或平面）对另一直线（或平面）的倾斜程度，其大小用二者之间的夹角正切值表示。斜度的画法如图 1-8 所示。图中斜度 $= \dfrac{T-t}{l} = \dfrac{T}{L} = \tan\alpha$。

2. 锥度

锥度是指圆锥底的直径与高度之比。锥度及锥度符号的画法如图 1-9 所示。图中锥度$=\dfrac{D}{L}=\dfrac{(D-d)}{l}=2\tan\dfrac{\alpha}{2}$。

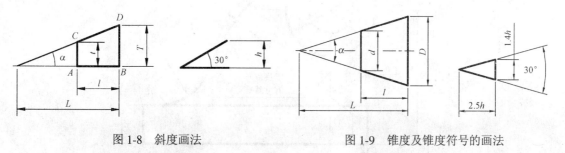

图 1-8　斜度画法　　　　　　　图 1-9　锥度及锥度符号的画法

1.3.2　圆弧连接

绘制机件图样时，经常遇到用一已知半径的圆弧光滑地连接两已知线段，称为圆弧连接。这段已知半径的圆弧称为连接弧。为保证连接光滑，必须准确地找出连接弧的圆心和连接点（切点）的位置。

1.4　平面图形的分析

平面图形是由若干线段连接而成的，画平面图形必须通过对图形和尺寸的分析后才能确定画法。

1.4.1　平面图形的尺寸分析

尺寸是确定平面图形形状和大小的必要因素，按其作用分为定形尺寸和定位尺寸。

1. 定位尺寸

确定图形各部分相对位置的尺寸。标注定位尺寸的起点称为尺寸基准，平面图形有水平和垂直两个方向的基准。标注定位尺寸时，必须与尺寸基准相关联。平面图形常用的基准有：对称平面的对称线、圆的中心线、回转体的轴线、主要轮廓线等。如图 1-10 所示的平面图形以底面轮廓及圆$\phi12$的一对互相垂直的中心线作为其水平和垂直方向的尺寸基准。尺寸35、50、6 为定位尺寸。

2. 定形尺寸

确定各部分形状的尺寸。如图 1-10 所示的尺寸除上述的定位尺寸外，其余的尺寸均属定形尺寸。

1.4.2　平面图形的线段分析

按平面图形中线段（包括圆弧和直线）所给尺寸的完整程度，分为已知线段、中间线段和连接线段。现以图 1-10 为例进行分析。

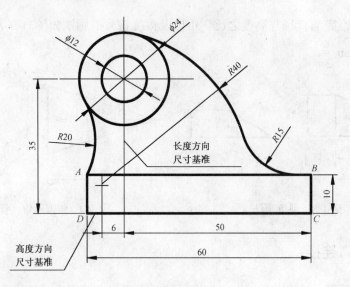

图 1-10　平面图形分析

（1）已知线段，指有足够的定形和定位尺寸的圆弧或直线。如图 1-10 所示的圆 $\phi12$、$\phi24$ 及矩形 ABCD 均属已知线段。

（2）中间线段，指有定形尺寸和一个方向的定位尺寸，而另一个方向上的定位尺寸须通过几何关系计算出来的线段。如图 1-10 所示的圆弧 R40 确定其圆心位置的一个定位尺寸 6 已给出，但另一个定位则要借助于它与圆 $\phi24$ 相内切的关系才能求出，故圆弧 R40 为中间线段。

（3）连接线段，指只有定形尺寸，而两个方向的定位尺寸均须通过计算才能确定的线段。如图 1-10 所示的圆弧 R15，仅给出了半径大小，而没有给出圆心的定位尺寸，画图时，其圆心位置需根据它左端与圆弧 R40 相切，右端与直线 AB 相切的关系才能求出，故圆弧 R15 为连接线段。同理 R20 也为连接线段。

1.4.3　平面图形的画图步骤

通过对平面图形的尺寸分析和线段分析，可以得出以下的结论：绘制平面图形时，首先画出基准线，随后画各已知线段，再依次画各中间线段，最后画各连接线段。

下面以如图 1-10 所示的平面图形为例，讲述画图的方法与步骤。

1. 准备工作

画图前要做好以下准备工作。

（1）备齐绘图工具与仪器，擦干净丁字尺与三角板，削好铅笔。

（2）定比例、图幅并贴好图纸。

（3）分析图纸的尺寸与线段。

2. 画底稿

画底稿一般用 2H 铅笔，轻轻地绘制，其具体步骤如下。

（1）画图框、标题栏。

（2）布置图形位置，尽量居中。

（3）画图时先画基准线，再画已知线段、中间线段，最后画连接线段。

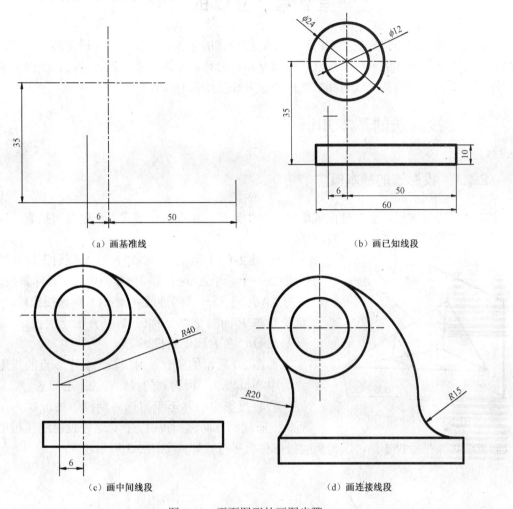

图 1-11　平面图形的画图步骤

3. 检查

检查无误后，擦去多余线条和辅助线后按线型要求加深。加深时，一般先加深细线后加深粗线，以保证图面整洁；先加深圆弧后加深直线，以保证连接光滑。

4. 标注尺寸

尺寸标注要在图形分析的基础上进行，首先选好尺寸基准，然后标注定形和定位尺寸。

尺寸标注要求做到正确、完整、清晰。

正确：按国家标准规定标注尺寸。

完整：尺寸要齐全，不重复，不遗漏。

清晰：尺寸应标注在反映结构形状最明显的图形上。

第2章 立体的投影

机械图样是用正投影法绘制的。本章介绍投影的基本概念和性质、视图的形成和有关规律；常见基本几何体的形成及画法，组成基本几何体的基本元素（点、直线、平面）的投影规律，基本几何体的截交线与相贯线的画法及相应的尺寸标注。

2.1 投影法的基本知识

2.1.1 投影法的基本概念

物体受光线照射，会在地面或墙壁上产生影子，根据这一事实，经过几何抽象，人们创造了绘制工程图样的方法——投影法。

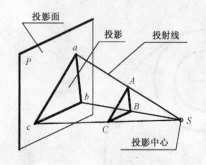

图 2-1 中心投影法

如图 2-1 所示，△ABC 在光源 S 照射下，在平面 P 上形成一个影子△abc。S 叫做投影中心，P 称做投影面，S 与△ABC 上任一点的连线（如 SA）称做投影线，SA 的延长线与 P 面的交点 a 称做 A 在 P 面上的投影。△abc 就是△ABC 在 P 面上的投影。

如图 2-1 所示的所有投射线都汇交于一点的投影方法称为中心投影法，所得到的投影称为中心投影。

若将投影中心移至无穷远，则投影线可视为互相平行，投影线的方向称为投射方向。这种投射线互相平行的投影方法称为平行投影法，所得到的投影称为平行投影，如图 2-2 所示。

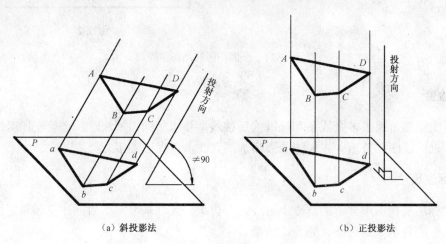

（a）斜投影法   （b）正投影法

图 2-2 平行投影法

按投射方向与投影面是否垂直，平行投影法分为正投影法和斜投影法两种，投射线倾斜于投影面时称为斜投影法，如图 2-2（a）所示；投射线垂直于投影面时称为正投影法，如

图 2-2（b）所示。由于正投影法能真实表达物体的形状和大小，且作图方便，因此在工程中得到广泛的应用。机械图样就是采用正投影法绘制的。用正投影法所得到的图形称为正投影（正投影图）。本书后面通常把正投影称为投影。

2.1.2　投影的基本性质

作物体的正投影，实际上只要做出该物体所有轮廓线的正投影，或做出该物体各表面的正投影。可见，掌握直线和平面的正投影性质对于绘制和识读物体的正投影很重要。

表 2-1 列出了正投影的主要性质、图例及说明。

表 2-1　正投影性质

正投影特性	图　例	说　明
真实性	（a）　（b）	（1）直线 *AB* 平行于 *H* 面，则其在 *H* 面上的投影 *ab* 反映实长； （2）平面三角形 *ABC* 平行于 *H* 面，则其在 *H* 面上的投影三角形 *abc* 反映实形
积聚性	（a）　（b）	（1）直线 *AB* 垂直于 *H* 面，则其在 *H* 面投影 *ab* 积聚为一点；直线上点 *K* 在 *H* 面投影也积聚在该点上； （2）平面三角形 *ABC* 垂直于 *H* 面，则其在 *H* 面上投影 *abc* 积聚成一条直线；平面上的直线 *MN* 的 *H* 面投影也积聚在该直线上
类似性	（a）　（b）	（1）直线 *AB* 倾斜于面，其在 *H* 面上的投影 *ab* 长度缩短； （2）平面 *ABCDEF* 倾斜于 *H* 面，其在 *H* 面上的投影 *abcdef* 变为缩小的类似形
从属性	（a）　（b）	（1）点 *K* 在直线 *AB* 上，则点 *K* 在 *H* 面的投影 *k* 必在直线的 *H* 面投影 *ab* 上； （2）直线 *MN* 在平面三角形 *ABC* 上，则直线 *MN* 在 *H* 面上的投影 *mn* 必在三角形 *ABC* 的 *H* 面投影三角形 *abc* 上；若点 *D* 在直线 *MN* 上，则点 *D* 在 *H* 面的投影 *d* 必在三角形 *ABC* 的 *H* 面投影三角形 *abc* 上

正投影特性	图 例	说 明
平行线	（a）　　　　（b）	（1）直线 *AB*//*CD*，则它们的 *H* 面投影也互相平行，即 *ab*//*cd*； （2）平面三角形 *ABC*//平面三角形 *DEF*，且均垂直于 *H* 面，则它们的 *H* 面投影为具有积聚性的两平行直线
定比性		直线 *AB* 上的一点 *K* 将直线分成 *AK*:*KB*=*M*:*N*，则点 *K* 的投影 *k* 将直线的投影 *ab* 也分成 *ak*:*kb*=*M*:*N*

2.2 物体的三视图

2.2.1 三视图的形成

物体的单面投影往往不能准确地表达物体的形状，如图 2-3 所示的两个形状不同的物体，但在同一个投影面上的投影却是相同的。为此，经常将物体放在三投影面体系中，做出物体的三面投影，以表达物体的形状。

1. 三投影面体系的建立

三投影面体系是由三个互相垂直的投影面构成的，如图 2-4 所示。其中一个处于正立位置的投影面称为正立投影面，简称 *V* 面；一个处于水平位置的投影面称为水平投影面，简称 *H* 面；一个处于侧立位置的投影面称为侧立投影面，简称 *W* 面。投影面之间的交线称为投影轴，它们分别为 *OX*、*OY*、*OZ*。三投影轴的交点称为原点，用 *O* 表示。*V*、*H*、*W* 面构成三投影面体系。

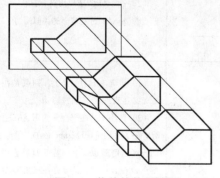

图 2-3　物体的单面投影

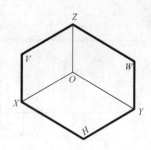

图 2-4　三投影面体系

2. 三视图的形成

将物体置于三投影面体系中，用正投影法将物体分别向 V、H、W 面进行投射，如图 2-5（a）所示，即得该物体的三个投影：正面投影、水平投影、侧面投影。投影中物体的可见轮廓用粗实线表示，不可见轮廓用虚线表示。在国家标准《机械制图》中规定这三个投影分别称为主视图、俯视图、左视图，它与人们正视、俯视、左视物体时所见到的形象相当。

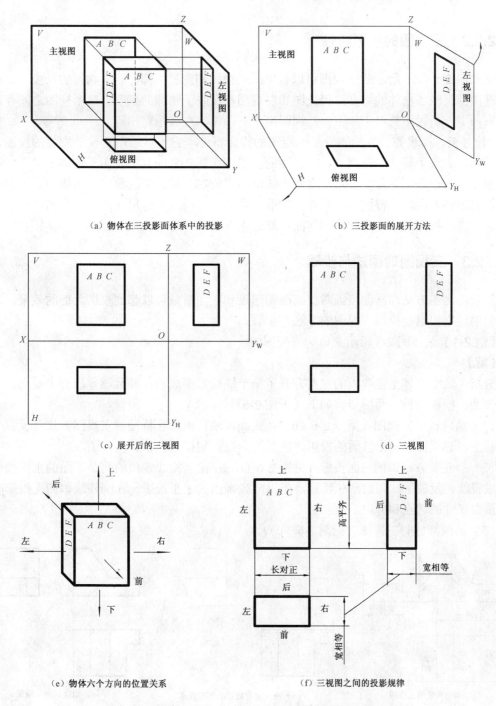

（a）物体在三投影面体系中的投影　　　　　　　（b）三投影面的展开方法

（c）展开后的三视图　　　　　　　　　　　　　（d）三视图

（e）物体六个方向的位置关系　　　　　　　　　（f）三视图之间的投影规律

图 2-5　物体三视图的形成及其投影规律

为了将三个视图能画在一张图纸上，国家标准规定：V 面保持不动，将 H 面绕 OX 轴向下旋转 90°，将 W 面绕 OZ 轴向右旋转 90°，使之与 V 面处于同一平面内，如图 2-5（b）、图 2-5（c）所示；再去掉投影面的边框和投影轴，即形成了物体的三视图，如图 2-5（d）所示。

三视图的相对位置关系是：以主视图为准，俯视图在主视图的正下方；左视图在主视图的正右方。画物体的三视图时，必须按此规定来排列三个视图的位置，称做"按投影关系配置视图"。

2.2.2　三视图的投影特性

由如图 2-5（d）所示的三视图可以看出：主视图和俯视图都反映了物体的长度；主视图和左视图都反映了物体的高度；俯视图和左视图都反映了物体的宽度。三个视图之间存在下列关系：主、俯视图长对正，主、左视图高平齐，俯、左视图宽相等。

"长对正、高平齐、宽相等"是三视图的投影特性，它不仅适用于整个物体的投影，也适用于物体上每个局部，乃至点、线、面的投影。在图 2-5（e）中表明了物体上、下、左、右、前、后六个方向的位置关系，这六个部位与它们在三视图中的对应关系如图 2-5（f）所示。在画图和看图时，特别要注意物体的前、后部位在视图中的反映，即：在俯视图和左视图中，远离主视图的一边为物体的前面；靠近主视图的一边为物体的后面。

2.2.3　三视图的画法与步骤

正确的画图方法和画图步骤对提高画图速度和图面质量可以起到事半功倍的效果。下面举例说明运用投影规律画三视图的方法与步骤。

【例 2-1】画如图 2-3 所示立体的三视图。

【解】

分析：这个立体是在弯板的左前方开了一个缺口后形成的，并且该弯板有个斜面。

作图：根据分析，画图步骤如下（见图 2-6）。

（1）画弯板的三视图（见图 2-6（a））：先画反映弯板形状特征的主视图。该弯板有个斜面，画图时必须注意画出斜面的投影，然后根据投影规律画出俯、左视图。

（2）画左前方缺口的三面投影（见图 2-6（b））：由于构成缺口的两个平面的水平投影都积聚成直线，反映了缺口的形状特征，所以应先画出其水平投影。在画该缺口侧面投影时，注意量取尺寸的起点和方向。

（3）加深画好的三视图（见图 2-6（c））。

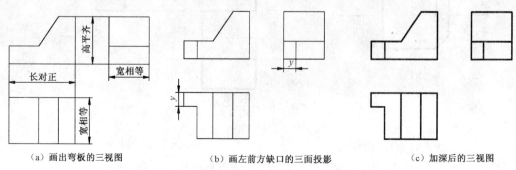

（a）画出弯板的三视图　　　　　（b）画左前方缺口的三面投影　　　　　（c）加深后的三视图

图 2-6　物体三视图的画法

2.3 立体的投影分析

从几何体的构成来看，点、线、面是组成立体的最基本的几何元素，学习和掌握它们的投影规律和特点，对分析和阅读基本几何体的投影是十分重要的。

2.3.1 点的投影

1. 点的投影规律

如图 2-7 所示，已知空间一点 C 和投影面 P，过 C 点作投射线垂直于 P 面，与 P 面交于点 c，点 c 即为空间点 C 在 P 面上的投影，空间点在投影面上的投影是唯一的。但反过来，点的一个投影不能确定点的空间位置，如图 2-7 所示，投影点 a（b）对应空间点 A 和 B。要唯一确定点的空间位置，必须增加投影面，通常选用三个互相垂直的投影面，建立一个三投影面体系。

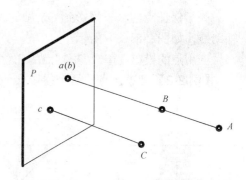

图 2-7　点的单面投影

为统一起见，规定空间点用大写字母表示，如 A、B、C 等；水平投影用小写字母表示，如 a、b、c 等；正面投影用小写字母加一撇表示，如 a'、b'、c'等；侧面投影用小写字母加两撇表示，如 a''、b''、c'' 等。

图 2-8 表示空间点 A 在三投影面体系中的投影。如果把三个投影面看做坐标面，则互相垂直的三根投影轴即为坐标轴。图 2-8（a）表示点 A 向三个投影面投影，得到点的水平投影 a、正面投影 a' 和侧面投影 a''。投射线 Aa''、Aa' 和 Aa 分别是点 A 到三个投影面的距离，即点的 X、Y、Z 坐标。

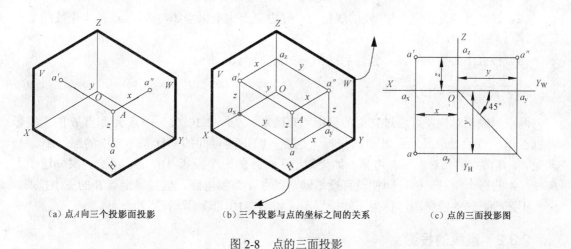

（a）点 A 向三个投影面投影　　　（b）三个投影与点的坐标之间的关系　　　（c）点的三面投影图

图 2-8　点的三面投影

图 2-8（b）表示点的三个投影与点的坐标之间的关系。从图中可见：点在每个投影面上的投影都反映了点的两个坐标，点的每两个投影都反映一个相同的坐标，如水平投影 a 反映点的 X 坐标和 Y 坐标；水平投影 a 和正面投影 a' 都反映了点的 X 坐标。由此可见，点的三

个投影之间有着密切的关系。

图 2-8（c）为展开后点的三面投影图。展开时，V 面不动，H 面和 W 面沿 OY 轴分开形成 OY_H 和 OY_W。从图中可以得出以下点在三投影面体系中的投影规律。

（1）点的正面投影和水平投影的连线垂直于 OX 轴，即 $a'a \perp OX$（a'、a 都反映点的 X 坐标），主、俯视图长对正。

（2）点的正面投影和侧面投影的连线垂直于 OZ 轴，即 $a'a'' \perp OZ$（a'、a'' 都反映点的 Z 坐标），主、左视图高平齐。

（3）点的水平投影到 OX 轴的距离等于点的侧面投影到 OZ 轴的距离，即 $aa_x=a''a_z$（a、a'' 都反映点的 Y 坐标），俯、左视图宽相等。

为了保证点的水平投影到 OX 轴的距离等于侧面投影到 OZ 轴的距离，可自 O 点作 45°辅助线，如图 2-8（c）所示。

应用点的投影规律，可根据点的任意两个投影求出第三投影，具体作图方法如例 2-2 所示。

【例 2-2】已知 A 点的两个投影 a、a'，求 a'' 如图 2-9（a）所示。

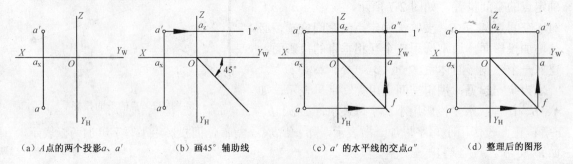

（a）A点的两个投影a、a'　　（b）画45°辅助线　　（c）a'的水平线的交点a''　　（d）整理后的图形

图 2-9　已知点的两面投影求作第三面投影

【解】

作图方法和步骤如下。

（1）过 a' 向右作水平线；过 O 点画 45°辅助线，如图 2-9（b）所示。

（2）过 a 作水平线与 45°辅助线相交，并由交点向上引垂线，与过 a' 的水平线的交点即为 a''，如图 2-9（c）所示。

（3）擦去不必要的图线，整理后的图形如图 2-9（d）所示。

2. 两点间的相对位置

两点间的相对位置可通过它们的坐标差来确定。从图 2-10（a）中点 A 和点 B 的三投影可以看出，点的投影既能反映点的坐标，也能反映出两点间的坐标差，图中的 Δx、Δy、Δz 就是 A、B 两点的相对坐标。可见，如果知道了点 A 的三个投影（a、a'、a''），又知道了点 B 对点 A 的三个相对坐标，即使没有投影轴，以点 A 为参考点，也能确定点 B 的三个投影。

不画投影轴的投影图，称为无轴投影图，如图 2-10（b）所示。

2.3.2　直线的投影

一般情况下直线的投影仍为直线。直线可由两点确定，其投影可由直线上两点的同面投影连线确定，如图 2-11 所示。直线与它的水平投影、正面投影、侧面投影的夹角，分别称为该直线对投影面 H、V、W 的倾角，依次用 α、β、γ 表示。

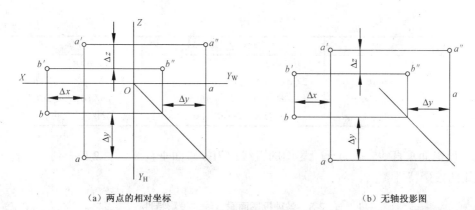

（a）两点的相对坐标　　　　　　　　　　　　　　（b）无轴投影图

图 2-10　两点的相对位置

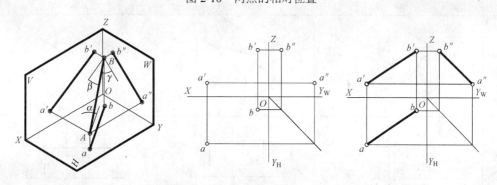

图 2-11　直线的投影

1. 各种位置直线的投影特性

在三投影面体系中，直线对投影面的相对位置有三种：投影面平行线、投影面垂直线、投影面倾斜线。前两种为特殊位置直线，后一种为一般位置直线。

（1）投影面平行线。只平行于一个投影面而对其他两个投影面倾斜的直线称为投影面平行线。表2-2中列出了各种投影面平行线的投影特性。

表2-2　各种投影面平行线的投影特性

	正 平 线	水 平 线	侧 平 线
空间情况			
投影图			

	正 平 线	水 平 线	侧 平 线
投影特性	(1) $a'b'=AB$ (2) $ab \parallel OX$, $ab<AB$ 　　$a''b'' \parallel OZ$, $a''b''<AB$ (3) V 面投影反映了 α、γ	(1) $ab= AB$ (2) $a'b' \parallel OX$, $a'b'<AB$, 　　$a''b'' \parallel OY_W$, $a''b''<AB$ (3) H 面投影反映了 β、γ	(1) $a''b''=AB$ (2) $a'b' \parallel OZ$, $a'b'<AB$ 　　$ab \parallel OY_H$, $ab<AB$ (3) W 面投影反映了 α、β

（2）投影面垂直线。垂直于投影面的直线称为投影面垂直线。表 2-3 中列出了各种投影面垂直线的投影特性。

表 2-3　各种投影面垂直线的投影特性

	正 垂 线	铅 垂 线	侧 垂 线
空间情况	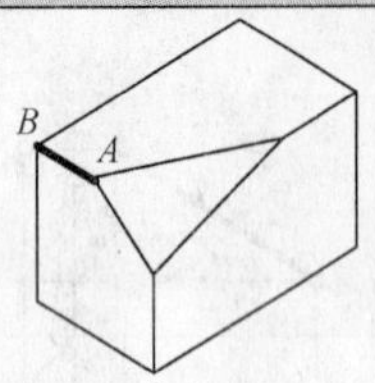	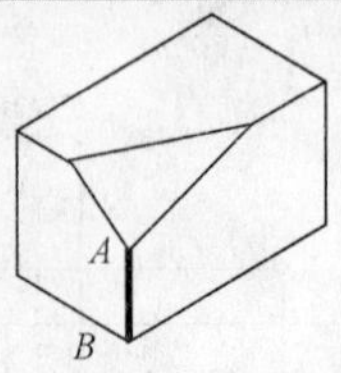	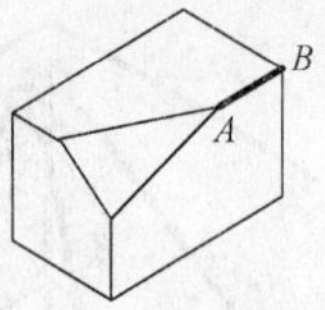
投影图	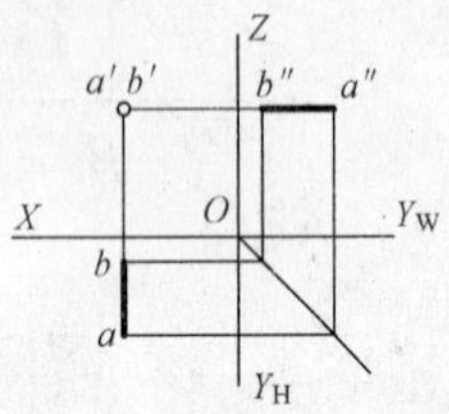	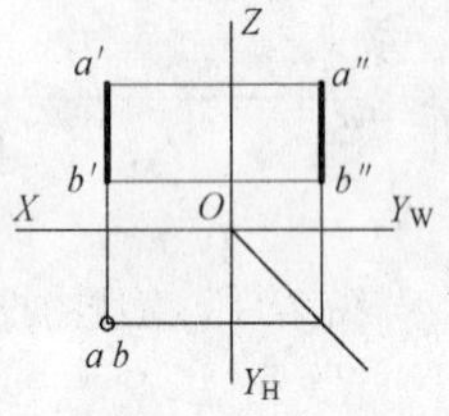	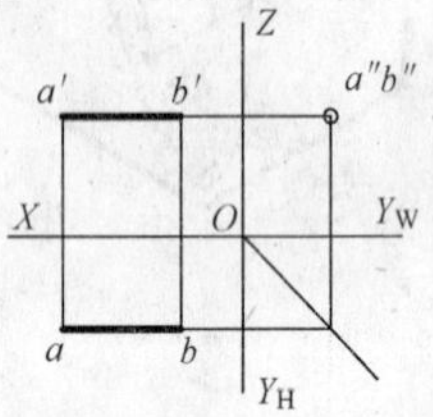
投影特性	(1) V 面投影积聚成一点 (2) $ab \perp OX$, $a''b'' \perp OZ$ (3) $ab =a''b''=AB$	(1) H 面投影积聚成一点 (2) $a'b' \perp OX$, $a''b'' \perp OY_W$ (3) $a'b'=a''b''=AB$	(1) W 面投影积聚成一点 (2) $a'b' \perp OZ$, $ab \perp OY_H$ (3) $a'b'=ab=AB$

（3）一般位置直线。对三个投影面都倾斜的直线为一般位置直线，如图 2-11 所示。一般位置直线的三个投影都是倾斜线段，且都小于实长。

2. 两直线的相对位置

两直线的相对位置有三种：平行、相交和交叉。前两种称为同面直线，后一种称为异面直线。如图 2-12 所示为三种相对位置直线在水平面上的投影情况。如图 2-13 所示为它们的三面投影图。从这两个图中，可以看出两直线处于不同相对位置时的投影特性。

（1）空间平行两直线的同面投影互相平行，且两平行线段之比等于投影长度之比，如图 2-13（a）所示。

（2）两直线在空间交于一点，该点为两直线的共有点。点的投影应符合点的投影规律，即同面投影的交点为两直线交点的投影，如图 2-13（b）所示。

（3）既不平行又不相交的空间两直线为交叉两直线。交叉两直线的投影即使相交，投影的交点也不是两直线的共有点，即同面投影交点之间的关系不符合点的投影规律，如图 2-13（c）所示。

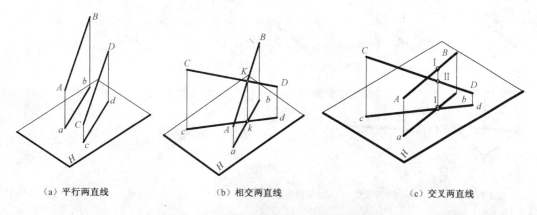

(a) 平行两直线　　　　　(b) 相交两直线　　　　　(c) 交叉两直线

图 2-12　三种相对位置直线在水面上的投影情况

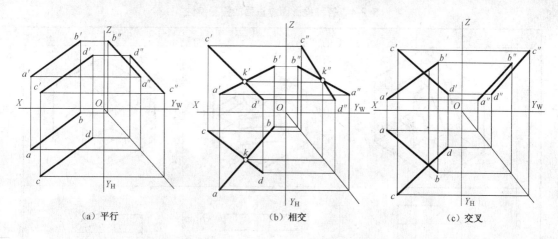

(a) 平行　　　　　　(b) 相交　　　　　　(c) 交叉

图 2-13　平行、相交、交叉两直线的三面投影图

2.3.3　平面的投影

1. 平面的表示法

平面的空间位置可用下列几种方法确定。

（1）任意平面图形。

（2）相交两直线。

（3）一直线和直线外的一点。

（4）平行两直线。

（5）不在一直线上的三点。这几种确定平面的方法是可以相互转化的。在投影图上，则用这些几何元素的投影来表示平面，如图 2-14 所示。

2. 各种位置平面的投影特性

在三投影面体系中，平面对投影面的相对位置有三种：投影面平行面、投影面垂直面、投影面倾斜面。前两种为特殊位置平面，后一种为一般位置平面。

（1）投影面垂直面。垂直于一个投影面而与另外两个投影面倾斜的平面，称为投影面垂直面。表 2-4 列出了各种投影面的投影特性。

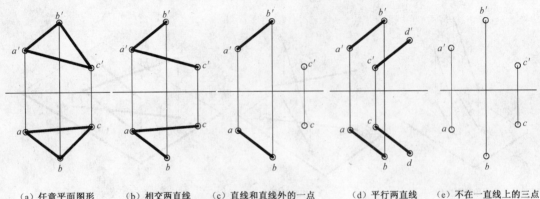

| （a）任意平面图形 | （b）相交两直线 | （c）直线和直线外的一点 | （d）平行两直线 | （e）不在一直线上的三点 |

图 2-14　平面的表示法

表 2-4　各种投影面垂直面的投影特性

	正 垂 面	铅 垂 面	侧 垂 面
空间情况			
投影图			
投影特性	（1）V 面投影积聚为一斜直线，且反映了 α、γ； （2）W 面投影为类似形	（1）H 面投影积聚为一斜直线，且反映了 β、γ； （2）V 面、W 面投影为类似形	（1）W 面投影积聚为一斜直线，且反映了 α、β； （2）V 面、H 面投影为类似形

（2）投影面平行面。平行于一个投影面而与另外两个投影面垂直的平面。表 2-5 列出了各种投影面平行面的投影特性。

表 2-5　各种投影面平行面的投影特性

	正 平 面	水 平 面	侧 平 面
空间情况			

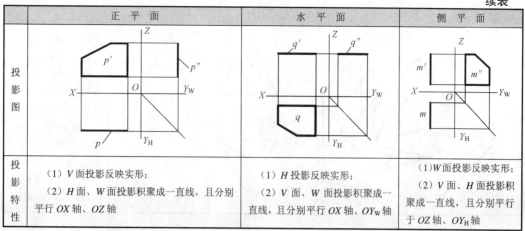

	正 平 面	水 平 面	侧 平 面
投影图			
投影特性	（1）V 面投影反映实形； （2）H 面、W 面投影积聚成一直线，且分别平行 OX 轴、OZ 轴	（1）H 投影反映实形； （2）V 面、W 面投影积聚成一直线，且分别平行 OX 轴、OY_W 轴	（1）W 面投影反映实形； （2）V 面、H 面投影积聚成一直线，且分别平行于 OZ 轴、OY_H 轴

（3）一般位置平面。对三个投影面都倾斜的平面为一般位置平面，其投影如图 2-15 所示。一般位置平面的三个投影都不反映实形，也没有积聚性，但具有平面的类似形。

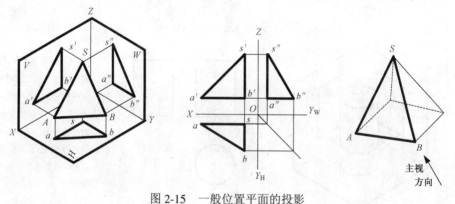

图 2-15　一般位置平面的投影

2.4　基本几何体的投影与投影特性

利用前面所述的点、线、面的投影分析，可得出基本几何体的投影与投影特性。

表 2-6 列出了常见平面立体的投影与投影特性。

表 2-6　平面立体的投影与投影特性

空 间 投 影	三 视 图	投 影 特 性
		以正六棱柱为例：棱线为铅垂线，水平投影积聚为六边形的六个顶点；棱面为铅垂面，水平投影积聚为六边形的六条边；两底面为水平面，水平投影反映实形

空 间 投 影	三 视 图	投 影 特 性
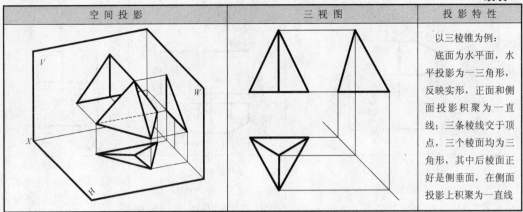		以三棱锥为例: 底面为水平面,水平投影为一三角形,反映实形,正面和侧面投影积聚为一直线;三条棱线交于顶点,三个棱面均为三角形,其中后棱面正好是侧垂面,在侧面投影上积聚为一直线

表 2-7 列出了常见回转体的投影与投影特性。

表 2-7　常见回转体的投影与投影特性

立体名称	空 间 投 影	三 视 图	投 影 特 性
圆柱体			(1)轴线垂直于水平面,水平投影为圆,圆周是圆柱面的投影,具有积聚性; (2)正面和侧面投影为相同的矩形,矩形的左右两条素线确定了圆柱的投影范围,称为对投影面的转向轮廓线
圆锥体			(1)轴线垂直于水平面,水平投影为圆,圆锥面上所有素线倾斜于水平面,水平投影没有积聚性; (2)正面和侧面投影为相同的等腰三角形,三角形的左右两条素线确定了圆锥面的投影范围,称为对投影面的转向轮廓线
球体			(1)三面投影为相同的圆,且都没有积聚性; (2)三个圆确定了球面的投影范围,称为对投影面的转向轮廓线

2.5 基本几何体表面交线的投影

基本几何体被平面所截，在其表面产生的交线称为截交线，当两个基本几何体相互结合时，在其表面产生的交线称为相贯线。作截交线和相贯线时，一般是先做出立体表面的一些共有点，然后依次连接成截交线或相贯线。

本节主要介绍立体表面取点、取线的作图方法，基本几何体表面截交线和相贯线的画法及相应的尺寸标注。

2.5.1 在立体表面上取点、取线

1. 在平面立体上作点和直线的方法

根据立体几何定理可知：若点在平面内，则点必在平面的一条直线上；若直线在平面内，则直线必过平面内的两点或通过平面内一点且平行于平面内的另一条直线。表 2-8 列出了在平面立体表面取点的作图方法。平面立体表面取线是以表面取点的方法为基础，将同一表面内的点的同面投影相连即可。

表 2-8　平面立体表面取点的作图方法

作 图 过 程		作 图 方 法
棱柱面		例：已知棱柱表面上 M 点的正面投影，要求出其他两面投影。 由于 M 点是可见的，因此 M 点必定在 $ABCD$ 棱面上。而 $ABCD$ 棱面为铅垂面，水平投影 $abcd$ 有重影性，因此 m 必在 $abcd$ 上。根据 m' 和 m 即可求出 m''。又如已知 N 点的水平投影，由于 N 是不可见的，因此 N 点必在底面上。而底面的正面投影和侧面投影都具有重影性，因此 n'、n'' 必定在底面的同面投影上
棱锥面		例：已知三棱锥上 M 点的正面投影 m'，求出其他两面投影。 方法 1：M 点在棱面 SAB 上，过 M 点在 $\triangle SAB$ 上作辅助线 I M 平行于底线 AB，即作 $1'm'//a'b'$，再作 $1m$ $// ab$，求出 m。再根据 m、m' 求出 m''
		方法 2：也可根据平面上取点的方法做出 m 和 m''，即过锥顶 S 和 M 点作一辅助线 S II，然后求出 M 点的水平投影 m

2. 在回转体上作点和线的方法

在回转体上取点，要根据其所在表面的几何性质分别利用积聚性、辅助素线法和辅助纬圆法作图，其中最常见的方法是辅助纬圆法。表 2-9 列出了在常见回转体上取点的方法。回转面上取线的一般方法是先求出线上的一系列点，然后依次光滑连接即可。

表 2-9　常见回转面上取点的作图方法

作 图 过 程	作 图 方 法
圆柱面 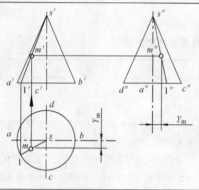	例：已知点 I、点 II 的 V 面投影 1'、2'，点 III 的水平投影 3，求其他两面投影。 由于点 I 在圆柱的最左轮廓线上，则利用线上的点的投影，根据"长对正、宽相等、高平齐"的投影规律，可求出 1、1"。点 II 在圆柱面上，其正面投影已知，由于 2'点是可见的，因此点必定在前半个圆柱面上，其水平投影 2 必定落在有重影性的前半个圆上，由 2'、2 可求出 2"。点 III 的水平投影为可见，说明点 III 在圆柱的顶面上，由于顶面在 V、W 面投影都积聚为一直线，因此点 III 的 V、W 面投影必定积聚在顶面所积聚的直线上，则 3'、3" 即求出
圆锥面	例：已知圆锥面上点 M 的正面投影 m'，求点 M 的水平投影 m 和侧面投影 m"。 方法一：辅助素线法。过圆锥锥顶 S 与点 M 作一辅助线 S I 交底面圆周于 I，求出 S I 的各面投影后，即可按直线上点的投影规律求出点 M 的水平投影和侧面投影。具体作法如图所示，先过 s'、m' 作一直线并延长使之与底面圆的正面投影相交得 1'，由于 I 是底面圆上的点，所以由 1'在水平投影的圆周上求出 1，再根据 1'、1 求出 1"，连接 S I 的水平投影 s1 和侧面投影 s"1"，因为 M 是 S I 上的点，最后由 m' 求出 m 及 m"
	方法二：辅助圆法。已知点 I 的正面投影 1'，求点 I 的水平投影 1 和侧面投影 1"。 过点 I 作一平行于底面的水平圆，该圆的正面投影为过 1'且平行于 a'b'的直线 2'3'，它的水平投影为一直径等于 2'3'的圆，1 的投影必在此圆周上，由于 1' 可见，故 I 点在前面的半个圆周上。由 1'求出 1，再由 1'、1 求出 1"
球面 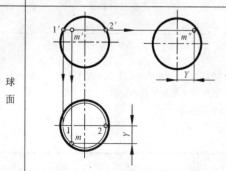	例：已知球面上 M 点的正面投影 m'，要求出 m、m"。 纬圆法：在球面上取点可以利用球面上平行于投影面的圆作为辅助线来解决。过 M 点作一与水平面平行的圆作为辅助圆，该辅助圆为一水平面，其正面投影过 m'且呈水平的直线 1'2'，它的水平投影是以 1'2'为直径的圆，它的侧面投影是水平的且与 1'2'等长的直线。做出辅助圆的各投影后，即可求出水平面圆上 M 点的各投影面的投影 m、m"

2.5.2 平面与立体表面的交线

1. 平面与平面立体的截交线

由于截交线是截平面与立体表面的共有线，因此平面与平面立体的交线为直线，由截交线围成的平面图形称为截断面。

【例 2-3】完成如图 2-16 所示的三棱锥 S-ABC 的俯视图，画出左视图。

【解】

分析：图示立体为三棱锥 S-ABC 被一正垂面 P_V 所截切，如图 2-17（a）所示。由于 P 具有重影性，所以交线的正面投影与 P_V 重影，截交线的水平投影和侧面投影都是缩小了的类似形。

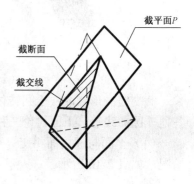

图 2-16　截交线与截断面

作图：

（1）画出完整三棱锥的左视图，注意正确画出各条棱线的投影。

（2）应用直线上点的投影特性，由 P_V 与立体表面的共有点 I、II、III 的正面投影求得它们的水平投影和侧面投影，将各点的同面投影连接成三角形。

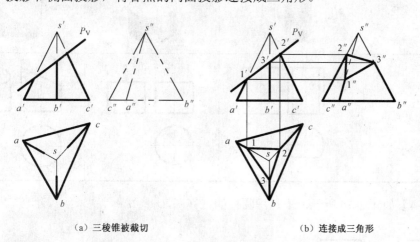

（a）三棱锥被截切　　　　　　　　　（b）连接成三角形

图 2-17　平面与三棱锥相交

2. 平面与曲面立体表面的交线

工程上，由于结构的需要，常会碰到一些平面与回转体相交的零件，如图 2-18 所示的叉形接头和钎头。

平面与回转体表面相交（相当于回转体被平面所截，该平面称为截平面），产生的交线称为截交线。截交线是截平面与回转体表面的共有线，截交线上的点是二者的共有点。为此，求截交线可归结为求一系列的共有点后，区分其可见性，再分别用粗实线（或虚线）光滑连接。

（a）叉形接头 　　　　　　　　　　　（b）钎头

图 2-18　平面与回转体相交

截交线的形状取决于回转体的性质和截平面的位置，可能是直线，也可能是圆、椭圆或其他非圆曲线等。下面讨论三种最简单、最常用的回转体截交线的性质。

（1）平面与圆柱面相交。平面截切圆柱体（由圆柱面及两底所限定），其截交线有三种情况，如表 2-10 所示。

表 2-10　平面与圆柱面的截交线

截平面位置	平行于轴线	垂直于轴线	倾斜于轴线
截交线形状	矩形	圆	椭圆
空间形体			
投影图			

【例 2-4】 如图 2-19 所示，求开槽圆柱的三视图。

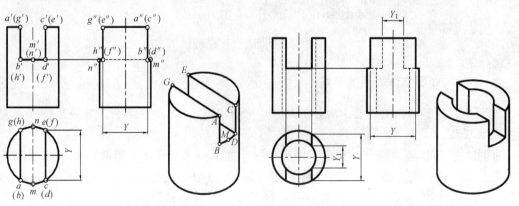

（a）截交线由直线和圆弧组成　　　　　　　　　　　　（b）有切口的空心圆柱

图 2-19　切口圆柱的画法

【解】

分析：从图 2-19（a）可知，圆柱被一个水平面和两个侧平面截切而成，其截交线分别由直线和圆弧组成。

作图：首先做出圆柱的三视图。根据截平面的位置做出切口的投影：在正面投影中，三个平面均积聚为直线；在水平投影中，两个侧平面积聚为直线，水平面为带圆弧的平面图形，且反映实形；在侧面投影中，两个侧平面为矩形且反映实形，水平面积聚为直线（被圆柱面遮住的一段不可见，应画成虚线）。应当指出，在侧面投影中，圆柱面上侧面的轮廓素线被切去的部分不应画出。

有切口的空心圆柱，其投影如图 2-19（b）所示。

（2）平面与圆锥面相交。平面截切圆锥（由圆锥面及底平面所限定），其截交线有五种情况，如表 2-11 所示。

表 2-11　平面与圆锥面的截交线

截平面位置	过锥顶	垂直于轴线	倾斜于轴线 $\beta > \phi$	倾斜于轴线 $\beta = \phi$	平行或倾斜于轴线 $\beta < \phi$ 或 $\beta = 0$
截交线	三角形	圆	椭圆	抛物线+直线	双曲线+直线
轴测图	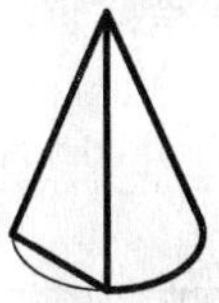	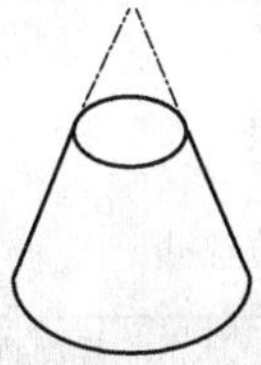	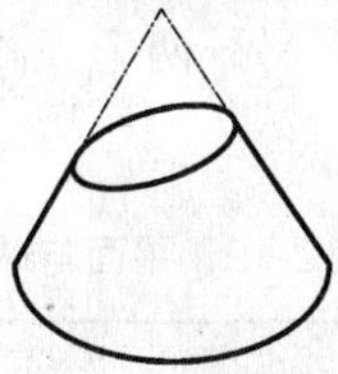	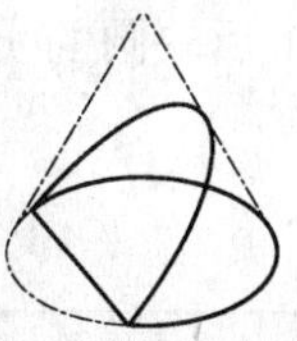	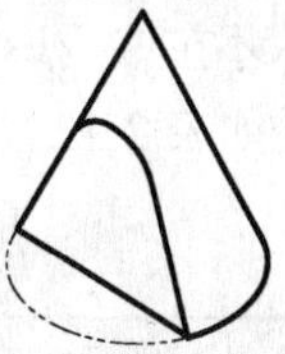
投影图	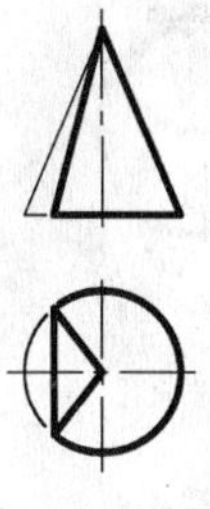	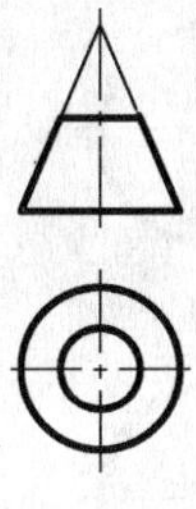	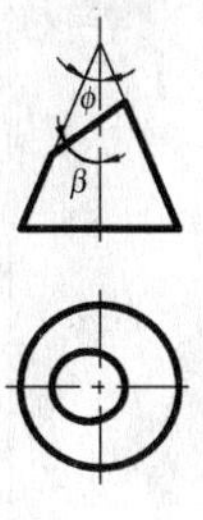	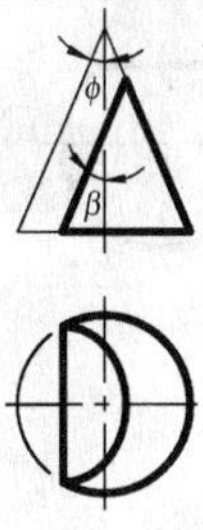	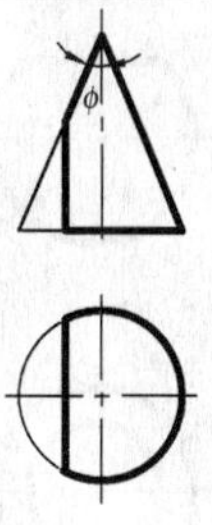

【例 2-5】 已知圆锥被一正平面所截，如图 2-20（a）所示，试画全三视图。

【解】

分析：截平面为正平面，它与圆锥面的交线为双曲线，与圆锥底面的交线为直线段，如图 2-20（b）所示。

作图：

（1）求特殊点：特殊点为 A、B、C 三点。C 点是截交线的最左点，也是双曲线的顶点，是圆锥的最前素线与截平面的交点，在俯视图中可直接得到该点的 H 面投影 c，由 c 和 c'' 可求出 c'。截交线的最右点 A、B 是圆锥底圆与截平面的交点，其侧面投影是圆锥底圆的投影与截平面投影的交点 a''、b''，由 a''、b'' 得 a'、b' 和 a、b。

（2）求一般点：可用辅助圆法求得。在截交线的适当位置作一平行于 W 面的辅助圆，该圆的 W 面投影与截平面的投影相交于 d''、e''，在截平面水平投影上求得 d、e 两点，再做出辅助圆的正面投影，从而求得 d'、e'。

（3）依次连接各共有点的正面投影，完成作图，如图2-20（c）所示。

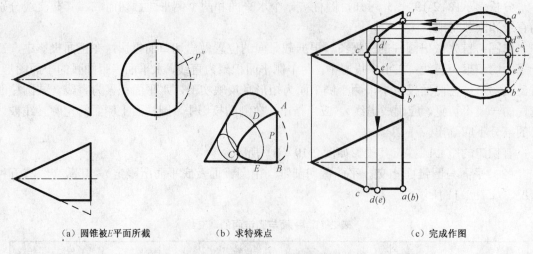

（a）圆锥被E平面所截　　　（b）求特殊点　　　（c）完成作图

图 2-20　正平面截圆锥

（4）平面与球相交。平面与球相交时，截交线为圆。但只有当截平面处于投影面平行面时，才在该投影面上反映圆的实形，另外两个视图上的投影积聚为直线，直线的长度为圆的直径如表2-12所示。

表 2-12　平面与球的截交线

截平面为投影面平行面	截平面为投影面垂直面

【例2-6】画出如图2-21所示带切口槽的半球的三视图。

【解】

分析：槽的底面及侧面与球面的交线都是圆弧，画图时可假想将槽的底面与侧面扩大，画出完整的交线——圆及半圆，然后取其实际存在的部分。

作图：在主视图上作切槽的投影，因切槽由两个侧面（侧平面）和一个底面（水平面）组成，在主视图上积聚为直线，如图 2-21（a）所示。切槽的底面与球面的交线在俯视图上为两段同半径的圆弧，半径从主视图中量取，两侧面在俯视图上积聚为直线；切槽的两个侧面与球面的交线在左视图上为圆弧，半径从主视图中量取，切槽底面在左视图上积聚为直线，中间部分不可见，画为虚线，如图 2-21（b）所示。

作图时应注意，左视图中球面的转向轮廓线在切槽部分被切去。

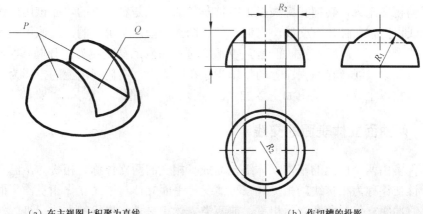

（a）在主视图上积聚为直线　　　　　　　　　　（b）作切槽的投影

图 2-21　带切口槽的半球的三视图

（5）平面与组合回转体相交。某些机器零件上，还会出现平面与组合回转体相交的情况，如图 2-22（a）所示削角顶针，画这类零件的三视图，关键是画出组合回转体截交线。首先，分别画出单个回转体的截交线的投影，然后拼合起来。

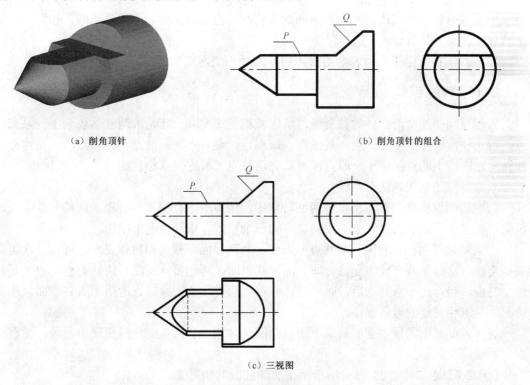

（a）削角顶针　　　　　　　　　　　　　　　　（b）削角顶针的组合

（c）三视图

图 2-22　削角顶针

分析：如图 2-22（b）所示的削角顶针是由一个圆锥和两个直径大小不等的圆柱组合起来的，截平面为水平面 P 和正垂面 Q。水平面 P 截得的截交线在主、左视图上的投影积聚为一直线，俯视图上的投影反映截交线的实形，它由三部分组成，平面截圆锥截交线为双曲线，截两圆柱为大小不同的两个矩形，这三部分在同一平面上，三段截交线之间不应有交线。但从主视图上看只切掉对称平面以上的一部分，可见圆锥与大圆柱、大圆柱与小圆柱之间还应有交线。对俯视图来说，转向轮廓线以下的体与体的交线是看不见的，应该用虚线绘制，但在转向轮廓线以上体与体还有交线，它们在俯视图上的投影是可见的，应该用粗实线绘制。粗实线与虚线重合部分画粗实线。正垂面 Q 截大圆柱得到的截交线为部分椭圆，该椭圆在主视图上的投影积聚成线，在左视图上的投影积聚在圆周上，在俯视图上的投影为部分椭圆。

作图： 根据以上分析，画出如图 2-22（c）所示的三视图。

2.5.3　两曲面立体表面的交线

机器零件多由两个以上的基本立体组合而成，相交的两立体称为相贯体，结合时表面常出现交线，该交线称为相贯线。相贯有三种情况：平面立体与平面立体相贯，平面立体与曲面立体相贯，曲面立体与曲面立体相贯。前两类立体相贯求相贯线的方法，可以转化为用前面介绍过的平面与平面立体相交求截交线和平面与曲面立体相交求截交线的方法求出。下面只介绍两曲面立体相贯时求相贯线的方法。

1．相贯线的基本性质

相贯线具有以下基本性质。

（1）共有性。相贯线是两立体表面的共有线，也是两立体表面的分界线。相贯线上的点是两立体表面的共有点。

（2）封闭性。由于立体表面是封闭的，因此相交两立体的相贯线一般为封闭的。

2．相贯线的画法

因相贯线是相交两立体的共有线，所以求相贯线实际上就是求两立体表面上一系列共有点。首先找特殊点，如最高点、最低点、最左点、最右点、最前点、最后点、可见性分界点和转向轮廓线上的点；后求一般点，然后将这些点光滑连接成相贯线。

求共有点的常用方法有两种。

（1）表面取点法。对于相贯的两回转体中，至少一个有积聚性投影，则相关性的投影也积聚，相当于知道了相贯线上一系列点中的一个投影，求其他两个投影。

（2）辅助平面法。利用三面共点原理作一系列平面，截切相贯体表面，每切一次可得两条截交线，这两条截交线的交点，即三面（截平面、两相贯体表面）的共有点，自然是相贯线上的点，当得出一系列点后，顺序连线即得到相贯线。三面共点适用于所有表面求相交的情况，是求相贯线的通用方法。

选择辅助平面的原则是使辅助平面与两回转体相交所得截交线投影简单易画，如直线或圆。

【例 2-7】 求如图 2-23（a）所示两正交圆柱面的相贯线。

【解】

分析： 两正交圆柱体的轴线分别垂直于 H 面和 W 面，则它们在俯、左视图上的投影分别积聚为圆，当然相贯线也就积聚在其上。相贯线是两圆柱面的共有线，故相贯线在俯视图上的投影为圆，左视图上的投影应为一段两圆柱面共有的圆弧。由于两圆柱前后完全对称，故相贯线也前后对称，在主视图上的投影，前后完全重合。即已知相贯线俯视图、左视图的投影，求主视图上的投影。

作图：先作特殊点。先定出相贯线上最左点、最右点（亦为最高点）和最前点、最后点（亦为最低点）Ⅰ、Ⅱ、Ⅲ、Ⅳ在俯视图和左视图上的投影 1、2、3、4 和 1″、2″、3″、4″，根据点的投影特性，求出 1′、2′、3′、4′，如图 2-23（b）所示，接着作一般点。为作图光滑起见，再取左右对称的两点Ⅴ、Ⅵ，根据该两点在俯视图、左视图上的投影 5、6 和 5″、6″，求出主视图上的投影 5′、6′。最后判别可见性。从俯视图可知，1′、3′两点为主视图上相贯线可见性的分界点：1′、5′、2′、6′、3′可见，1′、4′、3′不可见，但由于两相贯体前后完全对称，则相贯线可见段与不可见段重合，所以只需用粗实线连接 1′、5′、2′、6′、3′可见段，如图 2-23（c）所示。

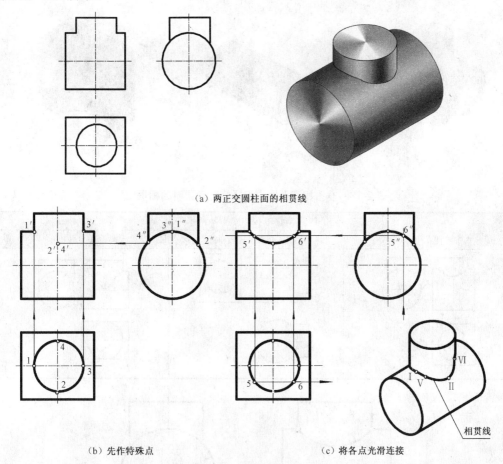

(a) 两正交圆柱面的相贯线

(b) 先作特殊点　　　　　　　　　　　(c) 将各点光滑连接

图 2-23　两正交圆柱的相贯线

两圆柱正交是机械零件中常见的，圆柱面可表现为外表面或内表面（孔），如图 2-24 所示，无论哪种情况，相贯线的求法相同。

在两圆柱轴线垂直相交中，当小圆柱的直径逐渐增大，直至两圆柱直径相等时，相贯线的正面投影由曲线变成直线，如表 2-13 所示。

当不等径的两圆柱相贯时，其相贯线的投影可用圆弧代替，即用大圆柱的半径作圆弧代替，并向大圆柱轴线方向弯曲，如图 2-25 所示。

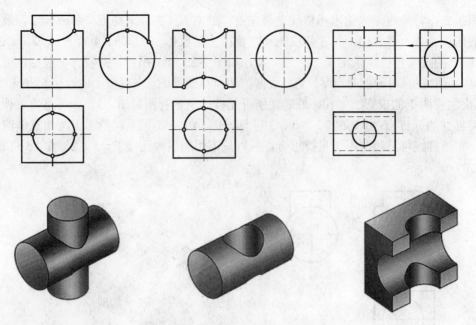

图 2-24 两圆柱相贯的几种情况

表 2-13 垂直相交两圆柱直径相对变化时的相贯线

垂直相交两圆柱直径相对变化时的相贯线		
水平圆柱直径较大时	水平圆柱直径较小	两圆柱直径相等
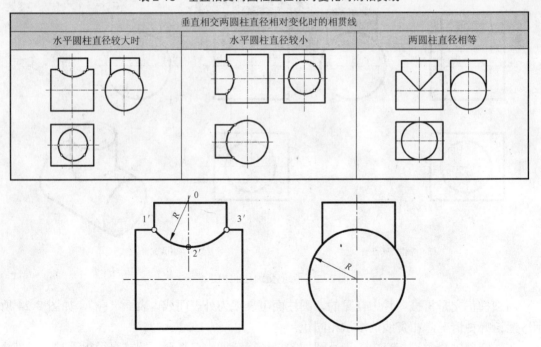		

图 2-25 相贯线的近似画法

3. 相贯线的特殊情况

两回转体相交的相贯线一般为空间曲线。但在特殊情况下，也可能是平面曲线（圆或椭圆）或直线。

当两回转体具有公共轴线时，相贯线为垂直于轴线的圆，该圆在与轴线平行的投影面上的投影为直线，在与轴线垂直的投影面上的投影为圆的实形，如表 2-14 所示。

表 2-14　相贯线的特殊情况

球、锥相交	柱、球、锥相交	球、回转体相交

第3章 换 面 法

3.1 概述

从前面的章节可知，当直线或平面对投影面处于特殊位置时有积聚性或实形性，有利于图解空间几何问题。为了便于解题，可以通过投影变换的方法，使直线或平面对投影面处于特殊位置。

1. 投影变换的两种方法

投影变换有换面法和旋转法两种。

（1）换面法：空间几何元素的位置保持不变，用新的投影面替换旧的投影面，使其变成利于解题的位置，如图 3-1（a）所示。

（2）旋转法：投影面不动，把空间几何元素绕一定的轴旋转到利于解题的位置，如图 3-1（b）所示。

本章只介绍换面法。

如图 3-1（a）所示为处于铅垂位置的矩形平面在原来的 $\dfrac{V}{H}$ 体系中不反映实形，现作一与 H 面垂直的新投影面 V_1 平行于矩形平面，以代替原来的 V 面，则 V_1 面和原来的 H 面构成一个新的两投影面体系 $\dfrac{V_1}{H}$，再将矩形平面向 V_1 面进行投影，这时矩形在 V_1 面上的投影反映该平面的实形。

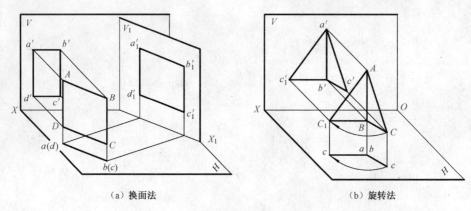

（a）换面法　　　　　　　　　　　　（b）旋转法

图 3-1　投影变换的方法

新投影和新投影轴，均加下标 1、2、…表示，下标 1、2、…表示换面的次数，一次只能换一个投影面，第二次换面时必须更换另外一个投影面，如 $V/H \rightarrow V_1/H \rightarrow V_1/H_2 \rightarrow V_3/H_2 \cdots$。

2. 选择新投影面的原则

选择新投影面的原则有两条。

（1）新投影面必须垂直于原投影面体系中保留的投影面。

（2）新投影面必须使空间几何元素处于解题所需的位置。

3.2　换面法的基本作图方法

点是空间几何元素中最基本的元素，掌握了点的变换方法，直线与平面的变换也就迎刃而解了。

3.2.1　点的一次变换

如图 3-2（a）所示为点的一次变换的步骤 1，点 A 在原体系 V/H 中的投影为 a'、a，在新体系 V_1/H 体系中的投影为 a_1'、a，V_1 面绕轴旋转到与 H 面在同一平面上，则 $a_1'a \perp X_1$ 轴，A 点由 V/H 体系变换到 V_1/H 体系时，H 面没有动，这说明 A 点到 H 面的距离未变，即 $a_1'a_{X1} = a'a_X = Aa$，如图 3-2（a）、图 3-2（b）所示。

同理可知，若变换 H 面，则有：

$a_1a' \perp X_1$ 轴，$a_1a_{X1} = aa_X = Aa'$，如图 3-2（c）所示。

归纳起来，点的投影规律如下。

（1）点的新投影和保留投影之间的连线垂直于新投影轴。

（2）新投影到新轴的距离，等于被替换掉的旧投影到旧轴的距离。

应该指出，新投影轴与保留投影的距离是可以任意确定的，新投影面距离 A 点的远近与变换后的结果无关。

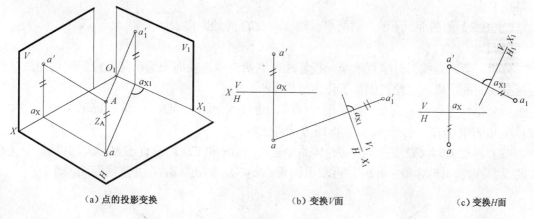

| （a）点的投影变换 | （b）变换 V 面 | （c）变换 H 面 |

图 3-2　点的一次变换

3.2.2　点的二次变换

点的二次变换的方法和规律，与一次变换相同，只是两个投影面须交替变换。

如图 3-3 所示为点的二次变换。其作图过程如下。

（1）变换 V 面，在适当的位置作 X_1 轴，过 a 作 $aa_1' \perp X_1$ 轴并取 $a_1'a_{X1} = a'a_X$，则 a_1'、a 即为 A 点在 V_1/H 体系中的投影。

（2）变换 H 面，作 X_2 轴，过 a_1' 作 $a_1'a_2 \perp X_2$ 轴并取 $a_2a_{X2} = aa_{X1}$，则 a_1'、a_2 即为 A 点在 V_1/H_2 体系中的投影，亦为 A 点二次变换后的结果。

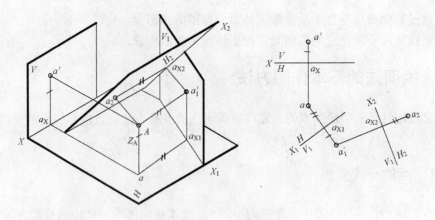

图 3-3　点的二次变换

3.3　换面法的应用实例

【例 3-1】如图 3-4 所示，已知直线 AB 在 V/H 体系中的两面投影，求 AB 的实长及其对 V 面的倾角 β。

【解】

分析：要求直线 AB 的实长及倾角 β，需把一般位置直线变换成水平线，故换 H 面。根据平行线的投影特性，作 X_1 轴 $// a'b'$，由点的变换规律得 a_1 和 b_1，连 a_1b_1，则 $a'b'$、a_1b_1 即为新体系 V/H_1 中平行于 H_1 面的直线，$a_1b_1=AB$，β 角为所求的 AB 对 V 面倾角，若要求 α 角，则需换 V 面。

【例 3-2】如图 3-5 所示，求两平行线 AB、CD 间的距离。

【解】

分析：若两直线同时垂直于某一投影面，则两直线在该面上的积聚性投影间的距离，便是两直线间的距离，由此得出如下作图过程。

（1）把两平行线变成某一投影面平行线，更换 V 面，使 AB（$a_1'b_1'$、ab）、CD（$c_1'd_1'$、cd）在 V_1/H 体系中平行于 V_1 面，作图方法同上例。

（2）再把 AB、CD 变换到 V_1/H_2 体系中去，使 AB 和 CD 均垂直于 H_2 面，由投影面垂直线的投影特性，作 X_2 轴 $\perp a_1'b_1'$，再求出积聚点 a_2（b_2）、c_2（d_2），并连线即为所求。

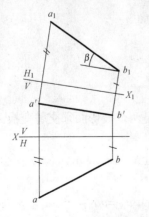

图 3-4　直线 AB 的实长与倾角 β

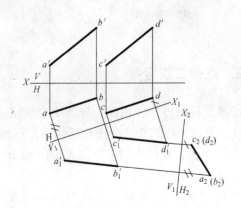

图 3-5　两平行线间的距离

从上两例可知，由一般位置直线变成投影面平行线，或由投影面平行线变成投影面垂直线只需一次变换，若由一般位置直线变成投影面垂直线，则须两次变换，首先变换为投影面的平行线，然后变换成投影面的垂直线。若新投影面直接垂直于一般位置直线，则新投影面与保留的投影面不能构成直角体系。

【例 3-3】 求 $\triangle ABC$ 的实形，如图 3-6 所示。

【解】

分析：只有投影面的平行面才能在该投影面上反映实形。

如图 3-6 所示，$\triangle ABC$ 为一般位置平面，若把一般位置平面变成投影面平行面一次变换是不行的，因为新换投影面若平行于一般位置平面，则该新投影面一定是一般位置平面，与原体系中保留的投影面不能构成直角投影体系，所以须经两次变换。

第一次把一般位置平面变成投影面垂直面，只需在平面上任取一直线，使它垂直于新投影面即可（由初等几何可知，平面上一直线若垂直于某一平面，则两平面互相垂直），由上例可知，若取平面上的投影面平行线只需一次变换就能把一般位置平面变为投影面垂直面。

第二次变换是把投影面垂直面变为投影面平行面。

由此得出如下作图过程。

（1）把 $\triangle ABC$ 变成新体系 V_1/H 中 V_1 面的垂直面，在 $\triangle ABC$ 上取水平线 CK，将 CK 变成 V_1 面的垂直线，作图方法同例 2，根据点的变换规律，把 $\triangle a'b'c'$ 变成 $\triangle a_1'b_1'c_1'$，$\triangle a_1'b_1'c_1'$ 积聚为一直线。

（2）把 $\triangle ABC$ 变成 V_1/H_2 体系中 H_2 的平行面，根据平行面的投影特性，作 X_2 轴 $\parallel a_1'b_1'c_1'$，再把 a、b、c 三点变换为 a_2、b_2、c_2 三点，并连线，则 $\triangle a_2b_2c_2$ 即为 $\triangle ABC$ 的实形。

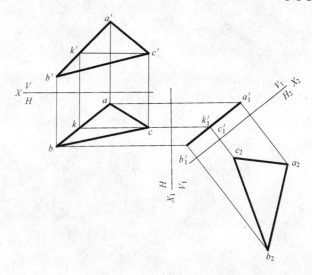

图 3-6　求 $\triangle ABC$ 的实形

【例 3-4】 求点 C 到直线 AB 的距离，如图 3-7 所示。

【解 I 】

分析：若把直线变为投影面的垂直线，C 点也随之变换，则在 AB 积聚的投影面上反映真实距离，作图过程如图 3-7（a）所示，c_2d_2 为所求的距离，再依作图过程分析返回到原投影图上。

【解Ⅱ】

分析: 若把 C 与 AB 连成 $\triangle CAB$,将 $\triangle CAB$ 两次变换为投影面平行面,作图方法如图 3-7(b) 所示,则 $\triangle CAB$ 在 H_2 中投影 $\triangle c_2 a_2 b_2$ 反映实形,由 c_2 向 $a_2 b_2$ 作垂线交 $a_2 b_2$ 于 d_2,则 $c_2 d_2$ 即为所求的距离。

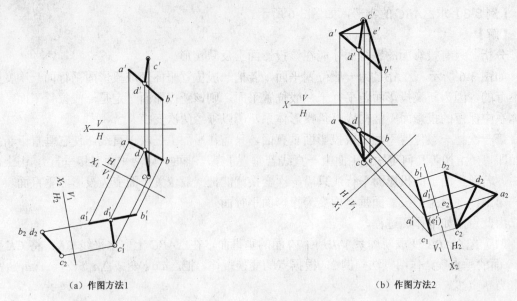

（a）作图方法1　　　　　　　　　（b）作图方法2

图 3-7　求点到直线的距离

第4章 组 合 体

在学习正投影原理的基础上，本章介绍组合体的构形、投影和尺寸标注。组合体是忽略机械零件的工艺特征，或是对零件的结构抽象简化后的"几何模型"。组合体投影图的绘制和阅读是投影理论过渡到实际应用的桥梁。

4.1 组合体及其形体分析法

任何复杂的零件，都可以把它分解为若干基本形体，由基本形体组合而成的形体称为组合体。画组合体视图，可以先把它分解为几个基本形体，画出它们的视图，然后按其相对位置关系，把基本形体视图组合起来，就是组合体视图，这种方法称为形体分析法。形体分析法是画图、标注尺寸和看图的基本方法。

4.1.1 组合体的组合形式

组合体的组合形式有叠加和挖切两种，更多的情况是这两种形式的综合。

叠加式组合体可看做是由若干基本形体堆积而成的，如图4-1所示。

挖切式组合体是将一个完整的基本立体用平面或曲面切割去某些部分而形成的，如图4-2所示。

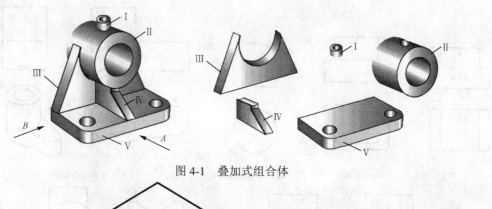

图4-1 叠加式组合体

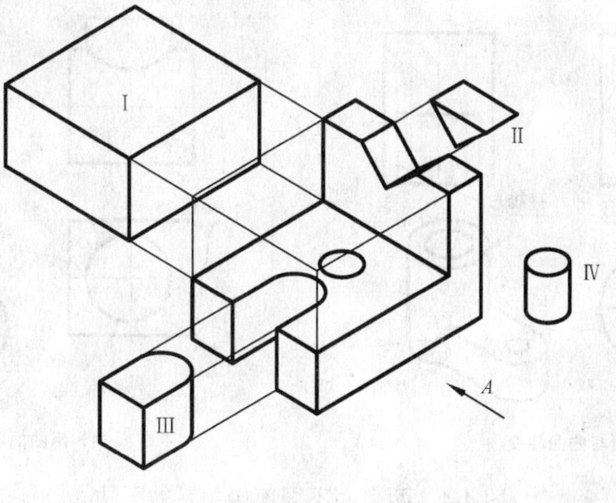

图4-2 挖切式组合体

4.1.2 相邻两表面的连接关系

组合体上相邻两表面的连接关系可分为两表面平齐（共面）或不平齐（不共面）、两表面相切、两表面相交三种，如图4-3所示。

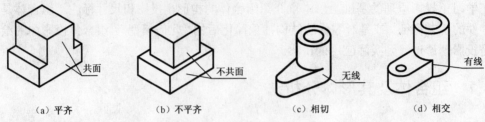

（a）平齐　　　　　（b）不平齐　　　　　（c）相切　　　　　（d）相交

图4-3　两表面的连接关系

1. 两表面平齐或不平齐

当形体以平面接触时，如两表面平齐，则在衔接处无分界线，如图4-4（a）所示；如两表面不平齐，则在衔接处有分界线，如图4-4（b）所示。

2. 两表面相切

当平面与曲面或两曲面相切时，由于它们的连接处为光滑过渡，不存在明显的轮廓线，所以在相切处不应画出分界线。如图4-4（c）所示为两曲面相切时的画法；如图4-4（d）所示为平面与曲面相切时的画法。

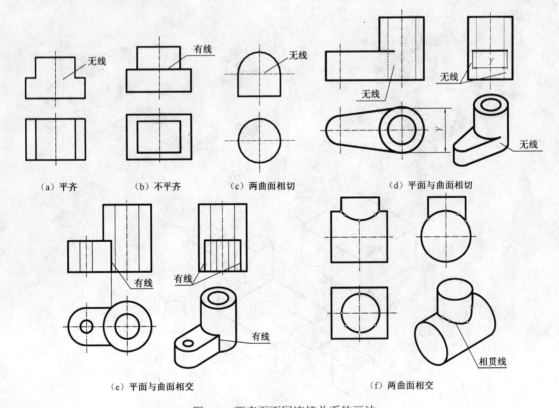

（a）平齐　　　　（b）不平齐　　　　（c）两曲面相切　　　　（d）平面与曲面相切

（e）平面与曲面相交　　　　（f）两曲面相交

图4-4　两表面不同连接关系的画法

3. 两表面相交

当两表面相交时，在相交处必须画出它们的交线（截交线或相贯线）。如图 4-4（e）所示为平面与曲面相交时的画法；如图 4-4（f）所示为两曲面相交时的画法。

4.2 画组合体视图

现以如图 4-1 所示的轴承座为例，讲述画组合体视图的方法与步骤。

1. 形体分析

轴承座由套筒、支承板、肋和底板 4 部分组成。套筒为一圆筒，上面有一小圆柱与圆筒的内、外表面相贯，产生相贯线，支承板与圆筒外表面相切，肋与圆筒外表面相交，产生交线，支承板与肋堆积在底板上，支承板与底板右侧平齐，肋与底板不平齐，底板上挖掉 4 个小圆柱孔。

2. 选择视图

选择视图之前首先要确定组合体的安放位置。一般零件以加工位置或工作位置安放，也可以按平稳的自然位置安放，该轴承座我们选择自然位置安放。

视图选择的关键是选择主视图。主视图选择的原则是要比较多地反映组合体各部分的形状特征和相互间的位置，同时注意到尽量减少俯、左视图中的虚线。据此原则，应以如图 4-1 所示 A 向（或 B 向）作主视图投影方向，这里我们选用 A 向作主视图的投影方向。

3. 定比例和图幅

根据组合体的大小确定画图的比例和图幅的大小。为画图和看图方便，一般选用 1:1，确定图幅大小时，应考虑到视图间要留有适当的距离作为标注尺寸用，且视图应尽量布置得居中，叠加式组合体的画图步骤如图 4-5 所示。

4. 画底稿

首先画出轴承座长、宽、高三个方向的基准线。一般以对称平面、主要中心线或较大平面为基准，我们选用轴承座的对称平面作为长度方向的基准，底板的底面为高度方向基准，套筒的后端面为宽度方向基准，然后用形体分析法，逐个画出各个形体的三视图。一般先画底板和轴承，然后再画支承板和肋，最后画细节。

5. 检查加深

底稿完成后，应仔细检查，有无遗漏的地方或画错的地方，修正后，再擦去多余的图线，最后按国标规定的图线加深。

画图时要注意各个形体都要三个视图同时画，这样既可保证各形体之间的投影关系，又可提高绘图速度；正确绘制各形体间的相对位置和形体表面间的连接关系；组合体各形体内部是融为一体的，不应画出形体融为整体后不再存在的轮廓线。

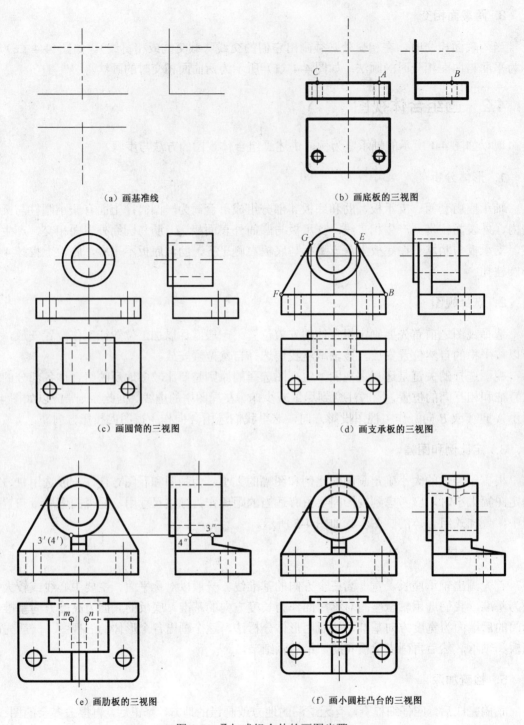

（a）画基准线　　　　　　　　　　　（b）画底板的三视图

（c）画圆筒的三视图　　　　　　　　　（d）画支承板的三视图

（e）画肋板的三视图　　　　　　　　　（f）画小圆柱凸台的三视图

图 4-5　叠加式组合体的画图步骤

4.3　组合体的尺寸标注

组合体的视图只表明了物体的形状，而它的大小是由图中所注尺寸来确定的。组合体尺寸标注的要求是：正确、完整、清晰。

1. 标注尺寸要完整

为使组合体的尺寸标注得完整, 既无遗漏又不多余和重复, 最有效的方法是形体分析法, 即先分后组合。分: 标注组合体各组成部分的定形尺寸和定位尺寸; 组合: 标注确定各组成部分之间相对位置的定位尺寸以及必要的总体尺寸, 下面结合轴承座来分析尺寸标注的方法与步骤。

(1) 运用形体分析法, 注全各基本形体的定形、定位尺寸。分析组合体中的各基本形体及其相对位置, 如图4-6 (a) 所示轴承座由长方形底板、套筒、支承板和肋板组成。

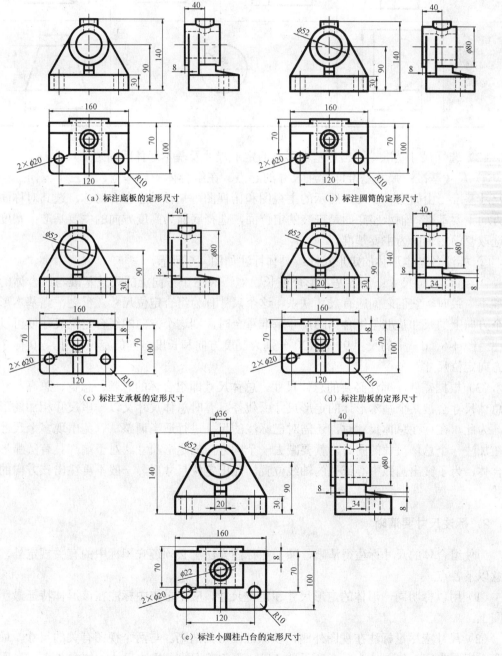

图 4-6　组合体尺寸标注的方法与步骤

运用形体分析法标注组合体尺寸时，必须掌握基本形体的尺寸标注形式，表 4-1 列出了几种常见基本形体的尺寸标注方法。

表 4-1　常见基本形体的尺寸标注方法

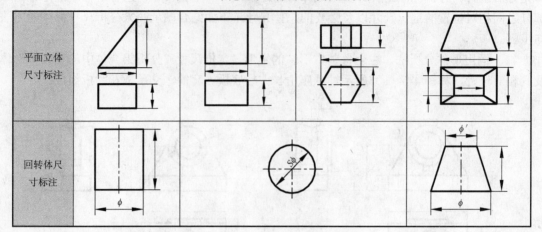

（2）选好尺寸基准，注出各基本形体的定形尺寸及基本形体间的定位尺寸。

① 尺寸基准：尺寸基准即标注尺寸的起点。在组合体的长、宽、高三个方向上都应该有尺寸基准。由如图 4-6（b）所示的主视图和俯视图可知轴承座左右对称，选其对称面为长度方向主要基准；轴承座底面是安装的定位面，选择底面为高度方向的主要基准；宽度方向则选取套筒后端面为主要基准。

② 标注各基本形体的定形尺寸：具体标注如图 4-6 所示。

③ 组合定位尺寸：当各基本形体在长、宽、高三个方向上的尺寸基准与组合体的尺寸基准不一致时，它们之间应有尺寸联系，这个尺寸称为组合定位尺寸。反之，当基本形体在某个方向上的尺寸基准与组合体的尺寸基准重合时，则这个方向的组合定位尺寸便可以省略不注。图 4-6（d）中的尺寸 90 和 120 分别为高度方向和长度方向的定位尺寸，40 与 8 为宽度方向定位尺寸。

（3）根据需要，标注必要的总体尺寸。总体尺寸即组合体的总长、总宽、总高尺寸。有时总体尺寸会被某个基本形体的定形尺寸所代替。有时总体尺寸又以一串尺寸相加的形式出现。为此，在标注总体尺寸时，还需对已标注的尺寸进行适当调整，以免出现多余尺寸。一般在加注一个总体尺寸的同时，就要减去一个同方向的定形尺寸。对于端部具有圆弧形状的组合体，为了突出圆弧中心或孔的轴线位置，注出定位尺寸后，一般不再注出该方向的总体尺寸。

2．标注尺寸要清晰

为使组合体的尺寸标注得清晰，除了在标注方法上必须遵守国标中的有关规定外，还应注意以下各点。

（1）用以标明同一形体的定形尺寸和定位尺寸，应尽量集中标注在该形体特征最明显的视图上。

（2）尺寸应尽量标注在视图外侧，以保证图形的清晰。与两个视图有关的尺寸，最好注在两个视图中间，如图 4-6（e）所示的 160；避免在虚线上标注尺寸，如图 4-6（e）所示的

$\phi22$、$\phi52$。

（3）同一方向的串联尺寸尽量排在一直线上，箭头要互相对齐；同一方向的并联尺寸，小的尺寸放在内，大的尺寸依次向外分布，保持尺寸线间的距离均匀，一般约为 5～7mm。

（4）同轴线回转体的直径尺寸最好注在非圆的视图上；圆弧半径尺寸必须注在反映圆弧实形的视图上；直径相同的孔组，可在直径符号 ϕ 前注明孔数，但在同一平面上半径相同的圆角不必注出数目。

（5）由于形体在相交时的交线是自然形成的，故交线上不应直接标注尺寸。对于被截切后的基本形体，除标注基本形体自身的尺寸外，还需注出确定截平面位置的尺寸。对于两相贯体的尺寸，除注出两相交基本体各自的尺寸外，还需注出彼此间的相对位置尺寸。表 4-2 列举了截切基本形体及相贯体的尺寸标注。

表 4-2　截切基本形体及相贯体的尺寸标注

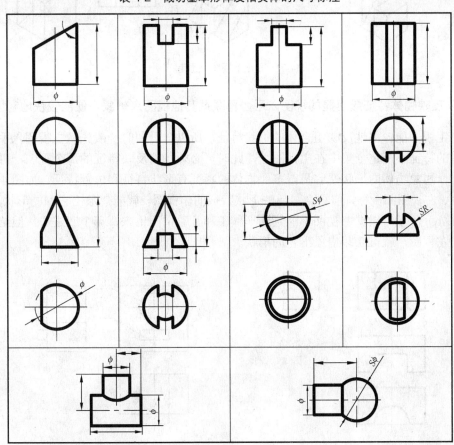

4.4　看组合体视图

画图是把空间的组合体用正投影法表达在平面上，而看组合体视图，是通过对组合体视图的分析，想象出所表达物体的结构形状。这是一个培养空间想象力和空间思维能力的过程，要迅速、准确地看懂组合体视图，必须掌握看图的基本要领和基本方法。

4.4.1　看图的基本要领

1. 按照投影规律，将几个视图联系起来看

一般情况下，一个视图不能确定物体的形状，如图 4-7 所示三个形体的主、俯视图都一样，必须结合左视图才能想象出物体的空间形状。

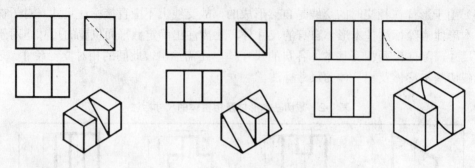

图 4-7　将几个视图联系起来看

2. 从反映物体特征最明显的视图入手，再联系其他视图来想象，便能较快地看懂物体

由于主视图能较多地反映组合体的形状特征，所以，看图时一般先从主视图入手。但有时组合体的特征不一定全集中在主视图上，此时，必须找出反映特征的那个视图，再联系其相应投影，想象物体的形状便容易得多。物体的特征有形状特征和位置特征，如图 4-8（a）所示的主、左视图都一样，但结合最反映形状特征的俯视图，就能想象出它们的形状。同样，如图 4-8（b）所示，根据主视图不能判断形体 I 和 II 哪个凸出来，哪个凹进去，但结合有位置特征的左视图，就可立即想象出它的形状。

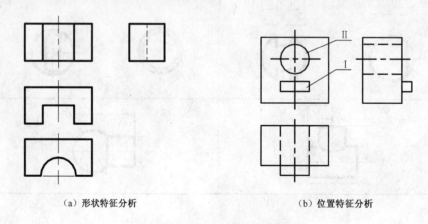

（a）形状特征分析　　　　　　　　　　　　（b）位置特征分析

图 4-8　物体的特征分析

4.4.2　看图的基本方法

1. 形体分析法

形体分析法是从最能反映物体形状的主视图入手，对照其他视图，将组合体分解成几个组成部分，然后按照各部分相对位置和表面间的位置关系，想象出物体的形状。

2. 线面分析法

利用线面的投影特性，分析物体表面形状、表面交线和相对位置，想象出物体的形状。下面举两个例子来说明看图的方法。

【例 4-1】 根据如图 4-9（a）所示的支撑的主、左视图，补画俯视图。

【解】

补画第三视图，首先是看懂两视图，想象出物体的形状，然后按投影规律画出第三个视图。该题采用形体分析法，从主视图入手，结合左视图，具体步骤如下。

（1）看视图，分形体，画线框。从主视图上看，有三个粗实线大线框，联系其他视图，将整体分成 A、B、C 三个部分，然后按各部分分析看图。

（2）找投影，想形状。运用前面所学的投影规律和看图的基本要领，找出各个线框在其他视图上的投影，并想象出其形状。

A 线框：由"长对正、宽相等、高平齐"的投影规律找出其在左视图上的投影，如图 4-9（b）所示，联系左视图，可想象出该形体为底板，底板的上面是一个长方体平板，左右两侧下部分为半圆柱形和上部为长方体的耳板，耳板上各有一个圆柱形通孔，由此可画出俯视图。

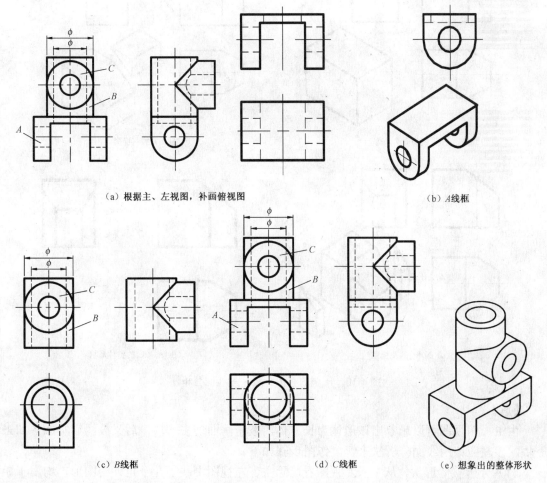

（a）根据主、左视图，补画俯视图 　　　　　　　　　　　　　（b）A 线框

（c）B 线框 　　　　　　　　　　　（d）C 线框 　　　　　　　　（e）想象出的整体形状

图 4-9　支撑的看图分析——形体分析法

B 线框：主、左视图为长方形，在长方形上部注有直径符号φ，可知它是一个轴线垂直于 *H* 面的圆柱体，中间有穿通底板的圆柱孔，底板前面、后面都分别与圆柱体相切。由此可画出俯视图，如图 4-9（c）所示。

C 线框：主视图中为圆，中间还有一个小圆线框，对照左视图可知，它是一个中间有圆柱孔的轴线垂直于 *V* 面的圆柱体，它的直径与垂直于 *H* 面的圆柱体相等，圆孔的直径比铅垂的圆柱孔小，在左视图中有相贯线。由此可画出俯视图，如图 4-9（d）所示。

（3）对投影，明关系。看图不仅要想象出各部分的形状，还应抓住特征视图。对投影，明关系，即明确各部分之间的相对位置和表面连接关系。如图 4-9（c）所示的左视图，根据两直径相等的圆柱体相交的相贯线和两不等直径的圆柱孔的相贯线，知它们是相贯体，再由如图 4-9（c）所示的主、左视图知，*B* 部分在 *A* 部分的上方，且中心位置在 *A* 部分的中间。

（4）综合起来想整体。根据底板和两个圆柱体的形状以及它们的相对位置，可以想象出这个支撑的整体形状，如图 4-9（e）所示。由于垂直于 *V* 面的圆柱高于底板，所以在圆柱的俯视图范围内，应将底板前表面的有积聚性的投影改画为虚线，如图 4-9（d）所示。

【例 4-2】如图 4-10（a）所示，已知主、俯视图，补画左视图中所缺线条。

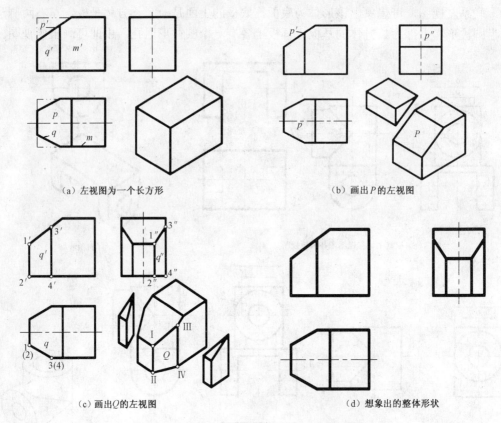

（a）左视图为一个长方形　　　　　　　　　　（b）画出 *P* 的左视图

（c）画出 *Q* 的左视图　　　　　　　　　　（d）想象出的整体形状

图 4-10　压块的看图分析——线面分析法

【解】

由主、俯视图可以想象出该形体为长方体，被正垂面切去一块，后又被两铅垂面各切去一块，该题应该用线面分析法来解。作图步骤如下。

（1）分析整体形状。从主、左视图看，除主、左视图中缺了几个角外的图形，均属于矩形。它被切割前的原形，可以认为是长方体。由此可得左视图为一个长方形，如图 4-10（a）

所示。

（2）分析局部形状，切去补偿。

① 从主视图左上方缺一角看，说明长方体的左上方被正垂面 P 切去一个三棱柱。在 V 面投影积聚成一线 p'，在 H 面投影是类似形 p。由"高平齐，宽相等"的关系可画出正垂面 P 的左视图 p''，如图 4-10（b）所示。

② 从俯视图的左前、左后缺一角看，说明长方体左边的前后对称角，各被铅垂面 Q 切去一个三棱柱。可见 H 面投影积聚为一直线 q，在 V 面投影为类似形 q'。要画出类似形 Q 在左视图上的投影，还要进一步作线面分析。铅垂面 Q 可以看做由Ⅰ、Ⅱ、Ⅲ、Ⅳ点连线组成的平面，则只要找到Ⅰ、Ⅱ、Ⅲ、Ⅳ点在 V 面和 H 面的投影，然后根据点的 V、H 面的投影求出其在 W 面的投影即可，如图 4-10（c）所示。

③ 综合起来分析，想象出整体形状，如图 4-10（d）所示。

通过对形体的初步分析，又从投影特性进一步分析线面，综合起来想象出物体的形状，从而补画出整个形体的所缺线条。

第5章 轴 测 图

5.1 轴测图的基本知识

前面介绍的三视图作图简单，能清楚反映物体的形状与大小，但立体感较差，必须有一定的读图能力才能看懂，如图 5-1（a）所示。把物体的三个坐标平面用平行投影法都投影到同一个投影面上去，使物体的长、宽、高三个方向在投影图上都能得到反映，就形成了轴测投影（轴测图），如图 5-1（b）所示。轴测投影立体感很强，容易看懂，但不能反映物体的真实形状与大小，且作图复杂。在机械制图中一般用做辅助图样。

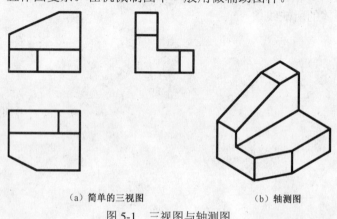

（a）简单的三视图   （b）轴测图

图 5-1 三视图与轴测图

5.1.1 轴测投影的形成

轴测图是将物体连同其参考直角坐标系，沿不平行于任一坐标面的方向，用平行投影法将其投射在单一投影面上所得的具有立体感的图形。当投射方向垂直于轴测投影面时，得到的轴测图称为正轴测图，如图 5-2 所示；当投射方向倾斜于轴测投影面时，得到的轴测图称为斜轴测图，如图 5-3 所示。

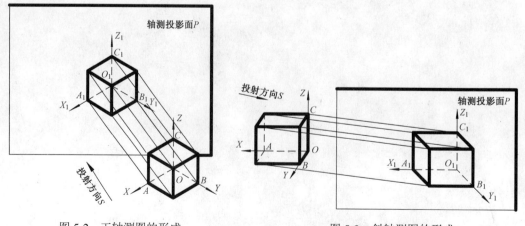

图 5-2 正轴测图的形成   图 5-3 斜轴测图的形成

5.1.2　轴间角和轴向伸缩系数

如图 5-2、图 5-3 所示，空间直角坐标轴 OX、OY、OZ 在轴测投影面 P 上的投影称为轴测轴。在 P 面上相邻轴测轴之间的夹角 $\angle X_1O_1Y_1$、$\angle X_1O_1Z_1$、$\angle Y_1O_1Z_1$ 称为轴间角。

轴测轴上的线段与坐标轴上的对应线段的长度比，称为轴向伸缩系数。

OX 轴的轴向伸缩系数　　$p=\dfrac{O_1A_1}{OA}$

OY 轴的轴向伸缩系数　　$q=\dfrac{O_1B_1}{OB}$

OZ 轴的轴向伸缩系数　　$r=\dfrac{O_1C_1}{OC}$

物体上相互平行的直线段，其轴测投影仍然相互平行；平行于坐标轴的直线段，其轴测投影仍然平行于相应的轴测轴，且伸缩系数与相应的轴向伸缩系数相同。

轴向伸缩系数一经确定，凡与 OX、OY、OZ 三轴相平行的线段的尺寸可以沿轴向直接量取。所谓"轴测"就是指沿轴向进行测量的意思。

5.1.3　轴测投影的分类

轴测投影分为正轴测投影和斜轴测投影两大类。这两类轴测图按其轴向伸缩系数是否相等，每类又可分为三种。

（1）当 $p=q=r$ 时，称为正（或斜）等轴测图，简称正（或斜）等测。

（2）当 $p=q\neq r$，或 $p=r\neq q$，或 $p\neq q=r$ 时，称为正（或斜）二等轴测图，简称正（或斜）二测。

（3）当 $p\neq q\neq r$ 时，称为正（或斜）三轴测图，简称正（或斜）三测。

实际作图中，采用最多的是正等轴测图和斜二测轴测图。

5.2　正等轴测图

5.2.1　正等轴测图的轴间角和各轴向的简化伸缩系数

1. 轴间角

在正等轴测图中，要使三个轴向伸缩系数都相等，必须使确定物体空间位置的三根坐标轴与轴测投影面的倾角都相等，如图 5-2 所示。投影后，轴间角 $\angle X_1O_1Y_1=\angle X_1O_1Z_1=\angle Y_1O_1Z_1=120°$。在绘图时，将 O_1Z_1 轴画成铅垂线，O_1X_1、O_1Y_1 轴分别与水平线成 $30°$ 角，画法如图 5-4 所示。

2. 简化轴向伸缩系数

正等轴测图的轴向伸缩系数都相等，$p=q=r\approx0.82$，如图 5-4（a）所示。为了使作图方便，通常采用简化的轴向伸缩系数 $p=q=r=1$，即作图时，沿各轴向量取的长度等于物体上相应轴向线段的实长。这样画出的正等轴测图，沿各轴向长度都分别放大了$\frac{1}{0.82} \approx 1.22$倍，但对理解物体的形状并无影响，如图5-4（b）所示。

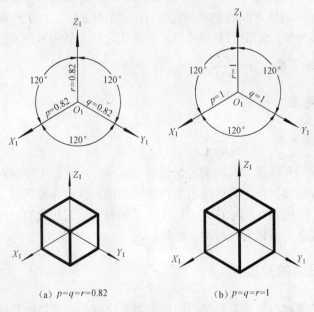

（a）$p=q=r=0.82$ （b）$p=q=r=1$

图 5-4　正等测的轴测角、轴间角

5.2.2　正等轴测图的画法

轴测图最基本的画法是坐标法，即按物体上各点的坐标画物体的轴测投影。对于比较复杂的物体，也可以先对其进行形体分析，先画基本形体，再对其进行恰当的组合或切割，最后形成所需的轴测图。

首先对物体进行形体分析，在正投影图上确定坐标轴，然后作轴测轴，按坐标关系画出图上的诸点、线，从而连成物体的正等轴测图。在确定坐标轴和具体作图时，要考虑作图简便，有利于按坐标关系定位和度量，并尽可能减少作图线。画轴测图时，一般只画出可见部分，必要时才用虚线画出不可见部分。

1. 平面立体的正等轴测图的画法

【例 5-1】画出正六棱柱的正等轴测图。

【解】

此正六棱柱的顶面和底面都是处于水平位置的正六边形，首先在正六棱柱上建立如图5-5（a）所示的坐标轴，使正六棱柱的顶点1、4在O_1X_1轴上，在O_1Y_1轴上量得C_1、D_1，Z_1轴垂直于底面。画图时，从上向下进行可减少不必要的作图线，作图步骤如图5-5所示。

【例 5-2】画出如图5-6（a）所示组合体的正等轴测图。

【解】

此组合体为切割式组合，一般先按物体主要轮廓的长、宽、高尺寸构造一个外接长方体，再按形体分析的方法逐块切去多余的部分。如图5-6（a）所示组合体可看做是由一个大长方体在左上方切去一个小长方体，形成一个台阶面，再从台阶面中间切去一个小长方体形成长方槽而成，作图步骤如图 5-6 所示。

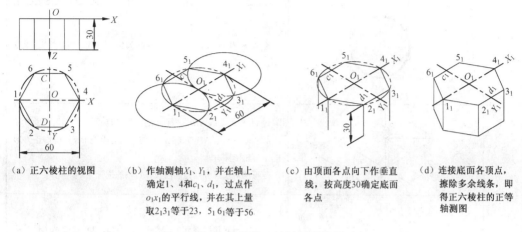

（a）正六棱柱的视图　（b）作轴测轴X_1、Y_1，并在轴上　（c）由顶面各点向下作垂直　（d）连接底面各顶点，
　　　　　　　　　　　　确定1、4和c_1、d_1，过点作　　　线，按高度30确定底面　　　擦除多余线条，即
　　　　　　　　　　　　o_1x_1的平行线，并在其上量　　各点　　　　　　　　　　得正六棱柱的正等
　　　　　　　　　　　　取2_13_1等于23，5_16_1等于56　　　　　　　　　　　　　轴测图

图 5-5　正六棱柱的正等轴测图作图过程

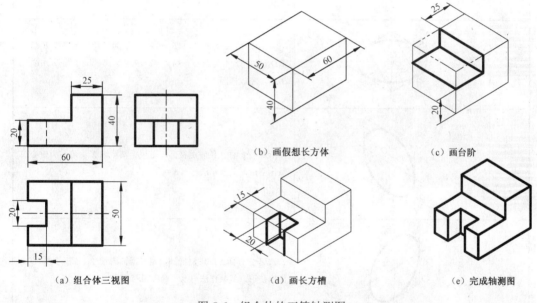

（a）组合体三视图　　　　　　　（d）画长方槽　　　　　　　（e）完成轴测图

（b）画假想长方体　　　　　　　（c）画台阶

图 5-6　组合体的正等轴测图

2. 曲面立体的正等轴测图的画法

曲面立体都具有圆形底面或截面，凡平行于某投影面的圆，其正等轴测图都是椭圆。在实际作图时，一般不要求准确地画出椭圆的曲线，而是采用"菱形法"画出近似椭圆。如表 5-1 所示为平行于 XOY 面（水平投影面）的圆（直径为 d）的正等测椭圆近似画法的作图步骤。

表中菱形的长对角线为椭圆长轴的方向，菱形的短对角线为椭圆短轴的方向，其长、短轴的长度是由作图得出的。

平行于正立投影面或侧立投影面的圆，它们的正等轴测图——椭圆的近似画法和上面的一样，如图 5-7 所示。

表 5-1　菱形法画圆的正等轴测图

步骤	图　例	做　法　说　明
1	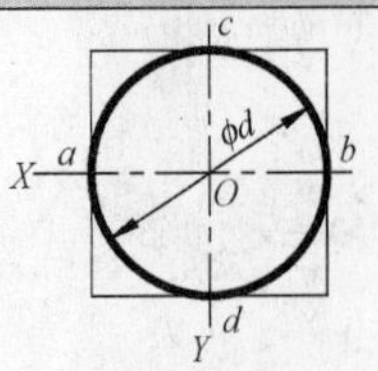	在 XOY 坐标面上，建立圆心 O 为坐标原点，中心线 ab 为 x 轴，中心线 cd 为 y 轴
2	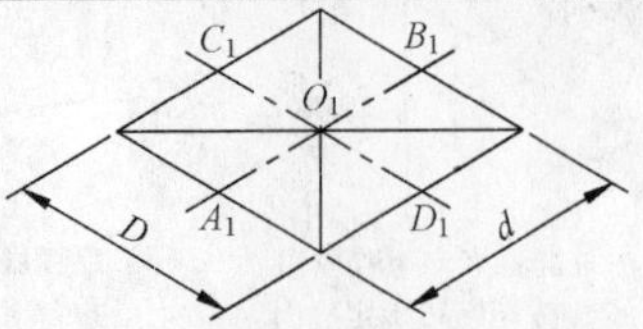	过 O_1 作中心线 A_1B_1 平行于 X_1，作 C_1D_1 平行于 Y_1，再以直径 d 为距离，分别作中心线的平行线，相交成菱形（即外切正方形的正等轴测图）； 菱形的对角线分别为椭圆长、短轴的位置
3	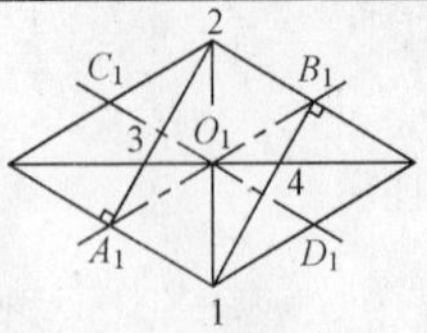	过菱形短对角线端点 1、2，分别连 $1B_1$、$2A_1$ 交长轴（长对角线）于 3、4 两点，则 1、2、3、4 即为四段圆弧的圆心
4	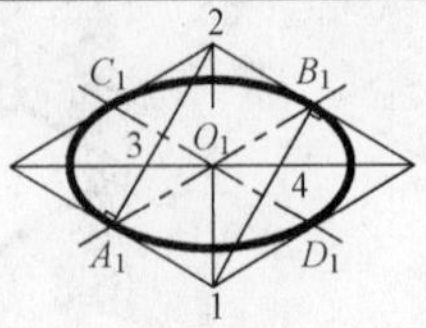	分别以 1、2 为圆心，$1B_1$（或 $2A_1$）为半径画大圆弧 B_1C_1、A_1D_1，以 3、4 为圆心，$3A_1$（或 $4B_1$）为半径画小圆弧 A_1C_1、B_1D_1，完成椭圆
5	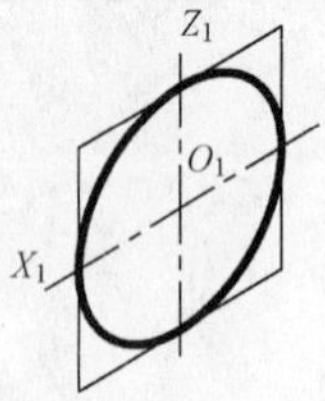	XOZ 坐标面上的轴测椭圆，是根据轴测轴 X_1、Z_1，为中心线做出菱形，其余作法与水平椭圆相同
6	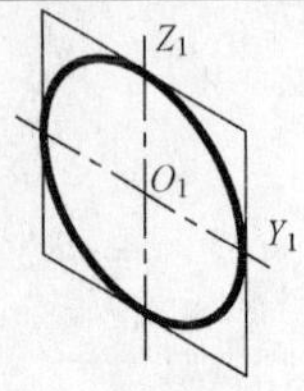	YOZ 坐标面上的轴测椭圆，是根据轴测轴 Y_1、Z_1，为中心线做出菱形，其余作法与水平椭圆相同

【例 5-3】 画出圆柱的正等轴测图。

【解】

　　直立圆柱的顶面和底面都是直径为 d 的水平圆，圆柱体的高度为 h。首先建立圆心为坐标圆点的轴测轴，如图 5-8（b）所示，然后用菱形法先画出圆柱顶圆的正等测椭圆，如图 5-8（c）所示；将所画顶面椭圆的 4 个圆心沿轴测轴 O_1Z_1 方向分别向下移动圆柱高 h 的距离，即得画底面椭圆的 4 个圆心，用同样的方法画出圆柱底面的椭圆，如图 5-8（d）所示；作两椭圆的公切线；擦去多余的图线，并将可见的轮廓线描粗，完成圆柱体的正等轴测图，如图 5-8（e）所示。

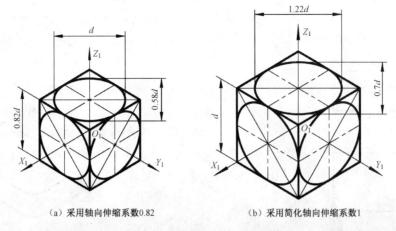

(a) 采用轴向伸缩系数0.82　　　　　　(b) 采用简化轴向伸缩系数1

图 5-7　分别平行于正立投影面、水平投影面、侧立投影面的圆的正等轴测图

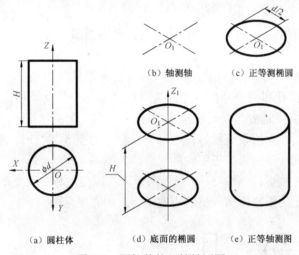

（a）圆柱体　　　（b）轴测轴　　（c）正等测椭圆　　（d）底面的椭圆　　（e）正等轴测图

图 5-8　圆柱体的正等轴测图

【例 5-4】画出带圆角平板的正等轴测图。

【解】

机械零件上常有半圆、1/4 圆弧的情况。半圆可按整圆画法画出，1/4 圆弧亦可类似处理，但通常用更便捷的画法。作图步骤如图 5-9 所示。

如图 5-9（a）所示为圆角平板的视图；如图 5-9（b）所示为画出圆角平板的包络长方体，分别过顶点以 R 截取 A、B、C、D，以它们的垂足，作棱线的垂线交于 O_1、O_2；如图 5-9（c）所示为以 O_1、O_2 为圆心，分别以 O_1A、O_2C 为半径画弧，即得圆角的正等轴测投影；如图 5-9（d）所示为下底面可用下移法依样画出；如图 5-9（e）所示为擦去多余作图线，即得圆角平板的正等轴测投影。

3. 组合体正等轴测图的画法

组合体是简单形体通过叠加、截切、相切、相贯等方式组合而成。首先应进行形体分析，弄清组合体由哪些基本形体组成，然后逐个画出基本形体的轴测投影，并根据它们的相对位置和组成方式加以整理，就可画出组合体的轴测图。画图时，应由上而下、由前至后进行，以避免多余的作图线。轴测图上一般不画虚线。

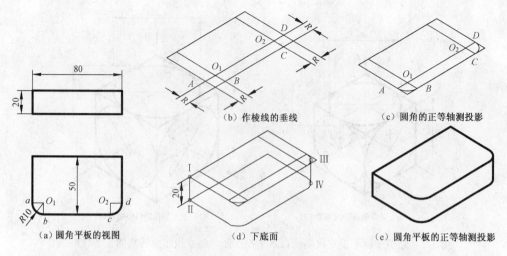

（a）圆角平板的视图　　　（b）作棱线的垂线　　　（c）圆角的正等轴测投影

（d）下底面　　　（e）圆角平板的正等轴测投影

图 5-9　圆角平板的正等轴测图

【例 5-5】画出如图 5-10（a）所示组合体的正等轴测图。

【解】

如图 5-10（a）所示组合体是由底板、立块及三角形筋板组成的。底板的基本形状为长方形，其上有两个圆柱孔和两个圆角；上部为立板，基本形体是圆柱面与棱柱面，上面有圆孔；中间用三角形筋板将底板与立板连接在一起。

作图时先画出底板、立板及筋板的正等轴测投影，如图 5-10（b）、图 5-10（c）所示；接着画出底板、立板上圆孔及圆弧的正等轴测投影，如图 5-10（d）所示；最后清理多余图线，即得组合体的正等轴测投影，如图 5-10（e）所示。在画图过程中，先把基本形体按平面立体画出，再画各个平面上的投影椭圆，最后清理图面，即完成全图。

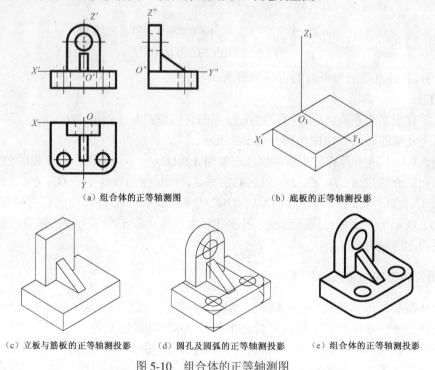

（a）组合体的正等轴测图　　　（b）底板的正等轴测投影

（c）立板与筋板的正等轴测投影　　　（d）圆孔及圆弧的正等轴测投影　　　（e）组合体的正等轴测投影

图 5-10　组合体的正等轴测图

5.3 斜二等轴测图

将物体连同确定其空间位置的直角坐标系，用斜投影法投影到与正立投影面（XOY 面）平行的轴测投影面 P 上，这样便得到物体的斜二等轴测图，简称斜二测，如图 5-3 所示。

5.3.1 斜二等轴测图的轴间角和轴向伸缩系数

由于正立投影面（XOZ 面）平行于轴测投影面 P，所以轴测轴 O_1X_1、O_1Z_1 仍分别为水平方向和铅垂方向，其轴向伸缩系数 $p=r=1$；轴测轴 O_1Y_1 取与水平线成 45°角，其轴向伸缩系数 $q=1/2$，如图 5-11 所示为正面斜二测的轴间角和各轴向伸缩系数：$\angle X_1O_1Z_1=90°$、$\angle X_1O_1Y_1=\angle Y_1O_1Z_1=135°$；$p=r=1$、$q=1/2$。

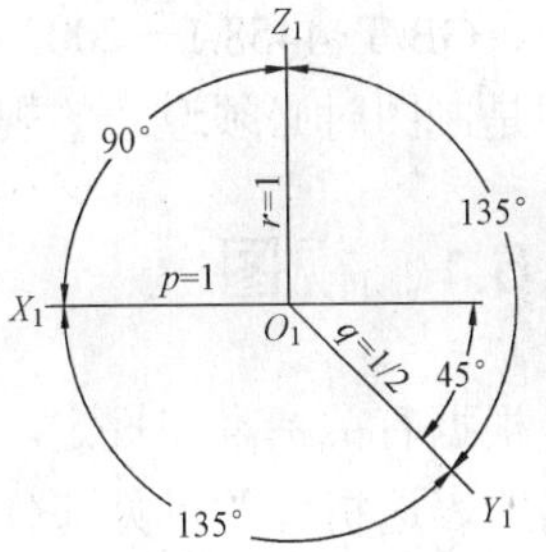

5.3.2 斜二等轴测图的画法

图 5-11 轴间角和各轴向伸缩系数

在斜二等轴测图中，物体上平行于 XOZ 坐标面的直线和平面图形，都反映实长和实形。当物体上有较多的圆或曲线平行于 XOZ 坐标面时，采用斜二等轴测图比较简便。

【例 5-6】画出如图 5-12（a）所示的组合体的斜二等轴测图。

【解】

该组合体的上部为阶梯回转体，为使作图简便，选取 OY 轴与回转体轴线重合，坐标轴如图 5-12（a）所示，这样组合体上的所有圆均平行于 XOZ 坐标面，在斜二等轴测图上反映实形。首先画出轴测轴，确定竖板上圆的圆心位置 O_1，如图 5-12（b）所示；接着画底板部分，如图 5-12（c）所示；画竖板前面的叠加圆柱体部分，将 O_1 沿 Y 轴向前平移叠加圆柱体的厚度，得到叠加圆柱体的前表面的圆心，作两圆的共切线，如图 5-12（d）所示；最后擦去多余作图线，描深可见轮廓线，完成组合体的斜二等轴测图，如图 5-12（e）所示。

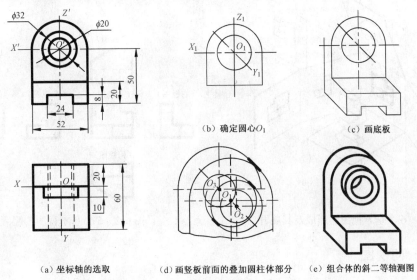

（a）坐标轴的选取　　（d）画竖板前面的叠加圆柱体部分　　（e）组合体的斜二等轴测图

图 5-12　组合体的斜二等轴测图的画法

第6章 机件常用的表达方法

在实际工程中，由于使用场合和要求的不同，机件的结构形状也就各有不同，对于形状和结构都比较复杂的机件，用前面所学的表达方法已难于做到完整、清晰。本章介绍的机械图样的表达方法，主要是国家标准《技术制图》和《机械制图》图样画法（GB/T 4458.1—2002 视图、GB/T 4458.1—2002 剖视图和断面图、GB/T 16675.1—1996 简化表示法）中的内容，它们是制图时必须遵守的规定，用这些方法可以简洁、清晰地表达各种机件。

6.1 视图

根据有关标准和规定，用正投影法所绘制的机件的多面正投影图称为视图。视图一般只画出所表达机件的可见部分，必要时才画出其不可见部分。

用于表达机件外形的视图主要有基本视图、向视图、局部视图和斜视图 4 种。

6.1.1 基本视图

国标规定，机件向基本投影面作正投射所得到的视图称为基本视图。基本投影面为正六面体的 6 个面，将机件置于六面体中，分别向 6 个基本投影面投射，即得到 6 个基本视图，如图 6-1 所示。在 6 个基本视图中，除前面已介绍过的主视图、俯视图和左视图外，还有由右向左投影所得的右视图，由下向上投影所得的仰视图，由后向前投影所得的后视图。

按如图 6-1 所示的顺序展开 6 个基本投影面。6 个基本视图在同一张图纸内，按如图 6-2 所示的配置时，可不标注视图名称，各视图间仍然保持"长对正、高平齐、宽相等"的投影关系。

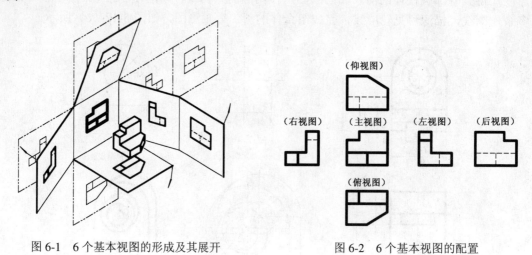

图 6-1　6 个基本视图的形成及其展开　　　　图 6-2　6 个基本视图的配置

6.1.2 向视图

向视图是可以自由配置的视图。为了便于识别和查询自由配置后的向视图，应在向视图上方标注"×"（"×"为大写拉丁字母），在相应视图附近用箭头指明投射方向，并标注相同的字母，如图6-3所示。

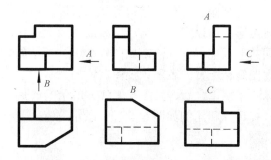

图6-3 向视图及其标注

6.1.3 局部视图

局部视图是将机件的某一局部向基本投影面投射所得的视图，如图6-4（a）所示的C向视图和如图6-4（b）所示的B向视图。

画局部视图时，一般应在局部视图的上方标注出视图的名称"×"，并在相应的视图附近用箭头指明投射方向，注上相同的字母，如图6-4（b）所示的B向、C向视图。

当局部视图按投影关系配置，中间又无其他图形隔开时，可省略标注，如图6-4（a）所示的B向视图。

局部视图的范围应以视图的轮廓线和波浪线的组合表示，如图6-4所示的B向视图，当所表示的结构形状完整，外轮廓线封闭时，波浪线可省略，如图6-4所示的C向视图。

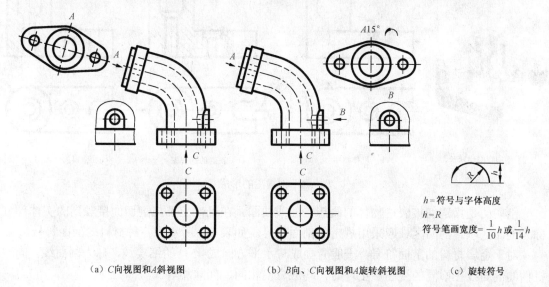

（a）C向视图和A斜视图　　　　（b）B向、C向视图和A旋转斜视图　　　（c）旋转符号

图6-4 弯管的局部视图和斜视图的配置形式及旋转符号

6.1.4 斜视图

斜视图是机件向不平行于基本投影面投射所得的视图。当机件上某部分的倾斜结构，如图6-4所示的弯管左上方的斜凸缘，在基本视图中不能反映实形。这时可选用一个新的辅助

投影面 H_1，使它与机件上倾斜部分平行（且垂直于一个投影面），然后将这倾斜部分向 H_1 面投射，就可得到反映该部分实形的视图，即斜视图，如图 6-4（a）所示的 A 斜视图。

因为斜视图只是为了表达其倾斜部分的结构形状，所以其他原来平行基本投影面的一些结构，在斜视图中不反映实形，可以省略不画，用波浪线或双折线假想断开。

斜视图通常按向视图的形式配置并标注，如图 6-4（a）所示的 A 斜视图。

必要时，允许将斜视图旋转配置。表示该视图名称的大写拉丁字母应靠近旋转符号的箭头，也允许将旋转角度标注在字母之后，如图 6-4（b）所示的 A 旋转斜视图。旋转符号是半径为字高的半圆形箭头，其尺寸和比例如图 6-4（c）所示。

6.2 剖视

有些机件内外结构形状复杂，在视图中，内腔与外形的虚线、实线交错、重叠，很难分清层次，影响图样的清晰性，给看图造成困难，且不利于标注尺寸。为了清晰地表达机件内部的结构形状，常采用剖视的画法。

6.2.1 剖视的概念

1. 剖视图的形成

假想用剖切面剖开机件，将处在观察者和剖切面之间的部分移去，而将其余部分向投影面投射所得到的图形，称为剖视图，简称剖视，如图 6-5 所示。

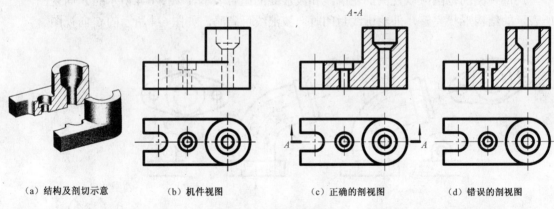

| （a）结构及剖切示意 | （b）机件视图 | （c）正确的剖视图 | （d）错误的剖视图 |

图 6-5 剖视图的形成

剖切面是指剖切被表达物体的假想平面或曲面。在机件上凡与剖切面接触到的实体部分称为剖面区域。剖面区域应采用规定的剖面符号。如表 6-1 所示为各种材料的剖面符号。

对于金属材料的剖面符号，一般应画成与水平方向成 45° 的细实线，称为剖面线。同一机件的剖面线在不同的视图中出现时，均应方向相同、间隔相等。

2. 画剖视图的注意事项

画剖视图应注意如下事项。

（1）为使剖视图反映实形，剖切平面一般应平行于某一对应的投影面；剖切时通过机件的对称面或内部孔、槽的轴线。

（2）由于剖切是假想的，虽然机件的某个视图画成剖视图，然而机件仍是完整的，所以机件的其他视图仍按完整时画出，如图 6-5 所示的俯视图。

（3）剖视图中所指的其余部分，包含剖面区域和剖面区域后可见形体的投影，如图 6-5 所示的主视图。

（4）在剖视图中一般不画虚线。只有当机件的结构没有完全表达清楚，若画出少量的虚线可减少视图数量时，才画出必要的虚线。如图 6-6（a）所示俯视图中的半圆形通槽已经表达清楚，主视图中的虚线就没有必要画出；图 6-6（b）所示台阶面的高度，如无其他视图补充表达时，就可在主视图中借助于虚线来表示。

（5）当剖切平面通过肋板的对称面时，肋板不画剖面符号，而用粗实线将它与其相邻部分分开。

表 6-1　各种材料的剖面符号

金属材料 （已有规定剖面符号者除外）		木质胶合板（不分层数）	
线圈绕组元件		基础周围的泥土	
转子、电枢、变压器和 电抗器等的叠钢片		混凝土	
非金属材料 （已有规定剖面符号者除外）		钢筋混凝土	
型砂、填砂、粉末冶金、砂轮、陶 瓷刀片、硬质合金刀片等		砖	
玻璃及供观察用的其他透明材料		格网（筛网、过滤网等）	
木材	纵剖面	液体	
	横剖面		

注：① 剖面符号仅表示材料的类别，材料的名称和代号必须另行说明；

　　② 叠钢片的剖面线方向，应与束装中叠钢片的方向一致；

　　③ 液面用细实线绘制。

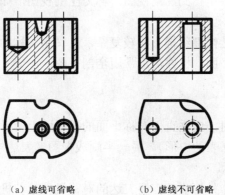

（a）虚线可省略　　　　　（b）虚线不可省略

图 6-6　剖视图中虚线的处理

3. 剖视图的标注

以下介绍剖视图的标注。

（1）剖视图的标注一般应包括三项内容，即：剖切位置、剖视名称、投射方向。用剖切符号（线宽约 1~1.5mm、长约 5~10mm 断开的粗实线）在有关的视图上画出剖切平面的剖切位置；在剖切符号的起、讫处标注相同的大写拉丁字母"×"，并在相应的剖视图上方用同样的字母标注其名称"×-×"；用箭头表示投射方向，如图 6-7 所示的 B-B 剖视图的标注方法。

（2）当剖视图按投影关系配置，中间又无其他图形隔开时，可省略箭头，如图 6-7 所示的左视图，其剖切符号的起讫处未画箭头。

（3）当单一的剖切平面通过机件的对称平面或基本对称平面，且剖视图的配置符合投影关系，中间又无其他图形隔开时，可省略标注，如图 6-7 所示的主视图画成剖视图后不需要标注。

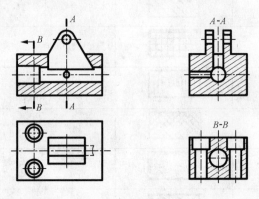

图 6-7　剖视图的标注

6.2.2　剖视图的种类

剖视图按其图形的特点可分为全剖视图、半剖视图、局部剖视图三类。

1. 全剖视图

用剖切面完全剖开机件所得到的剖视图，称为全剖视图，如图 6-7 所示的主视图、左视图。

全剖视图主要用于表达内部结构形状较复杂，且又不对称的机件。为了便于标注尺寸，对于外形简单，具有对称平面的机件，也常用全剖视图。

2. 半剖视图

当机件具有对称平面时，向垂直于对称平面的投影面上投射所得的图形，常以对称中心线为界，一半画成剖视图（表达内形），另一半画成视图（表达外形），这样得到的图形，称为半剖视图，如图 6-8 所示。

半剖视图主要用于内、外形状都需要表达的对称机件，若机件接近对称，且不对称部分已在其他视图中表达清楚，也可采用半剖视图，如图 6-9 所示。

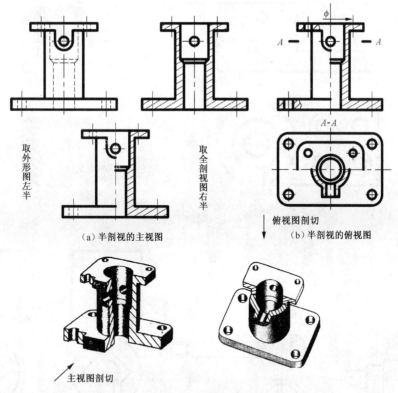

（a）半剖视的主视图　　　　　　　　　　　（b）半剖视的俯视图

取外形图左半　　取全剖视图右半　　俯视图剖切

A—A

φ

主视图剖切

（c）半剖视模型

图 6-8　半剖视图

画半剖视图时，剖视与视图的分界线为机件的对称中心线。由于半剖视图的图形对称，可同时兼顾内、外形状的表达，所以在表达外形的视图中就不必再画出表达内形的虚线。

半剖视图的标注原则上同用单一剖切平面剖切的全剖视图；标注机件的内形尺寸时，由于另一半未被剖出，其尺寸线仅画一个箭头，且略超过对称中心线，如图 6-8（b）所示。

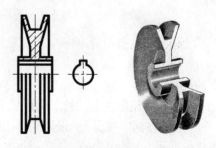

图 6-9　局部不对称机件的半剖视图

3. 局部剖视图

局部剖视图是用剖切平面局部地剖开机件所得的剖视图，如图 6-10 所示。

局部剖视图一般适用于下列情况。

（1）当机件的内外结构形状均需表达，但因机件不对称不宜画成半剖视图时用局部视图，如图 6-10 所示。

（2）当机件只有局部内形需表达时用局部视图，如图 6-11 所示，为了表达轴上的槽或孔，只需局部地剖开机件，而其余的实体部分不用剖切。

（3）当对称机件的轮廓线与中心线重合，不宜采用半剖视图时用局部剖视图，如图 6-12 所示。

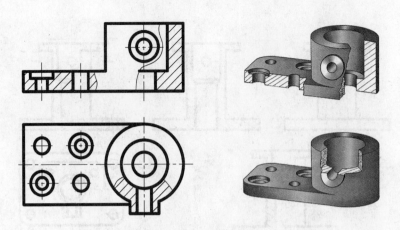

图 6-10　局部剖视图

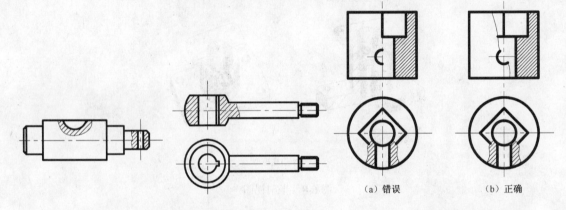

图 6-11　局部剖视图应用示例（一）　　　图 6-12　局部剖视图应用示例（二）

画局部剖视图时，应注意以下几点。

（1）在局部剖视图中，剖视与视图的分界线为波浪线或双折线，如图 6-10 所示。

画波浪线时应注意：波浪线应画在机件的实体部分上，如遇孔、槽，波浪线必须断开；波浪线不能超出视图的外形轮廓线；波浪线不应与图形上的其他图线重合。

（2）在同一视图上，采用局部剖的数量不宜太多，否则会使图形过于破碎，影响图形清晰。

6.2.3　剖切面的种类

由于表达的机件内部结构不同，剖切位置不同。GB/T 17452—2000 规定了三种形式的剖切面。剖开机件后可根据需要选择剖视图的种类。

1. 单一剖切面

用单一且平行基本投影面的平面剖开机件。前面介绍过的全剖视图、半剖视图和局部剖视图选用的剖切平面都是这种剖切面。

2. 几个相交的剖切平面

用几个相交的剖切平面（交线垂直于某一投影面）剖开机件，这种方法称为旋转剖，如图 6-13 所示。这种方法主要用来表达孔、槽等内部结构不在同一剖切平面内，但又具有同一回转轴线的机件。

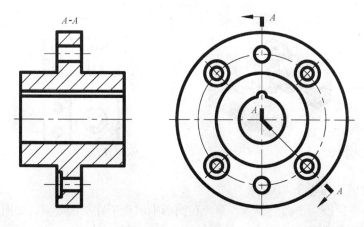

图 6-13　旋转剖

旋转剖画剖视图时应注意以下几点。

（1）几个相交剖切平面的交线垂直于某一投影，该投影面为基本投影面。

（2）采用旋转剖画剖视图时，首先把由倾斜平面剖开的结构连同有关部分旋转到与选定的基本投影面平行的位置，然后再进行投射，即按"先剖切后旋转再投射"的方法画剖视图，如图 6-13 所示。

（3）位于剖切平面后且与所表达的结构关系不甚密切的结构，或一起旋转容易引起误解的结构，如图 6-14 所示的油孔，一般仍按原来的位置投射。

（4）当剖切后产生不完整要素时，应将此部分按不剖绘制，如图 6-15 所示。

采用旋转剖画剖视图时必须标注。标注时，在剖切平面起、止、转折处画上剖切符号，标上同一字母，并在起、止处画上箭头表示投射方向。在剖视图上方标注处剖视名称"×–×"，如图 6-13 所示。当剖视图的配置符合投影关系，中间又无图形隔开时，可省略箭头，如图 6-15 所示。

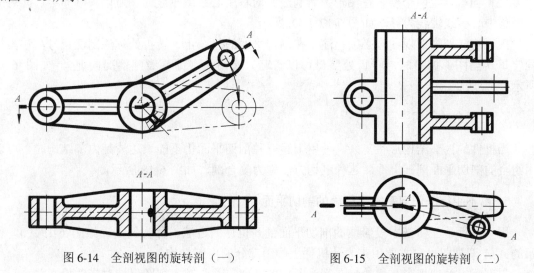

图 6-14　全剖视图的旋转剖（一）　　　图 6-15　全剖视图的旋转剖（二）

3. 几个平行的剖切平面

用几个平行的剖切平面剖开机件的方法称为阶梯剖，如图 6-16 所示。它主要用来表达孔、槽等内部结构，适用于层次较多，但不在同一剖切平面内的机件。

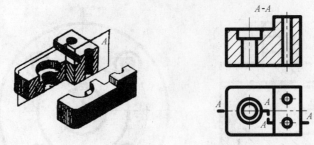

图 6-16　阶梯剖

画阶梯剖时应注意以下几点。

（1）要正确选择剖切平面的位置，避免在图形中出现不完整的要素，如图 6-17（a）所示。

（2）不应在剖视图中画出各剖切平面转折处的分界线，如图 6-17（b）所示；剖切平面的转折处不应与视图中轮廓线重合，如图 6-17（c）所示。

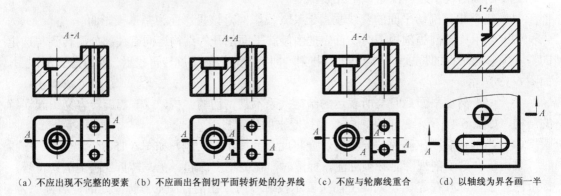

（a）不应出现不完整的要素　（b）不应画出各剖切平面转折处的分界线　（c）不应与轮廓线重合　（d）以轴线为界各画一半

图 6-17　阶梯剖的错误画法

（3）当机件上两个要素在图形上具有公共对称中心线或轴线时，可以各画一半，此时应以对称中心线或轴线为界，如图 6-17（d）所示。

采用阶梯剖画剖视图时必须标注。在剖切平面的起、止、转折处标注剖切符号，注写相同字母（当图形拥挤时，转折处字母可以省略）及箭头（箭头省略情况同前），如图 6-16所示。

4. 用组合的剖切平面

当机件的内部结构形状复杂，使用上述三种剖切平面仍不能表达清楚内部结构时，可以用组合的剖切平面剖开机件，这种剖切方法称为复合剖，如图 6-18 所示。

5. 用不平行于任何基本投影面的剖切平面

用不平行于任何基本投影面的剖切平面剖开机件的方法，称为斜剖，如图 6-19（b）所示的 A-A 剖视图，它主要用来表达机件上倾斜部分的内部结构。

斜剖所得的剖视图一般放置在箭头所指的方向，并与基本视图保持对应的投影关系，在不会引起误解时，允许将剖视图旋转，但要在剖视图上方指明旋转方向并标注字母，如图 6-19（c）所示。

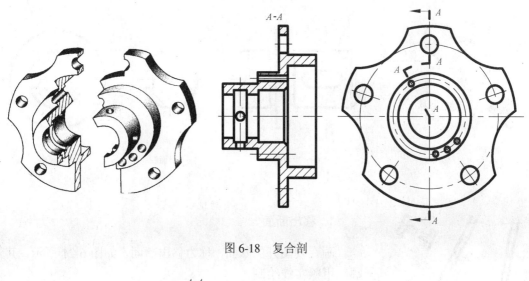

图 6-18 复合剖

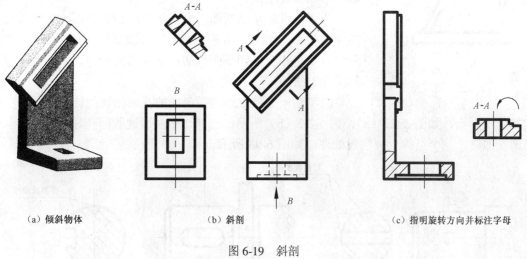

（a）倾斜物体 　　　　　　（b）斜剖 　　　　　　（c）指明旋转方向并标注字母

图 6-19 斜剖

6.3 断面图

6.3.1 断面图的概念

假想用剖切面将机件的某处切断，仅画出剖切面与机件接触部分的图形，称为断面图，简称断面，如图 6-20 所示，它常被用来表达机件上的肋、轮辐、槽、孔、型材等的断面形状。

断面图与剖视图的区别在于：断面图是仅画出机件断面形状的图形，如图 6-20（c）所示，而剖视图除要画出断面形状外，还需画出剖切平面后面的可见轮廓线，如图 6-20（d）所示。

6.3.2 断面图的种类

根据断面图配置位置的不同，断面图可分为移出断面和重合断面。

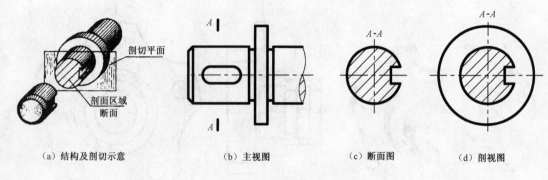

| （a）结构及剖切示意 | （b）主视图 | （c）断面图 | （d）剖视图 |

图 6-20　断面图

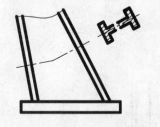

图 6-21　用两个相交剖切面的移出断面图

1. 移出断面

画在视图外的断面，称为移出断面，如图 6-21 所示，其轮廓线用粗实线绘制。

为了能够表示出断面的真实形状，剖切平面一般应垂直于机件的轮廓，如图 6-20 所示，或通过圆弧轮廓线的中心。若由两个或多个相交剖切平面剖切得出的移出断面，中间应断开，如图 6-21 所示。

当剖切平面通过回转面形成的孔或凹坑的轴线时，这些结构按剖视画出，如图 6-22（a）、图 6-22（b）所示；当剖切平面通过非圆孔导致出现完全分离的断面时，这个结构也按剖视处理，如图 6-23 所示。

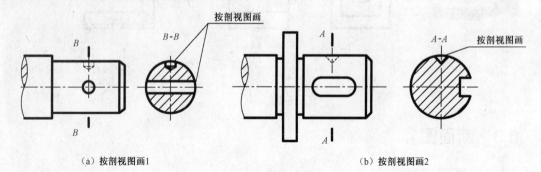

| （a）按剖视图画1 | （b）按剖视图画2 |

图 6-22　断面图的特殊规定（一）

移出断面应尽量配置在剖切线的延长线上；断面图形对称时也可画在视图的中断处，如图 6-24 所示；必要时可将移出断面图画在适当位置，在不致引起误解时，允许将图形旋转，如图 6-23 所示。

2. 重合断面

画在视图内的断面称为重合断面，其轮廓线用细实线绘制，如图 6-25 所示。

当视图的轮廓线与重合断面的图形重叠时，视图的轮廓线仍应连续画出，不可中断。

6.3.3　断面图的标注

断面图一般应用剖切符号标出剖切位置；用箭头指明投射方向，并注上字母；在断面图的上方用相同的字母标出其名称，如图 6-26 所示。有时，断面图上也可省略标注，对各种情况的移出断面和重合断面的配置及标注，可参考表 6-2。

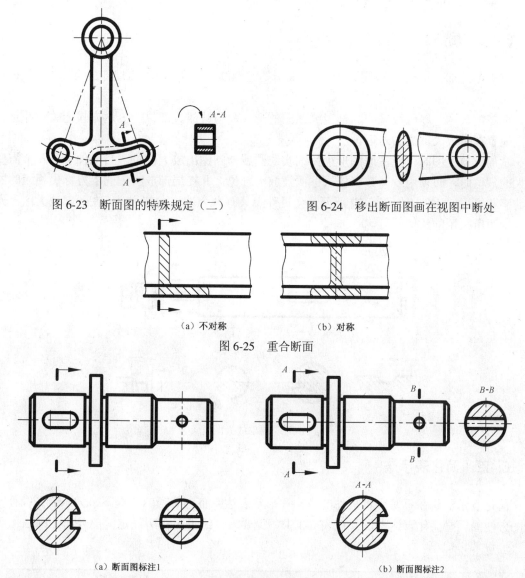

图 6-23　断面图的特殊规定（二）　　　图 6-24　移出断面图画在视图中断处

（a）不对称　　　　　　　　（b）对称

图 6-25　重合断面

（a）断面图标注1　　　　　　　　　　（b）断面图标注2

图 6-26　移出断面图的布置及标注

表 6-2　断面图标注参考

断面种类	断面位置	图形对称	图形不对称
移出断面	画在剖切符号延长线上	不必标注，如图 6-26（a）所示	标注剖切符号和表示投影方向的箭头，如图 6-26（a）所示
	不画在剖切符号延长线上	标注剖切符号和字母，如图 6-26（b）所示	标注剖切符号、箭头和字母，如图 6-26（b）所示
	按投影关系配置	标注剖切符号和字母，如图 6-22（a）所示	标注剖切符号和字母，如图 6-22（b）所示
	画在视图中断处	图形对称不需标注，如图 6-24 所示	
重合断面	直接画在视图内剖切位置处	不必标注，如图 6-25（b）所示	标注剖切符号和表示投影方向的箭头，如图 6-25（a）所示，也可省略

6.4　其他表达方法

6.4.1　局部放大图

将机件的部分结构,用大于原图形所采用的比例画出的图形,称为局部放大图,如图 6-27 所示。

局部放大图可以画成视图、剖视或断面的形式,与被放大部位的表达方式无关,并且应尽量配置在被放大部位的附近。

画局部放大图时,应在原图形上用细实线圆或长圆圈出放大部位。当机件上有几个需要放大的部位时,必须用罗马数字依次标明被放大部位,并在局部放大图的上方标出相应的罗马数字和采用的比例,如图 6-27 所示。当机件上只有一个被放大部位时,在局部放大图上方只需注明所采用的比例。

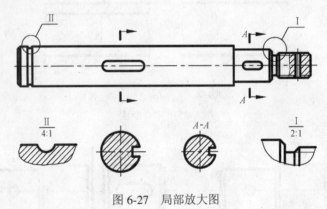

图 6-27　局部放大图

6.4.2　简化表示法

简化表示法是在不妨碍将机件的结构和形状表达完整、清晰的前提下,力求制图简便,看图方便的一些简化表达方法。在表 6-3 中,扼要地介绍了国标所规定的部分简化画法。

表 6-3　简化画法

内容	图　例	说　明
机件上肋、轮辐等的剖切		(1)对于机件上的肋、轮辐及薄壁等结构,如按纵向剖切,即剖切平面通过这些结构的基本轴线或对称平面时,这些结构都不画剖面线,而用粗实线将它与其邻接部分隔开; (2)当机件回转体上均匀分布的肋、轮辐和孔等结构不处于剖切平面上时可将这些结构旋转到剖切平面上画,且对均布的孔只需详细画出一个,其余的用细点画线画出其中心位置即可;

4×φ5

内容	图　例	说　明
机件上肋、轮辐等的剖切	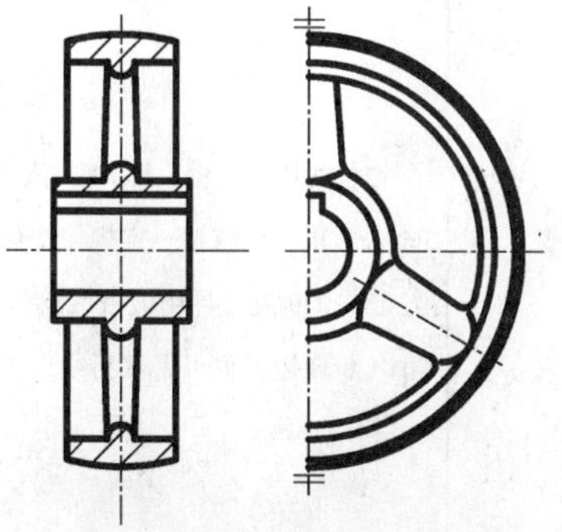	（3）在不致引起误解时，对于对称机件的视图可只画一半或接近一半，甚至可以只画 1/4。对只画一半或 1/4 的视图，应在对称中心线的两端画出两条与其垂直的平行细实线
相同要素的简化画法	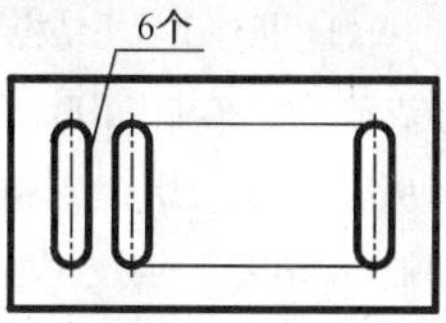 6个	当机件具有若干相同结构（如齿、槽等），并按一定的规律分布时，只需画出几个完整的结构，其余用细实线连接，但在图中必须注明该结构总数
呈规律分布孔的简化画法	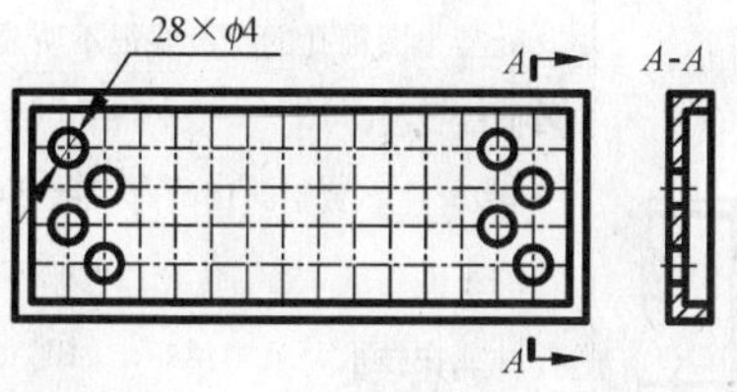 28×φ4　A　A-A	若干直径相同且呈规律分布的孔（圆孔、螺孔、沉孔等），可以只画出一个或几个，其余只需用点画线表示其中心位置，并在图中注明孔的总数
剖面符号的省略画法	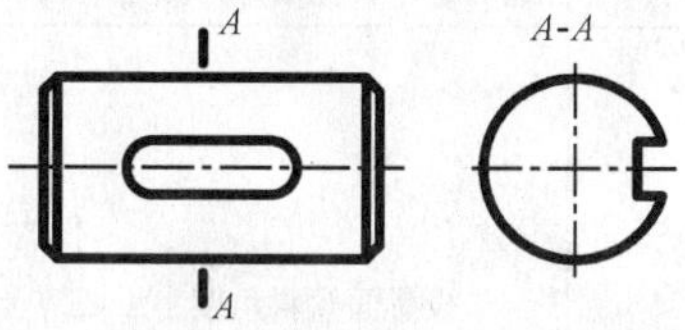 A　A-A	在不致引起误解时，机件图中的移出断面图允许省略剖面线，但剖切位置和断面图的标注必须遵照有关规定
平面符号	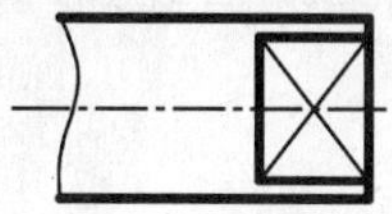	当平面图形不能充分表达平面时,可用细实线绘出对角线表示平面
滚花的简化画法	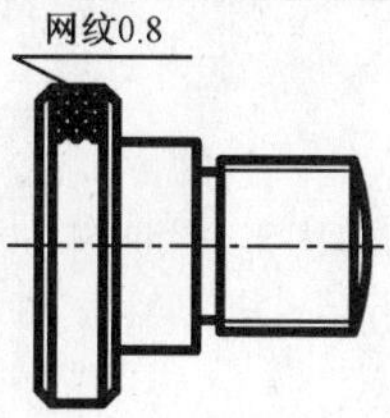 网纹0.8	机件上的滚花部分,可在轮廓线附近用粗实线完全或部分地表示出来,并在图中注明该结构的要求

内容	图 例	说 明
较长机件的简化画法	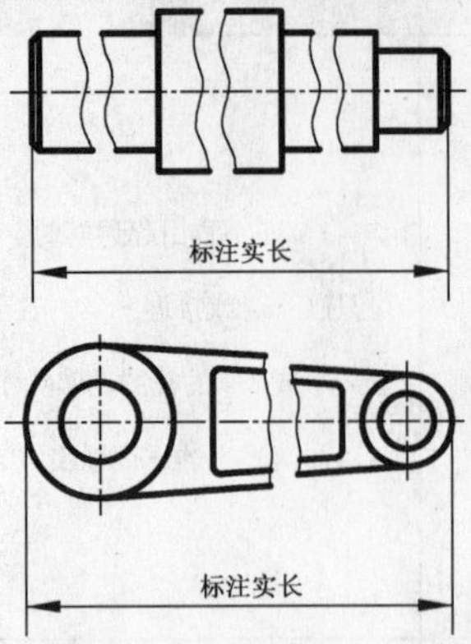	较长的机件（轴、杆、型材、连杆等）沿长度方向的形状一致或按一定规律变化时，可断开后缩短绘制，其断裂边界用波浪线绘制，但要标注实际尺寸。断裂边界也可用双折线或细双点画线绘制
较小结构的省略或简化画法	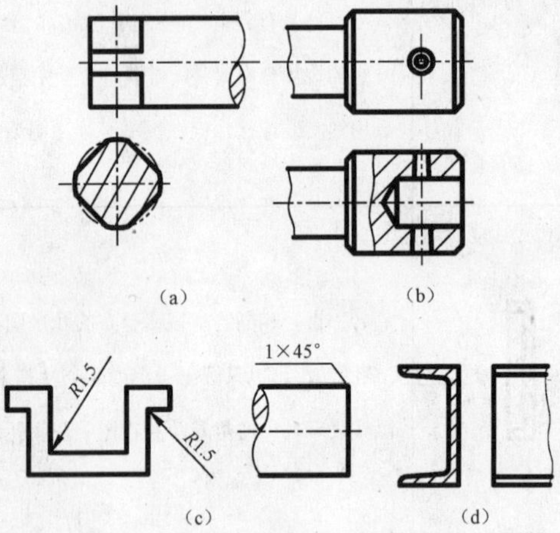	（1）机件上较小结构，如果在一个图形上已经表示清楚，在其他图形上可以简化或省略，如图(a)所示，断面图已清楚表示轴的左端被 4 个平面对称截切，但上、下截交线与转向线距离很近，主视图上可以省略不画，如图（b）所示，主视图上本应有 4 个交线圆，可简化为只画大、小圆；俯视图上几处与小圆锥孔的相贯线很不明显，可以简化为用转向线代替； （2）在不致引起误解时，机件中的小圆角、锐边的小倒角或 45°倒角允许省略不画，但必须标明尺寸或在技术要求中说明，如图（c）所示； （3）机件上斜度不大的结构，如在一个图已表达清楚，其他图形可按小端画出，如图（d）所示
较小倾斜角度圆或圆弧的简化画法	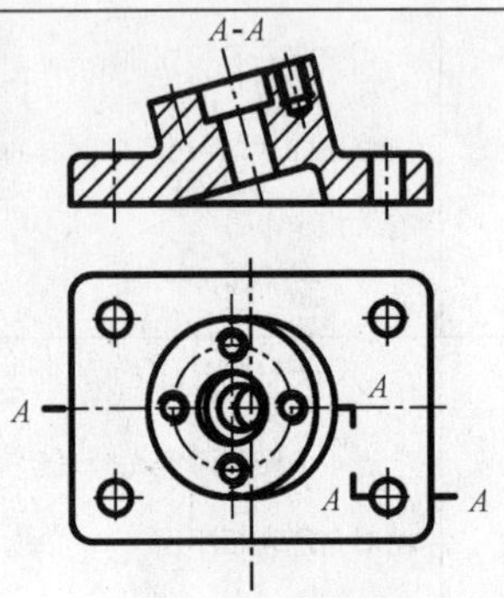	与投影面倾斜角度小于或等于 30°的圆或圆弧，其投影可用圆或圆弧代替其类似形椭圆，但俯视图上各圆的圆心位置应按投影关系来决定
圆柱形法兰上均布孔的简化画法	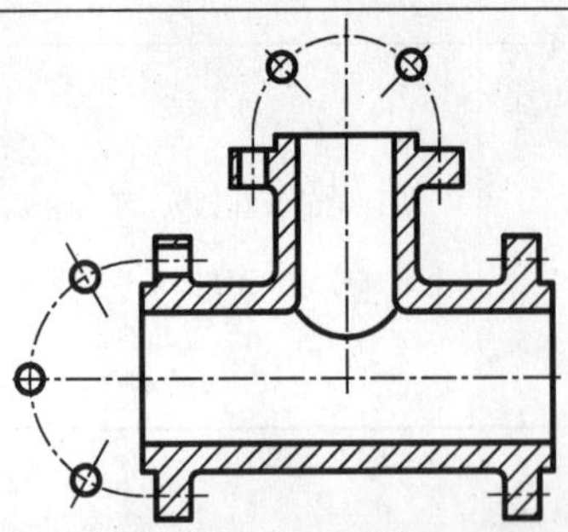	圆柱形法兰和类似机件上均匀分布的孔，可按图所示的方法表示

内容	图　例	说　明
剖切平面前结构的简化画法	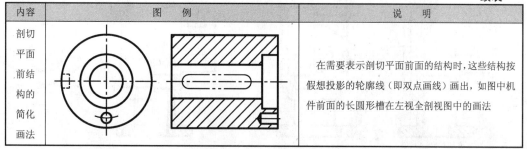	在需要表示剖切平面前面的结构时，这些结构按假想投影的轮廓线（即双点画线）画出，如图中机件前面的长圆形槽在左视全剖视图中的画法

6.5　综合应用举例

当表达一个零件时，要根据机件的形体结构，综合运用视图、剖视、断面等各种表达方法将机件的内、外结构形状表示清楚。选择机件的表达方案时，要根据机件的具体结构形状反复进行分析、比较，以获得一个最佳的表达方案，即以数量最少的一组图形，表达机件最清楚、最完整。

【例 6-1】根据阀体的轴测图，选择合适的表达方案，如图 6-28所示。

【解】

由图 6-28 可知：该阀体是一个内、外形状都比较复杂的机件，该机件大致可分为顶板（圆形）、底板（正方形）、中部圆筒及前部腰形凸缘 4 部分，顶板和底板上均有 4 个连接用的小孔，圆筒与腰形凸缘间也有孔相通。

图 6-28　阀体

方案一　如图 6-29（a）所示选用了主、俯、左三视图。主视图是过机件前后对称面剖切的全剖视图，较好地反映了机件的主要内部结构，顶部法兰上的小孔采用了简化画法，按剖切绘制；俯视图和左视图都采用了半剖视图，兼顾了内、外形状的表达，左视图还用局部剖视图表达了底板的小孔。

方案二　如图 6-29（b）所示的投影方向与方案一相同，用 C 向视图代替了左视图，只画出最需要表达的凸缘形状；同时将主视图改成局部剖视图，既表达了主要内部结构，又表达了上、下两板上的小孔；俯视图没有改变。

方案三　如图 6-29（c）所示是在方案二的基础上，将俯视图改成了沿腰形凸缘孔轴线剖切的全剖视图，着重反映直立圆柱孔与腰形凸缘孔相通的情况、底板的形状及底板上四孔分布的情况。剩下顶板的形状及顶板上四孔分布的情况，用 D 向局部视图来表达。应该说前三个表达方案均比较好，尤其方案三从作图简便和看图清晰等方面均考虑较周全。

方案四　如图 6-29（d）所示采用了主、俯视图两个图形表达机件，虽然图形表达较紧凑，但机件的形状特征和各部分的相对位置表达不够清晰，应该不是一个好的方案。

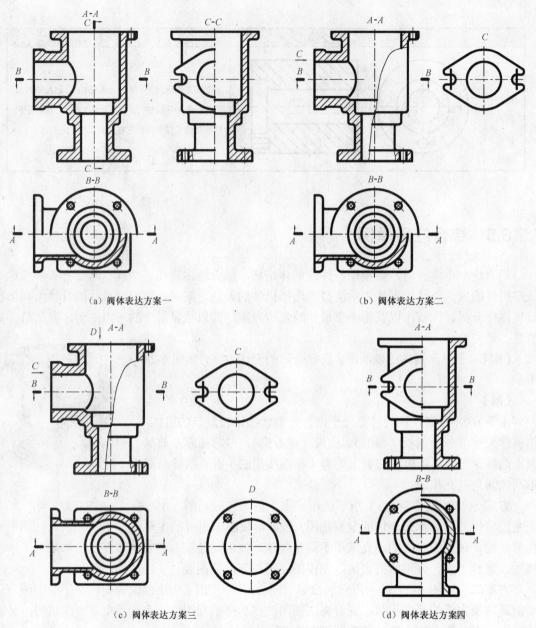

（a）阀体表达方案一　　　　　　　　　　　　　　　　（b）阀体表达方案二

（c）阀体表达方案三　　　　　　　　　　　　　　　　（d）阀体表达方案四

图 6-29　综合应用例

6.6　第三角画法简介

根据国标规定，我国的"技术图样应采用正投影法绘制，并优先采用第一角法"，"必要时（如按合同要求）允许使用第三角画法"。目前世界上，主要采用第三角画法的国家有美国、日本、加拿大、瑞士等。下面对第三角画法做简略介绍。

互相垂直的两投影面 V 和 H，把空间划分为 4 个部分，每个部分被称为一个分角，并规定：将在 V 面之前、H 面之上的部分称为第一分角，其余各分角的次序和范围，如图 6-30 所示。

第三角画法是将机件置于第三分角内，并使投影面处于观察者和机件之间，假想投影面是透明的，仍利用正投影法，向各个投影面投射来绘制视图。GB/T 14692—1993 规定，采用第三角画法时必须在图样中标出第三角画法的识别符号，而第一角识别符号一般不画，只有在必要时才画出其识别符号，如图6-31所示。

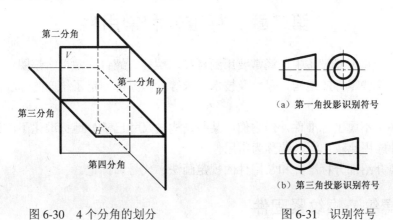

图6-30 4个分角的划分

（a）第一角投影识别符号

（b）第三角投影识别符号

图6-31 识别符号

第三角画法中机件在 V、H、W 三个投影面上的投影，分别称为前视图、顶视图、右视图，相当于用第一角画法画图时的主视图、俯视图、右视图。展开时，保持 V 面不动，H 面绕 X 轴向上旋转 90°，W 面绕 Z 轴向前旋转 90°，如图6-32（a）所示。展开后三视图的配置形式如图6-32（b）所示，在第三角画法的三视图之间，同样符合"长对正、高平齐、宽相等"的投影规律。需要注意的是，在第一分角画法的俯视图和左视图中，靠近主视图的一边是机件后面的投影；在第三分角画法的顶视图和右视图中，靠近主视图的一边是机件前面的投影。

采用第三角画法的 6 个基本视图及其配置如图6-33所示，按这样配置时一律不注视图名称。

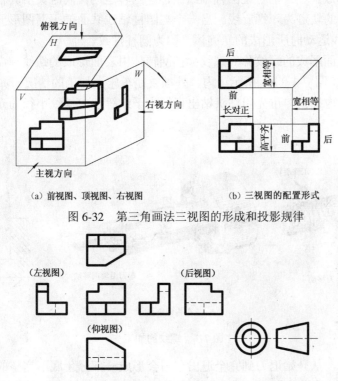

（a）前视图、顶视图、右视图

（b）三视图的配置形式

图6-32 第三角画法三视图的形成和投影规律

图6-33 第三角画法的 6 个基本视图及其配置

第 7 章 标准件和常用件

在各种机器和电器设备中，经常要用到螺栓、螺柱、螺钉、螺母、垫圈、键、销、滚动轴承等零件。这些零件的结构、尺寸及技术要求等，国家都制定了统一的标准，这类零件被称为标准件。

有些零件虽不属于标准件，但它们的某些结构与尺寸已部分地标准化了，如齿轮、弹簧等，这类零件应用比较广泛，统称为常用件。

本章主要介绍部分标准件和常用件的规定画法、代号和标记。

7.1 螺纹及螺纹紧固件

螺纹及螺纹紧固件被广泛地应用于机械、化工、航空、航天、兵器电气和造船等各行业。它的表示法标准是制图标准中一项十分重要的标准。

7.1.1 螺纹

1. 螺纹的形成与组成要素

以下介绍螺纹的形成与组成要素。

（1）螺纹的形成。当一动点绕圆柱轴线做等速回转运动，同时又沿其轴线方向做等速直线运动时，该动点的轨迹为一螺旋线。当一个与圆柱轴线共面的平面图形（如三角形、梯形等），沿圆柱螺旋线运动时所形成的螺旋体，称为圆柱螺纹。

在回转体外表面形成的螺纹称外螺纹；在回转体内表面形成的螺纹称内螺纹。

如图 7-1（a）、图 7-1（b）所示为内、外螺纹在车床上加工的情况，如图 7-1（c）所示为对于直径较小的内螺纹，可先用钻头钻出直径小于或等于内螺纹小径的光孔，再用丝锥攻丝得到。

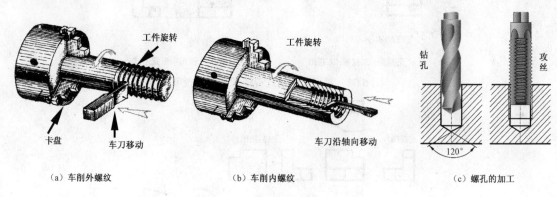

（a）车削外螺纹　　　　　　　（b）车削内螺纹　　　　　　　（c）螺孔的加工

图 7-1　螺纹的加工

在加工螺纹时，从开始退刀到完全退出车刀会形成一部分牙底不完整的螺纹称为螺尾，螺尾是不能旋合的，为消除螺尾，可在螺纹终止处做出比螺纹稍深的退刀槽，如图 7-2 所示。

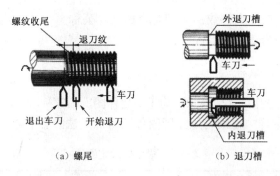

（a）螺尾　　　　　　　　　（b）退刀槽

图 7-2　螺尾和退刀槽

（2）螺纹的要素。

① 螺纹牙形。在通过螺纹轴线的剖面上，螺纹的轮廓形状称为螺纹牙形。一般连接用螺纹的牙形为三角形；传动螺纹的牙形为梯形、矩形、锯齿形等。

② 公称直径，代表螺纹尺寸的直径。对公制螺纹来说，公称直径是指螺纹的大径。

大径：螺纹的最大直径，用 d 或 D 表示。

小径：螺纹的最小直径，用 d_1 或 D_1 表示。

中径：一个假想圆柱的直径。中径近似或等于螺纹的平均直径，用 d_2 或 D_2 表示。中径和小径在图样上不需标注。

③ 线（头）数 n：螺纹有单线和多线之分。沿一条螺旋线所形成的螺纹称单线（或单头）螺纹；沿两条或两条以上在轴向等距分布的螺旋线所形成的螺纹称双线或多线（双头或多头）螺纹。

④ 螺距（P）和导程（S）：相邻两个牙在中径线上对应两点间的轴向距离称为螺距，用 P 表示。同一条螺旋线上的相邻两牙在中径线上对应两点间的轴向距离称为导程，用 S 表示。

对于单线螺纹，$S=P$；对于多线螺纹，$S=nP$，如图 7-3 所示。

⑤ 旋向：按旋进方向的不同，螺纹可分为右旋、左旋两种。按顺时针旋转时旋入的螺纹为右旋螺纹；按逆时针旋转时旋入的螺纹为左旋螺纹。工程上一般都选用右旋螺纹。左、右旋螺纹的判断可见图 7-4，即在图示位置时，螺纹左高右低者为左旋螺纹，右高左低者为右旋螺纹。

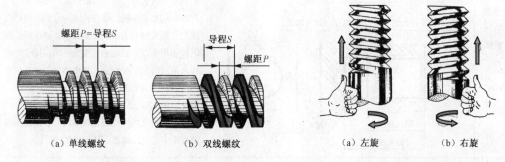

（a）单线螺纹　　　　（b）双线螺纹　　　　　　（a）左旋　　　　（b）右旋

图 7-3　螺纹的螺距、导程和线数　　　　　　图 7-4　螺纹的旋向

内、外螺纹是配合使用的，只有螺纹的牙型、公称直径、线数、螺距和旋向都完全相同的内、外螺纹才能进行旋合。

螺纹牙型的结构、尺寸（如公称直径、螺距等）都有标准系列。凡螺纹牙型、公称直径、螺距三项都符合标准的为标准螺纹；牙型符合标准，公称直径或螺距不符合标准的为特殊螺纹；牙型不符合标准的为非标准螺纹。

2. 螺纹的规定画法

螺纹若按其真实投影作图比较麻烦，为了简化作图，国家标准《机械制图》GB/T 4459.1—1995 中规定了在机械图样中螺纹与螺纹紧固件的特殊画法，如表 7-1 所示。

表 7-1　螺纹的规定画法

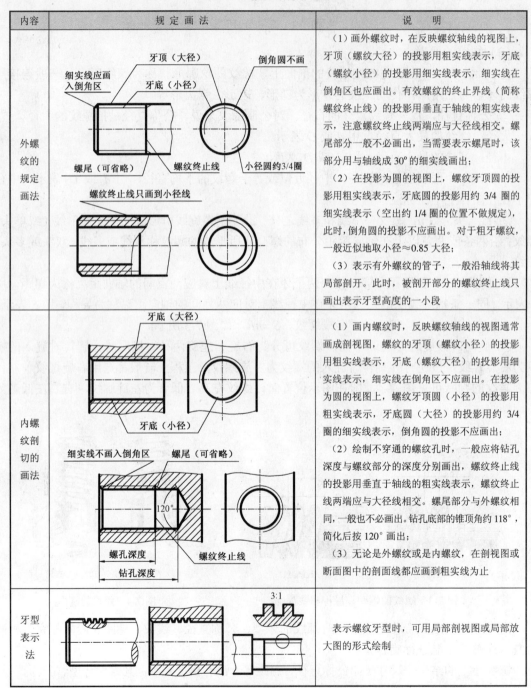

内容	规定画法	说　明
外螺纹的规定画法		（1）画外螺纹时，在反映螺纹轴线的视图上，牙顶（螺纹大径）的投影用粗实线表示，牙底（螺纹小径）的投影用细实线表示，细实线在倒角区也应画出。有效螺纹的终止界线（简称螺纹终止线）的投影用垂直于轴线的粗实线表示，注意螺纹终止线两端应与大径线相交。螺尾部分一般不必画出，当需要表示螺尾时，该部分用与轴线成30°的细实线画出； （2）在投影为圆的视图上，螺纹牙顶圆的投影用粗实线表示，牙底圆的投影用约 3/4 圈的细实线表示（空出约 1/4 圈的位置不做规定），此时，倒角圆的投影不应画出。对于粗牙螺纹，一般近似地取小径≈0.85 大径； （3）表示有外螺纹的管子，一般沿轴线将其局部剖开。此时，被剖开部分的螺纹终止线只画出表示牙型高度的一小段
内螺纹剖切的画法		（1）画内螺纹时，反映螺纹轴线的视图通常画成剖视图，螺纹的牙顶（螺纹小径）的投影用粗实线表示，牙底（螺纹大径）的投影用细实线表示，细实线在倒角区不应画出。在投影为圆的视图上，螺纹牙顶圆（小径）的投影用粗实线表示，牙底圆（大径）的投影用约 3/4 圈的细实线表示，倒角圆的投影不应画出； （2）绘制不穿通的螺纹孔时，一般应将钻孔深度与螺纹部分的深度分别画出，螺纹终止线的投影用垂直于轴线的粗实线表示，螺纹终止线两端应与大径线相交。螺尾部分与外螺纹相同，一般也不必画出。钻孔底部的锥顶角约118°，简化后按120°画出； （3）无论是外螺纹或是内螺纹，在剖视图或断面图中的剖面线都应画到粗实线为止
牙型表示法		表示螺纹牙型时，可用局部剖视图或局部放大图的形式绘制

内容	规定画法	说　明
螺纹相贯时的画法	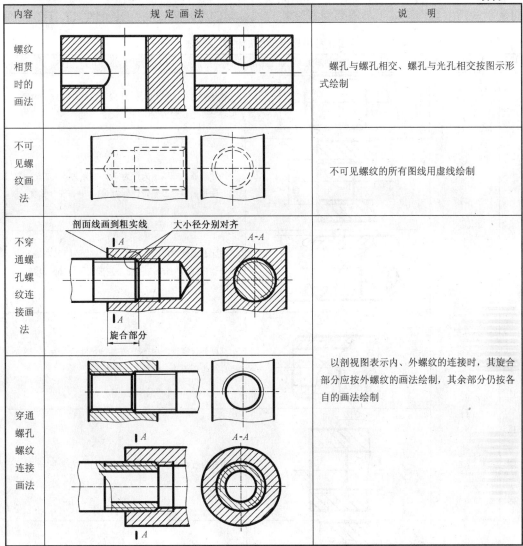	螺孔与螺孔相交、螺孔与光孔相交按图示形式绘制
不可见螺纹画法		不可见螺纹的所有图线用虚线绘制
不穿通螺孔螺纹连接画法		
穿通螺孔螺纹连接画法		以剖视图表示内、外螺纹的连接时，其旋合部分应按外螺纹的画法绘制，其余部分仍按各自的画法绘制

3. 螺纹的种类和标注

螺纹按其用途分为连接螺纹和传动螺纹两类，前者起连接作用，后者用于传递运动和动力。常用螺纹的种类如下：

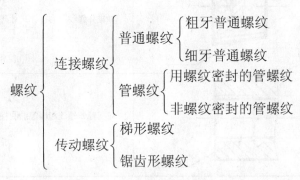

按国标规定画法表示的螺纹，只反映了螺纹的大径和小径，而它的牙型、螺距、线数、旋向及制造精度等均无显示，需要用标注代号或标记的方式来说明，其示例如表7-2所示。

表7-2　常用标准螺纹的种类及标注示例

螺纹种类		标注图例	标注含义说明
连接螺纹	普通螺纹	M12-6h	粗牙普通外螺纹，大径为12，右旋、单线、中径、顶径公差带代号为6h，中等旋合长度
		M12×1-6H	细牙普通内螺纹，大径为12，螺距为1，右旋、单线、中径、顶径公差带代号为6H，中等旋合长度
		M12×1LH-5g6g-S	细牙普通外螺纹，大径为12，螺距为1，左旋，中径公差带代号为5g，顶径公差带代号为6g，短旋合长度
	55°非密封管螺纹	G1A–LH	圆柱外管螺纹，A级，左旋，尺寸代号为1（指管口直径为1英寸，螺纹尺寸须查表得）
		G1/2	圆柱内管螺纹，右旋，尺寸代号为1/2
	55°密封管螺纹	Rc1	圆锥内螺纹，右旋，尺寸代号为1
		R3/8	圆锥外螺纹，右旋，尺寸代号为3/8
		Rp1–LH	与圆锥外螺纹相匹配的圆柱内螺纹，左旋，尺寸代号为1

（1）普通螺纹。普通螺纹是最常用的一种连接螺纹，有粗牙、细牙两种。在公称直径相同的情况下，粗牙普通螺纹的螺距比细牙普通螺纹的螺距小，其小径比后者的要大。

普通螺纹的完整标记由螺纹代号、螺纹公差带代号和螺纹旋合长度代号组成。在标注时，三种代号之间分别用"–"分开。

① 粗牙普通螺纹代号用特征代号"M"及"公称直径"表示；细牙普通螺纹代号用特征代号"M"及"公称直径×螺距"表示。当螺纹为左旋时，在螺纹代号之后应注上"LH"，右旋则省略不注。

② 螺纹公差带代号说明螺纹允许的尺寸公差，由数字和字母组成，数字说明公差等级，字母说明基本偏差。螺纹公差带代号包括中径公差带代号和顶径公差带代号。小写字母指外螺纹（如 5g、6g），大写字母指内螺纹（如 5H、6H）。如果中径公差带与顶径公差带相同，则只标注一个代号（如 5g、5H）。

③ 螺纹旋合长度分为三种：短旋合长度（用"S"表示）；中等旋合长度（用"N"表示）；长旋合长度（用"L"表示）；当螺纹旋合长度为中等旋合长度时，"N"一般省略不标注。

（2）管螺纹。根据 GB/T 4459.1—1995 规定，管螺纹可分为 60°圆锥管螺纹（GB/T 12716—2002），非螺纹密封的管螺纹（GB/T 7307—2001）与用螺纹密封的管螺纹（GB/T 7306—2000）三种，后两项标准所规定的螺纹牙型角都是 55°。

① 用螺纹密封的管螺纹需要标注螺纹特征代号和尺寸代号。特征代号"R"表示锥管外螺纹，"R_c"表示锥管内螺纹，"R_p"表示圆柱内螺纹。当螺纹为左旋时，应注上"LH"，右旋不注旋向。

② 非螺纹密封的管螺纹需要标注螺纹特征代号"G"、尺寸代号和公差等级代号。尺寸代号并不表示螺纹的大径，而仅仅是一个代号，其大、小径的数值可查阅有关手册。公差等级代号只有外螺纹需要标注，分为 A、B 两级，内螺纹不标注。当螺纹为左旋时，应注上"LH"，右旋不注旋向。

③ 60°圆锥管螺纹的特征代号是 NPT，其内、外螺纹只有一种公差带，不必标注。当螺纹为左旋时，应注上"LH"，右旋不注旋向。

（3）梯形螺纹与锯齿形螺纹。梯形螺纹用来传递双向动力，如机床的丝杠。锯齿形螺纹也常用于传递动力，由于牙型角的关系，因此它只适用于传递单向动力。

梯形（锯齿形）螺纹的完整标记由梯形（锯齿形）螺纹代号、螺纹公差带代号和螺纹旋合长度代号组成。在标注时，三种代号之间分别用"–"分开。

① 单线梯形（锯齿形）螺纹代号用特征代号"Tr"（锯齿形用"B"）及"公称直径×螺距"表示；多线时，则应同时标注出导程和螺距，并在螺距一项加上括号和符号 P。当螺纹为左旋时，在螺纹代号之后加注"LH"，右旋不注旋向。

② 梯形（锯齿形）螺纹的公差带代号只标注中径的公差带。

③ 梯形（锯齿形）螺纹旋合长度分为中等旋合长度（N）和长旋合长度两组。当螺纹旋合长度为中等旋合长度时，"N"一般省略不标注。

公称直径以 mm 为单位的螺纹，其标记应直接注在大径的尺寸线上或其引出线上。管螺纹的标记一律注在引出线上，引出线应由大径处引出或由对称中心处引出。

各种常用螺纹的标注方法及标注示例如表 7-2 所示。

（4）非标准螺纹。非标准螺纹必须画出螺纹的牙型，并标注出所需的全部尺寸及有关规定，如图 7-5 所示。对公制矩形螺纹的直径与螺距，可按梯形螺纹的直径和螺距来选择。

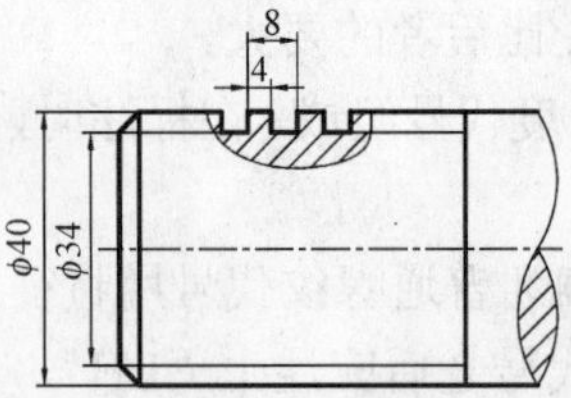

图 7-5 非标准螺纹的标注

7.1.2 常用螺纹紧固件及其连接的规定画法和标注

1. 螺纹紧固件

螺纹紧固件的类型和结构形式很多，如图 7-6 所示。它们是标准件，国家标准对螺纹紧固件的结构形式及尺寸都做了统一的规定，在设计时，不需要画出零件图，只需提供其规定标记以便选用。

六角头螺栓　　　　双头螺柱　　　　六角螺母　　　六角开槽螺母

内六角圆柱头螺钉　开槽圆柱头螺钉　开槽沉头螺钉　　紧定螺钉

平垫圈　　　　弹簧垫圈　　圆螺母用止动垫圈　　　圆螺母

图 7-6　螺纹紧固件

常用螺纹紧固件的视图及规定标记示例，如表 7-3 所示。

表 7-3　常用螺纹紧固件标注示例

图　例	名称及规定标记	图　例	名称及规定标记
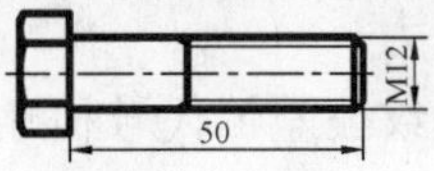	名称：六角头螺栓 标记： 螺栓 GB/T 5782 M12×50	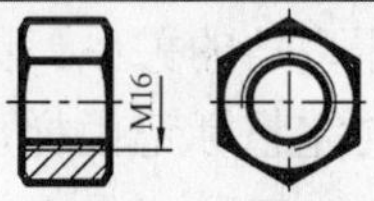	名称：I 型六角螺母 标记： 螺母 GB/T 6170 M16
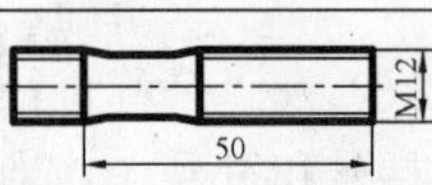	名称：双头螺柱 标记： 螺栓 GB/T 897 M12×50	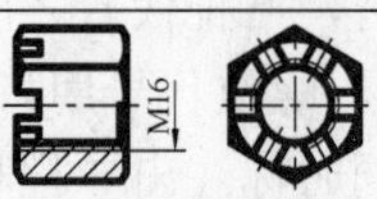	名称：I 型六角开槽螺母 标记： 螺母 GB/T 6178 M16
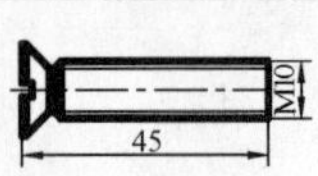	名称：开槽沉头螺钉 标记： 螺栓 GB/T 68 M10×45	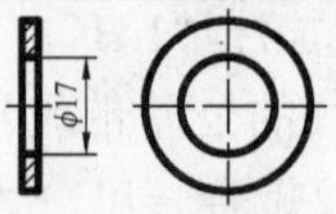	名称：平垫圈 标记： 螺母 GB/T 97.1 16
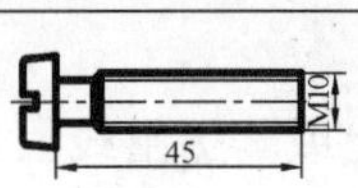	名称：开槽圆柱头螺钉 标记： 螺栓 GB/T 65 M10×45	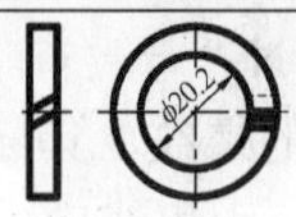	名称：弹簧垫圈 标记： 螺母 GB/T 93 20
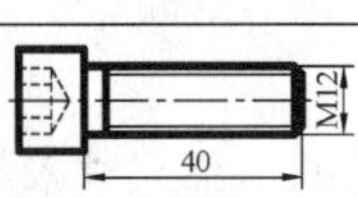	名称：内六角圆柱头螺钉 标记： 螺栓 GB/T 70 M12×40	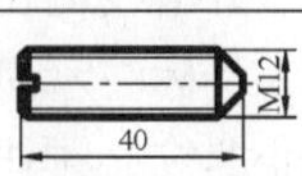	名称：开槽锥端紧定螺钉 标记： 螺栓 GB/T 71 M12×40

采用螺纹紧固件连接的主要形式有：螺栓连接、双头螺柱连接和螺钉连接等，下面分别介绍它们的连接画法以及规定标记。

2. 螺纹紧固件的连接画法

以下介绍固件的连接画法。

（1）螺栓连接。螺栓适用于连接两个不太厚的、并能钻成通孔的零件，被连接件上所钻的孔径应略大于螺栓大径。连接时将螺栓穿过两个被连接零件的光孔，加上垫圈，然后用螺母紧固，将被连接件连接起来，如图 7-7 所示。

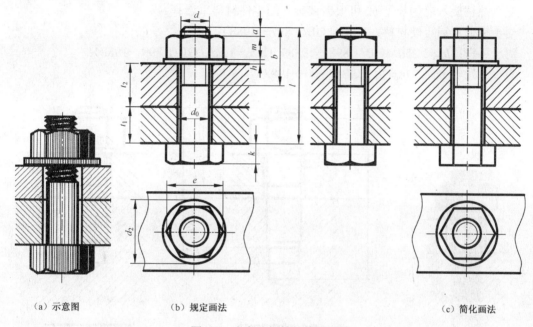

| （a）示意图 | （b）规定画法 | （c）简化画法 |

图 7-7　六角头螺栓的简化画法

在如图 7-7 所示的比例画法中：

$$d_2=2.2d，e=2d，k=0.7d，h=0.15d，m=0.8d，a=(0.2\sim0.3)d，b=（1.5\sim2）d$$

画螺栓连接图时，应根据螺栓的直径和被连接件的厚度等，按下列计算螺栓的有效长度 l：

$$l\geqslant t_1+t_2+h+m+a$$

式中，t_1、t_2 分别为被连接零件的厚度；h 为平垫圈厚度；m 为螺母高度；a 为螺栓顶端露出螺母外的高度。

按上式计算出的螺栓长度，要按照螺栓长度系列选取相近的标准长度。

画螺纹紧固件连接图时，应遵守下面一些基本规定。

① 相邻两零件的表面接触时，画一条粗实线作为分界线；不接触表面画两条线，若间隙过小，也应夸大画出。

② 在剖视图中，相邻两个金属零件的剖面线，其倾斜方向相反。在同一张图上，同一零件的剖面线在各视图中应方向一致、间隔相等。

③ 对于各种紧固件，当剖切平面通过其轴线时，这些紧固件均按不剖画出，必要时，可采用局部剖视表达。

（2）双头螺柱连接。当两个被连接的零件中，有一个较厚或不适宜用螺栓连接时，常采用双头螺柱连接。双头螺柱的两端都有螺纹，一端（旋入端）全部旋入被连接件之一的螺孔内，另一端（紧固端）穿过另一被连接件的通孔，套上垫圈，再用螺母拧紧。双头螺柱连接的画法如图 7-8 所示。图中的垫圈为弹簧垫圈，依靠它的弹性和摩擦力，防止螺母因受震而自行松脱。

双头螺柱的有效长度 l，也应通过计算确定：

$$l \geqslant t+s（或 h）+m+a$$

根据上式计算出的双头螺柱的有效长度，应按双头螺柱标准长度系列选取相近的标准长度。

双头螺柱旋入端的长度 b_m 可根据被旋入的零件材料来选择。

对于钢或青铜等硬材料：$b_m=d$（GB/T 897—1988）；

对于铸铁：$b_m=1.25d$（GB/T 898—1988）或 $b_m=1.5d$（GB/T 899—1988）；

对于铝等轻金属：$b_m=2d$（GB/T 900—1988）。

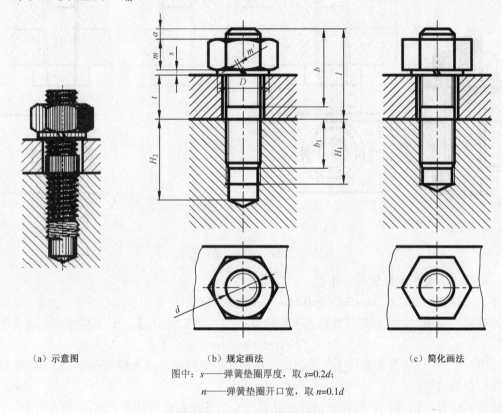

（a）示意图　　　　　　　（b）规定画法　　　　　　　（c）简化画法

图中：s——弹簧垫圈厚度，取 $s=0.2d$；

　　　n——弹簧垫圈开口宽，取 $n=0.1d$

图 7-8　双头螺柱连接简化画法

（3）螺钉连接。螺钉连接用于不经常拆卸，并且受力不大的地方，将螺杆穿过较薄被连接零件的通孔后，直接旋入较厚被连接零件的螺孔内，即可将两个被连接零件紧固。按头部形状，螺钉可分为沉头、半沉头、圆柱头与圆柱头内六角等种类。

按用途，螺钉又可分为连接螺钉和紧定螺钉两类，后者主要用做被连接零件的轴向和径向定位，可承受不大的轴向和径向载荷。

螺钉连接的画法如图 7-9 所示。画螺钉连接图时应注意以下几点。

① 螺钉的螺纹终止线应在螺孔顶面以上。

② 螺钉头部的支撑面是螺钉连接图的定位面，应与被连接件的孔口密合。

③ 在投影为圆的视图中，螺钉头部的一字槽应画成与水平线成 45° 角的斜线。

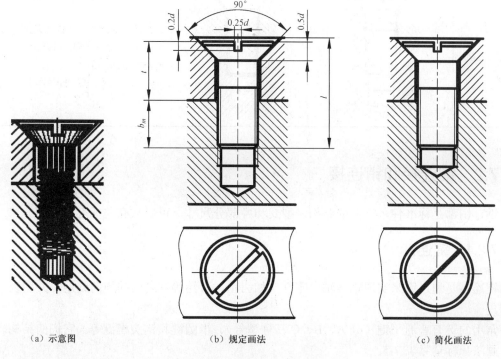

（a）示意图　　　　　　　　　（b）规定画法　　　　　　　　　（c）简化画法

图 7-9　螺钉连接的画法及简化画法

在绘制上述各种螺纹紧固件的连接图时，经常容易犯一些错误，如表 7-4 所分析，在学习时应特别注意。

表 7-4　螺纹紧固件连接图中的正确画法与常见错误画法

名　称	正 确 画 法	错 误 画 法	说　明
六角头螺栓连接			① 螺栓长度选择不当，螺纹末端应超出螺母（0.2～0.3）d； ② 漏画螺纹小径线和终止线； ③ 通孔部分漏画被连接零件之间的分界线
双头螺柱连接			① 弹簧垫圈开口槽方向错； ② 螺柱上端的螺纹长度不够，应露出部分螺纹和终止线，否则不能保证螺母把被连接零件并紧； ③ 螺柱下端螺纹终止线应与螺孔顶面投影线对齐，表示正好完全拧入； ④ 螺孔画错； ⑤ 120° 锥坑应画在钻孔直径上

名　称	正确画法	错误画法	说　明
螺钉连接	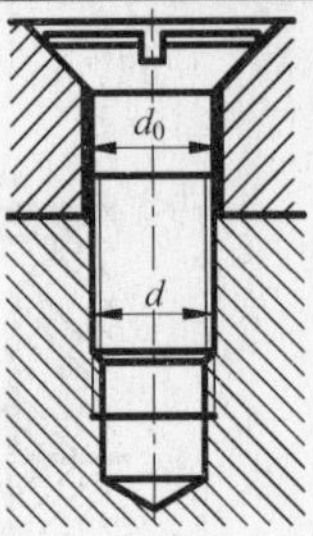 d_0 d	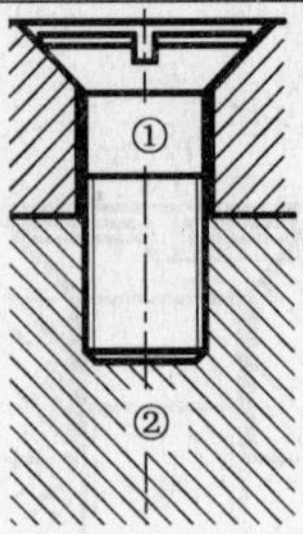 ① ②	① 通孔直径要大于螺孔大径，即 $d_0=1.1d$，以便于装配，保护螺纹。图中漏画通孔的投影； ② 螺孔深度不够，并漏画钻孔

7.2　键连接和销连接

键、销都是标准件，它们的结构、型式和各部分尺寸，可以从有关标准中查阅。

7.2.1　键连接

键连接是通过键来实现轴与轴上零件（如齿轮、带轮等）之间的周向固定，并用以传递扭矩。

常用的键有普通平键（分 A、B、C 三种型号）、半圆键和钩头楔键等。它们的结构、尺寸、画法和标记见表 7-5。

表 7-5　常用键的结构及标注

名称	图　例	标 记 示 例
普通平键	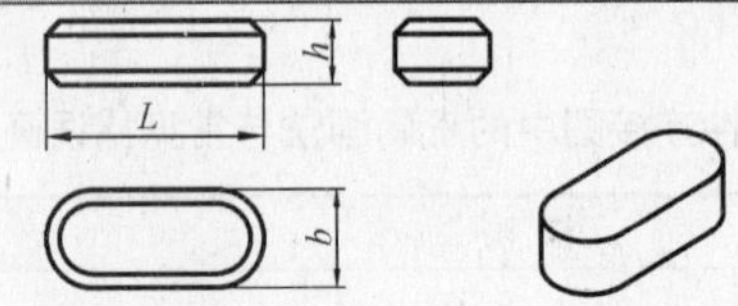 L　h　b	键 $b \times L$ GB/T 1096—2003
半圆键	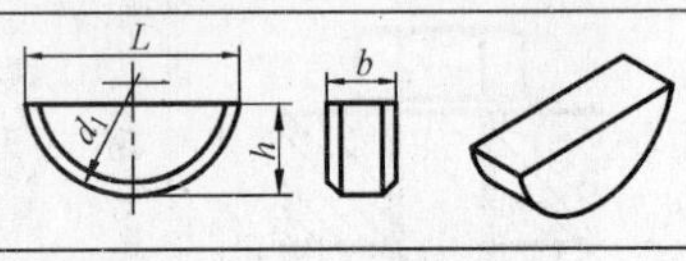 L　d_1　h　b	键 $b \times d_1$ GB/T 1099.1—2003
钩头楔键	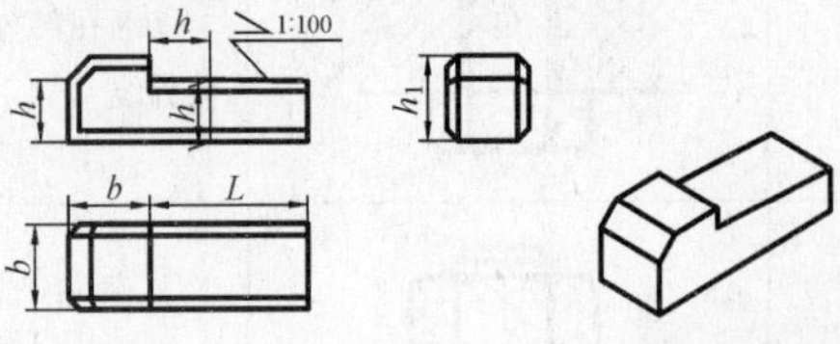 h　h　h　$1:100$　b　L　b　h_1	键 $b \times L$ GB/T 1565—2003

如图 7-10（a）所示为轮毂上轴孔的平键键槽的画法和尺寸注法；如图 7-10（b）所示为轴上平键键槽的画法和尺寸注法。

如图 7-11 所示为轴、轮毂和普通平键装配在一起的画法。在主视图中，为了表示轴上的键槽，采用了局部剖视，平键按不剖绘制。平键的顶面与轮毂上键槽的底面有间隙，在主、左视图上均应画两条线。平键和键槽的两个侧面为相接触的工作面，可见，在左视图中应画一条线。

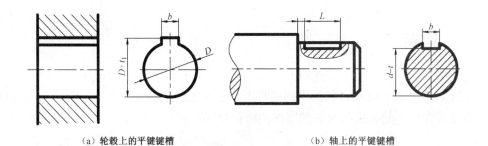

（a）轮毂上的平键键槽　　　　　　　　（b）轴上的平键键槽

图 7-10　键槽的画法和尺寸标注

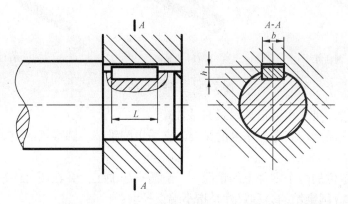

图 7-11　普通平键连接的画法

　　如图 7-12（a）、图 7-12（b）分别表示了用半圆键、钩头楔键作轴、毂连接时的装配画法。半圆键连接的装配图画法与普通平键连接的装配图画法相似；在钩头楔键连接中，键的斜面与轮子上键槽的斜面紧密接触，显然图中不应有间隙。

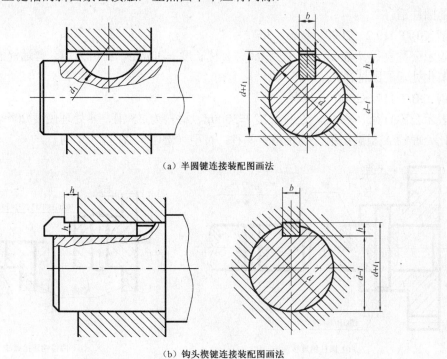

（a）半圆键连接装配图画法

（b）钩头楔键连接装配图画法

图 7-12　键的连接画法

7.2.2 销连接

销也是标准件，主要用于零件间的连接、定位或防松，常用的有圆柱销、圆锥销和开口销等，如图 7-13 所示。圆柱销和圆锥销通常用于零件之间的连接和定位，而开口销是通过穿过两个被连接零件上的孔后扳而达到零件的防松目的。

| （a）圆柱销 | （b）圆锥销 | （c）开口销 |

图 7-13　三种常用的销

圆柱销的型式、尺寸和标记见附录 H 表 18。

在经常拆装或需要较高定位精度的场合，宜采用圆锥销。圆锥销的型式、尺寸和标记见附录 H 表 19。

用销连接或定位的两个零件上的销孔，一般需一起加工，并在图上注写"装配时作"或"与××件配作"。圆锥销的公称尺寸是指小端直径。

销连接的画法和标注，如图 7-14 所示。当剖切平面通过销的基本轴线时，销做不剖处理。销的规格尺寸是公称直径（d）和公称长度（l）。销的规定标记示例：

销 GB/T 119.1－2000　10h8×60

表示公称直径 d=10mm、公差为 $h8$、公称长度 l=60mm，材料为钢、不淬火、不经表面处理的圆柱销。

销 GB/T 119.2－2000　6m6×30

表示公称直径 d=6mm、公差为 m6、公称长度 l=30mm，材料为钢、普通淬火（A 型）、表面氧化处理的圆柱销。

销 GB/T 117－2000　6×30

表示公称直径 d=6mm、公称长度 l=30mm，材料为 35 钢、热处理硬度 20～38HRC、表面氧化处理的 A 型圆锥销。圆锥销有两种：A 型（磨削）、B 型（车削）。

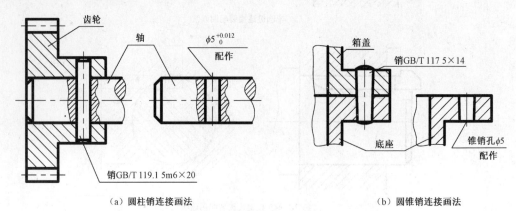

| （a）圆柱销连接画法 | （b）圆锥销连接画法 |

图 7-14　销连接的画法和标注

7.3　齿轮

齿轮是广泛应用于机械设备中的传动零件，它具有传动平稳、精确、传动比大、传动效率高的特点，可以用来传递动力、改变转速或传动方向。由于齿轮在传动中的广泛使用，它的模数和压力角已经标准化。

齿轮的种类很多，常用的齿轮有：

圆柱齿轮——用于两平行轴之间的传动，如图 7-15（a）所示。

圆锥齿轮——用于两相交轴之间的传动，如图 7-15（b）所示。

涡杆与涡轮——用于两交叉轴之间的传动，如图 7-15（c）所示。

（a）圆柱齿轮传动　　　　（b）圆锥齿轮传动　　　　（c）涡杆、涡轮传动

图 7-15　常见的齿轮传动

齿轮按其齿廓的齿向可分为直齿、斜齿、人字齿。当圆柱齿轮的轮齿方向与圆柱的素线方向一致时，称为直齿圆柱齿轮，简称直齿。本节仅介绍直齿圆柱齿轮的基本参数及规定画法。

7.3.1　标准直齿圆柱齿轮的几何参数、代号和尺寸计算

1. 直齿圆柱齿轮的几何参数和代号

直齿圆柱齿轮的几何参数和代号如图 7-16 所示。

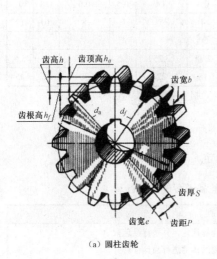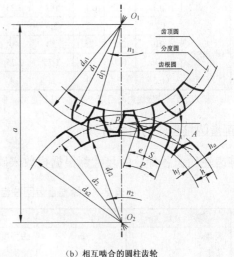

（a）圆柱齿轮　　　　　　　　（b）相互啮合的圆柱齿轮

图 7-16　啮合圆柱齿轮示意图

（1）齿顶圆（直径 d_a）——通过轮齿顶部的圆。

（2）齿根圆（直径 d_f）——通过轮齿根部的圆。

（3）分度圆（直径 d）——设计、制造齿轮时，对轮齿各部分进行计算的基准圆。

（4）节圆（直径 d'）——当两齿轮啮合时，其齿廓（轮齿在齿顶圆和齿根圆之间的曲线段）在连心线 O_1O_2 的接触点 p 处，两齿轮的圆周速度相等，p 点称为节点，过节点 p 的两个圆称为相应齿轮的节圆。节圆直径只有在装配后才能确定。一对装配准确的标准齿轮，其节圆和分度圆重合。

（5）齿顶高（h_a）——分度圆到齿顶圆之间的径向距离。

（6）齿根高（h_f）——分度圆到齿根圆之间的径向距离。

（7）齿高（h）——齿顶圆到齿根圆之间的径向距离。

（8）齿厚（s）——每一齿在分度圆上所占的弧长。

（9）齿距（p）——在分度圆上，相邻两齿对应点间的弧长。对于标准齿轮来说，齿厚为齿距的一半，即 $s=p/2$。

（10）齿宽（b）——齿轮有齿部位沿分度圆柱面的素线方向度量的宽度，如图 7-16 所示。

（11）压力角、齿形角（α）——两齿轮传动时，在节点 p 处，两齿廓曲线的公法线（即齿廓的受力方向）与两节圆的内公切线（即节点 p 处的瞬时运动方向）所夹的锐角，称为压力角。压力角的大小反映了齿廓形状的不同，是影响齿轮传动的一个重要参数。我国规定标准压力角为 20°。

加工齿轮用的基本刀具的法向压力角称为齿形角，齿形角为 20°，也用 α 表示。

（12）齿数（z）——齿轮的轮齿个数。

（13）模数（m）——由于分度圆的圆周长 $=\pi d=zp$，所以 $d=\dfrac{p}{\pi}z$，令比值 $\dfrac{p}{\pi}=m$，则 $d=mz$。

模数是设计、制造齿轮的重要参数，不同模数的齿轮要用不同模数的刀具来加工。为了便于设计与加工，国家标准规定了模数的标准值，如表 7-6 所示，模数的单位为 mm。一对啮合的齿轮，它们的模数和压力角必须相同。

表 7-6　渐开线圆柱齿轮模数（GB/T 1357—1987）

第一系列	0.1	0.12	0.15	0.2	0.25	0.3	0.4	0.5	0.6	0.8	1
	1.25	1.5	2	2.5	3	4	5	6	8	10	12
	16	20	25	32	40	50					
第二系列	0.35	0.7	0.9	1.75	2.25	2.75	(3.25)	3.5	(3.75)	4.5	5.5
	(6.5)	7	9	(11)	14	18	22	28	(30)	36	45

注：选取模数时，应优先采用第一系列，其次是第二系列，括号内的模数尽可能不用。

2. 直齿圆柱齿轮的尺寸计算

标准齿轮轮齿各部分的尺寸都根据模数来确定，如表 7-7 所示。

表 7-7　标准直齿圆柱齿轮各部分的尺寸计算

各部分尺寸	代　号	公　式
模数	m	由强度计算决定，并按标准选取
齿数	z	根据齿轮的传动进行设计计算
分度圆直径	d	$d=mz$

各部分尺寸	代　号	公　式
齿顶高	h_a	$h_a=m$
齿根高	h_f	$h_f=1.25m$
齿高	h	$h=h_a+h_f=2.25m$
齿顶圆直径	d_a	$d_a=m（z+2）$
齿根圆直径	d_f	$d_f=m（z-2.5）$
齿距	P	$P=\pi m$
齿厚	S	$S=1/2\pi m$
中心距	a	$a=1/2（d_1+d_2）=1/2m（z_1+z_2）$

7.3.2　标准直齿圆柱齿轮的规定画法

1. 单个直齿轮的画法

与螺纹一样，齿轮上的轮齿也属于多次重复出现的结构要素，如果这些结构按照真实投影画出十分麻烦，而且又没有必要，为了简化制图，国家标准对轮齿部分的画法也规定了简化表示。根据国家标准（GB/T 4459.2－2003）的规定，通常用两个视图来表示单个齿轮。在投影为圆的视图上，分别用粗实线和细实线画出齿顶圆与齿根圆，但细实线的齿根圆一般可以省略不画，用细点画线画分度圆；在非圆的视图中（一般用全剖表示），轮齿规定不剖，用粗实线画齿顶线与齿根线（不剖时则用细实线表示齿根线），用细点画线画分度圆，两端各超出轮廓 2～3mm，如图 7-17 所示。

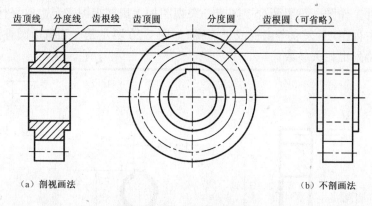

（a）剖视画法　　　　　　　　　　　　（b）不剖画法

图 7-17　单个直齿轮的画法

2. 圆柱齿轮的啮合画法

两啮合圆柱齿轮的规定画法如图 7-18 所示。

（1）在齿轮投影为圆的视图中，两分度圆应相切，啮合区内的齿顶圆均用粗实线绘制，如图 7-18（b）所示，也可将啮合区的齿顶圆（两段圆弧）省略不画，如图 7-18（c）所示。

（2）在齿轮投影为非圆的视图中，当剖切平面通过两啮合齿轮的轴线时，轮齿一律按不剖处理，啮合区内两齿轮的分度线重合，用细点画线画出；齿根线均画粗实线；由于齿顶高 $h_a=1m$，齿根高 $h_f=1.25m$，所以在啮合后，齿顶线与齿根线之间应有 0.25m 的间隙，称为顶隙，放大投影如图 7-19 所示，将其中一个齿轮的齿顶线画成粗实线，另一个齿轮的齿顶线画成虚线，该虚线也可以省略不画，如图 7-18（a）所示。

（3）在非圆的外形视图中，啮合区的齿顶线不必画出，其节线用粗实线绘制，齿根线省略，视图的其他处理方式不变，如图 7-18（d）、图 7-18（e）所示。

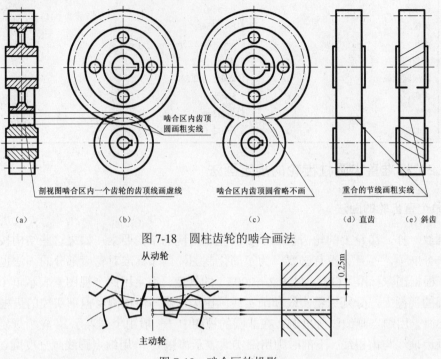

图 7-18　圆柱齿轮的啮合画法

图 7-19　啮合区的投影

齿轮的零件工作图一般用两个视图或一个视图加上局部视图表示，取平行于齿轮轴线方向的视图作为主视图，且采取全剖视或半剖视。如图 7-20 所示是一张直齿圆柱齿轮的零件图，一般要在右上角列出相关参数。

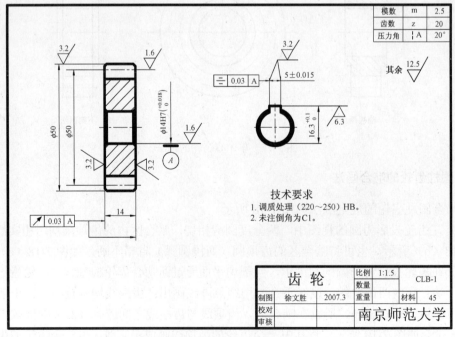

图 7-20　直齿圆柱齿轮的零件图

7.4 弹簧与滚动轴承

7.4.1 弹簧

弹簧的用途很广，属于常用件。弹簧的特点是：在撤去外力后能立即恢复原状，常用于减震、夹紧、机械控制、承受冲击、储能和测力等场合。在电器中，常用弹簧来保证导电零件的良好接触或脱离接触。

按照弹簧的受载性质可分为压缩弹簧、拉伸弹簧、扭转弹簧等，如图 7-21 所示。本节只介绍常见的普通圆柱螺旋压缩弹簧的画法和尺寸计算。其他种类弹簧的表达，可参阅国标的有关规定。

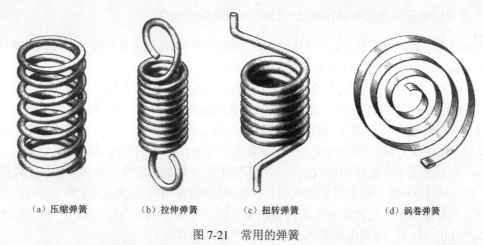

(a) 压缩弹簧　　　(b) 拉伸弹簧　　　(c) 扭转弹簧　　　(d) 涡卷弹簧

图 7-21　常用的弹簧

1. 圆柱螺旋压缩弹簧各部分名称和尺寸计算

圆柱螺旋压缩弹簧各部分名称和尺寸计算如图 7-22 所示。

（1）簧丝直径 d：制造弹簧的金属丝直径。

（2）弹簧外径 D：弹簧的最大直径。

（3）弹簧内径 D_1：弹簧的最小直径，

（4）弹簧中径 D_2：弹簧的平均直径。

$$D_2 = \frac{D + D_1}{2} = D_1 + d = D - d$$

（5）节距 t：除支撑圈外，相邻两个有效圈上对应点间的轴向距离。

（6）有效圈数 n：弹簧能保持相等节距的圈数。

（7）支撑圈数 n_0：为使弹簧工作时受力均匀，支撑平稳，制造时将其两端并紧及磨平的圈数。支撑圈有 1.5 圈、2 圈、2.5 圈三种，其中 2.5 圈的较常见。

（8）总圈数 n_1：$n_1 = n + n_0$。

（9）自由高度 H_0：弹簧在不受外力作用时的高度。

$$H_0 = nt + (n_0 - 0.5)d$$

（10）展开长度 l：制造弹簧时所需金属丝的长度，由螺旋线的展开可知 $l \approx n_1 \sqrt{(\pi D_2)^2 + t^2}$ 。

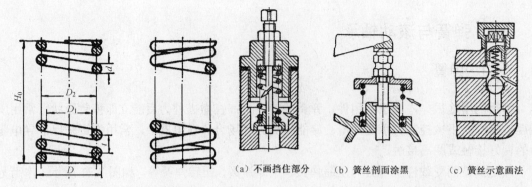

图 7-22　螺旋压缩弹簧的画法　　　　　　　图 7-23　装配图中弹簧的画法

（a）不画挡住部分　　（b）簧丝剖面涂黑　　（c）簧丝示意画法

2. 圆柱螺旋压缩弹簧的规定画法（GB/T 4459.4—2003）

弹簧的真实投影非常复杂，为简化制图，弹簧在图样中的画法无须按真实投影绘制，GB/T 4459.4—2003 规定了普通圆柱螺旋压缩弹簧的画法。

（1）螺旋弹簧在平行于轴线的投影面上，各圈的轮廓均画成直线，如图 7-22 所示。

（2）螺旋弹簧均可画成右旋，但左旋弹簧不论画成左旋或右旋，一律要加注旋向"左"字。

（3）有效圈数在 4 圈以上的螺旋弹簧只画出两端的 1～2 圈，中间各圈可省略不画，只画弹簧钢丝剖面中心的两条点画线。当中间各圈省略后，图形的长度可适当缩短。

（4）在装配图中，螺旋弹簧被剖切后，不论中间各圈是否省略，被弹簧挡住的结构一般不画，其可见部分应从弹簧的外轮廓线或从弹簧钢丝剖面的中心线画起，如图 7-23（a）所示。

（5）在装配图中，当弹簧钢丝的直径在图上等于或小于 2mm 时，其断面可以涂黑表示，如图 7-23（b）所示，或采用如图 7-23（c）所示的示意画法。

3. 圆柱螺旋压缩弹簧画法举例

对于两端并紧、磨平的压缩弹簧，其作图步骤如图 7-24 所示。

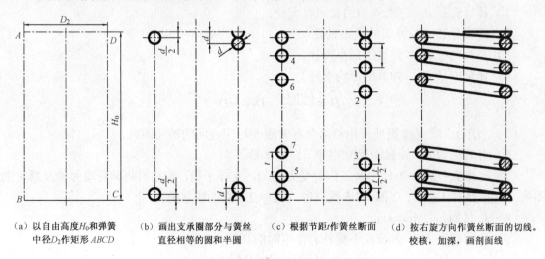

（a）以自由高度 H_0 和弹簧　　（b）画出支承圈部分与簧丝　　（c）根据节距 t 作簧丝断面　　（d）按右旋方向作簧丝断面的切线。
中径 D_2 作矩形 $ABCD$　　　直径相等的圆和半圆　　　　　　　　　　　　　　　　校核，加深，画剖面线

图 7-24　圆柱螺旋压缩弹簧的画图步骤

7.4.2 滚动轴承的表示法（GB/T 4459.7—1998）

1. 滚动轴承的规定画法和特征画法

滚动轴承是一种用于支撑旋转轴的组合件。因为它具有结构紧凑，摩擦力小等优点而被广泛地应用于机械中。滚动轴承的种类很多，一般由内圈、外圈、滚动体及保持架组成，由于它是标准件，因而无须画它的零件图，一般只要在所属装配图明细栏中给出滚动轴承的代号即可。其图形则采用 GB/T 4459.7 与 GB/T 4459.6 的规定表示法，即简化画法（含通用画法和特征画法）和规定画法来表示。

当需要较详细地表达滚动轴承的主要结构时，可采用规定画法；在只需简单地表达滚动轴承的主要结构特征时，可采用特征画法。如表 7-8 所示为三种常用滚动轴承的规定画法及特征画法。

表 7-8 常用滚动轴承的规定画法及特征画法

类型名称	结构形式与结构代号	应用	规定画法尺寸比例	特征画法尺寸比例
深沟球轴承	外圈 内圈 滚珠 保持架 60000型	主要承受径向力		
圆锥滚子轴承	外圈 内圈 圆锥滚子 保持架 30000型	同时承受径向力和轴向力		$A=(D+d)/2$ 滚子直径$=A/2$
推力球轴承	上圈 滚珠 保持架 下圈 50000型	承受单方向的轴向力		

2. 滚动轴承的代号

滚动轴承代号用字母加数字来表示滚动轴承的结构、尺寸、公差等级、技术性能等特征的产品符号。

根据 GB/T 272—1993 的规定，轴承代号由前置代号、基本代号、后置代号依次排序组成。前置、后置代号则是轴承在结构形状、尺寸公差、技术要求等有改变时，在其基本代号左、右添加的补充代号。基本代号由轴承类型代号、尺寸系列代号、内径代号构成。

类型代号用阿拉伯数字或大写拉丁字母表示，如表 7-9 所示。

表 7-9 常用轴承的类型代号及最常用的尺寸系列代号

轴 承 类 型	类 型 代 号	常用的尺寸系列代号
深沟球轴承	6	（0）2，（0）3，（0）4
推力球轴承	5	12，13，14
圆锥滚子轴承	3	02，03，22

注：表中"（ ）"中的数字表示在组合代号中省略。

轴承的内径代号根据它的公称内径大致可以表示如下。

（1）当轴承内径为 10～17mm 时：

内径代号　　　　　00　01　02　03
轴承内径（mm）10　12　15　17

（2）当轴承公称内径在 20～495mm（除 22、28、32）时，它的内径代号为公称内径除以 5 的商数。商数为个位数时，需在商数左边加"0"。

（3）当轴承公称内径大于、等于 500mm 及内径为 22、28、32 时，其内径代号可用公称内径毫米数直接表示，但在与尺寸系列之间用"/"分开。

下面举例说明几种常用的滚动轴承的规定标记及基本代号所表示的意义：

滚动轴承　6210　GB/T 276—1994

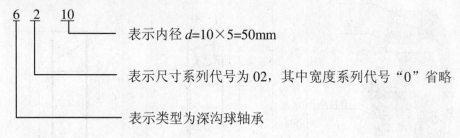

表示内径 $d=10\times5=50$mm

表示尺寸系列代号为 02，其中宽度系列代号"0"省略

表示类型为深沟球轴承

滚动轴承　51203　GB/T 301—1995

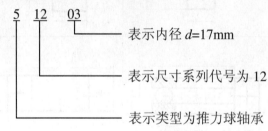

表示内径 $d=17$mm

表示尺寸系列代号为 12

表示类型为推力球轴承

滚动轴承　　32214　　GB/T 297—1994

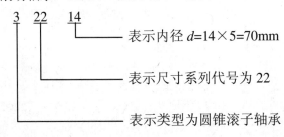

3　22　14

　　　　　└────── 表示内径 $d=14×5=70mm$

　　└────────── 表示尺寸系列代号为 22

└──────────── 表示类型为圆锥滚子轴承

第8章 零 件 图

8.1 零件图概述

8.1.1 零件图的作用

任何机器、部件都是由零件组装而成的。这些零件有机地组合在一起，机器才能完成它的任务。表示零件结构、大小及技术要求的图样称为零件图。零件图是生产中的主要技术文件，是指导生产零件和检验零件是否合格的依据，生产时必须按零件图的要求加工出合格的零件才能使后续生产过程进行下去。

8.1.2 零件图的内容

每一个零件的形状、结构、尺寸大小、制造精度及技术要求都是根据零件在机器中的作用和制造工艺制定的，零件图上必须反映这些内容。由如图 8-1 所示的从动轴的零件图可知，一张能满足生产要求的、完整的零件图，应具备下列基本内容。

（1）一组视图：用以完整、清晰地表达出零件的内、外结构和形状。

（2）完整的尺寸：应标出制造和检验零件所需要的全部尺寸。

（3）技术要求：在制造和检验零件时，技术指标上应达到的要求，如表面粗糙度、尺寸公差、镀涂和热处理等。

（4）标题栏：写明零件的名称、材料、数量、画的比例、图号及出图单位等内容，对图纸负责的有关人员还须签署姓名、日期。

8.2 零件的视图表达分析

零件图要求正确、完整、清晰地表达零件的全部结构形状，并且要考虑读图和画图方便。要达到这些要求，首先要分析零件的结构特点、功能和加工方法，选用恰当的视图和各种表达方式。

8.2.1 视图选择的一般原则

1. 主视图的选择

主视图是最重要的视图，在表达零件时，应首先确定主视图，然后再根据零件的复杂程度确定其他视图。在选择主视图时，应考虑以下几个原则。

（1）形状特征原则。要选取能将零件各组成部分的结构、形状及其相对位置反映得最充分的方向，作为主视图的投影方向。

（2）加工位置原则。按照零件在主要加工工序中的装夹位置选取主视图。主视图与加工位置一致是为了使制造者看图方便。如轴、套和圆盘零件，其主要加工工序是车削，故常按加工位置选取主视图。

（3）工作位置原则。按照零件在机器或部件中工作时的位置选取主视图，以便和整个机器联系起来了解其工作情况。如支架、箱体类零件一般按该零件的工作位置选取主视图。

以上原则应结合起来，全面考虑后再确定主视图。

2. 其他视图的选择

根据零件的复杂程度和结构特点，全面考虑所需要的其他视图。每一个视图应有一个表达重点，优先选用基本视图以及在基本视图上作剖视图。

要选择一组视图为最佳表达方案，其要点是：零件的结构形状表达完整、清晰，视图数目适量，使画图简便，看图明确、易懂。

8.2.2 典型零件的视图表达分析

在研究零件的视图选择及表达方法时，结合分析几种具有代表性的零件，以便从中找出规律性的东西，用以指导我们合理地选择视图。

1. 轴、套类零件的表达

轴、套类零件包括各种转轴、销轴、杆、衬套、轴套等，各组成部分多为同轴线的回转体，一般长度大于直径，它们常具有轴肩、圆角、倒角、键槽、销孔、螺纹、退刀槽、砂轮越程槽、中心孔等结构。套类零件是中空的。工件一般用棒料，主要在车床上加工，按加工位置将轴线水平横放，并反映零件的形状特征。一般常用主视图表达零件的主体结构，用断面、局部剖视、局部放大图等来表达零件的某些局部结构，对中空的轴及套类零件，其主视图一般取剖视图。如图 8-1 所示为从动轴的零件图。

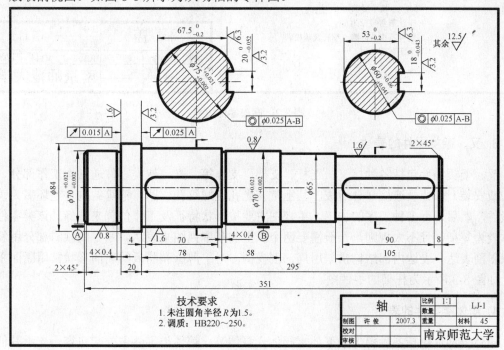

图 8-1 从动轴的零件图

2．轮、盘、盖类零件的表达

轮、盘、盖类零件包括各种齿轮、带轮、手轮、法兰盘、端盖、压盖等。这类零件的主体部分常由回转体组成，其上常有键槽、轮辐、均布孔等结构，往往有一个端面与其他零件接触。该类零件的毛坯多为铸件，主要在车床上加工，平盖板类用刨削或铣削加工。对以车削加工为主的零件，轴线水平放置；对不以车削为主的零件，按工作位置放置。盖类零件一般用两个基本视图来表达，主视图常采用剖视图以表达内部结构；另一个视图则表达外形轮廓和各组成部分，如孔、肋、轮辐等的相对位置。如图 8-2 所示为阀盖的零件图。

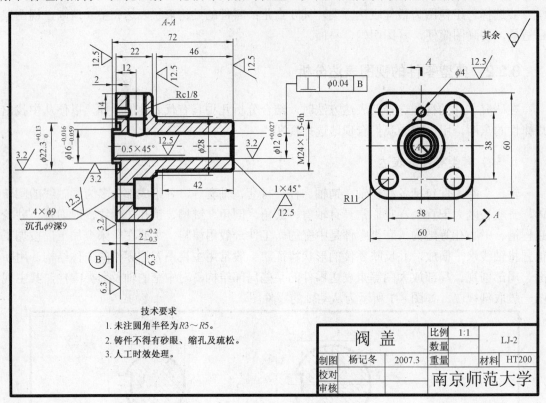

图 8-2　阀盖零件图

3．叉、架类零件的表达

叉、架类零件包括各种拨叉、连杆、支架、支座等。叉、架类零件通常由工作部分、支承（或安装）部分及连接部分组成，其上常有光孔、螺纹孔、肋、槽等结构。毛坯多为铸件或锻件，然后进行多种工序的加工。主视图主要按形状特征及工作位置来选择。该类零件的形体较为复杂，且不太规则，一般需要两个以上的基本视图来表达。零件的倾斜部分用斜视图或斜剖表达。表达内部结构常采用局部剖视图，对于薄壁和肋板的断面形状常用断面来表达。如图 8-3 所示为托架的零件图。

4．箱体类零件的表达

箱体类零件包括各种箱体、壳体、阀体、泵体等。箱体类零件主要起包容、支承其他零件的作用，常有内腔、轴承孔、凸台、肋、安装板、光孔、螺纹孔等结构。毛坯一般为铸件或焊接件，然后进行各种机械加工。主视图主要按形状特征和工作位置来选择。箱体的内、外结构较复杂，一般都需要两个以上的基本视图来表达，采用通过主要支承孔轴线的剖视图表达其内部形状结构，一些局部结构常用局部视图、局部剖视图、断面图等表达。如图 8-4 所示为箱体的零件图。

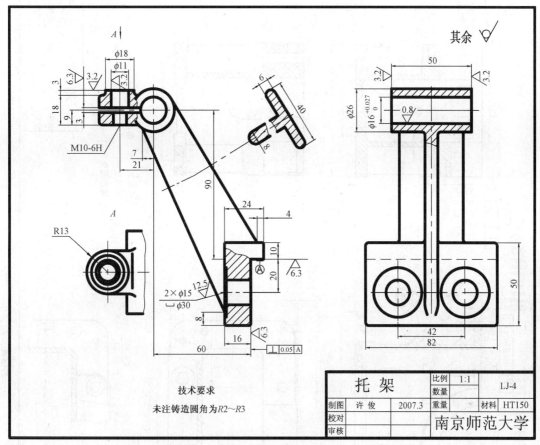

图 8-3　托架的零件图

8.3　零件图的尺寸标注

零件的大小及结构之间的相对位置必须通过标注尺寸来说明，尺寸是结构和检验零件的重要依据。零件图的尺寸标注除了要符合前面几章讲过的完整、清晰的要求外，还应使尺寸标注得合理。所谓"合理"，是指所注尺寸既满足零件的设计要求，又符合加工工艺要求，以便于零件的加工、测量和检验。要达到这一要求，需要有较多的机械制造专业知识与机械加工的实践经验，本课程不能全部介绍，本节仅介绍一些合理标注尺寸的基础知识。

8.3.1　尺寸基准的选择

尺寸基准是标注尺寸和度量尺寸的出发点。尺寸基准有两种：一种是设计基准，就是在设计零件图时标注尺寸的起点。一般设计基准根据零件的结构特点和设计要求决定，如零件的轴线、对称面、重要的定位面、重要的端面、底面等通常被选做基准。另一种是工艺基准，也就是加工测量时所依赖的基准。尽量使设计基准与工艺基准重合，有利于提高零件的加工精度。

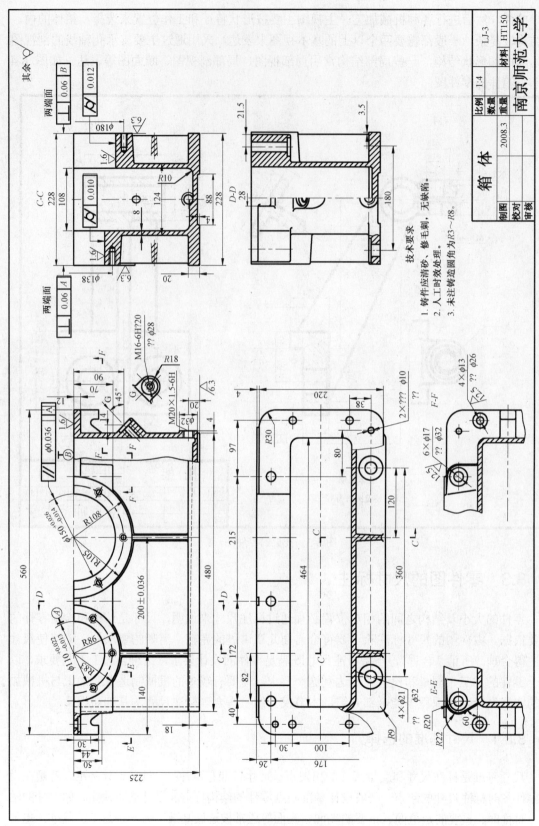

图8-4 箱体的零件图

零件有长、宽、高三个方向，一般在每个方向选一个主要基准，并根据实际需要，再选几个辅助基准，辅助基准与主要基准之间要有尺寸联系。

如图 8-5 所示为一齿轮轴，其长度方向尺寸以齿轮定位轴肩为主要设计基准（称为轴向基准），以右端面为轴向辅助基准；以轴线为直径方向尺寸的基准（称为径向基准）。

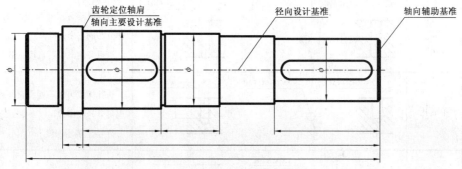

图 8-5　齿轮轴

8.3.2　零件图上标注尺寸的一般原则

零件图上标注尺寸一般遵循下列原则。

（1）零件上的重要尺寸，如直接影响零件工作性能的尺寸、有配合关系表面的尺寸、确定零件在部件中的位置的尺寸、影响机器或部件工作性能的尺寸等，应尽量从基准直接标注，以便在加工时保证尺寸精度。

铸件、锻件一般按形体分析法标注尺寸，以便制造木模。

（2）尺寸标注要便于加工和测量，对制有退刀槽（或砂轮越程槽）的阶梯轴及套类零件，在标注有关孔和轴的分段的长度尺寸时，必须把这些工艺结构包括在内，才符合工艺要求，如图 8-6 所示。

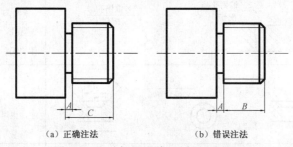

（a）正确注法　　　　　　　　（b）错误注法

图 8-6　尺寸标注要便于加工和测量

（3）尺寸不要注出封闭尺寸链。如图 8-7（a）所示注出了总长 L 和各段长度 A、B、C，形成封闭的尺寸链。这样，每段产生的加工误差均要累加在总长尺寸 L 上，使 L 超差，零件报废。为了保证重要尺寸，常将尺寸链中次要的尺寸空着不注，允许制造误差集中到这个尺寸上。如图 8-7（b）、图 8-7（c）所示为两种常见的标注形式。

（a）封闭尺寸链　　　　　　　（b）串联式　　　　　　　（c）综合式

图 8-7　尺寸链

（4）零件上常见结构要素的尺寸注法见表 8-1。

表 8-1　常见结构要素的尺寸注法

零件结构类型		标 注 方 法	标 注 说 明
螺孔	通孔	$3\times M6\text{-}6H$　$3\times M6\text{-}6H$　$3\times M6\text{-}6H$	$3\times M6$ 表示公称直径为 6，有规律分布的三个螺孔。 可以旁注，也可直接注出
	不通孔	$3\times M6\text{-}6H\sqcap 10$　$3\times M6\text{-}6H\sqcap 10$　$3\times M6\text{-}6H$　10	螺孔深度可以与螺孔直径连注，也可分开注出。 符号 ∓ 表示深度
	不通孔	$3\times M6\text{-}6H$　$\sqcap 10$钻$\sqcap 12$　$3\times M6\text{-}6H$　$\sqcap 10$钻$\sqcap 12$　$3\times M6\text{-}6H$　10　12	需要注出孔深时，应明确标注孔深尺寸
光孔	一般孔	$3\times\phi5\sqcap 10$　$3\times\phi5\sqcap 10$　$3\times\phi5$　10	$3\times\phi5$ 表示直径为 5，有规律分布的 3 个光孔。 孔深可以与直径连注，也可分开注出
	精加工孔	$3\times\phi5^{+0.012}_{0}$　$\sqcap 10$钻$\sqcap 12$　$3\times\phi5^{+0.012}_{0}$　$\sqcap 10$钻$\sqcap 12$　$3\times\phi5^{+0.012}_{0}$　10　12	光孔深为 12，钻孔后需要精加工至$\phi5$，深度为 10
	锥销孔	$2\times$锥销孔$\phi5$ 配作　$2\times$锥销孔$\phi5$ 配作	$\phi5$ 为与锥销孔相配的圆柱销小头直径，锥销孔通常是相邻两个零件装配后一起加工的
沉孔	锥形沉孔	$6\times\phi7$　$\phi13\times90°$　$6\times\phi7$　$\phi13\times90°$　$90°$　$\phi13$　$6\times\phi7$	$6\times\phi7$ 表示直径为 7 有规律分布的 6 个孔。锥形沉孔的尺寸可以旁注，也可直接注出。 符号 ∨ 表示锥形沉孔
	柱形沉孔	$4\times\phi6$　$\sqcup\phi10\sqcap 3.5$　$4\times\phi6$　$\sqcup\phi10\sqcap 3.5$　$\phi10$　3.5　$4\times\phi6$	$4\times\phi6$ 表示的意义同上，柱形沉孔的直径为$\phi10$，深度为 3.5，均需注出。 符号 ⊔ 表示柱形沉孔或锪平
	锪平面	$4\times\phi7$ $\sqcup\phi16$　$4\times\phi7$ $\sqcup\phi16$　$\phi16$　$4\times\phi7$	锪平面$\phi16$ 的深度不需标注，一般锪平到不出现毛面为止
平键键槽		L　A　$A\text{-}A$　$d\text{-}t$　b	标注 $d\text{-}t$ 便于测量，（d 为轴的直径，t 为键槽深度）

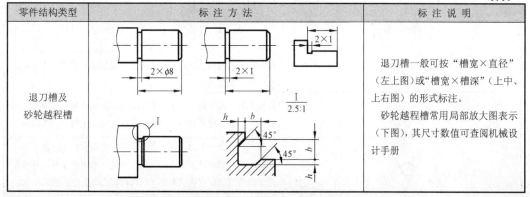

零件结构类型	标 注 方 法	标 注 说 明
退刀槽及砂轮越程槽		退刀槽一般可按"槽宽×直径"（左上图）或"槽宽×槽深"（上中、上右图）的形式标注。砂轮越程槽常用局部放大图表示（下图），其尺寸数值可查阅机械设计手册

8.4 零件图上的技术要求

将零件尺寸做得绝对准确、表面做得绝对光滑，既不可能也没有必要。为了既保证质量，又能尽量降低成本，必须根据实际需要来设计零件，这样在零件图上就必须合理地标注和说明零件应达到的质量要求，一般称为技术要求。本节只介绍技术要求的识读。

零件图的技术要求有：表面粗糙度；极限与配合；形状与位置公差；材料与材料的热处理；零件表面修饰、特殊加工、检验、试验等说明。其中表面粗糙度、极限与配合、形位公差通常按国家标准规定的代（符）号标注在图上，其他的一般用文字写在图纸的空白处，冠以标题"技术要求"。

8.4.1 表面粗糙度

1. 表面粗糙度的概念

加工后的零件表面，用肉眼看起来很光滑，但放到显微镜下观察，可以看到犬牙起伏、高低不平的粗糙表面微观形貌，如图 8-8 所示。零件加工表面上具有的这种较小间距和峰谷所组成的微观几何形状特征，称为表面粗糙度。

表面粗糙度是评定零件表面质量的一项重要技术指标。GB/T 1031—1995 中规定了评定表面粗糙度的三个高度参数：轮廓算术平均偏差（R_a）、轮廓微观不平度十点高度（R_z）、轮廓最大高度（R_y），其中 R_a 使用最为广泛。

轮廓算术平均偏差（R_a）是在取样长度 1 内，轮廓偏差绝对值的算术平均值。R_a 值愈小，表面质量要求愈高。

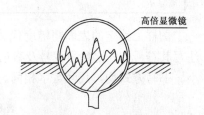

图 8-8　零件表面微观形貌

2. 表面粗糙度符（代）号及其标注

GB/T 131—93 规定了表面粗糙度符（代）号及其注法。在图样上表示零件表面粗糙度的符号及其画法见表 8-2。

表 8-2 表面粗糙度符号

符　号	意义及说明
	基本符号，表示表面可用任何方法获得，当不加注粗糙度参数值或有关说明（例如：表面处理、局部热处理状况等）时，仅适用于简化代号标注
	基本符号加一短画，表示表面是用去除材料的方法获得。例如：车、铣、磨、剪切、抛光、腐蚀、电火花加工、气割等
	基本符号加一小圆，表示表面是用不去除材料的方法获得。例如：铸、锻、冲压变形、热轧、冷轧、粉末冶金等，或者是用于保持原供应状况的表面（包括保持上道工序的状况）
	在上述三个符号的长边上均可加一横线，用于标注有关参数和说明
	在上述三个符号上均可加一小圆，表示所有表面具有相同的表面粗糙度要求

表面粗糙度符号尺寸见表 8-3。

表 8-3 表面粗糙度符号尺寸

轮廓线的线宽 b	0.35	0.5	0.7	1	1.4	2	2.8
数字与大写字母（或/和小写字母）的高度 h	2.5	3.5	5	7	10	14	20
符号的线宽 d 数字与字母的笔画宽度 d	0.25	0.35	0.5	0.7	1	1.4	2
高度 H_1	3.5	5	7	10	14	20	28
高度 H_2	8	11	15	21	30	42	60

图样上给定的表面粗糙度代（符）号，是指零件表面完工后的要求。在一般情况下，只注写其符号，评定参数代号及数值即可。当注写 R_a 的数值时，不必注出字母代号，其数字大小、书写方式均与尺寸数字相同。参数 R_a 值的标注及其意义见表 8-4。

表 8-4 参数 R_a 值的标注及其意义

代　号	意　义	代　号	意　义
3.2	用任何方法获得的表面粗糙度，R_a 的上限值为 3.2μm，下限值不限制	3.2max	用任何方法获得的表面粗糙度，R_a 的最大值为 3.2μm，最小值不限制
3.2	用去除材料方法获得的表面粗糙度，R_a 的上限值为 3.2μm，下限值不限制	3.2max	用去除材料方法获得的表面粗糙度，R_a 的最大值为 3.2μm，最小值不限制
3.2	用不去除材料方法获得的表面粗糙度，R_a 的上限值为 3.2μm，下限值不限制	3.2max	用不去除材料方法获得的表面粗糙度，R_a 的最大值为 3.2μm，最小值不限制
3.2 1.6	用去除材料方法获得的表面粗糙度，R_a 的上限值为 3.2μm，R_a 的下限值为 1.6μm	3.2max 1.6min	用去除材料方法获得的表面粗糙度，R_a 的最大值为 3.2μm，R_a 的最小值为 1.6μm

3. 表面粗糙度、镀涂及热处理在图样上的标注

在图样中注写表面粗糙度的基本原则：在同一图样中，每个表面一般只标注一次表面粗糙度符（代）号，并尽可能靠近有关的尺寸线，且应当注在可见轮廓线、尺寸线、尺寸界线或它们的延长线上。对镀涂或热处理表面，可注在表示线（粗点画线）上。

表面粗糙度、镀涂及热处理在图样上的标注方法见表 8-5。

表 8-5　表面粗糙度的标注示例

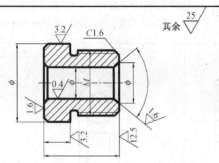

零件具有不同表面粗糙度时，应分别标注表面粗糙度符号、代号，一般应标注在图样的可见轮廓线、尺寸界线、引出线或它们的延长线上。符号的尖端必须从材料外指向表面。表面粗糙度代号中数字及符号的方向应该与尺寸数字的方向相一致。在同一图样上，每一表面一般只标注一次符号、代号，为便于看图，这些符号、代号应尽可能靠近有关的尺寸线，表示零件上使用最多的一种粗糙度符号、代号，可在图样右上角统一标注，并加注"其余"两字，并且大小应是其他表面所注代号和文字的 1.4 倍

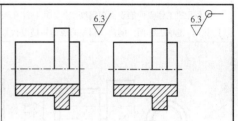

当零件所有表面具有相同的表面粗糙度要求时，其符号、代号可在图样的右上角统一标注，不必加注"全部"字样（如左图），或如右图所示在符号上加一个小圆圈。当用统一标注的方法表达表面粗糙度要求时，其符号、代号和说明文字的大小应大一号，是图形上其他表面所注代号和文字的 1.4 倍

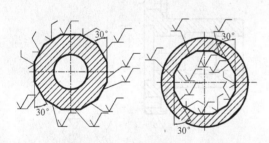

带有横线的表面粗糙度符号在各个方向的轮廓线上的注法

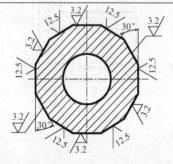

此图为各个方向的轮廓线上的表面粗糙度代号的注法，注意在 30°范围内应引出标注

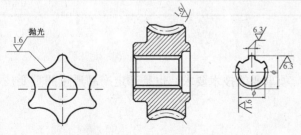

零件上连续的表面及重复要素（孔、槽、齿等）的表面，其表面粗糙度符号、代号不需要在所有表面标注，只需要标注一次

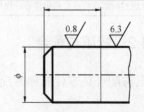

在同一表面上，如果要求有不同的表面粗糙度时，须用细实线画出两个不同要求部分的分界线，并注出相应的表面粗糙度代号和尺寸

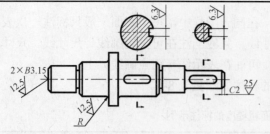

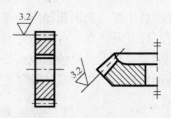

中心孔的工作表面的表面粗糙度代号,可标注在表示中心孔代号的引线上,键槽工作面,倒角、圆角的表面粗糙度代号可注在尺寸线上

齿轮、渐开线花键等零件的工作表面在没有画出齿形时,其表面粗糙度代号应该注在节线上

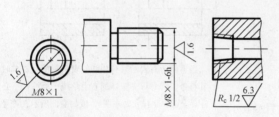

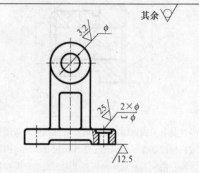

螺纹的工作表面在没有画出牙形时,其表面粗糙度代号可以注在螺纹代号的指引线上

当地位狭小或不便标注时,符号、代号可以引出标注

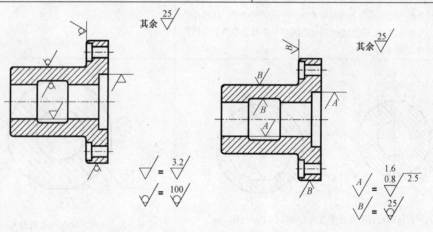

为了简化标注方法,或者标注位置受到限制时,可以在图样中标注简化代号,或仅标注基本符号,但需用大一号的代号和数字在标题栏附近说明这些简化符号、代号的意义

8.4.2 极限与配合

极限与配合是零件图和装配图中的一项重要的技术要求,也是评定产品质量的重要技术指标。

1. 零件的互换性

成批大量生产的规格大小相同的零件,不经挑选与修配,可以互相调换并仍然保持原来的性能,就称这批零件具有互换性。

2. 极限的基本概念

为了保证零件的互换性，就必须对零件的尺寸规定一个允许的变动范围，使零件既可以制造出来，又能满足使用要求。下面简要介绍关于极限的一些名词，如图8-9所示。

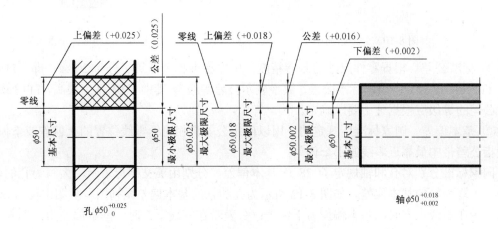

图 8-9　极限的有关名词

（1）基本尺寸。基本尺寸是设计时给定的尺寸，如ϕ50。

（2）实际尺寸。实际尺寸是零件制成后，实际测量所得的尺寸。

（3）极限尺寸。极限尺寸是允许零件实际尺寸变动的两个极限值，它以基本尺寸为基数来确定。

① 最大极限尺寸：允许实际尺寸变动的最大值，如图中孔的最大极限尺寸ϕ50.025。

② 最小极限尺寸：允许实际尺寸变动的最小值，如图中最小极限尺寸ϕ50。

（4）尺寸偏差（简称偏差）。尺寸偏差是某一尺寸对基本尺寸的差值。

① 上偏差：最大极限尺寸与基本尺寸的差值。

② 下偏差：最小极限尺寸与基本尺寸的差值。

国标规定：孔的上、下偏差分别用 ES、EI 表示；轴的上、下偏差分别用 es、ei 表示。如图中孔的上偏差为+0.025，下偏差为0。

（5）尺寸公差（简称公差）δ。尺寸公差δ是允许零件实际尺寸的变动量。公差等于最大极限尺寸与最小极限尺寸的代数差；也等于上偏差与下偏差的代数差。公差总是为正值。如图中孔的公差=+0.025−0=0.025。

（6）零线。零线是在公差带图中，表示基本尺寸的基准线，尺寸偏差为零。

（7）尺寸公差带（简称公差带）。尺寸公差带是在公差带图中，由代表上、下偏差的两条直线所限定的区域。公差带的大小和公差带相对于零线的位置画在图上即为公差带图，如图8-10所示。

（8）标准公差（*IT*）与基本偏差。公差带由"大小"和"相对于零线的位置"两个因素决定。公差带大小由标准公差确定，公差带位置由基本偏差确定，如图8-11所示为公差带大小和位置的要素。国家标准把公差数值与相对于零线的位置标准化了，这就是标准公差与基本偏差。

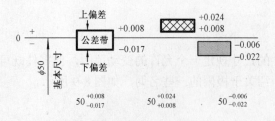

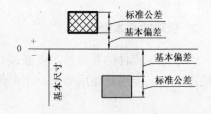

图 8-10　公差带简图　　　　　　　　　图 8-11　公差带大小及位置

① 标准公差。根据零件尺寸的制造精度，国家标准把公差等级分为 20 级，即：IT01、IT0、IT1～IT18（"IT"表示标准公差，数字表示公差等级），其中 IT01 精度最高，IT18 最低。尺寸公差的等级应根据使用要求确定。

② 基本偏差。国家标准所规定的，用以确定公差带相对于零线位置的上偏差或下偏差，一般指公差带中最靠近零线的那个偏差。

国家标准分别对孔和轴规定了 28 个基本偏差，分别用英文字母表示，大写为孔的基本偏差，小写为轴的基本偏差。如图 8-12 所示为孔和轴的基本偏差系列图。从图中可以看出：当公差带在零线上方时，基本偏差为下偏差；公差带在零线下方时，基本偏差为上偏差。

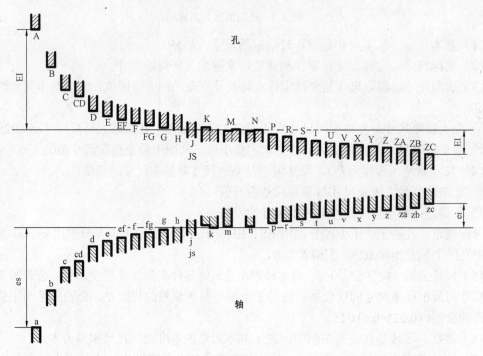

图 8-12　基本偏差系列

孔、轴的公差带代号由基本偏差代号的拉丁字母和表示公差等级的数字组成，如 H7、K6 等为孔的公差带代号，h6、f8 等为轴的公差带代号。

（9）一般、常用、优先选用公差带。由于公差等级有 20 个，基本偏差有 28 个，这样可组成 500 多个公差带。由于这么多公差带都投入使用，对组织生产很不利。因此国家标准从中提出一般用途孔的公差带 105 种，轴的公差带 116 种，又从中挑出常用的孔公差带 44 种，轴的公差带 59 种以及优先选用的孔公差带 13 种，轴公差带 13 种以备选用。具体见附录 A 表 1、表 2。

3. 配合

所谓配合就是基本尺寸相同的轴（被包容件）与孔（包容件）结合在一起的公差带之间的关系，配合处的尺寸称为配合尺寸，配合处的表面称为配合表面。根据使用要求不同，孔和轴之间的配合有紧有松。国家标准中规定配合分为三类，即间隙配合、过渡配合、过盈配合。

（1）间隙配合。间隙配合是孔与轴配合时，具有间隙（包括最小间隙等于零）的配合。此时，孔的公差带在轴的公差带之上，如图 8-13（a）所示。

（2）过渡配合。过渡配合是孔与轴配合时，可能具有间隙或过盈的配合。此时，孔的公差带与轴的公差带互相交叠，如图 8-13（b）所示。

（3）过盈配合。过盈配合是孔与轴配合时，具有过盈（包括最小过盈等于零）的配合。此时，孔的公差带在轴的公差带之下，如图 8-13（c）所示。

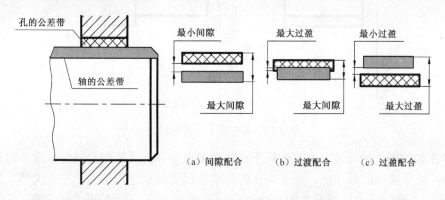

图 8-13　各种配合情况

（4）配合制度。国家标准中对配合规定了基孔制和基轴制。

① 基孔制。基孔制是基本偏差为一定的孔的公差带，与不同基本偏差的轴的公差带形成各种配合的一种制度，如图 8-14（a）所示。基孔制的孔为基准孔，代号为 H，其下偏差为零。

② 基轴制。基轴制是基本偏差为一定的轴的公差带，与不同基本偏差的孔的公差带形成各种配合的一种制度，如图 8-14（b）所示。基轴制的轴为基准轴，代号为 h，其上偏差为 0。

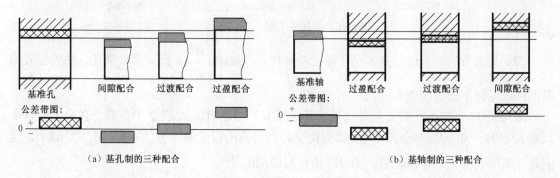

图 8-14　基孔制和基轴制

4. 公差与配合的标注与查表

以下分别介绍公差与配合的标注与查表。

（1）在零件图上的标注。在零件图上标注公差与配合有三种形式：在孔或轴的基本尺寸后面，只注写公差带代号，如图 8-15（a）所示；只注写上、下偏差数值，如图 8-15（b）所示；同时注写公差带代号及上、下偏差数值，如图 8-15（c）所示。

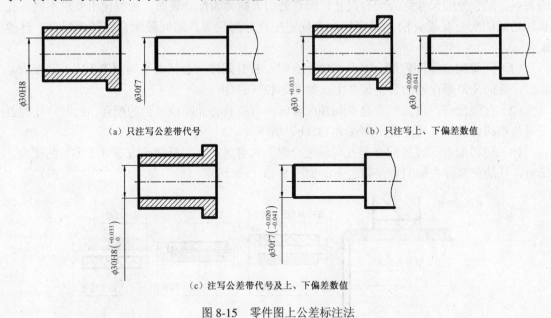

（a）只注写公差带代号　　　　　　　　　　（b）只注写上、下偏差数值

（c）注写公差带代号及上、下偏差数值

图 8-15　零件图上公差标注法

（2）在装配图上的标注。在装配图上标注公差与配合，采用组合式标注法，即在基本尺寸的后面，用分式形式标注出，分子为孔的公差带代号，分母为轴的公差带代号，如图 8-16（a）所示。必要时，也可以按如图 8-16（b）、图 8-16（c）所示的形式标注出。

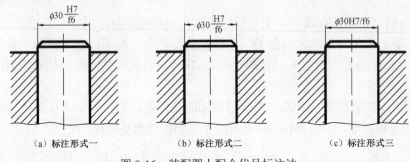

（a）标注形式一　　　　　（b）标注形式二　　　　　（c）标注形式三

图 8-16　装配图上配合代号标注法

（3）查表方法。若已知基本尺寸和公差带代号，如 $\phi 30\dfrac{H7}{g6}$，而需要知道孔、轴的极限偏差值时，可按下述方法查表。

① $\phi 30H7$ 是基准孔的公差带代号，其极限偏差可由附录 A 表 2 中查得。在表中由基本尺寸大于 24～30 的行和公差带 H7 的列相交处查得孔的极限偏差为 $^{+21}_{0}\,\mu m$（即 $^{+0.021}_{0}\,mm$），这就是该基准孔的上、下偏差值。$\phi 30H7$ 也可写成 $\phi 30^{+0.021}_{0}$。

② $\phi 30g6$ 是配合的轴的公差带代号，其极限偏差可由附录 A 表 1 中查得。在表中由基本尺寸大于 24～30 的行和公差带 g6 的列相交处查得轴的极限偏差为 $^{-7}_{-20}\,\mu m$（即 $^{-0.007}_{-0.020}\,mm$），这就是该配合轴的上、下偏差值。$\phi 30g6$ 也可写成 $\phi 30^{-0.007}_{-0.020}$。

8.4.3　形状与位置公差

1. 形状与位置公差的基本概念

加工后零件的实际形状和相对位置与理想形状和位置总有误差，给这个误差规定一定的允许范围就称为形状与位置公差。

国家标准对形状公差规定了 4 个项目，位置公差规定了 8 个项目，另外线轮廓度与面轮廓度有基准要求的视为位置公差，否则视为形状公差。它们的名称与特征符号见表 8-6。

表 8-6　形状与位置公差的项目与特征符号

分 类	特征项目	符 号	分 类	特征项目	符 号
形状公差	直线度	——	位置公差	平行度	//
	平面度	▱	定向	垂直度	⊥
				倾斜度	∠
	圆度	○	定位	同轴度	◎
				对称度	⚌
	圆柱度	⌭		位置度	⊕
	线轮廓度	⌒	跳动	圆跳动	↗
	面轮廓度	⌓		全跳动	⤢

2. 形位公差的代号及画法

在技术图样中，形状公差和位置公差（简称形位公差）应采用代号标注。当无法采用代号标注时，允许在技术要求中用文字说明。

形位公差代号包括：形位公差有关项目的符号、形位公差框格及指引线、形位公差值和其他有关符号、基准代号等。

符号用粗实线绘制，大小与框格中字体同高；形位公差框格和指引线用细实线绘制，框格应水平或垂直放置，各框格的内容如图 8-17（a）所示；基准代号由基准符号、圆圈连线和字母组成，基准代号的画法如图 8-17（b）所示。

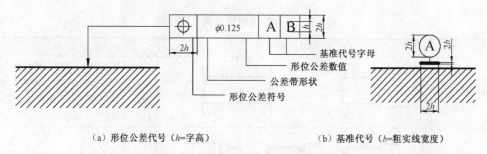

（a）形位公差代号（h=字高）　　　　（b）基准代号（b=粗实线宽度）

图 8-17　形位公差代号及基准代号

3. 形位公差标注示例

如图 8-18 所示零件，从图例中可以看出，当被测要素为表面时，指引线的箭头应指在该要素的轮廓线或其延长线上，并应明显地与尺寸线错开，如图中的圆柱度公差。当被测要素为轴线时，指引线的箭头应与该要素的尺寸线对齐，如图中的同轴度公差。当基准要素为轴线时，基准代号应与该要素的尺寸线对齐，如图中基准 A。

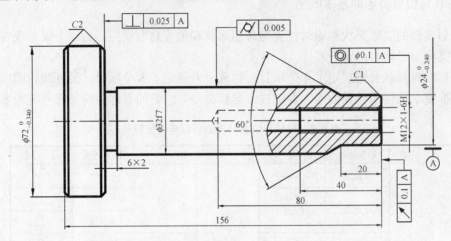

图 8-18　形状和位置公差标注示例

图 8-18 中形状和位置公差说明如下：

（1）Ⓐ——基准代号，以 $\phi 24^{0}_{0.240}$ 圆柱面的轴线为基准。

（2）$\boxed{\diagup | 0.005}$——$\phi 32f7$ 圆柱面的圆柱度公差为 0.005mm。

（3）$\boxed{\odot | \phi 0.1 | A}$——M12×1-6H 的螺纹孔的轴线对于 $\phi 24^{0}_{0.240}$ 轴线的同轴度公差为 $\phi 0.1$。

（4）$\boxed{\perp | 0.025 | A}$——$\phi 72^{0}_{-0.340}$ 的右端面对 $\phi 24^{0}_{0.240}$ 轴线的圆跳动公差为 0.025。

8.5　零件结构的工艺性简介

零件的结构形状决定于零件在部件（或机器）中的作用。但设计零件时，还要考虑到制造工艺对零件结构的要求。在设计零件时，应使零件的结构既能满足使用上的要求，又便于制造。

表 8-7 列举了一些零件制造中常见的工艺结构。

表 8-7　零件制造中常见的工艺结构

内　容	图　　例	说　　明
倒角与倒圆	R　c×45°　　c×45°　　c×45°	为了便于装配和去除锐边和毛刺，在轴和孔的端部，应加工成倒角。在轴肩处为了避免应力集中而产生裂纹，一般应加工成圆角
退刀槽及砂轮越程槽	b×d　　2:1　　2:1	为了退出刀具或使砂轮可以越过加工面，常在待加工面的末端加工出退刀槽或砂轮越程槽

内　容	图　例	说　明
铸件壁厚、圆角及斜度	缩孔　　　　　　　　≥1:20　　R R　　R R 壁厚不均匀　壁厚均匀	铸件壁厚不均匀会引起缩孔。铸件转角处要做成小圆角，否则易产生裂纹。为了起模方便，沿着起模方向，在铸件表面做成一定的斜度，但零件上可以不必画出
凸台和凹坑		为了减少机械加工量，节约材料和减小刀具的损耗，加工表面和非加工表面要分开，做成凸台或凹坑
钻孔处的合理结构	90°	钻孔时，钻头应尽量垂直被加工表面，否则钻头受力不均会产生折断或打滑

8.6　看零件图

前面介绍了运用形体分析法和线面分析法看组合体视图，这是看零件图的基础。我们要由此出发联系生产实际，看懂真正的零件图。

看零件图的目的是要根据零件图想象出零件的结构形状，了解零件的尺寸和技术要求，以便指导生产，评价零件设计上的合理性，必要时提出改进意见。从事各种专业的工程技术人员必须具备看零件图的能力。现以如图 8-19 所示的行程开关箱体零件图为例，介绍看零件图的一般方法和步骤。

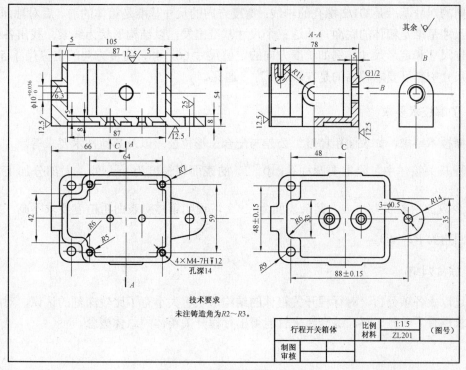

图 8-19　行程开关箱体零件图

1. 看标题栏，初步了解零件

从标题栏中可以知道该零件的名称是行程开关箱体，其功用是包容其他零件。材料为铸造铝合金。从绘图比例 1:1.5，可以估计出该零件的实际大小，由此形成对该零件的初步概念。

2. 分析视图，想象零件形状

行程开关箱体是个较为复杂的零件，采用了 4 个基本视图和 1 个 B 向局部视图来表达它的内、外结构形状。

主视图采用了全剖视图，是通过零件前、后对称面剖开的，主要表达箱体的内腔和 $\phi 10_0^{+0.036}$ 通孔。俯视图主要表达外形和顶面上的 4 个 M4 螺孔的位置。左视图采用了半剖视图和局部剖视图来表达内外结构和顶面上 M4 螺孔的深度。仰视图（C 向）主要表达底面的形状和三个安装孔的位置。B 向局部视图用以表达前、后凸台的形状。

按投影关系，把主、俯、左三个视图联系起来进行看图分析，就可以看出该行程开关形体的基本形状是中空的长方体。在箱体的左、前、后各有一个凸台，从左视图和 B 向局部视图可以看出凸台的形状、G1/2 螺孔和 $\phi 10_0^{+0.036}$ 通孔的位置。箱体顶面的 4 个 M4 螺孔，是为了安装箱盖用的。箱体底面做成四周凸起、中间凹下，是为了增加稳定性和减小加工面面积。箱底有两个圆锥形沉孔，为了增加厚度，做了两个圆柱形凸台。底板上三个 $\phi 6.5$ 通孔是用来安装螺栓的。

通过以上分析，就可以大致想象出行程开关箱体的内、外形状结构。

3. 分析尺寸

分析零件图上所注的尺寸，宜先分析长、宽、高三个方向的尺寸基准。行程开关箱体的长度方向的尺寸基准是 G1/2 螺孔的轴线；宽度方向的尺寸基准是箱体的前、后对称面；高度方向的尺寸基准是箱体的底面。从这三个尺寸基准出发，以结构形状为线索，找出各部分结构的定位尺寸和定形尺寸。例如长度方向的定位尺寸 66、48，宽度方向的定位尺寸 59 等。在定形尺寸中精度要求较高的是左端 $\phi 10_0^{+0.036}$ 通孔。

4. 了解技术要求

看懂技术要求，如表面粗糙度、公差与配合、形位公差以及其他技术要求等。

行程开关箱体中，除主要圆柱孔 $\phi 10_0^{+0.036}$ 的表面粗糙度为 $\overset{6.3}{\triangledown}$ 外，大部分加工表面为 $\overset{12.5}{\triangledown}$，少数加工表面为 $\overset{25}{\triangledown}$，其余表面为 $\triangledown$，说明箱体对表面粗糙度要求不高。未注明的铸造圆角为 $R2 \sim R3$。

5. 综合归纳

通过以上各项分析，对行程开关箱体的结构形状、大小有了比较深刻的认识，对材料和技术要求也有了一些了解，综合起来就能得出行程开关箱体的总体概念。

第9章 装　配　图

9.1　概述

9.1.1　装配图的作用

装配图是表示机器或部件的图样。表示机器的装配图称为总装配图，表示机器中某个部件或组件的称为部件装配图。设计时先设计出机器（部件）的装配图，再根据装配图画出零件图。零件制成后，根据装配图的技术要求和装配工艺，把各零、部件按装配顺序装配成部件或机器。在使用、维修机器时，需要通过装配图来了解机器的结构、工作原理、装配关系及传动路线等。此外，装配图也是交流生产经验，引入先进技术的工具。可见装配图是生产中的重要技术文件。

9.1.2　装配图的基本内容

如图 9-1 所示为正滑动轴承的装配图。从图中可以看出，一张完整的装配图必须包括以下 4 项基本内容。

1. 一组视图

一组视图用以表达机器或部件的工作原理，零件间的装配关系、连接方式及其主要零件的结构形状等。

2. 一组必要的尺寸

一组必要的尺寸用以表示机器或部件的性能（规格）尺寸、装配尺寸、安装尺寸、总体尺寸以及设计时确定的重要尺寸。

3. 技术要求

技术要求是用文字或符号说明机器或部件的性能及装配、安装、调试、使用与维护等方面的要求。

4. 序号、明细栏（表）和标题栏

在装配图上，必须对每个零件编写序号，并在明细栏中依次列出零件序号、名称、数量、材料等。在标题栏中，写明装配体的名称、图号、绘图比例以及有关人员签名等。

9.2　装配图上常用的表达方法

装配图的表达方法与零件图基本相同。在零件图中所采用的各种表达方法，如视图、剖视图、断面图和局部放大图等，在表达装配图时也同样适用。但是零件图所表达的是单个零

件，需要把零件的各部分结构形状全部表达清楚。而装配图要表达的是由若干零件组成的装配体，它的主要任务是表达机器（部件）的工作原理、装配关系及传动路线等。可见，它除了具有零件图的各种表达方法外，还需要采用一些规定画法和特殊画法。

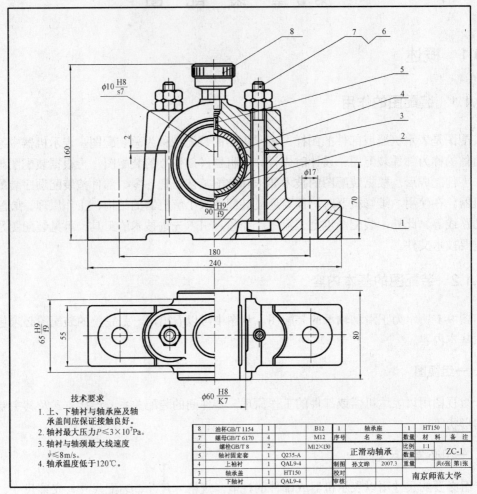

图 9-1　正滑动轴承的装配图

8	油杯GB/T 1154	1		B12	1	轴承座	1	HT150	
7	螺母GB/T 6170	4		M12	序号	名　称	数量	材　料	备　注
6	螺栓GB/T 8	2		M12×130			比例	1:1	
5	轴衬固定套	1	Q235-A			正滑动轴承			ZC-1
4	上轴衬	1	QAL9-4		制图	孙文晔	2007.3	重量	共6张 第1张
3	轴承盖	1	HT150		校对				
2	下轴衬	1	QAL9-4		审核		南京师范大学		

9.2.1　装配图上的规定画法

装配图上的规定画法如下。

（1）两相邻零件的接触面和配合面只画一条线，不接触面和非配合面即使间隙很小，也必须画成两条线。

（2）在同一装配图中，同一零件的剖面线应方向一致、间隔相等，不同的零件的剖面线方向应不同或间隔不等。另外还需注意，当零件厚度在 2mm 以下时允许以涂黑代替剖面线。

（3）当剖切平面通过螺纹连接件（螺栓、螺母、垫圈等）及实心件（如轴、销等）的轴线时，这些零件按不剖处理，其上不画剖面线。当上面有局部结构如孔、槽需要表达时，可采用局部剖视图。注意当剖切平面垂直于轴线时，这些零件应画出剖面线，如图 9-1 所示的正滑动轴承俯视图上的螺栓 6。

9.2.2 装配图上的特殊表达方法

1. 沿零件结合面剖切及拆卸画法

在装配图的某个视图中，当某个零件遮挡了需要表达的结构或装配关系时，可假想沿零件的结合面剖切或将这些零件拆去，并在图上说明"拆去××"。如图9-1所示正滑动轴承俯视图就是拆去油杯、轴承盖、上轴瓦等零件后，沿轴承盖与轴承座结合面剖切的。结合面上一般不画剖面线（如轴承座与下轴瓦、泵体与齿轮），而被剖切的零件必须画剖面线（如螺栓）。

2. 假想画法

对于运动零件，当需要表明其运动极限位置时，也可用双点画线表示。如图9-2（a）所示，手柄处在Ⅰ时为中间位置，齿轮2、3都不与齿轮4啮合；处在Ⅱ时为左极限位置，齿轮2与齿轮4啮合，运动由齿轮1经2传至4；处在Ⅲ时为右极限位置，齿轮3与齿轮4啮合，运动由齿轮1经2、3传至齿轮4，这样齿轮4的转向与前一种情况相反，图中极限位置Ⅱ、Ⅲ用细双点画线表示。

对于不属于本部件但与本部件有密切关系的相邻零件可用细双点画线来表示，如图9-2（b）所示相邻主轴箱的画法。

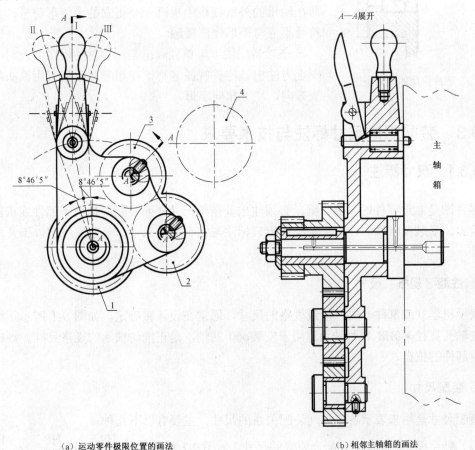

（a）运动零件极限位置的画法　　　　　　　（b）相邻主轴箱的画法

图9-2　三星齿轮传动机构的展开画法

3. 夸大画法

装配图中如绘制直径或厚度小于 2mm 的孔、薄片、小间隙等以及圆锥销（孔）的锥度时，如按实际比例绘制，将很不清楚，可以采用夸大画法，但要按实际尺寸标注，如图 9-3 所示垫片厚度的简化画法。

4. 简化画法

简化画法的步骤介绍如下。

（1）装配图上当剖切平面通过的某些标准组合件或者组合件已由其他视图反映清楚时，可以只画外形，如图 9-1 所示的油杯 8。

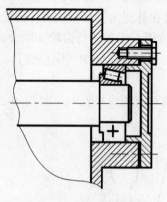

图 9-3 垫片厚度的简化画法

（2）装配图上零件的一些工艺结构如圆角、倒角、退刀槽等可不画出来。画螺纹连接件时，螺栓头部、螺母可采用简化画法，如图 9-1 所示的螺母 7。

（3）装配图中若干相同的零件组如螺纹紧固件，可详细画出一组或几组，其余只需标出位置线，如图 9-3 所示。

（4）滚动轴承可采用简化画法、示意画法。如图 9-3 所示，在轴的一侧按规定画法画出，而另一侧按通用画法绘制，即在轴承的外廓线框中央画一个正立的十字形符号，十字形符号不应与矩形线框接触。

（5）装配图上可单独画出某一零件的视图，此时应在视图上方注出该零件视图名称，在相应视图附近用箭头指明投影方向，注上相同字母。

9.3 装配图的尺寸标注与技术要求

9.3.1 尺寸标注

零件图是制造零件的主要依据，必须注出其全部尺寸。而装配图是用于部件或机器的装配、检验、安装及维修等，故在装配图上只标注与之有关的尺寸，一般应注出以下几个方面的尺寸。

1. 性能（规格）尺寸

表示机器（或部件）的性能或规格的尺寸，通常在设计时确定。如图 9-1 所示正滑动轴承的主轴孔直径ϕ60H8 表明轴承适用于安装ϕ60 的轴，是正滑动轴承的规格尺寸。规格尺寸是选用部件的依据。

2. 装配尺寸

装配尺寸是用来表示各零件间装配关系的尺寸，主要有以下几种。

（1）配合尺寸：零件间有配合要求的尺寸，如图 9-1 所示的 $90\dfrac{\text{H9}}{\text{f9}}$、$\phi10\dfrac{\text{H8}}{\text{s7}}$、$\phi60\dfrac{\text{H8}}{\text{k7}}$ 等。

（2）连接尺寸：指零件间重要的连接尺寸，如销的定位尺寸、非标准零件上的螺纹尺寸、传动螺纹尺寸等。

（3）相对位置尺寸：指零件间比较重要的相对位置尺寸。

3. 安装尺寸

安装尺寸是部件安装在机座或其他部件上所需要的尺寸，如图 9-1 所示的正滑动轴承中两孔中心距 180 等。

4. 总体尺寸

总体尺寸是部件的总长、总宽、总高，标注出来以方便储存、安装、运输。

5. 其他重要尺寸

在设计计算中确定的，但又未包括在上述几类尺寸中的重要尺寸、运动零件的极限尺寸等。

装配图上具体标注尺寸时，并不是以上所有尺寸都要一一标注，同时以上各种尺寸的分类也不是绝对的，有些尺寸有几种意义。

9.3.2　技术要求

机器或部件在装配、调试、检验、使用和维修时要注意的事项，可用文字或符号注写在装配图上，称为技术要求。装配图的技术要求涉及面很广，不同的部件应根据各自不同的情况制订技术要求，一般可以从以下几个方面来考虑。

（1）部件在装配时需要注意的事项及所要达到的装配要求，包括装配后须保证的准确度、需要在装配时进行加工的说明、装配方法、装配间隙、润滑要求等。

（2）部件装配质量的检验及基本性能的试验等方面的要求。

（3）产品的维修、保养及操作时的注意事项等。

（4）部件的性能、规格参数。

9.4　装配图中零、部件序号，明细栏与标题栏

装配图上一般零件比较多，图形也比较复杂。为了统计零件的数量与种类，进行生产准备工作以及方便看图，必须对每个零、部件编列序号，并逐一填入对应的明细栏中以便根据序号查阅明细栏，了解零件的名称、材料、数量、规格等。

9.4.1　零、部件序号（GB/T 4458.2—2003）

装配图中相同的组成部分（零件或标准化组件）只编一个序号。零件的序号用指引线（以细实线绘制）从零件的可见轮廓内的任意一点引出，始端为小圆点，如图 9-4（a）、（b）、（c）、（d）、（e）所示；若在所指范围内不便画圆点（如很薄件或涂黑剖面），其指引线端部用箭头指向轮廓线，如图 9-4（f）所示；末端以细实线画一段水平线或圆圈，然后将序号填写在水平线上或圆内，序号数字比图中的尺寸数字大一号或两号，如图 9-4（a）、（b）、（c）、（d）所示。有时也可以不画水平线或圆圈，而直接注写序号，序号数字比尺寸数字大两号，如图 9-4（e）所示。

指引线间不得相交，当通过有剖面线的区域时，指引线不能与剖面线平行。必要时，可将指引线画成折线，但只允许弯折一次，如图9-4（g）所示。一组连接件以及装配关系清楚的零件组，允许采用公共指引线，如图9-4（h）所示。

整张图纸上，装配图中的序号应按水平或垂直方向排列整齐，并应尽可能分布均匀。装配图序号一般按顺时针或逆时针方向顺次排列，实在无法连续排列时，可只在每个水平或垂直方向顺次排列。

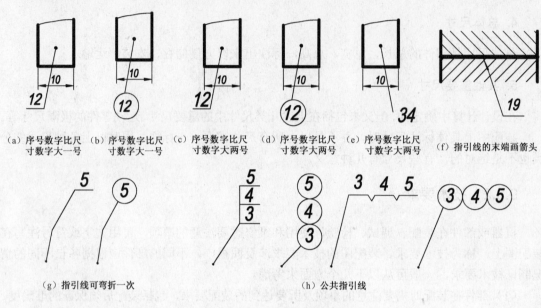

（a）序号数字比尺   （b）序号数字比尺   （c）序号数字比尺   （d）序号数字比尺   （e）序号数字比尺   （f）指引线的末端画箭头
寸数字大一号   寸数字大一号   寸数字大两号   寸数字大两号   寸数字大两号

（g）指引线可弯折一次   （h）公共指引线

图 9-4　零件序号的编写形式

9.4.2　明细栏（GB/T 10609.2—1989）

明细栏中按序号自下而上顺次填写机器（部件）中全部零、部件的序号、代号、名称、数量、材料、重量（单件、总计）、备注等内容。如是标准件，还需填写规格尺寸与国标代号。备注栏中可填写有关的工艺说明，如发黑、渗碳等；也可注明该零、部件的来源，如外购件、借用件等；对齿轮一类零件，还可注明必要的参数，如模数、齿数等。明细栏一般画在标题栏上方紧靠标题栏自下而上排列。如地方不够可紧靠标题栏左边自下而上、自右而左排列；如需增加零件时，继续向上画格子即可。当装配图中无法在标题栏上方配置明细栏时，可作为装配图的续页按 A4 幅面单独给出。其顺序应由上而下延伸，还可连续加页，但应在明细栏下方配置标题栏，并在标题栏里填写与装配图一致的内容。

9.4.3　标题栏（GB/T 10609.1—1989）

标题栏中一般填写机器或部件的名称、比例、图纸编号、设计者及审核者签名等内容。具体内容及格式参见第 1 章。制图时推荐使用简明的标题栏及明细栏，如图 9-5 所示为常见格式之一。

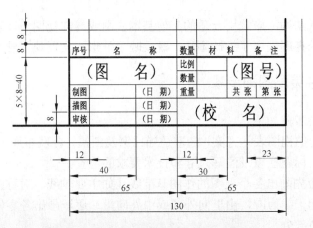

图 9-5　装配图上标题栏和明细栏的格式

9.5　装配图的画法

无论是设计还是仿造机器（或部件），都必须先画出装配图。首先应分析、了解并阅读有关资料，画出反映机器工作原理、装配关系、传动路线的装配示意图或轴测装配图，然后根据组成机器（或部件）的各零件的零件图拼画出部件的装配图。

9.5.1　阅读部件装配示意图、分析部件工作原理及其装配关系

部件装配示意图是用简单线条表达部件的工作原理、装配关系、传动路线及每个零件在部件中的位置与作用的图。画装配示意图时，通常对各零件的表达不受前、后层次的限制，尽可能把所有零件集中在一个视图上。画装配示意图时，应采用机械制图国家标准"机构运动简图符号"（GB/T 4460—1984）中规定的符号。

9.5.2　机器（部件）视图表达方案的选择

详细了解所画的机器（部件）后，下一步就是确定表达方案。如前所述，我们可以采用视图、剖视图、断面图等一些常规表达方法，也可以采用一些特殊画法，如拆卸画法、夸大画法、简化画法等，以达到能较好地反映部件装配关系、工作原理以及主要零件形状结构的目的。

1. 主视图的选择

一般都把部件按工作位置摆放，选能清楚反映部件的主要装配关系和工作原理的投影方向作为主视图的投影方向，并考虑选用何种剖视图表达零件的相互关系。如图 9-1 所示的正滑动轴承装配图，按照工作位置放置，这样滑动轴承的主要装配关系和工作原理在主视图上就能得到充分反映。为反映各个零件的装配关系及外形结构，主视图采用半剖视图。

2. 其他视图的选择

在正确、完整地表达出主要零件的形状及其装配关系的要求下，尽量使视图的数量为最少。主视图选定后，再考虑其他视图。凡在主视图上没有反映清楚的装配关系、工作原理、

主要零、部件的形状结构，应选用合适的其他基本视图或局部视图予以表达。

正滑动轴承的俯视图采用了拆卸画法，既反映了外形，又反映了结合面处的装配关系。

9.5.3 画部件装配图的步骤

画部件装配图的步骤如下。

（1）根据所确定的视图表达方案，选取适当比例及图幅，合理布局，并注意留出注写零、部件序号、明细栏、标题栏以及注写尺寸和技术要求的位置。

（2）画图时，应先画出各个视图的作图基准线（如主要轴线、对称中心线、某零件的底面或端面等）以装配干线为准，由里向外（或由外向里）逐一画出各零件。先画主要零件，再画其他零件及细节部分。

（3）底稿图完成后，需经仔细检查、校核后才能加深图线。

（4）最后标注尺寸、编写零件序号、填写明细栏和标题栏等。在综合考虑部件的装配、调试、使用及维护等方面要注意的事项后，合理地注写部件的技术要求，并签署姓名。这样一张完整的装配图就画好了。

9.6 装配结构工艺性简介

画装配图时，除了根据设计要求考虑部件的结构问题外，还必须根据装配工艺的要求考虑部件结构的合理性，否则会达不到设计要求，而且装拆困难，这就是装配结构工艺性。对装配结构的基本要求是：

（1）零件结合处精确可靠，能保证装配质量；

（2）便于装配与拆卸；

（3）零件结构简单，加工工艺性好。

下面以正、误对比方式，叙述装配工艺对零件结构的一些基本要求，如表 9-1 所示。

表 9-1　装配工艺对零件结构的要求

内　容	正 确 图 例	错 误 图 例	说　明
接触面处的结构			两个零件在同一方向只能有一对接触面，既便于装配，又降低加工精度 不同方向接触面的交界处，不应做成尖角或相同的圆角，否则不能很好地接触
			为使轴肩与另一零件接触良好，应制出退刀槽或倒角

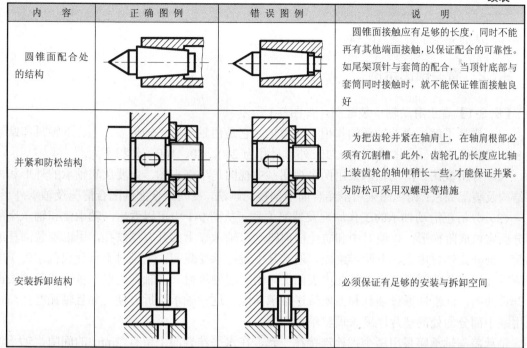

内　　容	正确图例	错误图例	说　　明
圆锥面配合处的结构			圆锥面接触应有足够的长度，同时不能再有其他端面接触，以保证配合的可靠性。如尾架顶针与套筒的配合，当顶针底部与套筒同时接触时，就不能保证锥面接触良好
并紧和防松结构			为把齿轮并紧在轴肩上，在轴肩根部必须有沉割槽。此外，齿轮孔的长度应比轴上装齿轮的轴伸稍长一些，才能保证并紧。为防松可采用双螺母等措施
安装拆卸结构			必须保证有足够的安装与拆卸空间

9.7　看装配图及由装配图拆画零件图

9.7.1　看装配图的方法与步骤

不论是设计还是生产，都离不开看装配图。看装配图时要了解装配体的名称、用途、性能、结构和工作原理；搞清各零件的主要结构形状和作用；明确各零件之间的装配关系及连接特点。看装配图的步骤如下。

1. 概括了解

先看标题栏和有关说明，了解部件的名称、大致用途、性能及画图比例，对照总体尺寸估计部件真实大小；再阅读明细栏，了解有多少标准件、常用件及一般零件。

2. 分析视图

根据视图配置，找出它们之间的投影关系。对于剖视图，要找到剖切位置，分析所采用的表达方法及其表达的主要内容。一般从主视图开始，利用投影关系，对照其他视图，了解部件大致有几条装配干线，各零件间的装配关系及主要零件的大致形状结构。

3. 分析零件

对照零件序号与明细栏逐个分析每个零件，将零件从装配图中正确地分离出来进行形体结构分析。搞清每个零件的形状结构后，应进一步分析每个零件的作用及与其他零件的关系，对于运动件还应分析它的传动路线及运动范围。

4. 归纳总结

在详细分析各零件之后，可综合想象出装配体的整个结构和装配关系，弄懂装配体的工作原理，从而完全了解该装配体。

9.7.2 看装配图示例

【例 9-1】看正滑动轴承装配图，如图 9-1 所示。

（1）概括了解。滑动轴承的作用是支撑轴。它是由轴承座、轴承盖、上、下轴衬和螺栓等 8 种零件组成的。作图比例为 1:1，外形尺寸为 240、80、160，体积不大。

（2）分析视图。滑动轴承采用两个视图：主视图是半剖视图，主要反映轴承的外形和内部结构及装配关系；俯视图采用沿结合面半剖视的画法，反映结合面的配合情况及轴承外形。

（3）分析正滑动轴承的工作原理及装配关系。从图 9-1 中可以看出，轴承盖和轴承座的剖分面常做成阶梯形，以便对中和防止横向错动。轴承盖上部开有螺纹孔，用以安装油杯或油管。剖分式轴衬由上、下两半组成，通常是下轴衬承受载荷，上轴衬不承受载荷。为了节省贵重金属或其他需要，常在轴瓦内表面上贴附一层轴承衬。在轴瓦内壁不承受载荷的表面上开设油槽，润滑油通过油孔和油槽流进轴承间隙。这种轴承装拆方便，并且轴瓦磨损后可以用减小剖分面处的垫片厚度来调整轴承间隙。

轴承盖与轴承座采用两个螺栓连接在一起，在水平结合面上留有 2mm 的间隙，轴承座与轴承盖的配合尺寸为 $\phi60\dfrac{H8}{k7}$。轴承座上的安装孔 $\phi17$ 和定位尺寸 180 为安装尺寸。轴承孔到安装面的距离 70 也是重要的安装尺寸。

9.7.3 由装配图拆画零件图

由装配图拆画零件图是设计工作中的一个重要环节，也是读装配图的继续。首先应把装配图看懂，搞清部件的工作原理、装配关系、各零件特别是被拆零件的形状结构。由于装配图不可能把零件的形状结构完整地表达出来，因此需要分析判断，根据零件的作用、工艺要求以及和有关零件的装配关系进行分析并参考有关资料，确定未定部分的形状。下面以正滑动轴承轴承座 1 为例，介绍拆画零件图的方法和步骤。

（1）分析轴承座的结构形状。在装配图的主视图上，轴承座的投影很清楚，它的外形通过俯视图可以得到。

（2）确定表达方案。轴承座属箱体类零件，画零件图时零件的安放位置是它的工作位置，其主视图可以同装配图一样，采用半剖视图，用俯视图表达轴承座的形状，如图 9-6 所示。

（3）尺寸标注。标出装配图上已有的尺寸，并直接从装配图上量取一般的尺寸，另外又确定几个特殊尺寸。

① 表面粗糙度。对于相互配合的孔和表面，其表面精度要求比较高，其余的按常规给出。

② 技术要求。参照同类产品的相关零件，注写技术要求，并根据装配图上给出的公差配合查出公差数值。

绘出轴承座的零件图如图 9-6 所示。

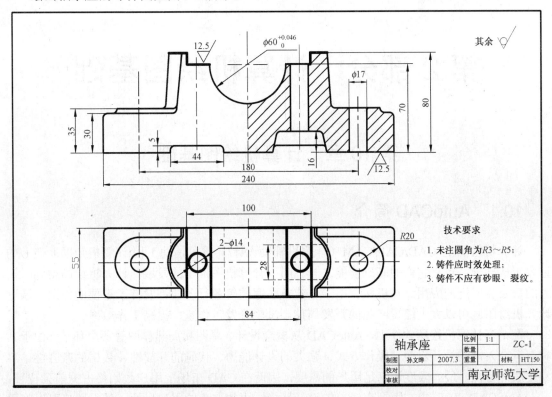

图 9-6　轴承座零件图

第 2 部分　计算机绘图基础

第 10 章　计算机绘图基础

10.1　AutoCAD 简介

计算机绘图是 CAD/CAE/CAM（计算机辅助设计/计算机辅助工程/计算机辅助制造）的重要组成部分，也是它们的基础功能之一。随着计算机图形学的发展，计算机绘图得到了极大的普及和广泛的应用。在机械、电子、建筑、服装等各行各业都发挥了重要的作用。通过计算机绘图，可以大大缩短产品的开发周期，减轻开发工作量，提高工作效率。

在诸多计算机绘图软件中，AutoCAD 从概念设计、草图和局部详图等各个环节，由于其具有符合人性的设计界面、操作方式、强大的设计能力、代码的开放性、数据的兼容性、容易集成等特性，最大限度地满足用户的需要，因而在 CAD 市场上用户数始终占据前列位置。

AutoCAD 2008 中文版拥有轻松的设计环境，更加友善的用户界面，使得用户可以将更多的精力集中在设计对象和设计过程上而非软件本身。AutoCAD 2008 中文版提供了两种操作界面，一种是传统的经典界面，使 AutoCAD 老用户感觉到亲切和熟悉；另一种是使人耳目一新的三维建模界面，方便了三维立体模型的构建。AutoCAD 2008 中文版继承了并行开发设计特性，提供了在网络中的任何时间、地点与任何人沟通的便利渠道，共享设计成果。

本书以 AutoCAD 2008 中文简体版为蓝本，介绍 AutoCAD 的操作基础，熟悉了该版本的使用，同样可以轻松操作其他 AutoCAD 版本。

本章首先介绍 AutoCAD 2008 中文版的用户界面、按键定义、输入方式、文件操作命令以及有关环境的设置等基础知识，然后介绍显示缩放命令、绘图命令、对象选择方式、编辑命令、块操作命令、文本输入及编辑命令、尺寸标注命令、图案填充命令等，最后通过实例介绍各种命令的综合应用，强调精确快速绘图的操作技巧，同时更有针对性地为前面的机械制图部分服务。

10.2　AutoCAD 基础

10.2.1　绘图界面

启动 AutoCAD 2008 后弹出如图 10-1 所示的界面。

从图 10-1 中可以看出，AutoCAD 2008 的界面主要包含如下几个部分。

（1）标题栏。标题栏显示当前编辑的图形文件。

（2）菜单栏。菜单栏包含了 AutoCAD 的各个菜单项，涵盖了大部分 AutoCAD 的命令和功能。其中在菜单项中带向右的小三角形 ▶ 的菜单，指该菜单项有下一级子菜单即级联菜单；带省略号 ··· 的，指执行该菜单项命令后，会弹出一个对话框。菜单项后有快捷键的，指该菜单命令可以通过快捷键直接打开和执行。

（3）工具栏。绘图区左侧和上方显示的为工具栏（也称为工具条）。工具栏提供了命令直观的代表符号。使用工具栏可以快速执行命令，尤其在使用鼠标等指点设备时比较方便。可以通过工具按钮打开其他工具栏。移动鼠标到工具栏边框上，按住并拖动，可以将工具栏拖到其他地方，并可以改变其形状。工具栏主要有 4 个不同的位置。当工具栏被拖到最左、上或右的位置时，自动变成长条状，并放置在靠边的位置。如果被拖到中间某个位置，此时即成为"浮动工具栏"，可以改变其外形和大小并可以单击按钮 ✕ 将其关闭，同时带有标题栏。工具栏可以根据需要重新定制。移动鼠标在任意一个工具栏上右击，在弹出的快捷菜单中选择"自定义"，或执行菜单"视图-工具栏"，通过"自定义用户界面"对话框进行定制。

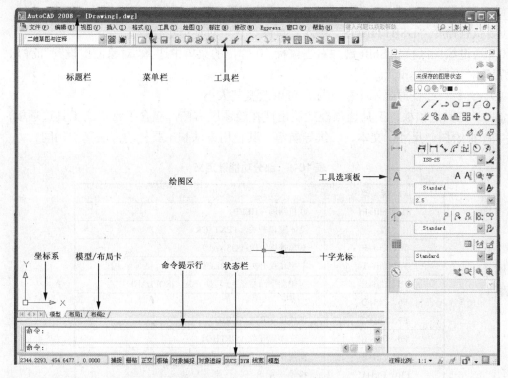

图 10-1　AutoCAD 2008 界面

（4）绘图区。中间最大的一块空白区域是绘图区。

（5）坐标系。坐标系显示图标。在绘图区左下角显示的是 UCS 图标。UCS 图标可以根据原点被移动或隐藏。不同的图标表示了不同的空间或观测点。默认的是笛卡儿坐标系。

（6）模型/布局选项卡。默认的界面中包含了一个模型空间选项卡和两个布局空间选项卡。用户建立模型则需要在模型空间完成，要进行输出布局时则应该在布局空间完成。

（7）命令提示行。命令提示窗口包含了所下达的历史命令和命令提示信息，AutoCAD 的输入及反馈信息都在其中。其包含的行数可以设定。初学者务必留意命令提示行的信息反馈，这里是和 AutoCAD 进行交互的平台。通过剪切、复制和粘贴功能将历史命令粘贴在命令行，可重复执行以前的命令。可通过 F2 键控制是否以独立的窗口或是否将窗口恢复成给定的大小，该窗口同样可以被移到其他位置并改变其形状和大小。

（8）状态栏。如图 10-1 所示，在界面的最下方左边显示了光标的当前信息。当光标在绘图区时显示其坐标，当光标在工具栏或菜单上时显示对应的功能及命令。状态栏中间部分则显示了各种辅助绘图状态，包括"捕捉"、"栅格"、"正交"、"极轴"、"对象捕捉"、"对象追踪"、"DUCS"、"DYN"、"线宽"、"模型"或"图纸"等按钮。这些按钮用于精确绘图中对对象上特定点的捕捉、定距离捕捉、捕捉某设定角度上的点、显示线宽及在模型空间和图纸空间转换等。由于这些辅助绘图功能使用非常频繁，所以设定成随时可以观察和改变的状态。

以上各状态按钮的控制方法如下。

① 在状态栏对应的按钮上单击。

② 通过功能键（见表 10-1）控制（除"图纸"、"模型"按钮外）。

③ 在状态栏对应的按钮上右击弹出快捷菜单后从中选择开/关。

④ 在状态栏对应的按钮上右击鼠标，选择"设置"进入"草图设置"对话框进行设定。

⑤ 通过菜单"工具→草图设置"进入"草图设置"对话框进行设定。

⑥ 执行命令"DSETTINGS"进入"草图设置"对话框进行设定。

⑦ 通过绘图区按住 Shift 键并右击鼠标，在弹出的菜单中选择"对象捕捉设置"，弹出"草图设置"对话框进行设置。

（9）光标。绘图时显示十字光标，可以改变其大小。

（10）工具选项板。工具选项板默认出现在绘图区右侧，包含了常用的工具选项板，如图层、二维绘图、尺寸、文本、二维导航等。其使用方法和工具栏的方法基本相同。

表 10-1 部分功能键定义

功　能　键	作　　用
F1、Shift+F1	联机帮助（HELP）
F2	文本窗口开关（TEXTSCR）
F3、Ctrl+F	对象捕捉开关（OSNAP）
F4、Ctrl+T	数字化仪开关（TABLET）
F5、Ctrl+E	等轴测平面右/左/上转换开关（ISOPLANE）
F6、Ctrl+D	DUCS 开关
F7、Ctrl+G	栅格显示开关（GRID）
F8、Ctrl+L	正交模式开关（ORTHO）
F9、Ctrl+B	捕捉模式开关（SNAP）
F10、Ctrl+U	极轴开关
F11、Ctrl+W	对象捕捉追踪开关
F12	DYN 动态输入开关

10.2.2 命令输入方式

AutoCAD 交互绘图必须输入必要的指令和参数。命令输入方式包括鼠标输入、键盘输入、菜单输入及按钮输入。

1. 鼠标输入

鼠标输入分为两种。

（1）鼠标左键。当鼠标移到绘图区以外的地方，鼠标指针变成一个空心箭头，此时可以单击鼠标左键选择命令或移动滑块选择命令提示区中的文字等。在绘图区，当光标呈十字形时，可以在屏幕绘图区按下鼠标左键，相当于输入该点的坐标；当光标呈小方块时，可以单击鼠标左键选取实体对象。

（2）鼠标右键。在不同的区域单击鼠标右键，可弹出不同的快捷菜单，再选择对应的菜单。

2. 键盘输入

所有的命令和参数均可以通过键盘输入（不分大小写）。部分命令通过键盘输入时可以缩写，此时可以只输入很少的字母即可执行该命令。如"Circle"命令的缩写为"C"。用户可以定义自己的命令缩写。

在大多数情况下，直接输入命令会打开相应的对话框。如果不想使用对话框，可以在命令前加上"–"，如"–Layer"，此时不打开"图层特性管理器"对话框，而是显示等价的命令行提示信息，同样可以进行设定。

3. 菜单输入命令

通过鼠标左键在主菜单中单击下拉菜单，再移动到相应的菜单项上单击对应的命令。如果有下一级子菜单，则移动到菜单条后略停顿，自动弹出下一级子菜单，移动光标到对应的命令上单击即可。

如果使用快捷菜单，右击鼠标弹出快捷菜单，移动鼠标到对应的菜单项上单击即可。

也可按 Alt 键和菜单中带下画线字母或用光标移动键选择菜单项，按 Enter 键输入命令。

4. 按钮输入命令

用鼠标在对应的按钮上单击可以输入该按钮对应的命令。在按钮上稍做停留，则会提示按钮的名称，并在窗口的左下角提示功能说明。

10.2.3　透明命令

在其他的命令执行过程中运行的命令称为透明命令。透明命令一般用于环境的设置或辅助绘图。

输入透明命令应该在普通命令前加一撇号（'），执行透明命令后会出现"＞＞"提示符。透明命令执行完后，继续执行原命令。

不是所有的命令都可以透明执行，只有那些不选择对象、不创建新对象、不导致重生成以及结束绘图任务的命令才可以透明执行。

10.2.4　命令的重复、撤销、重做

在绘图的过程中经常要重复、撤销或重做某一条命令。在 AutoCAD 中完成命令的重复、撤销、重做是非常容易的。

1. 命令的重复

命令重复执行有下列方法。

（1）按 Enter 键或空格键可以快速重复执行上一条命令。

（2）在绘图区单击鼠标右键鼠标选择"重复×××命令"执行上一条命令。

（3）在命令提示区或文本窗口中单击鼠标右键，在弹出的快捷菜单中选择"近期使用的命令"，可选择最近执行的六条命令之一重复执行。

（4）在命令提示行中输入"MULTIPLE"，在下一个提示后输入要执行的命令，将会重复执行该命令直到按 Esc 键为止。

2. 命令的撤销

正在执行的命令可以用下面的方法撤销。

（1）用户可以按 Esc 键中断正在执行的命令，如取消对话框，废除一些命令的执行，个别命令例外。但在某些命令中，并不取消该命令已经执行完的部分。如：执行画线命令已经绘制了连续的几条线，再按 Esc 键，此时中断画线命令，不再继续，但已经绘制好的线条并不消失。

（2）连续按两次 Esc 键可以终止绝大多数命令的执行，回到"命令:"提示状态。连续按两次 Esc 键也可以取消夹点编辑方式显示的夹点。

（3）采用 U、Undo 及其组合，可以撤销前面执行的命令直到存盘时或开始绘图时的状态，同样可以撤销指定的若干次命令或回到做好的标记处。

（4）撤销命令可通过键盘输入 U（不带参数选项）或 Undo（可带有不同的参数选项）命令或选择"编辑→撤销"菜单。或者通过单击按钮 ↶ 或按 Ctrl+Z 快捷键来完成。

3. 命令的重做

已被撤销的命令还可以恢复重做。要恢复撤销的最后一个命令，可以输入 REDO 或通过"编辑→重做"来执行。不过，重做命令仅限恢复最近的一个命令，无法恢复以前被撤销的命令。如果是刚用 U 命令撤销的命令，可以按 Ctrl+Y 快捷键重做。

10.2.5　绘图环境设置

绘图环境包括绘图界限、单位、图层、颜色、线型、线宽、图层等。

1. 绘图界限

执行"格式-图形界限"菜单，或执行"limits"命令。

> 命令: '_limits
> 重新设置模型空间界限:
> 指定左下角点或 [开（ON）/关（OFF）] <0.0000,0.0000>:
> 指定右上角点 <×××,××××>:

用户可按照提示，设置是否打开或关闭图形界限检查功能，并设置图形界限的左下角和右上角点坐标。

2. 单位

所有图形总有大小、精度以及采用的单位。在AutoCAD中，在屏幕上显示的只是屏幕单位，但屏幕单位应该对应一个真实的单位。不同的单位其显示格式是不同的。同样也可以设定或选择角度类型、精度和方向。

命　　令	菜　　单
UNITS	格式→单位

如图 10-2 所示为"图形单位"对话框。

在如图 10-2 所示的对话框中，用户可以设置长度单位的类型（小数、科学、工程、建筑、分数）和精度；设置角度单位的类型（十进制度数、度/分/秒、百分度、弧度、勘测单位）以及精度，并设置角度的正方向是否为顺时针方向。同样可以单击"方向"按钮，打开"方向控制"对话框，设置基准角度的方向，如图 10-3 所示。

图 10-2　"图形单位"对话框　　　　图 10-3　"方向控制"对话框

3. 颜色

颜色的合理使用，可以充分体现设计效果，而且有利于图形的管理。如在选择对象时，可以通过过滤选中某种颜色的图线。

设定图线的颜色有两种方式：直接指定颜色和设定颜色成"随层"或"随块"。使用图层来管理更方便，建议用户在图层中管理颜色。

命　　令	菜　　单	按　　钮
COLOR、COLOUR	格式→颜色	"对象特性"选项板中 ■ ByLayer

弹出如图 10-4 所示的"选择颜色"对话框。用户可在其中选择希望设定的颜色。

4. 线型

线型是图样表达的关键要素之一，不同的线型表示了不同的含义。常用线型是预先设计好储存在线型库中的。我们只需加载即可。

命 令	菜 单	按 钮
LTYPE、LINETYPE	格式→线型	"对象特性"选项板中 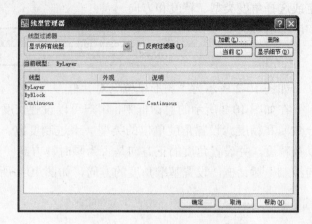 ByLayer

弹出如图 10-5 所示的"线型管理器"对话框。

图 10-4 "选择颜色"对话框

图 10-5 "线型管理器"对话框

单击"加载"按钮，则弹出"加载或重载线型"对话框，如图 10-6 所示。

5. 线宽

不同的图线有不同的宽度要求，并且代表了不同的含义。如在一般的建筑图中，就有 4 种线宽。设置"线宽"对话框如图 10-7 所示。

命 令	菜 单	按 钮
LINEWEIGHT、LWEIGHT	格式→线宽	用鼠标右键单击状态栏"线宽"并单击"设置" "对象特性"选项板中 随层

图 10-6 "加载或重载线型"对话框

图 10-7 "线宽"对话框

6. 图层

层，是一种逻辑概念。在 AutoCAD 中，每个层可以看做是一张透明的纸，可以在不同的"纸"上绘图。不同的层叠加在一起，形成最后的图形。

层，有一些特殊的性质。在图层中可以设定每层的颜色、线型、线宽。只要图线的相关特性设定成"随层",图线都将具有所属层的特性。可见用图层来管理图形是十分有效的。

执行"layer"命令、菜单"格式-图层"、图层选项板中的"图层特性管理器"均可弹出如图 10-8 所示的"图层特性管理器"对话框。

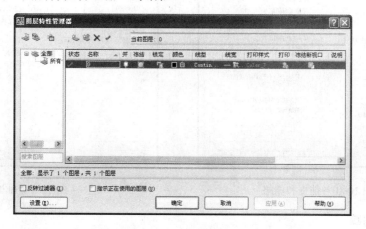

图 10-8 "图层特性管理器"对话框

该对话框中可以对图层特性进行管理。可以新建或删除图层（0 层不可删除），更改图层的名称、设置当前层、设置冻结或解冻图层、打开或关闭图层、设置图层的线型、颜色、线宽等。在列表显示区，可以控制图层的开/关、冻结/解冻、锁定/解锁等。选择其中的颜色后，将自动弹出如图 10-4 所示的的"选择颜色"对话框，用户可以选定图层的颜色。选择线型后，弹出如图 10-9 所示的"选择线型"对话框，再单击"加载"

图 10-9 "选择线型"对话框

按钮，则弹出如图 10-6 所示的"加载或重载线型"对话框，用户可以选择线型库中的合适线型进行加载。单击"线宽"栏中的图线，将弹出如图 10-7 所示的"线宽"对话框，用户可以设置当前图层中线条的宽度。

用户可以通过"图层"选项板中的下拉列表 💡◯⬤🔒🖊■ 0 ▼ 选择当前图层。

10.2.6 草图基本设置

通过用鼠标右键单击状态栏的按钮选择"设置"或输入"DESTTINGS"或执行菜单"工具→草图设置"等可以在显示的"草图设置"对话框中进行设置。

1. 捕捉和栅格

如图 10-10 所示，在该选项卡中，可以设置是否启用捕捉和栅格功能。如果启用，则设置的捕捉和栅格间距、角度等将发挥作用。

在该选项卡中还可以设置捕捉类型，其中矩形捕捉用于一般的二维平面图形绘制，如绘制正投影视图。等轴测捕捉则是正等轴测捕捉方式，一般用于绘制正等轴测图。在正等轴测捕捉模式下，可以按 F5 键或按 Ctrl+D 快捷键在三个轴测平面之间切换。

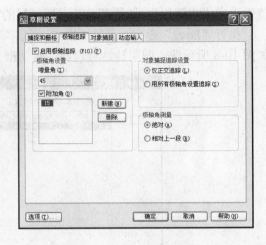

图 10-10　捕捉和栅格　　　　　　　　　　图 10-11　极轴追踪

2．极轴追踪

利用极轴追踪可以在设定的极轴角度上根据提示精确移动光标。极轴追踪提供了一种拾取特殊角度上点的方法。如图 10-11 所示用于设置捕捉角度。

3．对象捕捉

在机械制图中所绘制的图形各组成元素之间不会是孤立的，而一定是相互关联的。它们之间存在着一定的内在关系，不可以破坏，如垂直、相交、相切等关系。而保证这些关系是正确、精确绘图的关键所在，否则，绘制的图形将会留有很大的隐患。

充分合理地使用对象捕捉，以及捕捉、栅格、正交、极轴追踪等功能是保证正确绘图的基础。这些功能需要频繁使用。

如图 10-12 所示，启用对象捕捉功能后可以精确捕捉对象的指定点，包括：端点、中点、圆心、节点、象限点、交点、延伸交点（即如果延伸后相交的交点）、插入点、垂足、切点、最近点、外观交点（三维空间投影到二维视平面上存在的交点），并可以绘制和指定直线平行的直线。

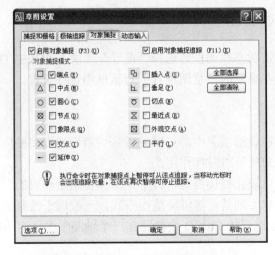

图 10-12　对象捕捉

其中"对象捕捉"控制方法主要有以下 4 种。

（1）在绘图区按住 Shift 键并用鼠标右键单击，弹出"对象捕捉"快捷菜单，从中选取。

（2）在需要定义点时，用鼠标右键单击，选择"捕捉替代"，再选择需要的捕捉方式。

（3）打开"对象捕捉"工具栏，选择对象捕捉方式。

（4）通过键盘在提示输入坐标时，输入对象捕捉方式的全称或前三个字母。

4．动态输入

在较早的版本中，输入都在命令提示行进行。2006 以后的版本中可以在光标附近进行输入，包括指针、标注和动态提示等，如图 10-13 所示。与此同时，命令提示行同样会出现交互信息。

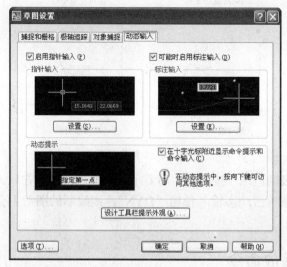

图 10-13　动态输入

10.2.7　坐标输入

通过键盘可以精确输入坐标。输入坐标时，一般显示在命令提示行。如果动态输入开关打开，可以在图形上的动态输入文本框中输入数值，按 Tab 键在字段之间切换。键盘输入坐标常用的方法有以下几种。

1．直角坐标

直角坐标有两种。

（1）绝对直角坐标：输入点的（X,Y,Z）坐标，在二维图形中，Z 坐标可以省略。如"**10,20**"指点的坐标为（10,20,0）。

（2）相对直角坐标：输入相对坐标，必须在前面加上"**@**"符号，如"**@10,20**"指该点相对于当前点，沿 X 方向移动 10，沿 Y 方向移动 20。

2．极坐标

极坐标有两种。

（1）绝对极坐标：给定距离和角度，在距离和角度中间加一个"**<**"符号，且规定 X 轴

正向 $0°$，Y 轴正向 $90°$。如"**20<30**"指距原点 20，方向 $30°$ 的点。

（2）相对极坐标：在距离前加"**@**"符号，如"**@20<30**"，指输入的点距上一点的距离为 20，和上一点的连线与 X 轴成 $30°$。

通过鼠标指定坐标，只需在对应的坐标点上点取即可。如图 10-14 所示为 4 种坐标定义。

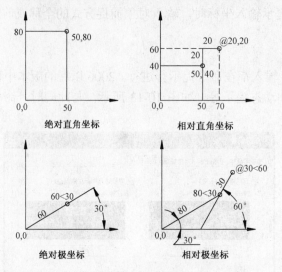

图 10-14　4 种坐标图例

当单击状态栏"极轴追踪"按钮时，随着十字光标的移动，在状态栏左侧会相应地显示追踪的极点坐标。如果单击动态输入按钮"**DYN**"，则绘制的图形上会动态显示大小和方位等信息。

10.3　显示缩放命令

在使用 AutoCAD 绘图时，经常需要放大图形以显示清楚局部结构或者缩小图形以便观察较大范围。显示控制命令使用十分频繁。同时通过显示控制命令，可以保存和恢复命名视图，设置多个视口，观察整体效果和细节。下面介绍常用的显示控制命令的使用方法。

AutoCAD 提供了 Zoom 命令来完成显示缩放和移动观察功能，见表 10-2。

命令: ′zoom
指定窗口的角点，输入比例因子（nX 或 nXP），或者[全部（A）/中心（C）/动态（D）/范围（E）/上一个（P）/比例（S）/窗口（W）/对象（O）] <实时>:
按 Esc 或 Enter 键退出，或单击鼠标右键显示快捷菜单

表 10-2　显示缩放命令表

按　钮	名　称	命令参数	功　能
	窗口缩放	Zoom W	最大显示指定的窗口范围
	动态缩放	Zoom D	动态显示指定的视图框范围。该框可改变大小和移动
	比例缩放	Zoom S	通过指定缩放比例来显示图形
	中心缩放	Zoom C	指定一中心点和缩放比例显示图形
	缩放对象	Zoom O	尽可能大地显示指定的对象，选择对象可在该命令之前或之后

按　钮	名　　称	命令参数	功　　能
⊕	放大	Zoom 2x	根据当前视图放大 1 倍显示
⊖	缩小	Zoom 0.5x	根据当前视图缩小到原先的 0.5 倍显示
⊕	全部缩放	Zoom A	缩放显示整个图形（图形界限和整个图形的最大范围）
⊕	缩放范围	Zoom E	缩放显示图形范围，并最大显示所有对象
⊕±	实时缩放	Zoom 实时	光标变成一个带 "＋、－" 号的放大镜，向上移动为放大，向下移动为缩小
✋	平移	Pan	光标变成一只手的形状，可以上、下、左、右移动，相当于移动图纸
⊕	上一步	Zoom P	显示上一个视图，可恢复显示原先的 10 个视图

10.4　对象选择方式

AutoCAD 中，进行编辑时必须选择合适的对象进行。按照命令提示选择合适的对象进行操作十分重要。当 AutoCAD 提示选择对象时，光标一般会变成一个小框。在光标为十字形状中间带一小框时也可以选择对象。

选择对象的方式很多，如用定点设备点取对象，或在对象周围使用选择窗口，或输入坐标，或使用下列选择对象方式。在命令提示行给出 "选择对象" 提示，都可以使用这些方法。要查看所有选项，请在命令行中输入 "？"。

AutoCAD 选择对象提示为

> 选择对象:（如果选中了对象则无以下提示）
> 需要点或窗口（W）/上一个（L）/窗交（C）/框（BOX）/全部（ALL）/栏选（F）/圈围（WP）/
> 圈交（CP）/编组（G）/添加（A）/删除（R）/多个（M）/前一个（P）/放弃（U）/自动（AU）/
> 单个（SI）/子对象（SU）/对象（O）
> 选择对象:指定点或输入选项

对应的英文提示为

> Window/Last/Crossing/BOX/ALL/Fence/WPolygon/CPolygon/Group/Add/Remove/Multiple/
> Previous/Undo/Auto/Single/SUbobject/Object

通常情况下，AutoCAD 提示选择对象时，往往会建立一个临时的对象选择集。选择对象的各种方法及其含义如表 10-3 所示。

表 10-3　选择对象的各种方式及其含义

方　　式	含　　义
Window（窗口）	选择全部包含在指定窗口内的对象，与窗口相交的对象不在选中之列
Last（上一个）	选择最近一次创建的可见对象
Crossing（窗交）	与 "窗口" 类似，但选中的对象包括 "窗口" 中及与窗口边界相交的对象。同时显示的窗口为虚线（高亮）方框
BOX（框）	当第一点在第二点的左侧，即从左往右拾取时，为 "窗口" 模式。当第一点在第二点的右侧，即从右往左拾取时，为 "窗交" 模式
ALL（全部）	选取除关闭、冻结、锁定图层上的所有对象

方　式	含　义
Fence（栏选）	用户可以绘制一个开放的多点的栅栏，该栅栏可以自己相交，最后也不必闭合，选中所有和该栅栏相交的对象
WPolygon（圈围）	与"窗口"类似的一种选择方法。用户可以绘制一个不规则的多边形，但自身不得相交或相切。所有全部位于该多边形之内的对象为选中的对象。该多边形最后会自动绘制为封闭的
CPolygon（圈交）	与"窗交"类似的一种选择方法。用户可以绘制一不规则的封闭多边形，但不得自身相交或相切。所有位于该多边形之内或和多边形相交的对象均被选中。该多边形最后自动绘制成封闭的
Group（编组）	可以通过预先定义编组来选择对象。需要输入的对象应该预先编组并赋予名称，选中其中一个对象等于选中了整个组
Remove（删除）	从已有的对象中删除某些对象
Add（添加）	一般情况下该选项是自动的。如果前面执行了删除选项，使用该选项时，则可以切换到添加模式，再选择的对象会被添加进选择组中
Multiple（多个）	可以选取多点但不高亮显示选中对象。如果选择在两个对象的交点上，则同时选中两个对象
Previous（前一个）	将最近的对象选择集设置为当前的选择对象。如果执行了删除命令（Erase 或 Delete）则忽略该选项
Undo（放弃）	取消最近的对象选择操作
Auto（自动）	如果在选择对象时，第一次单击某对象，则相当于"点取"模式；如果第一次未选中任何对象，则自动转换为"框"模式。这是默认方式
Single（单个）	仅选择一个对象或对象组，此时无须按 Enter 键来确认
SUbobject（子对象）	使用用户可以逐个选择原始形状，这些形状是复合实体的一部分或三维实体上的顶点、边和面。按住 Ctrl 键与该选项相同
Object（对象）	结束选择子对象的功能。使用用户可以使用对象选择方法
点取	直接用"对象选择靶"（小框）在被选择的对象上单击，即选中了该对象

10.5　绘图命令

平面图形都是由直线、圆、圆弧以及复杂一些的曲线（如椭圆、样条曲线等）组成的。下面介绍常用的绘图命令。

10.5.1　直线命令 Line

按　钮	命　令	菜　单
/	Line	绘图→直线

（1）命令及提示。

> 命令: _line 指定第一点:
> 指定下一点或 [放弃（U）]:
> 指定下一点或 [放弃（U）]:
> 指定下一点或 [闭合（C）/放弃（U）]:

（2）参数。

① 指定第一点：定义直线的第一点。如果按 Enter 键响应，则为连续绘制方式。该段直线的第一点为上一个直线或圆弧的终点。

② 指定下一点：定义直线的下一个端点。

③ 放弃（U）：放弃刚绘制的一段直线。

④ 闭合（C）：封闭直线段使之首尾相连成封闭多边形。

【练习 10-1】绘制直线练习。

（1）利用键盘输入坐标绘制如图 10-15 所示的图形。

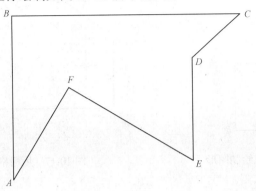

图 10-15　输入绘制直线

命令: _line	
指定第一点:120,80↙	定义 A 点绝对坐标
指定下一点或 [放弃（U）]:120,240↙	输入 B 点绝对坐标，绘制 AB
指定下一点或 [放弃（U）]:@200<0↙	输入 C 点相对 B 点极坐标，距离 200，角度 0°
指定下一点或 [闭合（C）/放弃（U）]:@-60<45↙	输入 D 点相对 C 点极坐标，距离 60，角度 45° 反方向，即 225° 方向
指定下一点或 [闭合（C）/放弃（U）]:@0,-100↙	输入 E 点相对 D 点直角坐标，X 方向距离为 0，Y 方向距离为 100，方向为负，即向下
指定下一点或 [闭合（C）/放弃（U）]:210<45↙	输入 F 点的绝对极坐标，距离原点 210，方向 45°
指定下一点或 [闭合（C）/放弃（U）]:u↙	取消刚画好的 FE 段，重新接着 E 点绘制下一条直线
指定下一点或 [闭合（C）/放弃（U）]:240<45↙	输入 F 点绝对极坐标，距离原点 240，方向 45°
指定下一点或 [闭合（C）/放弃（U）]:c↙	输入闭合参数 C，将连续线段的首尾相连

（2）利用正交模式绘制如图 10-16 所示的图形。采用正交模式绘制直线，一般用来绘制水平或垂直的直线。在大量需要绘制水平和垂直线的图形中，采用这种模式能保证绘图的精度。首先按 F8 键打开正交模式。

命令: _line	
指定第一点:在屏幕上单击 A 点	
指定下一点或 [放弃（U）]:移动鼠标，在显示的"橡皮线"到 B 点时按下	绘制 AB 段
指定下一点或 [放弃（U）]:移动到 C 点，按下鼠标左键	绘制 BC 段
指定下一点或 [闭合（C）/放弃（U）]:移动到 D 点，按下鼠标左键	绘制 CD 段
指定下一点或 [闭合（C）/放弃（U）]:c↙	绘制 DA 封闭连续直线段

（3）利用栅格和捕捉精确绘制如图 10-17 所示的图形。

利用栅格和捕捉绘制直线，可以使鼠标单击的点为捕捉间隔的整数倍。栅格的显示不是必须的，但显示栅格有助于用户观察绘制时的相对位置。

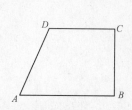

图 10-16　用正交模式绘制图形

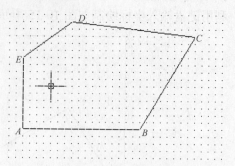

图 10-17　用栅格和捕捉绘图

命令: _line	
指定第一点:单击 A 点	定义起点
指定下一点或 [放弃（U）]:单击 B 点	绘制直线 AB
指定下一点或 [放弃（U）]:单击 C 点	绘制直线 BC
指定下一点或 [闭合（C）/放弃（U）]:单击 D 点	绘制直线 CD
指定下一点或 [闭合（C）/放弃（U）]:单击 E 点	绘制直线 DE
指定下一点或 [闭合（C）/放弃（U）]:c✓	输入闭合参数，封闭连续直线 EA

10.5.2　圆弧命令 Arc

圆弧是常见的图素之一。圆弧可通过圆弧命令直接绘制，也可以通过打断圆成圆弧以及倒圆角等方法产生。

按　钮	命　令	菜　单
 ⌒	Arc	绘图→圆弧

（1）圆弧命令共有 11 种圆弧绘制方式，如图 10-18 所示。

（2）参数。

① 三点：指定圆弧的起点、终点以及圆弧上的任意一点。

② 起点：指定圆弧的起始点。

③ 终点：指定圆弧的终止点。

④ 圆心：指定圆弧的圆心。

⑤ 方向：指定和圆弧起点相切的方向。

⑥ 长度：指定圆弧的弦长。正值绘制小于 180° 的圆弧，负值绘制大于 180° 的圆弧。

图 10-18　圆弧绘制方式

⑦ 角度：指定圆弧包含的角度，顺时针为负，逆时针为正。

⑧ 半径：指定圆弧的半径。按逆时针绘制，正值绘制小于 180° 的圆弧，负值绘制大于 180° 的圆弧。

在输入 ARC 命令后，出现以下提示：

指定圆弧的起点或[圆心（CE）]:

如果此时单击一点，即输入的是起点，则绘制的方法将局限于以"起点"开始的方法；如果输入 CE，则随后的输入点将作为圆弧的圆心。

在绘制圆弧必须提供的三个参数中，系统会根据已经给出的参数，提示需要提供的剩下的参数。

10.5.3 圆命令 Circle

按　　钮	命　　令	菜　　单
⊘	Circle	绘图→圆

在菜单有 6 种圆的绘制方式，如图 10-19 所示。

（1）命令及提示。

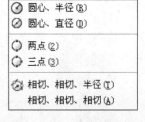

命令：_circle
指定圆的圆心或 [三点（3P）/两点（2P）/相切、相切、半径（T）]:

图 10-19　绘制圆的 6 种方式

（2）参数。

① 圆心：定义圆的圆心。

② 半径（R）：定义圆的半径大小。

③ 直径（D）：定义圆的直径大小。

④ 两点（2P）：指定的两点作为圆的一条直径上的两点。

⑤ 三点（3P）：指定圆周上的三点定圆。

⑥ 相切、相切、半径（TTR）：指定与绘制的圆相切的两个元素，再定义圆的半径。半径值必须不小于两个元素之间的最短距离。

⑦ 相切、相切、相切（TTT）：属于三点（3P）中的特殊情况，指定和绘制的圆相切的三个元素。

例如：采用"相切、相切、半径（TTR）"和"相切、相切、相切（TTT）"的方式绘制圆，如图 10-20 所示。

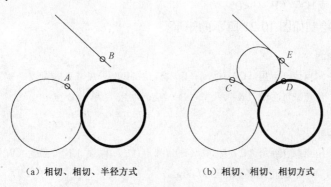

（a）相切、相切、半径方式　　　（b）相切、相切、相切方式

图 10-20　相切、相切、半径/相切绘制圆

从图中可以看出，切于直线时，不一定和直线有明显的切点，可以是直线延长后的切点。

10.5.4　矩形命令 Rectangle

AutoCAD 中可通过定义两个对角点来绘制矩形，也可以根据欲绘制的矩形的面积、旋转角度等绘制，同时可以设定线的宽度、圆角和倒角大小等。

按　　钮	命　　令	菜　　单
▭	Rectangle	绘图→矩形

（1）命令及提示。

> 命令: _rectang
>
> 指定第一个角点或 [倒角（C）/标高（E）/圆角（F）/厚度（T）/宽度（W）]:
>
> 指定另一个角点或 [面积（A）/尺寸（D）/旋转（R）]:

（2）参数。

① 指定第一角点：定义矩形的一个顶点。

② 指定另一个角点：定义矩形的另一个顶点。

③ 倒角（C）：绘制带倒角的矩形。

第一倒角距离——定义第一倒角距离。

第二倒角距离——定义第二倒角距离。

④ 圆角（F）：绘制带圆角的矩形。

矩形的圆角半径——定义圆角半径。

⑤ 宽度（W）：定义矩形的线宽。

⑥ 标高（E）：矩形的高度。

⑦ 厚度（T）：矩形的厚度。

⑧ 面积（A）：根据面积绘制矩形。

输入以当前单位计算的矩形面积 <xx>。

计算矩形尺寸时依据 [长度（L）/宽度（W）] <长度>: 可分别按照长度或宽度绘制矩形。

⑨ 尺寸（D）：根据长度和宽度来绘制矩形，随后分别指定长度和宽度大小。

⑩ 旋转（R）：通过输入值、指定点或输入 p 并指定两个点来指定角度。

指定旋转角度或 [点（P）] <0>:

【练习 10-2】绘制如图 10-21 所示的矩形。

> 命令: _rectang
>
> 指定第一个角点或 [倒角（C）/标高（E）/圆角（F）/厚度（T）/宽度（W）]:单击 A 点
>
> 指定另一个角点或 [面积（A）/尺寸（D）/旋转（R）]:单击 B 点
>
> 命令: _rectang
>
> 指定第一个角点或 [倒角（C）/标高（E）/圆角（F）/厚度（T）/宽度（W）]:c↙　　　　　设置倒角
>
> 指定矩形的第一个倒角距离 <0.0000>:6↙　　　　　　　　　　第一倒角距离设定为 6
>
> 指定矩形的第个倒角距离 <6.0000>:6↙　　　　　　　　　　第二倒角距离设定为 6
>
> 指定第一个角点或 [倒角（C）/标高（E）/圆角（F）/厚度（T）/宽度（W）]:单击 C 点

指定另一个角点或 [面积（A）/尺寸（D）/旋转（R）]:单击 D 点

命令: _rectang

当前矩形模式: 倒角=6.0000 x 6.0000   显示当前矩形的模式

指定第一个角点或 [倒角（C）/标高（E）/圆角（F）/厚度（T）/宽度（W）]:f↙   设置圆角

指定矩形的圆角半径 <6.0000>:↙   圆角半径设定为默认值 6

指定第一个角点或 [倒角（C）/标高（E）/圆角（F）/厚度（T）/宽度（W）]:单击 E 点

指定另一个角点或 [面积（A）/尺寸（D）/旋转（R）]:单击 F 点

命令: _rectang

指定第一个角点或 [倒角（C）/标高（E）/圆角（F）/厚度（T）/宽度（W）]:w↙   设定矩形
                                                                的线宽

指定矩形的线宽 <0.0000>:3↙   宽度值设定为 3

指定第一个角点或 [倒角（C）/标高（E）/圆角（F）/厚度（T）/宽度（W）]:单击 G 点

指定另一个角点或 [面积（A）/尺寸（D）/旋转（R）]:单击 H 点

命令: _rectang

指定第一个角点或 [倒角（C）/标高（E）/圆角（F）/厚度（T）/宽度（W）]:单击 I 点

指定另一个角点或 [面积（A）/尺寸（D）/旋转（R）]: a↙   选择面积定矩形

输入以当前单位计算的矩形面积 <100.0000>: 50000↙

计算矩形标注时依据 [长度（L）/宽度（W）] <长度>:l↙   再选择长度

输入矩形长度 <10.0000>: 250↙

命令: _rectang

指定第一个角点或 [倒角（C）/标高（E）/圆角（F）/厚度（T）/宽度（W）]: 单击 J 点

指定另一个角点或 [面积（A）/尺寸（D）/旋转（R）]: d↙   通过长度和宽度定矩形

指定矩形的长度 <250.0000>: 300↙

指定矩形的宽度 <200.0000>: 160↙

指定另一个角点或 [面积（A）/尺寸（D）/旋转（R）]: ↙

命令: _rectang

指定第一个角点或 [倒角（C）/标高（E）/圆角（F）/厚度（T）/宽度（W）]: 单击 K 点

指定另一个角点或 [面积（A）/尺寸（D）/旋转（R）]: r↙   绘制旋转的矩形

指定旋转角度或 [拾取点（P）] <0>:30↙   旋转 30°

指定另一个角点或 [面积（A）/尺寸（D）/旋转（R）]: d↙   定矩形大小

指定矩形的长度 <300.0000>:↙

指定矩形的宽度 <160.0000>:60↙

指定另一个角点或 [面积（A）/尺寸（D）/旋转（R）]: 单击一点

10.5.5 多段线命令 Pline

多段线是由一系列具有宽度性质的直线段或圆弧段组成的单一实体。

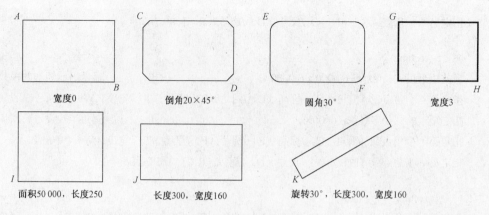

图 10-21　绘制矩形

按　钮	命　令	菜　单
↪	Pline	绘图→多段线

（1）命令及提示。

命令: _pline
指定起点:
当前线宽为 0.0000
指定下一个点或 [圆弧（A）/半宽（H）/长度（L）/放弃（U）/宽度（W）]:
指定下一点或 [圆弧（A）/闭合（C）/半宽（H）/长度（L）/放弃（U）/宽度（W）]: a✓
指定圆弧的端点或
[角度（A）/圆心（CE）/闭合（CL）/方向（D）/半宽（H）/直线（L）/半径（R）/第二个点（S）/
放弃（U）/宽度（W）]:

（2）参数。

① 圆弧：绘制圆弧多段线同时提示转换为绘制圆弧的系列参数。

- 端点：输入绘制圆弧的端点。
- 角度：输入绘制圆弧的角度。
- 圆心：输入绘制圆弧的圆心。
- 闭合：将多段线首尾相连成封闭图形。
- 方向：确定圆弧方向。
- 半宽：输入多段线一半的宽度。
- 直线：转换成直线绘制方式。
- 半径：输入圆弧的半径。
- 第二个点：输入决定圆弧的第二点。
- 放弃：放弃最后绘制的圆弧。
- 宽度：输入多段线的宽度。

② 闭合：将多段线首尾相连封闭图形。

③ 半宽：输入多段线一半的宽度。

④ 长度：输入欲绘制的直线的长度，其方向与前一直线相同或与前一圆弧相切。

⑤ 放弃：放弃最后绘制的一段多段线。

⑥ 宽度：输入多段线的宽度。

【练习 10-3】绘制如图 10-22 所示的多段线。

命令: _pline
指定起点:单击 A 点
当前线宽为 0.0000
指定下一点或 [圆弧（A）/闭合（C）/半宽（H）/长度（L）/放弃（U）/宽度（W）]: 单击 B 点

　　　　　　　　　　　　　　　　　　　　　　　　　绘制水平线 AB
指定下一点或 [圆弧（A）/闭合（C）/半宽（H）/长度（L）/放弃（U）/宽度（W）]:w✓

　　　　　　　　　　　　　　　　　　　　　　　　　修改宽度
指定起点宽度 <0.0000>:4✓　　　　　　　　　　　宽度值 4
指定端点宽度 <4.0000>:✓　　　　　　　　　　　起点和终点同宽
指定下一点或 [圆弧（A）/闭合（C）/半宽（H）/长度（L）/放弃（U）/宽度（W）]:单击 C 点

　　　　　　　　　　　　　　　　　　　　　　　　　绘制垂直线
指定下一点或 [圆弧（A）/闭合（C）/半宽（H）/长度（L）/放弃（U）/宽度（W）]:a✓

　　　　　　　　　　　　　　　　　　　　　　　　　转换成绘制圆弧
指定圆弧的端点或[角度（A）/圆心（CE）/闭合（CL）/方向（D）/半宽（H）/直线（L）/
半径（R）/第二点（S）/放弃（U）/宽度（W）]:单击 D 点　　单击圆弧的终点
指定圆弧的端点或[角度（A）/圆心（CE）/闭合（CL）/方向（D）/半宽（H）/直线（L）/
半径（R）/第二点（S）/放弃（U）/宽度（W）]:l✓　　　　转换为直线绘制
指定下一点或 [圆弧（A）/闭合（C）/半宽（H）/长度（L）/放弃（U）/宽度（W）]:I✓

　　　　　　　　　　　　　　　　　　　　　　　　　输入长度绘制
指定直线的长度:30✓　　　　　　　　　　　　　　绘制和圆弧终点相切的直线 DE
指定下一点或 [圆弧（A）/闭合（C）/半宽（H）/长度（L）/放弃（U）/宽度（W）]:w✓

　　　　　　　　　　　　　　　　　　　　　　　　　改变宽度
指定起点宽度 <4.0000>:6✓　　　　　　　　　　输入起点宽度 6
指定端点宽度 <6.0000>:2✓　　　　　　　　　　输入终点宽度 2
指定下一点或 [圆弧（A）/闭合（C）/半宽（H）/长度（L）/放弃（U）/宽度（W）]:单击 F 点

　　　　　　　　　　　　　　　　　　　　　　　　　绘制 EF
指定下一点或 [圆弧（A）/闭合（C）/半宽（H）/长度（L）/放弃（U）/宽度（W）]: ✓

　　　　　　　　　　　　　　　　　　　　　　　　　结束多段线绘制

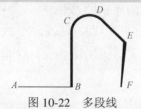

图 10-22　多段线

10.5.6　正多边形命令 Polygon

在 AutoCAD 中可以精确绘制边数多达 1 024 的正多边形。

按　　钮	命　　令	菜　　单
⬠	Polygon	绘图→正多边形

（1）命令及提示。

命令：_polygon

输入边的数目 <X>:

指定多边形的中心点或 [边（E）]:

输入选项 [内接于圆（I）/外切于圆（C）] <I>:

指定圆的半径:

（2）参数。

① 边的数目：输入正多边形的边数。最大为 1 024，最小为 3。

② 中心点：指定绘制的正多边形的中心点。

③ 边（E）：采用输入其中一条边的方式产生正多边形。

④ 内接于圆（I）：绘制的多边形内接于随后定义的圆。

⑤ 外切于圆（C）：绘制的正多边形外切于随后定义的圆。

⑥ 圆的半径：定义内接圆或外切圆的半径。

【练习 10-4】用不同方式绘制如图 10-23（a）、（b）、（c）所示的三个正六边形。

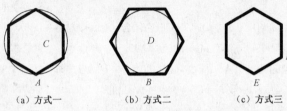

图 10-23　绘制正多边形的三种方式

命令：_polygon

输入边的数目 <4>:6✓　　　　　　　　　　输入正多边形的边数，默认为 4

指定多边形的中心点或 [边（E）]:单击 C 点

输入选项 [内接于圆（I）/外切于圆（C）] <I>:✓　　选择内接于圆选项

指定圆的半径:单击 A 点　　　　　　　　　指定和正多边形外接的圆的半径

结果如图 10-23（a）所示。

命令：_polygon

输入边的数目 <6>:✓　　　　　　　　　　回车接受默认值 6

指定多边形的中心点或 [边（E）]:单击 D 点

输入选项 [内接于圆（I）/外切于圆（C）] <I>:c✓　　选外切于圆的选项 C

指定圆的半径:单击 B 点　　　　　　　　　指定和正多边形内切的圆的半径

结果如图 10-23（b）所示。

命令：_polygon

输入边的数目 <6>:✓　　　　　　　　　　接受默认值 6

指定多边形的中心点或 [边（E）]:e✓　　　　选择边选项

指定边的第一个端点:单击 E 点

指定边的第二个端点:单击 F 点

结果如图 10-23（c）所示。

10.5.7　椭圆命令 Ellipse

AutoCAD 中绘制椭圆和椭圆弧使用的是同一个命令。绘制椭圆弧是绘制椭圆的_a 参数，绘制椭圆弧需要增加夹角的两个参数。

按　　钮	命　　令	菜　　单
⬭	Ellipse	绘图→椭圆→中心点/轴、端点
⤵	Ellipse a	绘图→椭圆→圆弧

（1）命令及提示。

命令：_ellipse
指定椭圆的轴端点或[圆弧（A）/中心点（C）]：
指定椭圆的中心点：
指定轴的端点：
指定另一条半轴长度或[旋转（R）]：

（2）参数。

① 端点：指定椭圆轴的端点。

② 中心点：指定椭圆的中心点。

③ 半轴长度：指定半轴的长度。

④ 旋转（R）：指定一轴相对于另一轴的旋转角度。范围在 0～89.4°之间，0°绘制一圆，大于 89.4°则无法绘制椭圆。

（3）绘制椭圆弧时需要增加以下两个参数。

① 指定起始角度或[参数（P）]：输入起始角度。

② 指定终止角度或[参数（P）/包含角度（I）]：输入终止角度或输入椭圆包含的角度。

【练习 10-5】按照如图 10-24 所示的提示点绘制椭圆。

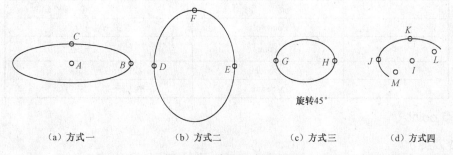

| (a) 方式一 | (b) 方式二 | (c) 方式三 | (d) 方式四 |

图 10-24　椭圆及椭圆弧

命令：_ellipse
指定椭圆的轴端点或 [圆弧（A）/中心点（C）]:c↙　　　　　　指定采用中心点的方式
指定椭圆的中心点:单击中心点 A
指定轴的端点:单击轴的端点 B
指定另一条半轴长度或 [旋转（R）]:单击 C 点　　　　　　确定另一条轴的半长

结果如图 10-24（a）所示。

命令: _ellipse
指定椭圆的轴端点或 [圆弧（A）/中心点（C）]: 单击 D 点　　确定轴的一个端点
指定轴的另一个端点: 单击 E 点
指定另一条半轴长度或 [旋转（R）]: 单击 F 点　　确定另一条轴的半长

结果如图 10-24（b）所示。

命令: _ellipse
指定椭圆的轴端点或 [圆弧（A）/中心点（C）]: 单击 G 点　　确定轴的一个端点
指定轴的另一个端点: 单击 H 点　　确定轴的另一个端点
指定另一条半轴长度或 [旋转（R）]:r✓　　输入 R 采用旋转方式绘制椭圆
指定绕长轴旋转:45✓　　输入旋转角度 45°

结果如图 10-24（c）所示。

命令: _ellipse
指定椭圆的轴端点或 [圆弧（A）/中心点（C）]:a✓　　绘制椭圆弧
指定椭圆弧的轴端点或 [中心点（C）]:c✓　　采用中心点的方式绘制椭圆
指定椭圆弧的中心点:单击 I 点　　指定中心点
指定轴的端点:单击 J 点
指定另一条半轴长度或 [旋转（R）]: 单击 K 点
指定起始角度或 [参数（P）]: 单击 L 点
指定终止角度或 [参数（P）/包含角度（I）]: 单击 M 点

结果如图 10-24（d）所示。

10.5.8　点命令 Point

点是最小的图元。直线、平面等均可以通过确定点的位置而确定。

按　　钮	命　　令	菜　　单
	Point ^c^c	绘图→点→单点
■	Point	绘图→点→多点
	Divide	绘图→点→定数等分
	Measure	绘图→点→定距等分

1. 点 point

命令及提示。

命令: _point
当前点模式:　PDMODE=33　PDSIZE=-3.0000
指定点:

2. 定数等分 divide

采用 DIVIDE 命令可以将某条线段等分成一定的段数。

（1）命令及提示。

命令: _divide
选择要定数等分的对象:
输入线段数目或 [块（B）]: b
输入要插入的块名:
是否对齐块和对象？[是（Y）/否（N）] <Y>:
输入线段数目:

（2）参数。

① 对象：选择要定数等分的对象。

② 线段数目：指定等分的数目。

③ 块（B）：以块作为符号来定数等分对象。在等分点上将插入块。

④ 是否对齐块和对象？[是（Y）/否（N）] <Y>：是否将块和对象对齐。如果对齐，则将块沿选择的对象对齐，必要时会旋转块。如果不对齐，则直接在定数等分点上复制块。

3. 定距等分 Measure

采用 Measure 可以将某条直线、多段线、圆环等按照一定的距离等分。

（1）命令及提示。

命令: _measure
选择要定距等分的对象:
指定线段长度或 [块（B）]:b
输入要插入的块名:
是否对齐块和对象？[是（Y）/否（N）] <Y>:
指定线段长度:

（2）参数。

① 对象：选择要定距等分的对象。

② 线段长度：指定等分的长度。

③ 块（B）：以块作为符号来定距等分对象。在等分点上将插入块。

④ 是否对齐块和对象？[是（Y）/否（N）] <Y>：是否将块和对象对齐。如果对齐，则将块沿选择的对象对齐，必要时会旋转块。如果不对齐，则直接在定距等分点上复制块。

4. 点样式设置 Ddptype

AutoCAD 提供了 20 种不同式样的点供选择。可以通过"点样式"对话框设置。

命　令	菜　单
Ddptype	格式→点样式

执行点样式命令后，弹出如图 10-25 所示的"点样式"设置对话框。

在如图 10-25 所示的"点样式"设置对话框中，选择希望的点的形式，输入点大小百分比。该百分比可以是相对于屏幕的大小，也可以设置成绝对单位大小。设置好后，系统自动采用新的设定重新生成图形。

要捕捉点，使用 NODe 方式即可。

10.5.9　画样条曲线 Spline

样条曲线是指被一系列给定点控制（点点通过或逼近）的光滑曲线。至少三个点才能确定一样条曲线。

按　　钮	命　　令	菜　　单
～	Spline	绘图→样条曲线

（1）命令及提示。

> 命令: _spline
> 指定第一个点或 [对象（O）]:
> 指定下一点:
> 指定下一点或 [闭合（C）/拟合公差（F）] <起点切向>:

图 10-25　"点样式"设置对话框

（2）参数。

① 对象（O）：将已存在的拟合样条曲线多段线转换为等价的样条曲线。

② 第一个点：定义样条曲线的起始点。

③ 下一点：样条曲线定义的一般点。

④ 闭合（C）：样条曲线首尾相连成封闭曲线。系统提示用户输入一次切矢，起点和终点共享相同的顶点和切矢。

⑤ 拟合公差（F）：定义拟合时的公差大小。公差越小，样条曲线越逼近数据点，为 0 时指样条曲线准确经过数据点。

⑥ 起点切向：定义起点处的切线方向。

⑦ 端点切向：定义终点处的切线方向。

⑧ 放弃（U）：不在提示中出现，可以输入 U 取消上一段曲线。

10.6　修改命令

要得到最终的图形，进行编辑修改是必须的。编辑命令不仅可以保证绘制的图形达到最终所需的形状和尺寸等要求，而且更为重要的是可以通过各种编辑修改命令迅速完成相同或相近的图形。加之高超的技巧，可以充分发挥计算机绘图的优势，快速完成图形绘制，极大地减小绘图的工作量。

编辑修改时需要选择对象，可以先下达编辑命令，再选择对象，也可以先选择对象，再下达编辑命令。

10.6.1　删除 Erase

删除命令可以将图形中不需要的对象清除。

按　　钮	命　　令	菜　　单
✎	Erase	修改→删除

（1）命令及提示。

命令: _erase
选择对象:

（2）参数。

选择对象：选择欲删除的对象，可以采用任意的对象选择方式。

如果先选择了对象，在显示了夹点后，按 Delete 键或使用剪切（CUTCLIP）命令等同样可以删除对象。

10.6.2　恢复 OOPS

OOPS 命令用于恢复最后一次被删除的图形对象，该对象可以是通过删除命令或在建块等过程中被删除的。

命令:oops✓

10.6.3　复制 Copy

对图形中相同的或相近的对象，不论其复杂程度如何，只要完成一个后，便可以通过复制命令产生其他若干个。复制可以减少大量的重复劳动。

按　　钮	命　　令	菜　　单
	Copy	修改→复制

（1）命令及提示。

命令: _copy
选择对象:
选择对象:✓
当前设置：复制模式 = 多个
指定基点或 [位移（D）/模式（O）] <位移>: o
输入复制模式选项 [单个（S）/多个（M）] <多个>:
指定基点或 [位移（D）/模式（O）] <位移>:
指定第二个点或 [退出（E）/放弃（U）] <退出>:

（2）参数。

① 选择对象：选取欲复制的对象。

② 模式（O）：设置复制一个或连续进行同一对象的复制。

③ 基点：复制对象的参考点。

④ 位移（D）：原对象和目标对象之间的位移。

⑤ 单个（S）：只复制一次。

⑥ 多个（M）：使用同样的基点重复复制对象。如果要将同一对象复制多次，应当使用该参数。

⑦ 指定第二个点：指定第二点来确定位移，第一点为基点。

⑧ 使用第一个点作为位移：在提示输入第二点时按 Enter 键，则以第一点的坐标作为位移。

10.6.4 镜像 Mirror

对于对称的图形，可以采用镜像命令产生对称的另一半。

按　钮	命　令	菜　单
⚠	Mirror	修改→镜像

（1）命令及提示。

> 命令: _mirror
>
> 选择对象:
>
> 选择对象:↙
>
> 指定镜像线的第一点:
>
> 指定镜像线的第二点:
>
> 要删除源对象吗? [是（Y）/否（N）] <N>:

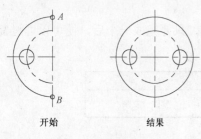

开始　　　　　　结果

图 10-26　镜像示例

（2）参数。

① 选择对象：选择欲镜像的对象。

② 指定镜像线的第一点：确定镜像轴线的第一点。

③ 指定镜像线的第二点：确定镜像轴线的第二点。

④ 要删除源对象吗？[是（Y）/否（N）] <N>:Y 为删除源对象，N 为不删除源对象。

【练习 10-6】打开原图，按照如图 10-26 所示的结果进行镜像。

> 命令: _mirror
>
> 选择对象:通过窗口方式选择左侧 4 个对象　　　　　　选择镜像对象
>
> 指定对角点: 找到 4 个　　　　　　提示选中的对象数目
>
> 选择对象:↙　　　　　　按 Enter 键结束对象选择
>
> 指定镜像线的第一点:单击 A 点　　　　　　通过对象捕捉交点 A
>
> 指定镜像线的第二点:单击 B 点　　　　　　单击垂直线的另一个交点 B
>
> 要删除源对象吗? [是（Y）/否（N）] <N>:↙　　　　　　按 Enter 键保留源对象

10.6.5 阵列 Array

对于规则分布的图形，可以通过矩形或环形阵列命令快速复制产生。

按　钮	命　令	菜　单
▦	Array	修改→阵列

阵列分成矩形阵列和环形阵列两种方式。

在阵列对话框中，如图 10-27 所示为矩形阵列对话框，如图 10-28 所示为环形阵列对话框。

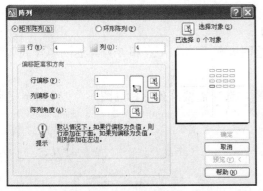

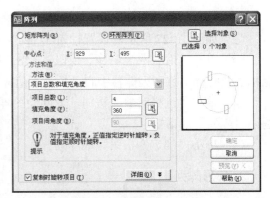

图 10-27 矩形阵列对话框   图 10-28 环形阵列对话框

1. 矩形阵列

矩形阵列包括以下内容。

（1）选择对象按钮：单击该按钮后返回到绘图屏幕，用户选择需要阵列的对象。选择完毕回到"阵列"对话框。同时在该按钮的下方提示已选择对象的数目。

（2）行：阵列的总行数。

（3）列：阵列的总列数。

（4）偏移距离和方向。

① 行偏移：输入行和行之间的间距，如果为负值，行向下复制。单击右侧 ⊠，则返回绘图屏幕，通过单击两个点来确定行偏移距离。返回"阵列"对话框后，该值自动填入"行偏移"后面的文本框中。

② 列偏移：输入列和列之间的间距，如果为负值，列向左复制。单击右侧 ⊠，则返回绘图屏幕，通过单击两个点来确定列偏移距离。返回"阵列"对话框后，该值自动填入"列偏移"后面的文本框中。

如果单击 ⊠，则拾取的两个点的 X 和 Y 距离分别作为列偏移和行偏移，并被分别填入相应的文本框中。

③ 阵列角度：设置阵列旋转的角度。默认是 0，即和 UCS 的 X 和 Y 平行。

④ 确定：按照设定参数完成阵列。

⑤ 取消：放弃阵列。

⑥ 预览：预览设定效果。

【练习 10-7】将如图 10-29 所示的标高符号进行矩形阵列，复制成 3 行 4 列共 12 个，单位单元为 A、B 两点定义的矩形。请先用直线命令绘制该标高符号。

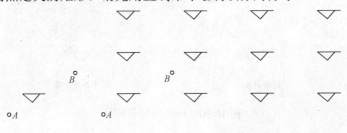

原始图形   矩形阵列结果

图 10-29 矩形阵列示例

（1）单击"修改"工具栏中的阵列按钮▦，弹出如图 10-27 所示的对话框。

（2）如图 10-27 所示，设置行为 3，列为 4。

（3）单击"拾取两个偏移"按钮▭，返回绘图屏幕。单击 A 点和 B 点，返回"阵列"对话框。此时行偏移和列偏移中自动填入数值。

（4）单击"选择对象"按钮，返回绘图屏幕，选择需要阵列的标高图形，按 Enter 键后返回"阵列"对话框。

（5）单击"确定"按钮完成阵列。

2. 环形阵列

环形阵列对话框如图 10-28 所示。

（1）选择对象按钮：单击该按钮后返回到绘图屏幕，供用户选择需要阵列的对象。选择完毕回到"阵列"对话框。同时在该按钮的下方提示已选择多少个对象。

（2）中心点：设定环形阵列的中心。也可以通过拾取中心点按钮在屏幕上指定中心点，所取值自动填入中心点后的 X、Y 文本框。

（3）方法：项目总数、填充角度、项目间角度三个参数中只需两个就可以确定阵列方法。在该下拉列表中选择其中的两个组合。

（4）项目总数：设置阵列结果的对象数目。

（5）填充角度：通过定义阵列中第一个和最后一个元素的基点之间的包含角来设置阵列大小。正值指逆时针旋转。负值指顺时针旋转。

（6）项目间角度：设置阵列对象的基点和阵列中心之间的包含角。应该输入一个正值。

（7）复制时旋转项目：阵列的同时将对象旋转。

（8）简略/详细：切换是否显示"对象基点"设置参数。

（9）对象基点：如果采用对象本身的基点，则无须填充具体数据。否则要输入基点数据或通过拾取按钮捕捉一个点作为基点，该数值自动填入对象基点后的文本框中。

（10）确定：按照设定参数完成阵列。

（11）取消：放弃阵列。

（12）预览：预览设定效果。

【练习 10-8】将如图 10-30 中左图所示的标高符号进行环形阵列。图中粗线仅示意阵列原始图形。

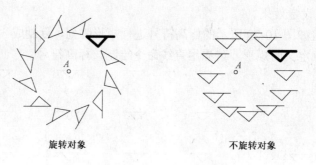

旋转对象　　　　　　　　　　　不旋转对象

图 10-30　环形阵列示例图

（1）单击"修改"工具栏中的阵列按钮▦，弹出如图 10-27 所示的对话框。

（2）选择"环形阵列"，如图 10-28 所示。

（3）单击"拾取中心点"按钮，返回绘图屏幕，单击如图 10-30 所示的旋转中心点 *A*。返回"阵列"对话框，中心点坐标自动填入文本框。

（4）在"项目总数"中填入 12。

（5）单击"选择对象"按钮，返回绘图屏幕，选择需要阵列的标高图形，按 Enter 键后返回"阵列"对话框。

（6）"复制时旋转对象"被勾选上，结果如图 10-30 左图所示。

（7）单击"确定"按钮完成环形阵列。

10.6.6　偏移 Offset

偏移对象以创建其造型与原始对象造型平行的新对象，如平行线、同心圆等。

按　钮	命　令	菜　单
�腿	Offset	修改→偏移

（1）命令及提示。

```
命令: _offset
当前设置: 删除源=否  图层=源  OFFSETGAPTYPE=0
指定偏移距离或 [通过（T）/删除（E）/图层（L）] <通过>: T↙
指定通过点或 [退出（E）/多个（M）/放弃（U）] <退出>:M↙
指定通过点或 [退出（E）/放弃（U）] <下一个对象>:
选择要偏移的对象，或 [退出（E）/放弃（U）] <退出>:
指定偏移距离或 [通过（T）/删除（E）/图层（L）] <通过>: E↙
要在偏移后删除源对象吗？ [是（Y）/否（N）] <当前>:
指定偏移距离或 [通过（T）/删除（E）/图层（L）] <通过>: L↙
输入偏移对象的图层选项 [当前（C）/源（S）] <当前>:
指定要偏移的那一侧上的点，或 [退出（E）/多个（M）/放弃（U）] <退出>:
```

（2）参数。

① 指定偏移距离：输入偏移距离，该距离可以通过键盘输入，也可以通过单击两个点来定义。

② 通过：指偏移的对象将通过随后单击的点。

③ 退出：退出偏移命令。

④ 多个：使用同样的偏移距离重复进行偏移操作，同样可以指定通过点。

⑤ 放弃：恢复前一个偏移。

⑥ 删除：确定是否在偏移源对象后将其删除。输入 Y 为删除源对象，输入 N 为保留源对象。

⑦ 图层：确定偏移复制的对象创建在源对象层上还是当前层上。

⑧ 选择要偏移的对象：选择欲偏移的对象，按 Enter 键则退出偏移命令。

⑨ 指定要偏移的那一侧上的点：指定该点来确定往哪个方向偏移。

10.6.7　移动 Move

移动命令可以将一组或一个对象从一个位置移动到另一个位置。

按　　钮	命　　令	菜　　单
✛	Move	修改→移动

（1）命令及提示。

> 命令: _move
> 选择对象:
> 选择对象:↙
> 指定基点或 [位移（D）] <位移>:
> 指定第二个点或 <使用第一个点作为位移>:

（2）参数。

① 选择对象：选择欲移动的对象。

② 指定基点或[位移]：指定移动的基点或直接输入位移。

③ 指定第二个点或 <使用第一个点作为位移>：如果单击了某点，则指定位移第二个点。如果直接按 Enter 键，则用第一点的数值作为位移来移动对象。

10.6.8　旋转 Rotate

旋转命令可以将某一对象旋转一个指定角度或参照一个对象进行旋转。

按　　钮	命　　令	菜　　单
↺	Rotate	修改→旋转

（1）命令及提示。

> 命令: _rotate
> UCS 当前的正角方向： ANGDIR=逆时针　ANGBASE=0
> 选择对象:
> 选择对象:↙
> 指定基点:
> 指定旋转角度，或 [复制（C）/参照（R）] <0>: R↙
> 指定参照角 <0>:
> 指定新角度或 [点（P）] <0>:

（2）参数。

① 选择对象：选择欲旋转的对象。

② 指定基点：指定旋转的基点。

③ 指定旋转角度：输入旋转的角度。

④ 复制：创建要旋转的选定对象的副本。

⑤ 参照：采用参照的方式旋转对象。

⑥ 指定参照角<0>：如果采用参照方式，则指定参考角。

⑦ 指定新角度或[点（P）]<0>：定义新的角度，或通过指定两点来确定角度。

【练习 10-9】通过参照旋转如图 10-31 所示的图形到水平位置。

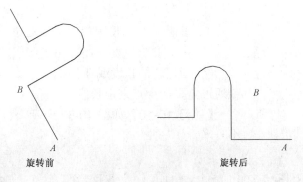

旋转前　　　　　　　　　　　旋转后

图 10-31　参照旋转示例

命令: _rotate
UCS 当前的正角方向：　ANGDIR=逆时针　ANGBASE=0　提示当前相关设置
选择对象: 选择所有图线　　　　　　　　　　　采用窗交（口）的方式选择旋转对象
指定对角点: 找到 5 个
选择对象:↙　　　　　　　　　　　　　　　　按 Enter 键结束对象选择
指定基点:单击A 点　　　　　　　　　　　　　定义旋转基点
指定旋转角度，或 [复制（C）/参照（R）] <0>:r↙　启用参照方式
指定参照角 <0>:单击 A 点
指定第二点: 单击 B 点
指定新角度或 [点（P）] <0>:180↙

10.6.9　比例缩放 Scale

通过比例缩放可以快速实现图形的大小转换。缩放时需要指定一定的缩放比例，也可以参照其他对象进行缩放。

按　　钮	命　　令	菜　　单
▢	Scale	修改→比例缩放

（1）命令及提示。

命令: _scale
选择对象:
选择对象:↙
指定基点:
指定比例因子或 [复制（C）/参照（R）] <1.0000>: R↙
指定参照长度 <1.0000>:
指定新的长度或 [点（P）] <1.0000>:

（2）参数。

① 选择对象：选择欲比例缩放的对象。

缩放前　　　　　　缩放后

图 10-32　比例缩放示例

② 指定基点：指定比例缩放的基点。

③ 指定比例因子或 [参照（R）]：指定比例或采用参照方式确定比例。

④ 复制（C）：创建要缩放的选定对象的副本。

⑤ 参照（R）：使用参照其他对象的方式确定缩放比例。

⑥ 指定参照长度 <1>：指定参照的长度，默认为 1。

⑦ 指定新的长度或 [点（P）] <1.0000>：指定新的长度或通过定义两个点来定长度。

【练习 10-10】如图 10-32 所示，将图形以 A 点为基准缩小一半。

命令：_scale

选择对象：选择图 10-32 中的 5 个对象⊔⊔⊔⊔⊔，找到 5 个

选择对象：✓　　　　　　　　　　　　　按 Enter 键结束选择

指定基点：单击 A 点　　　　　　　　　确定比例缩放的基点

指定比例因子或 [复制（C）/参照（R）] <1>:0.5✓　缩小一半

10.6.10　拉伸 Stretch

拉伸是调整图形大小、位置的一种十分灵活的工具。

按　钮	命　令	菜　单
⬆	Stretch	修改→拉伸

（1）命令及提示。

命令：_stretch

以交叉窗口或交叉多边形选择要拉伸的对象…

选择对象：

指定对角点：

选择对象：✓

指定基点或 [位移（D）] <位移>：

指定第二个点或 <使用第一个点作为位移>：

（2）参数。

① 选择对象：只能以交叉窗口或交叉多边形选择要拉伸的对象。

② 指定基点或 [位移（D）]：指定拉伸基点或定义位移。

③ 指定第二个点或 <使用第一个点作为位移>：如果第一点定义了基点，则定义第二点来确定位移。如果直接按 Enter 键，则位移就是第一点的坐标。

【练习 10-11】将图中指定的部分拉伸 AB 之间的距离。请预先绘制如图 10-33 所示的原始图形，其外围是一条封闭多段线。

命令：_stretch

以交叉窗口或交叉多边形选择要拉伸的对象…　　　提示选择的对象的方式

选择对象：单击点 1　　　　　　　　　　　　　　单击交叉窗口或交叉多边形的第一个顶点

指定对角点:单击点 2	指定交叉窗口的另一个顶点
找到 5 个	
选择对象:↙	按 Enter 键结束对象选择
指定基点或 [位移（D）] <位移>:单击 A 点	
指定第二个点或 <使用第一个点作为位移>:单击 B 点	

原图

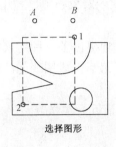
选择图形

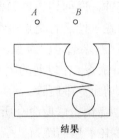
结果

图 10-33　拉伸示例

10.6.11　修剪 Trim

绘图中经常需要对图形进行精确的调整，如将超出的部分去掉，以便使图形准确相交。修剪命令是以指定的对象为边界，将要修剪的对象剪去超出部分。其中也包含了延伸功能。

按　　钮	命　　令	菜　　单
-/--	Trim	修改→修剪

（1）命令及提示。

> 命令: _trim
> 当前设置: 投影=UCS 边=无
> 选择剪切边 …
> 选择对象或 <全部选择>:
> 选择对象:↙
> 选择要修剪的对象或按住 Shift 键选择要延伸的对象或[栏选（F）/窗交（C）/投影（P）/边（E）/删除（R）/放弃（U）]: **p**↙
> 输入投影选项 [无（N）/UCS（U）/视图（V）] <UCS>:
> 选择要修剪的对象，或按住 Shift 键选择要延伸的对象，或 [栏选（F）/窗交（C）/投影（P）/边（E）/删除（R）/放弃（U）]: **e**↙
> 输入隐含边延伸模式 [延伸（E）/不延伸（N）] <不延伸>:

（2）参数。

① 选择剪切边…选择对象或 <全部选择>：提示选择剪切边，选择对象作为剪切边界，或按 Enter 键选择所有对象。

② 选择要修剪的对象：选择欲修剪的对象。

③ 按住 Shift 键选择要延伸的对象：按住 Shift 键选择对象，此时为延伸功能。

④ 栏选：出现栏选提示，用栏选方式选择对象。

⑤ 窗交：由两点确定矩形区域，选择区域内部或与之相交的对象。

⑥ 投影：按投影模式剪切，选择该项后出现输入投影选项的提示。

⑦ 输入投影选项 [无（N）/UCS（U）/视图（V）] <无>——输入投影选项，即根据 UCS、视图或<无>来进行剪切。

⑧ 边：按边的模式剪切，选择该项后，提示要求输入隐含边的延伸模式。

⑨ 输入隐含边延伸模式 [延伸（E）/不延伸（N）] <不延伸>——定义隐含边延伸模式。如果选择不延伸，即剪切边界和要修剪的对象必须显式相交。如选择了延伸，则剪切边界和要修剪的对象在延伸后有交点也可以。

⑩ 删除：删除选定的对象。此选项提供了一种用来删除不需要的对象的简便方法，而无须退出 Trim 命令。在以前的版本中，最后一段图线无法修剪，只能退出后用删除命令删除，现在可以在修剪命令中删除。

⑪ 放弃：撤销由修剪命令所做的最近一次修改。

【练习 10-12】修剪练习。

（1）首先使用矩形命令和圆命令绘制如图 10-34 所示的左侧图形。然后以圆 A 和矩形 B 相互为边界将图中 C、D、E、F 段剪去。

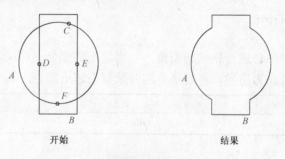

图 10-34　修剪示例

命令: _trim

当前设置: 投影=UCS 边=无　　　　　　　　　　提示当前设置

选择剪切边 …　　　　　　　　　　　　　　　　提示以下的选择为选择剪切边

选择对象:拾取圆 A　找到 1 个　　　　　　　　选择剪切边

选择对象:拾取矩形 B 找到 1 个，总计 2 个　　提示目前选择对象数目

选择对象:✓　　　　　　　　　　　　　　　　　按 Enter 键结束选择

选择要修剪的对象或按住 Shift 键选择要延伸的对象或[栏选（F）/窗交（C）/投影（P）/边（E）/删除（R）/放弃（U）]: 单击 C 点　　　　选择欲修剪的对象

选择要修剪的对象或按住 Shift 键选择要延伸的对象或[栏选（F）/窗交（C）/投影（P）/边（E）/删除（R）/放弃（U）]: 单击 D 点

选择要修剪的对象或按住 Shift 键选择要延伸的对象或[栏选（F）/窗交（C）/投影（P）/边（E）/删除（R）/放弃（U）]:单击 E 点

选择要修剪的对象或按住 Shift 键选择要延伸的对象或[栏选（F）/窗交（C）/投影（P）/边（E）/删除（R）/放弃（U）]:单击 F 点

选择要修剪的对象或按住 Shift 键选择要延伸的对象或[栏选（F）/窗交（C）/投影（P）/边（E）/删除（R）/放弃（U）]:✓　　　　按 Enter 键结束修剪命令

（2）如图 10-35 左图所示绘制一直线和圆。以直线为边界，将圆上 G 段剪去。结果如

图 10-35 右图所示。

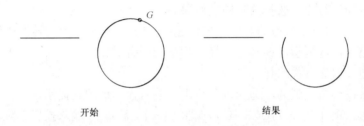

开始   结果

图 10-35   延伸修剪示例

命令: _trim
当前设置: 投影=UCS 边=无   提示当前设置
选择剪切边 …   提示以下选择剪切边
选择对象:单击直线 找到 1 个   也可以全部选中
选择对象:✓   按 Enter 键结束选择
选择要修剪的对象或按住 Shift 键选择要延伸的对象或[栏选（F）/窗交（C）/投影（P）/边（E）/
删除（R）/放弃（U）]:**e**✓   选择边剪切模式
输入隐含边延伸模式 [延伸（E）/不延伸（N）] <不延伸>:**e**✓   选择延伸模式
选择要修剪的对象或按住 Shift 键选择要延伸的对象或[栏选（F）/窗交（C）/投影（P）/边（E）/
删除（R）/放弃（U）]:单击 G 点
选择要修剪的对象或按住 Shift 键选择要延伸的对象或[栏选（F）/窗交（C）/投影（P）/边（E）/
删除（R）/放弃（U）]: ✓   按 Enter 键结束修剪

10.6.12   延伸 Extend

延伸是以指定的对象为边界，延伸某对象与之精确相交。其中也包含了修剪功能。

按　　钮	命　　令	菜　　单
--↙	Extend	修改→延伸

（1）命令及提示。

命令: _extend
选择边界的边…
选择对象或 <全部选择>:
选择对象:✓
选择要延伸的对象，或按住 Shift 键选择要修剪的对象，或[栏选（F）/窗交（C）/投影（P）/边（E）/
放弃（U）]: **p**✓
输入投影选项 [无（N）/UCS（U）/视图（V）] <无>:
选择要延伸的对象或 [投影（P）/边（E）/放弃（U）]:**e**✓
输入隐含边延伸模式 [延伸（E）/不延伸（N）] <不延伸>:

（2）参数。

① 选择边界的边…选择对象或<全部选择>：选择延伸边界的边，下面的选择对象即作

为边界。按 Enter 键则选择所有对象为延伸边界。

② 选择要延伸的对象：选择欲延伸的对象。

③ 按住 Shift 键选择要修剪的对象：按住 Shift 键选择对象，此时转换成修剪功能。

④ 栏选：出现栏选提示，选择与选择栏相交的所有对象。

⑤ 窗交：通过窗交方式选择对象。

⑥ 投影：按投影模式延伸，选择该项后出现输入投影选项的提示。

⑦ 输入投影选项 [无（N）/UCS（U）/视图（V）] <无>——输入投影选项，即根据 UCS、视图或<无>来进行延伸。

⑧ 边：将对象延伸到另一个对象的隐含边。

⑨ 输入隐含边延伸模式 [延伸（E）/不延伸（N）] <不延伸>——定义隐含边延伸模式。如果选择不延伸，即剪切边界和要修剪的对象必须显式相交。如选择了延伸，则剪切边界和要修剪的对象在延伸后有交点即可。

⑩ 放弃：撤销由延伸命令所做的最近一次修改。

【练习 10-13】参照如图 10-36 所示的图形绘制两条直线 A、C 和圆 B。将直线 A 首先延伸到圆 B 上，再延伸到直线 C 上。

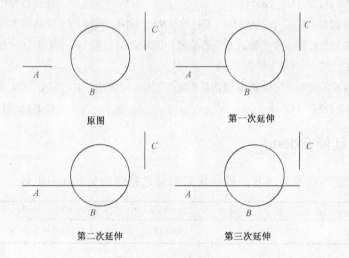

图 10-36　延伸示例

```
命令: _extend
当前设置: 投影=无 边=延伸                        提示当前设置
选择边界的边 ...                                提示以下选择边界的边
选择对象: 选择圆 B 和直线 C                      也可以全部选中
指定对角点: 找到 2 个                            提示选中的数目
选择对象:✓                                     按 Enter 键结束边界选择
选择要延伸的对象，或按住 Shift 键选择要修剪的对象，或 [栏选（F）/窗交（C）/投影（P）/
边（E）/放弃（U）]:拾取直线 A 的右侧              结果如图 10-36 右上角所示
选择要延伸的对象，或按住 Shift 键选择要修剪的对象，或 [栏选（F）/窗交（C）/投影（P）/
边（E）/放弃（U）]:拾取直线 A 的右侧              结果如图 10-36 左下角所示
选择要延伸的对象，或按住 Shift 键选择要修剪的对象，或 [栏选（F）/窗交（C）/投影（P）/
边（E）/放弃（U）]:拾取直线 A 的右侧              结果如图 10-36 右下角所示
```

选择要延伸的对象，或按住 Shift 键选择要修剪的对象，或 [栏选（F）/窗交（C）/投影（P）/边（E）/放弃（U）]:↙   按 Enter 键结束延伸命令

10.6.13 打断 Break

打断命令可以将某对象一分为二或去掉其中一段。圆可以被打断成圆弧。

按　　钮	命　　令	菜　　单
	Break	修改→打断
	Break　（定义第二点时为@）	修改→打断

（1）命令及提示。

命令：_break
选择对象：
指定第二个打断点或[第一点（F）]：

（2）参数。

① 选择对象：选择打断的对象。如果在后面的提示中不输入 F 来重新定义第一点，则拾取该对象时的点为第一点。

② 指定第二个打断点：拾取打断的第二点。如果输入@指第二点和第一点相同，即将选择对象分成两段而总长度不变。

③ 第一点（F）：输入 F 重新定义第一点。

【练习 10-14】参照图 10-37 绘制一个圆和一条直线，将圆打断成一段圆弧，将直线从 *A* 点向右的部分打断。

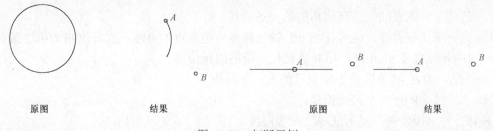

原图　　　　　　　　结果　　　　　　　　　　　原图　　　　　　　结果

图 10-37　打断示例

命令：_break
选择对象：**单击 A 点**
指定第二个打断点或[第一点（F）]：**单击 B 点**

10.6.14 倒角 Chamfer

倒角是机械零件图上常见的结构。倒角可以通过倒角命令直接产生。

按　　钮	命　　令	·菜　　单
	Chamfer	修改→倒角

（1）命令及提示。

命令: _chamfer

（"修剪"模式）当前倒角距离 1 = xx，距离 2 = xx

选择第一条直线或 [放弃（U）/多段线（P）/距离（D）/角度（A）/修剪（T）/方式（E）/多个（M）]:

选择第二条直线，或按住 Shift 键选择要应用角点的直线:

选择第一条直线或 [放弃（U）/多段线（P）/距离（D）/角度（A）/修剪（T）/方式（E）/多个（M）]: **p**↙

选择二维多段线:

选择第一条直线或 [放弃（U）/多段线（P）/距离（D）/角度（A）/修剪（T）/方式（E）/多个（M）]: **d**↙

指定第一个倒角距离 < >:

指定第二个倒角距离 < >:

选择第一条直线或 [放弃（U）/多段线（P）/距离（D）/角度（A）/修剪（T）/方式（E）/多个（M）]:**a**↙

指定第一条直线的倒角长度 < >:

指定第一条直线的倒角角度 < >:

选择第一条直线或 [放弃（U）/多段线（P）/距离（D）/角度（A）/修剪（T）/方式（E）/多个（M）]: **m**↙

输入修剪方法 [距离（D）/角度（A）] < >:

选择第一条直线或 [放弃（U）/多段线（P）/距离（D）/角度（A）/修剪（T）/方式（E）/多个（M）]:**t**↙

输入修剪模式选项 [修剪（T）/不修剪（N）] < >:

（2）参数。

① 选择第一条直线：选择倒角的第一条直线。

② 选择第二条直线，或按住 Shift 键选择要应用角点的直线：选择倒角的第二条直线。选择对象时可以按住 Shift 键，用 0 值替代当前的倒角距离。

③ 放弃（U）：恢复在命令中执行的上一个操作。

④ 多段线（P）：对多段线倒角。

选择二维多段线——提示选择二维多段线。

⑤ 距离（D）：设置倒角距离。

指定第一个倒角距离 < >——指定第一个倒角距离。

指定第二个倒角距离 < >——指定第二个倒角距离。

⑥ 角度（A）：通过距离和角度来设置倒角大小。

指定第一条直线的倒角长度 < >——设定第一条直线的倒角长度。

指定第一条直线的倒角角度 < >——设定第一条直线的倒角角度。

⑦ 修剪（T）：设定修剪模式。

输入修剪模式选项 [修剪（T）/不修剪（N）] < >——选择修剪或不修剪。如果为修剪方式，则倒角时自动将不足的补齐，超出的剪掉。如果为不修剪方式，则仅仅增加一倒角，原有图线不变。

⑧ 方式（M）：设定修剪方法为距离或角度。

输入修剪方法 [距离（D）/角度（A）] < >——选择修剪方法是距离或角度来确定倒角

大小。

⑨ 多个（M）：为多组对象的边倒角。将重复显示主提示和"选择第二个对象"的提示，直到用户按 Enter 键结束。

【练习 10-15】倒角练习。

（1）首先参照如图 10-38 左图所示绘制两条直线 A 和 B，长度为 100 左右。用距离为 10，角度 45°的倒角将直线 A 和 B 连接起来。

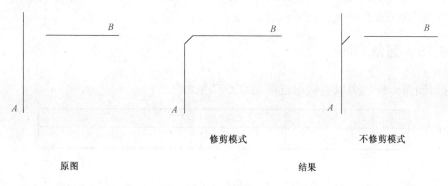

图 10-38　倒角示例一

命令: _chamfer
（"修剪"模式）当前倒角距离 1 = 10.0000，距离 2 = 10.0000　　　　　　提示当前倒角设置
选择第一条直线或 [放弃（U）/多段线（P）/距离（D）/角度（A）/修剪（T）/方式（E）/多个
（M）]:**选择直线 A，拾取点偏 A 点**
选择第二条直线，或按住 Shift 键选择要应用角点的直线:**选择直线 B**

结果如图 10-38 中间图形所示。

命令: _chamfer
（"修剪"模式）当前倒角距离 1 = 10.0000，距离 2 = 10.0000
选择第一条直线或 [放弃（U）/多段线（P）/距离（D）/角度（A）/修剪（T）/方式（E）/多个
（M）]:**t✓**　　　　　　　　　　　　　　　　　　修改修剪方式
输入修剪模式选项 [修剪（T）/不修剪（N）] <修剪>:**n✓**　　　　不修剪
选择第一条直线或 [放弃（U）/多段线（P）/距离（D）/角度（A）/修剪（T）/方式（E）/多个
（M）]:**选择直线 A，拾取点偏 A 点**
选择第二条直线，或按住 Shift 键选择要应用角点的直线:**选择直线 B**

结果如图 10-38 右图所示。

（2）如图 10-39 所示用矩形命令绘制一个 80×70 的矩形。将该多段线用距离 20 倒角。

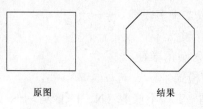

图 10-39　倒角示例二

命令: _chamfer

("修剪"模式) 当前倒角距离 1 = 20.0000，距离 2 = 20.0000   提示当前倒角模式，如果距离
                                                                                                          非 20，请将 D 参数改成 20

选择第一条直线或 [放弃（U）/多段线（P）/距离（D）/角度（A）/修剪（T）/方式（E）/多个
（M）]: **p✓**   对二维多段线进行倒角

选择二维多段线:**选择示例中的矩形**

4 条直线已被倒角

10.6.15　圆角 Fillet

圆角和倒角一样，可以直接通过圆角命令产生。

按　钮	命　令	菜　单
⌐	Fillet	修改→圆角

（1）命令及提示。

命令: _fillet

当前设置: 模式 = 修剪，半径 = 0.0000

选择第一个对象或 [放弃（U）/多段线（P）/半径（R）/修剪（T）/多个（M）]: **u✓**

命令已完全放弃。

选择第一个对象或 [放弃（U）/多段线（P）/半径（R）/修剪（T）/多个（M）]: **r✓**

指定圆角半径 **<XX>:**

选择第一个对象或 [放弃（U）/多段线（P）/半径（R）/修剪（T）/多个（M）]: **p✓**

选择二维多段线:

选择第一个对象或 [放弃（U）/多段线（P）/半径（R）/修剪（T）/多个（M）]: **t✓**

输入修剪模式选项 [修剪（T）/不修剪（N）] <当前值>:

选择第一个对象或 [放弃（U）/多段线（P）/半径（R）/修剪（T）/多个（M）]: **m✓**

选择第一个对象或 [放弃（U）/多段线（P）/半径（R）/修剪（T）/多个（M）]:

选择第二个对象，或按住 Shift 键选择要应用角点的对象:

（2）参数。

① 选择第一个对象：选择倒圆角的第一个对象。

② 选择第二个对象：选择倒圆角的第二个对象。

③ 放弃（U）：恢复在命令中执行的上一个操作。

④ 多段线（P）：对多段线进行倒圆角。

选择二维多段线——拾取二维多段线。

⑤ 半径（R）：设定圆角半径。

指定圆角半径< >——输入圆角半径。

⑥ 修剪（T）：设定修剪模式。

输入修剪模式选项 [修剪（T）/不修剪（N）] <修剪>——选择修剪模式。如果选择成修
剪，则不论两个对象是否相交或不足，均自动进行修剪。如果设定成不修剪，则仅仅增加一
指定半径的圆弧。

⑦ 多个（M）：用同样的圆角半径修改多个对象。

给多个对象加圆角。圆角命令将重复显示主提示和"选择第二个对象"提示，直到用户按 Enter 键结束该命令。

按住 Shift 键：自动使用半径为 0 的圆角连接两个对象。即让两个对象自动不带圆角而准确相交，可以去除多余的线条或延伸不足的线条。

【练习 10-16】圆角练习。

（1）参照图 10-40，绘制长度为 100 的直线 *A* 和 *B*。用半径为 30 的圆角将直线 *A* 和直线 *B* 连接起来。

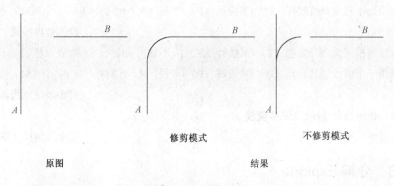

修剪模式　　　　　　　不修剪模式

原图　　　　　　　　　　　　结果

图 10-40　圆角示例

命令: _fillet
当前设置:模式 = 修剪，半径 = 10.0000
选择第一个对象或 [放弃（U）/多段线（P）/半径（R）/修剪（T）/多个（M）]: **r✓**
　　　　　　　　　　　　　　　　　　　　　　重新设定圆角半径
指定圆角半径 <0.0000>: **30✓**　　　　　　　　自动退出圆角命令
命令: _fillet
当前设置: 模式 = 修剪，半径 = 30.0000
选择第一个对象或 [放弃（U）/多段线（P）/半径（R）/修剪（T）/多个（M）]:**单击直线A，拾取点偏 A 点**
选择第二个对象，或按住 Shift 键选择要应用角点的对象:**单击直线 B**

结果如图 10-40 中间图形所示。

命令: _fillet
当前设置: 模式 = 修剪，半径 = 30.0000
选择第一个对象或 [放弃（U）/多段线（P）/半径（R）/修剪（T）/多个（M）]:**t✓修改修剪模式**
输入修剪模式选项 [修剪（T）/不修剪（N）] <修剪>:**n✓**
选择第一个对象或 [放弃（U）/多段线（P）/半径（R）/修剪（T）/多个（M）]:**拾取直线A，拾取点偏 A 点**　　　　　　　　　　　　　　　将修剪模式改成不修剪
选择第二个对象，或按住 Shift 键选择要应用角点的对象:**单击直线 B**

结果如图 10-40 右侧图形所示。

（2）参照图 10-41，用矩形命令绘制一个 80×70 左右的矩形。将多段线倒半径为 30 的圆角。

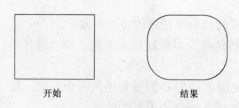

开始   结果

图 10-41 圆角示例二

命令: _fillet	
当前设置: 模式 = 不修剪，半径 = 30.0000	提示当前圆角模式
选择第一个对象或 [放弃（U）/多段线（P）/半径（R）/修剪（T）/多个（M）]:**t**✓	
	修改修剪模式
输入修剪模式选项 [修剪（T）/不修剪（N）] <不修剪>:**t**✓	改成修剪
选择第一个对象或 [放弃（U）/多段线（P）/半径（R）/修剪（T）/多个（M）]:**p**✓	
	对多段线倒圆角
选择二维多段线:**拾取二维多段线**	
4 条直线已被圆角	提示被倒圆角的直线数目

10.6.16　分解 Explode

多段线、块、尺寸、填充图案、修订云线、多行文字、多线、体、面域、多面网格、引线等各是一个整体。如果要对其中组成的单个元素进行编辑，普通的编辑命令无法完成，通过专用的编辑命令有时也难以满足要求，而且不是所有对象都有专用命令。但如果将这些整体的对象分解，使之变成单独的对象，就可以采用普通的编辑命令进行编辑修改了。

按　钮	命　令	菜　单
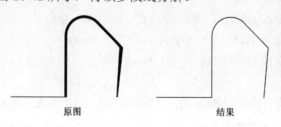	Explode	修改→分解

（1）命令及提示。

命令: _explode
选择对象:

（2）参数。

选择对象：选择欲分解的对象，包括块、尺寸、多线、多段线、修订云线、多线、多行文字、体、面域、引线等，而独立的直线、圆、圆弧、单行文字、点等是不能被分解的。

【练习 10-17】 如图 10-42 所示，将该多段线分解。

原图   结果

图 10-42 分解示例

命令: _explode
选择对象:**单击多段线** 其宽度非线宽值

找到 1 个	提示选中的数目
选择对象:↙	按 Enter 键结束对象选择,该多段线被分解成 4 段直线和 1 段圆弧,
	同时失去宽度性质

10.6.17 合并 Join

AutoCAD 可以将符合合并条件的分开的对象合并成一个对象。如将位于同一直线上的不同的线段合并成一条直线等。

按　　钮	命　　令	菜　　单
╼╼	Join	修改→合并

（1）命令及提示。

命令: join
选择源对象:
（根据选择对象的不同,出现以下各种提示）
选择要合并到源的直线:（选择直线的提示）
选择要合并到源的对象:（选择多段线的提示）
选择圆弧,以合并到源或进行 [闭合（L）]:（选择圆弧的提示）
选择椭圆弧,以合并到源或进行 [闭合（L）]:（选择椭圆弧的提示）
选择要合并到源的样条曲线或螺旋:（选择样条曲线或螺旋的提示）
已将 x 条 xx 合并到源,操作中放弃了 n 个对象

（2）参数。

① 选择源对象:选择一个对象,随后选择的符合条件的对象将加入该对象成为一个整体。最终形成的一个对象具有该对象的属性。

② 选择要合并到源的直线:如果源对象为直线,提示选择加入的直线。要加入的直线,必须和源对象共线,中间允许有间隙。

③ 选择要合并到源的对象:提示选择对象可以是直线、多段线或圆弧。对象之间不能有间隙,并且必须位于与 UCS 的 *XY* 平面平行的同一平面上。

④ 选择圆弧,以合并到源或进行 [闭合（L）]:源对象为圆弧时要求选择可以合并的圆弧以便合并。也可以将圆弧本身闭合成一个整圆。圆弧必须位于假想的圆上,可以有间隙,按逆时针方向合并。

⑤ 选择椭圆弧,以合并到源或进行 [闭合（L）]:源对象为椭圆弧时要求选择椭圆弧以便合并。也可以将椭圆弧本身闭合成一个椭圆。椭圆弧必须位于假想的椭圆上,可以有间隙,按逆时针方向合并。

⑥ 选择要合并到源的样条曲线或螺旋:螺旋对象必须相接（端点对端点）。结果对象是单个样条曲线。样条曲线和螺旋对象必须相接（端点对端点）。

执行完毕提示合并了多少个对象,放弃了不能合并的对象有多少。

【练习 10-18】如图 10-43 所示,先将左侧的两条直线合并,然后将其中的多段线和相邻的直线、圆弧合并。

合并前   合并后

图 10-43　分解示例

命令: _join 选择源对象: **拾取左侧斜线**　　　　　　　　选择源对象，直线

选择要合并到源的直线: **拾取左侧另一条斜线　找到 1 个**　　选择合并的另一条直线

选择要合并到源的直线:✓　　　　　　　　　　　　　结束直线选择

已将 1 条直线合并到源

命令: JOIN

选择源对象:**拾取中间的多段线**　　　　　　　　　选择多段线作为源对象

选择要合并到源的对象:**选择刚才合并的直线　找到 1 个**　　选择直线

选择要合并到源的对象:**拾取右侧的圆弧 找到 1 个，总计 2 个**　选择圆弧

选择要合并到源的对象:✓　　　　　　　　　　　　结束合并对象选择

2 条线段已添加到多段线

10.6.18　多段线编辑 Pedit

多段线是一个对象，可以采用多段线专用编辑命令来编辑。编辑多段线，可以修改其宽度、开口或封闭、增减顶点数、样条化、直线化和拉直等。

按　钮	命　令	菜　单
∠	Pedit	修改→对象→多段线

该命令的按钮在"修改Ⅱ"工具栏中。

（1）命令及提示。

命令: _pedit

选择多段线或 [多条（M）]:

所选对象不是多段线

是否将其转换为多段线? <Y>:✓

输入选项

[闭合（C）/合并（J）/宽度（W）/编辑顶点（E）/拟合（F）/样条曲线（S）/非曲线化（D）/线型生成（L）/放弃（U）]: **w**✓　　　　　　输入 W 选择宽度设定

输入选项

[打开（O）/合并（J）/宽度（W）/编辑顶点（E）/拟合（F）/样条曲线（S）/非曲线化（D）/线型生成（L）/放弃（U）]:**e**✓　　　　　　输入顶点编辑选项

[下一个（N）/上一个（P）/打断（B）/插入（I）/移动（M）/重生成（R）/拉直（S）/切向（T）/宽度（W）/退出（X）] <N>:**n**✓

（2）参数。

① 选择多段线或 [多条（M）]：选择欲编辑的多段线。如果输入 M，则可以选择多条多段线同时进行修改。如果选择了非多段线，如直线或圆弧，则系统提示是否转换成多段线，回答 Y 则将普通线条转换成多段线。

② 闭合（C）/打开（O）：如果该多段线本身是闭合的，则提示为打开（O）。如选择了打开，则将最后一条封闭该多段线的线条删除，形成一个不封口的多段线。如果所选多段线是打开的，则提示为闭合（C）。如选择了闭合，则将该多段线首尾相连，形成一封闭的多段线。

③ 合并（J）：将和多段线端点精确相连的其他直线、圆弧、多段线合并成一条多段线。该多段线必须是开口的。

④ 宽度（W）：设置该多段线的全程宽度。对于其中某一条线段的宽度，可以通过顶点编辑来修改。

⑤ 编辑顶点（E）：对多段线的各个顶点进行单独的编辑。选择该项后，提示如下。

- 下一个（N）：选择下一个顶点。
- 上一个（P）：选择上一个顶点。
- 打断（B）：将多段线一分为二，或是删除顶点处的一条线段。
- 插入（I）：在标记处插入一顶点。
- 移动（M）：移动顶点到新的位置。
- 重生成（R）：重新生成多段线以观察编辑后的效果，一般情况下重生成是不必要的。
- 拉直（S）：删除所选顶点间的所有顶点，用一条直线替代。
- 切向（T）：在当前标记顶点处设置切矢方向以控制曲线拟合。
- 宽度（W）：设置每一独立的线段的宽度，始末点宽度可以设置成不同。
- 退出（X）：退出顶点编辑，回到 PEDIT 命令提示下。

⑥ 拟合（F）：产生通过多段线所有顶点、彼此相切的各圆弧段组成的光滑曲线。

⑦ 样条曲线（S）：产生通过多段线首末顶点，其形状和走向由多段线其余顶点控制的样条曲线。其类型由系统变量来确定。

⑧ 非曲线化（D）：取消拟合或样条曲线，回到直线状态。

⑨ 线型生成（L）：控制多段线在顶点处的线型，选择该项后出现以下提示。

输入多段线线型生成选项 [开（ON）/关（OFF）]——如果选择开（ON），则为连续线型。如果选择关（OFF），则为点画线型。

⑩ 放弃（U）]：取消最后的编辑。

【练习 10-19】编辑多段线练习。首先采用直线命令和圆弧命令参照图 10-44 绘制，特别注意直线和圆弧端点必须准确相接（提示：可以采用端点捕捉方式保证准确相交）。

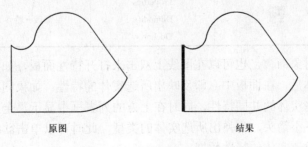

原图　　　　　　　　　　　　结果

图 10-44　多段线编辑示例一

（1）将一般图线改成多段线并设定宽度。

命令: _pedit

选择多段线或 [多条（M）]: **拾取左侧垂直线**　　　　　该线为一般线条

所选对象不是多段线　　　　　　　　　　　　　提示所选线条非多段线

是否将其转换为多段线? <Y>:✓　　　　　　　　将所选直线改成多段线

输入选项　　　　　　　　　　　　　　　　　　该线已经被改成了多段线，出现多段线编
　　　　　　　　　　　　　　　　　　　　　　辑的提示

[闭合（C）/合并（J）/宽度（W）/编辑顶点（E）/拟合（F）/样
条曲线（S）/非曲线化（D）/线型生成（L）/放弃（U）]:**w**✓

指定所有线段的新宽度:**3**✓

（2）接着上例将整个图形连成一条多段线，如图 10-45 所示。

原图　　　　　　　　　　　　　　　　　　结果

图 10-45　多段线编辑示例二

输入选项　　　　　　　　　　　　　　　　　　继续提示多段线编辑选项

[闭合（C）/合并（J）/宽度（W）/编辑顶点（E）/拟合（F）/样

条曲线（S）/非曲线化（D）/线型生成（L）/放弃（U）]:**j**✓　　选择合并参数

选择对象:**将所有的图形全部选中**　　　　　　　采用窗交方式选择对象

指定对角点: 找到 6 个　　　　　　　　　　　　提示选中的图线数目

选择对象:✓　　　　　　　　　　　　　　　　　按 Enter 键结束对象选择

5 条线段已添加到多段线

10.6.19　特性 Properties

特性命令 Properties 可以在伴随对话框中直观地修改所选对象的特性。

按　钮	命　令	菜　单
	Properties	
	Ddmodify	修改→特性
	Ddchprop	

对大多数图形对象而言，也可以在图线上双击来打开特性面板，如图 10-46 所示。

拾取了对象实体后，在面板中立即反映出所选实体的特性。如果同时选择了多个实体，则在面板中显示这些实体的共同特性，同时在上方的列表框中显示"全部"或数目字样。如果单击列表框的向下小箭头，将弹出所选实体的类型，此时可以单击欲编辑或查看的实体，下方对应的数据变成该实体的特性数据。

在特性面板中，列表显示了所选对象的当前特性数据。其操作方式同 Windows 的标准操作基本相同，灰色的为不可编辑数据。选中欲编辑的单元后，可以通过对话框或下拉列表框或直接输入新的数据进行必要的修改，选中的对象将会发生相应的变化。该功能即参数化绘图的功能。

图 10-46　特性面板

10.6.20　特性匹配 Matchprop

如果要将某对象的特性修改成另一个对象的特性，通过特性匹配命令可以快速实现。

按　钮	命　令	菜　单
	Matchprop	修改→特性匹配

（1）命令及提示。

命令: '_matchprop
选择源对象:
当前活动设置: 颜色 图层 线型 线型比例 线宽 厚度 打印样式 文字 标注 图案填充　选择目标对象或 [设置（S）]: s↙
当前活动设置: 图层 线型 线型比例 线宽 厚度 文字 标注 图案填充
选择目标对象或 [设置（S）]:

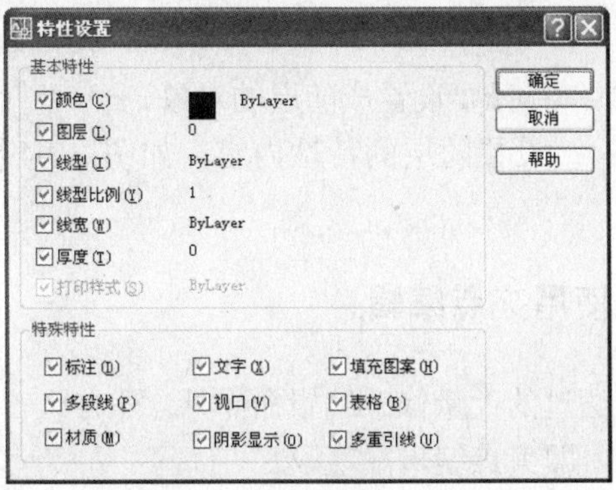

图 10-47　"特性设置"对话框

（2）参数。

① 选择源对象: 该对象的全部或部分特性是要被复制的特性。

② 选择目标对象: 该对象的全部或部分特性是要改动的特性。

③ 设置（S）: 设置复制的特性，输入该参数后，弹出如图 10-47 所示的"特性设置"对话框。

在该对话框中，包含了"基本特性"和"特殊特性"复选框，选择其中的部分或全部特性为要复制的特性，其中灰色的是不可选中的特性。

【练习 10-20】参照如图 10-48 中左图所示绘制一红色点画线圆和一黑色实线矩形。将圆的特性除颜色外改成矩形的特性。

原图　　　　　　　　选择修改的对象　　　　　　结果

图 10-48　特性匹配示例

命令: '_matchprop

选择源对象:**点取图中的矩形**

当前活动设置: 颜色 图层 线型 线型比例 线宽　　　　　　　提示当前有效的设置

厚度 打印样式 文字 标注 图案填充

选择目标对象或 [设置（S）]:**s✓**

弹出"特性设置"对话框，在对话框中取消颜色

当前活动设置: 图层 线型 线型比例 线宽　　　　　　　　　重新提示当前特性设置

厚度 文字 标注 图案填充

选择目标对象或 [设置（S）]:（光标变成一拾取框附带一刷子 🖌），**单击圆**

选择目标对象或 [设置（S）]:✓　　　　　　　　　　　按 Enter 键结束特性匹配命令

10.6.21　更改为随层 setbylayer

图元的属性包括颜色、线型、线宽等均可以设置为指定的特性。为了便于统一管理，建议设置成随层。新的版本中提供了更改为随层的专用命令 setbylayer。

按　　钮	命　　令	菜　　单
🖌	Setbylayer	修改→更改为随层

（1）命令及提示。

命令: _setbylayer

当前活动设置: 颜色 线型 线宽 材质

选择对象或 [设置（S）]: **s**

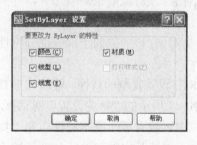

图 10-49　设置更改为随层的特性

（2）参数。

① 选择对象：选择要设置成随层的对象。

② 设置（S）：设置随层的特性内容，如图 10-49 所示。

10.6.22　使用夹点编辑

除了前面介绍过的大量修改编辑命令外，还有比较简单的编辑方式，即夹点编辑。

夹点即图形对象上可以控制对象位置、大小的关键点。如对直线而言，其中心点可以控制位置，而两个端点可以控制其长度和位置，可见直线有三个夹点。

当在命令提示状态下选择了图形对象时，会在图形对象上显示出小方框表示的夹点。不同的图形对象其夹点如图 10-50 所示。

用户可以直接拾取夹点进行移动等编辑操作。也可在选中了某个或几个夹点，再单击鼠标右键，此时会弹出如图 10-51 所示的夹点编辑快捷菜单。在该菜单中，列出了可以进行的编辑项目，用户可以单击相应的菜单命令进行编辑。

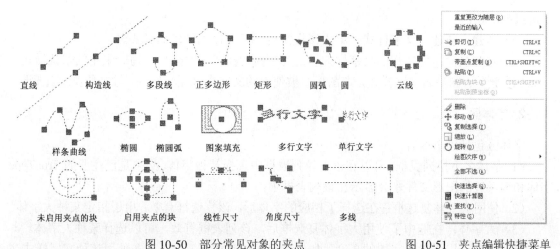

| 直线 | 构造线 | 多段线 | 正多边形 | 矩形 | 圆弧 圆 | 云线 |

| 样条曲线 | 椭圆 椭圆弧 | 图案填充 | 多行文字 | 单行文字 |

| 未启用夹点的块 | 启用夹点的块 | 线性尺寸 | 角度尺寸 | 多线 |

图 10-50　部分常见对象的夹点　　　　　　图 10-51　夹点编辑快捷菜单

10.7　文本命令

在不同的场合会使用到不同的文字样式，设置不同的文字样式是文字注写的首要任务。当设置好文字样式后，可以利用该文字样式和相关的文字注写命令 DTEXT、TEXT、MTEXT 注写文字。

10.7.1　文字样式设置 Style

按　　钮	命　　令	菜　　单
A	Style	格式→文字样式

执行 Style 命令后，系统将显示如图 10-52 所示的"文字样式"对话框。

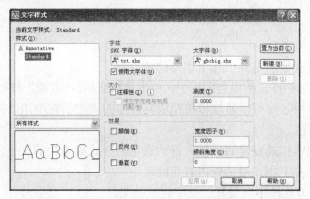

图 10-52　"文字样式"对话框

在该对话框中，可以新建文字样式或修改已有文字样式。

1. 样式区

样式区包括以下内容。

（1）样式下拉列表框：显示当前文字样式。单击对应的样式后，其他对应的项目相应显示该样式的设置。其中 Standard 样式为默认的文字样式，采用的字体为 txt.shx，该文字样式不可以删除。

（2）新建：新建一文字样式，单击该按钮后，可以输入新建的样式名。

（3）置为当前：将选择的文字样式设定为当前的样式，即随后书写时采用的默认样式。

（4）删除：删除一文字样式，在图形中被使用的文字样式无法删除，除非将文字先删除。

2. 字体区

字体区包括以下内容。

（1）字体名下拉列表框：可以在该下拉列表框中选择某种字体。必须是已注册的 TrueType 字体和编译过的图形文件才会显示在该列表框中。

（2）使用大字体复选框：在选择了相应的字体后，该复选框有效，用于指定某种大字体。

（3）大字体：在选中了使用大字体复选框后，该列表框有效，可以选择某种大字体。

（4）高度：用于设置字体的高度。如果设定了某非 0 的高度，则在使用该种文字样式注写文字时统一使用该高度，不再提示输入高度。如果设定的高度为 0，则在使用该种样式输入文字时将出现高度提示。

3. 效果区

效果区包括以下内容。

（1）颠倒：以水平线作为镜像轴线的垂直镜像效果。

（2）反向：以垂直线作为镜像轴线的水平镜像效果。

（3）垂直：文字垂直书写。

以上三种效果，其中有些效果对一些特殊字体是不可选的。

① 宽度因子：设定文字的宽和高的比例。

② 倾斜角度：设定文字的倾斜角度，正值向右斜，负值向左斜，角度范围为$-84°\sim84°$。

4. 预览区

预览区包括以下内容。

（1）预览框：直观显示了其中几个字母的效果。

（2）应用：将设置的样式应用到图形中。单击该按钮后，"取消"按钮变成"关闭"按钮。

（3）取消：在应用之前可以通过该按钮放弃前面的设定。在单击"应用"按钮之后，该按钮变成"关闭"按钮。

（4）关闭：关闭该样式设定对话框，最后选定的样式成为当前文字注写样式。

（5）帮助：提供文字样式对话框内容帮助。

如图 10-53 所示为几种不同设置的文字样式效果。

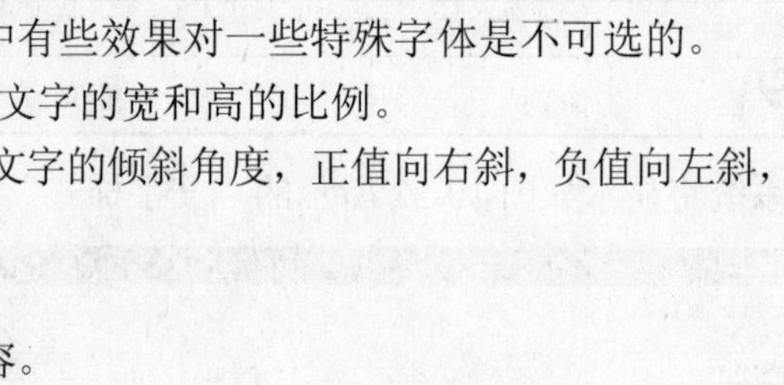

图 10-53　文本样式设置的几种效果

10.7.2 单行文字输入 Text 或 Dtext

在 AutoCAD 2008 中，text 和 Dtext 命令功能相同，都可以输入单行文本。

按　　钮	命　　令	菜　　单
A	Dtext、text	绘图→文字→单行文字

（1）命令及提示。

> 命令：_dtext
> 指定文字的起点或 [对正（J）/样式（S）]：j
> [对齐（A）/调整（F）/中心（C）/中间（M）/右（R）/左上（TL）/中上（TC）/右上（TR）/左中（ML）/正中（MC）/右中（MR）/左下（BL）/中下（BC）/右下（BR）]：
> 指定文字的起点或 [对正（J）/样式（S）]：s
> 输入样式名或 [?]<当前>：

（2）参数。

① 起点：定义文本输入的起点，默认情况下对正点为左对齐。如果前面输入过文本，此处按 Enter 键响应起点提示，则跳过随后的高度和旋转角度的提示，直接提示输入文字，此时使用前面设定好的参数，同时起点自动定义为最后绘制的文本的下一行。

② 对正（J）：输入对正参数，出现以下不同的对正类型供选择。

- 对齐（A）：确定文本的起点和终点，AutoCAD 自动调整文本的高度，使文本放置在两点之间，即保持字体的高和宽之比不变。
- 调整（F）：确定文本的起点和终点，AutoCAD 调整文字的宽度，以便将文本放置在两点之间，此时文字的高度不变。

其他各项的含义如图 10-54 所示。

③ 样式（S）：选择该选项，出现以下提示。

- 输入样式名：输入随后书写文字的样式名称。
- ?：如果不清楚已经设定的样式，输入"？"则在命令窗口列表显示已经设定的样式。

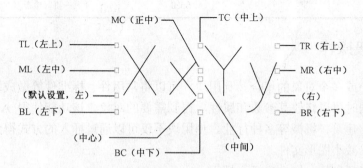

图 10-54　不同的对正类型比较

10.7.3 多行文字输入 Mtext

在 AutoCAD 中可以一次输入多行文本，而且可以设定其中的不同文字具有不同的字体或样式、颜色、高度等特性。可以输入一些特殊字符，并可以输入堆叠式分数，设置不同的行距，进行文本的查找与替换，导入外部文件等。

按　钮	命　令	菜　单
A	Mtext	绘图→文字→多行文字

执行该命令后随即要求定义矩形的两个顶点，并弹出如图 10-55 所示的"文字格式"及文字编辑对话框。

图 10-55　"文字格式"及文字编辑对话框

该对话框和一般的文字排版编辑功能基本相同。可以通过其上的各个下拉列表框、文本输入框以及格式设置按钮完成文本的编辑排版工作。

将多行文本分解后会变成多个单行文本。

10.7.4　其他文本操作命令

在文本输入之后，可以双击或执行 ddedit 命令重新进行编辑修改，也可以更改其比例、对正方式。AutoCAD 也提供了有关文本的查找、拼写检查等功能。

按　钮	命　令	菜　单
A⁄	Ddedit	修改→对象→文字→编辑
A⁞	Scaletext	修改→对象→文字→比例
A↑	Justifytext	修改→对象→文字→对正
abc	Find	编辑→查找
ABC	Spell	工具→拼写检查

10.8　块操作

块，是一个或多个对象的集合。利用块，可以将常用件、标准件等做成块，然后在需要的地方插入，同时可以修改其参数和属性，得到需要的对象。该功能使得 AutoCAD 可以广泛应用于电子、建筑、机械等多种行业。使用块不仅可以通过插入的方式得到常用的图形，而且便于管理，减小图形文件。

块的使用包括创建、属性定义、插入。

10.8.1　创建块

按　钮	命　令	菜　单
⊟	Block	绘图→块→创建

执行创建块命令，弹出如图 10-56 所示的"块定义"对话框

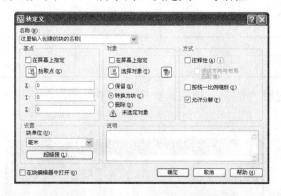

图 10-56　"块定义"对话框

在该对话框中，首先应输入定义的块的名称。可以在屏幕上拾取一点作为基点，也可以直接在 X、Y、Z 编辑框中输入基点数据。基点的定义供后面插入时使用。

对象区，供用户选择定义成块的图元。可以设置保留原图元不变（仍然是原来的属性）或转换成块或将定义成块的图元删除。块中也可以包含块。

方式区可以设置是否保持成统一的比例（X、Y 方向比例相同），以及是否允许通过分解命令分解。

设置区设置块的单位，从下拉列表中选择即可。

在块编辑器中打开复选框：设置是否使用块编辑器（Bedit）定义块定义的动态行为。可以在块编辑器中添加参数和动作，以定义自定义特性和动态行为。块编辑器包含一个特殊的编写区域，在该区域中，可以像在绘图区域中一样绘制和编辑几何图形。

块属性的定义，使用"绘图→块→属性定义"菜单，在相应的对话框中设置属性值。然后在定义块时包含进去，插入块时可以改变属性值，得到不同的提示等。

【练习 10-21】 通过 Block 命令将如图 10-57 所示的图形创建成块，名称为"LW1"。请首先绘制一个圆及其外切正六边形。

图 10-57　块中组成对象

命令: **-block**✓	
输入块名或 [?]:**lw1**✓	输入块名称
块 "lw1" 已存在。是否重定义? [是（Y）/否（N）] <N>:**y**✓	如果输入的名称已经存在，则询问是否重定义，输入 Y 则重新定义块，否则退出该命令
指定插入基点:通过对象捕捉选择圆心	指定基点
选择对象:选取原 LW1 块	
指定对角点:找到 1 个	
选择对象: ✓	按 Enter 键结束对象选择
块 "lw1" 已重定义	
正在重生成模型	

10.8.2 块插入

按　钮	命　令	菜　单
	Insert	插入→块

块定义后可以通过插入的方式使用。如图 10-58 所示,在"插入"对话框中设置插入的参数。

图 10-58　"插入"对话框

首先在名称后选择欲插入的块(本图形中定义过的块会显示在其中),也可以单击浏览按钮,弹出"选择图形文件"对话框,选择一个图形文件作为块插入。

插入点区用于定义插入的位置,定义块时设置的基点将和这里的插入点重合。

比例区用于设置块的缩放比例。统一比例将保证 X、Y、Z 三个方向的比例相同,此时只需要设置一个即可。

旋转区用于设置块插入时的旋转角度。分解复选框用于设置插入的块作为一个整体还是分解成独立的图元。

插入的另一个方式是拖动插入,将被插入的图形文件选中后直接拖到当前打开的图形中,随后的提示同插入。

图 10-59　命令行插入块示例

【练习 10-22】通过命令行插入块"lw1",X 方向比例为 2,Y 方向比例为 1.1,角度为 10°。

命令: **-insert**✓	
输入块名 [?] <lw1>:✓	按 Enter 键接受插入块名为"lw1"
指定插入点或 [基点(B)/比例(S)/X/Y/Z/旋转(R)]:**x**✓	修改 X 轴比例因子
指定 X 比例因子:**0.3**✓	首先改成 0.3(仅为了示范修改比例因子)
指定插入点或 [基点(B)/比例(S)/X/Y/Z/旋转(R)]:**x**✓	可以重新修改 X 轴比例因子
指定 X 比例因子:**2**✓	输入比例因子 2
指定插入点或 [基点(B)/比例(S)/X/Y/Z/旋转(R)]:**y**✓	修改 Y 轴比例因子
指定 Y 比例因子:**1.1**✓	设定 Y 向比例因子 1.1
指定插入点或 [基点(B)/比例(S)/X/Y/Z/旋转(R)]:**r**✓	修改旋转角度
指定旋转角度:**10**✓	设定旋转 10°
指定插入点或 [基点(B)/比例(S)/X/Y/Z/旋转(R)]:在屏幕上单击一点	

10.9 图案填充命令

工程图样中的剖视图、断面图都需要在断面上绘制不同的图案以表示不同的含义。在 AutoCAD 中可以方便地完成，仅需要设置填充范围、选择填充图案和间隔、方向等即可。

10.9.1 绘制填充图案

按　钮	命　令	菜　单
⧉	Bhatch	绘图→图案填充

执行 Bhatch 命令后弹出如图 10-60 所示的"图案填充和渐变色"对话框。

图 10-60　"图案填充和渐变色"对话框

在该对话框中，包含了"图案填充"和"渐变色"两个选项卡。在"图案填充"选项卡中，各列表框及按钮的含义如下。

图 10-61　"填充图案选项板"对话框

1. 类型和图案区

类型和图案区包括以下内容。

（1）类型：供选择图案填充类型，包括"预定义"、"用户定义"和"自定义"三种。

（2）图案：显示目前图案名称。

（3）样例：显示选择的图案样式。单击显示的图案式样，会弹出如图 10-61 所示的"填充图案选项板"对话框。

在该对话框中，不同的选项卡显示相应类型的图案。双击图案或选择图案后再单击"确定"按钮确定图案。

（4）自定义图案：只有在类型中选择了自定义后该项才是可选的。其他同预定义图案。

2. 角度和比例区

角度和比例区包括以下内容。

（1）角度：设置填充图案的角度。

（2）比例：设置填充图案的大小比例，如对 ANSI31 格式，即设置线段之间的距离。

（3）双向：对于用户定义的图案，将绘制第二组直线，这些直线与原来的直线成 90°，构成交叉线。只有"用户定义"的类型才可用此选项。

3. 图案填充原点

控制填充图案生成的起始位置。某些图案填充（例如砖块图案）需要与图案填充边界上的一点对齐。默认情况下，所有图案填充原点都对应于当前的 UCS 原点。

4. 边界区

边界区包括以下内容。

（1） 添加，拾取点：通过拾取点的方式来自动产生一围绕该拾取点的边界。默认该边界必须是封闭的，可以在"允许的间隙"中设置。执行该操作时，暂时返回绘图屏幕供拾取点，以确定填充范围，拾取点完毕后返回该对话框。

（2） 添加，选择对象：通过选择对象的方式来产生一封闭的填充边界。执行该按钮时暂时关闭该对话框，选择对象完毕返回。

（3） 删除边界：从边界定义中删除以前添加的对象。同样要返回绘图屏幕进行选择。命令行出现以下提示。

① 重新创建边界：重新产生围绕选定的图案填充或填充对象的多段线或面域，即边界，并可设置该边界是否与图案填充对象相关联。

② 查看选择集：定义了边界后，该按钮才可用。执行该按钮时，暂时关闭该对话框，在绘图屏幕上显示定义的边界。

5. 选项区

选项区包括以下内容。

（1）关联：控制图案填充和边界是否关联，如果关联，则用户修改边界时，填充图案同时更改。

（2）创建独立的图案填充：当指定的各自封闭的边界不止一个时，控制填充图案是各自独立的，还是一个整体。

（3）绘图次序：控制图案填充和其他对象的绘图次序，可以设置在前或在后。

6. 继承特性

欲填充的图案将继承某一现有的图案的特性。单击"继承特性"时，对话框将暂时关闭，命令行将显示提示选择源对象（填充图案）。在选定被继承特性的图案填充对象之后，在绘图区中右击鼠标，在快捷菜单中"选择对象"和"拾取内部点"之间切换以创建边界。

7. 预览

预览填充图案的最后结果。如果不合适，可以进一步调整。当单击"更多选项"按钮 ⊙

时，将显示图右侧部分。

8. 孤岛

孤岛检测的区别如图 10-62 所示。

9. 边界保留

边界保留包括以下两项内容。
（1）保留边界：勾选则保留边界。该边界是指图案填充的临时边界，并增加到图形中。
（2）对象类型：选择边界的类型。可以是多段线或面域。

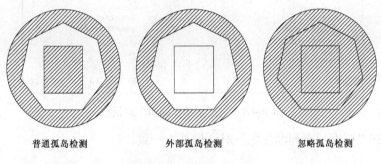

普通孤岛检测　　　　外部孤岛检测　　　　忽略孤岛检测

图 10-62　孤岛检测

10. 边界集

定义当使用"指定点"方式定义边界时要分析的对象集。如使用"选择对象"定义边界，选定的边界集无效。
（1）当前视口：根据当前视口范围中的对象定义边界集，同时将放弃当前的任何边界集。
（2）现有集合：使用"新建"选定的对象定义边界集。
（3）新建：选择对象以便定义边界集。

11. 允许的间隙

设置将对象用做图案填充边界时可以忽略的最大间隙。默认值为 0 指对象必须完全封闭。可以在（0,5000）中设置一个值，小于等于该值的间隙均视为封闭。

12. 继承选项

使用"继承特性"创建图案填充时，这些设置将控制图案填充原点的位置。
（1）使用当前原点：使用当前的图案填充原点。
（2）使用源图案填充的原点：以源图案填充的原点为原点。

10.9.2　编辑修改填充图案

按　　钮	命　　令	菜　　单
🖾	Hatchedit	修改→对象→图案填充

对填充图案的编辑，也可以通过双击填充图案打开。修改图案填充同样在对话框中进行，

如图 10-63 所示的"图案填充编辑"对话框。

图 10-63　"图案填充编辑"对话框

该对话框和"图案填充和渐变色"对话框基本一致。

10.10　尺寸标注

图样中标注的尺寸必须清晰、合理。

10.10.1　AutoCAD 中尺寸标注的基本规则

AutoCAD 中尺寸标注的基本规则如下。

（1）为尺寸标注建立专用的图层。便于控制尺寸的显示和隐藏。

（2）对照国家标准，为尺寸文本建立专门的文字样式。设定好字符的高度、宽度系数、倾斜角度等。

（3）对照国家标准，设定好尺寸标注样式。创建系列尺寸标注样式，内容包括直线和终端、文字样式、调整对齐特性、单位、尺寸精度、公差格式和比例因子等。

（4）保存尺寸格式及其格式簇，必要时使用替代标注样式。

（5）采用 1:1 的比例绘图。由于 AutoCAD 自动测量所标注距离或图线大小，故采用 1:1 的比例绘图时无须换算，在标注尺寸时也无须再输入尺寸大小。如果最后统一修改了绘图比例，则应修改尺寸标注的全局比例因子。

（6）标注尺寸时应该充分利用对象捕捉功能准确标注尺寸，可以获得正确的尺寸数值。为了便于修改，尺寸标注应该设定成关联的。

（7）在标注尺寸时，为了减少其他图线的干扰，应该将不必要的层关闭，如剖面线层等。也可以先标注尺寸，再绘制剖面线。

10.10.2　尺寸样式设置

我国制图标准中规定的样式和 AutoCAD 自带的样式不一致。同时，不同行业的标注样式也并不相同。首先应该设定好符合国家标准的尺寸标注格式，然后再进行尺寸标注。

按　钮	命　令	菜　单
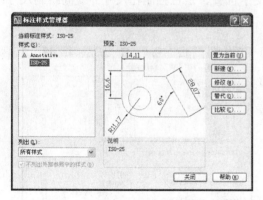	Dimstyle	格式→标注样式
	Dim	标注→标注样式

执行尺寸样式设置命令，弹出"标注样式管理器"对话框，如图 10-64 所示。在"标注样式管理器"对话框中进行尺寸样式的设置。

（1）样式：列表显示了目前图形中定义的标注样式。

（2）预览：图形显示设置的结果。

（3）列出：可以选择列出"所有样式"或只列出"正在使用的样式"。

（4）置为当前：将所选的样式置成当前使用的，随后标注时，将采用该样式标注尺寸。

（5）新建：新建一种标注样式，弹出"创建标注样式"对话框，输入欲新建的样式名。

（6）修改：对选定的尺寸样式设置值进行修改。

（7）替代：为当前标注样式定义"替代标注样式"。

（8）比较：列表显示两种样式设定的区别。如果没有区别，则显示尺寸变量值。

由于"新建"、"修改"和"替代"的使用大同小异，这里就"新建"尺寸样式进行介绍，其他的参照即可。

单击"新建"按钮，弹出如图 10-65 所示的"创建新标注样式"对话框。

图 10-64　"标注样式管理器"对话框

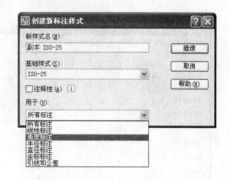

图 10-65　"创建新标注样式"对话框

其中"基准样式"为该新建的尺寸样式的继承对象。"用于"下拉列表显示了该新建的样式是适用于所有标注还是只设置其中一项。如只要修改角度标注时让数字成水平，则在"用于"下拉列表中仅选择"角度标注"即可。

单击"继续"按钮设置其他参数，如图 10-66 到图 10-71 所示。

如图 10-66 所示，设置尺寸标注中的线条特性，如尺寸线和尺寸界线的颜色、线型、线宽等。另外可以设置超出标记、基线之间的距离（用于基线标注），以及设置是否隐藏尺寸线 1 或尺寸线 2 和尺寸界线 1 或尺寸界线 2，当然，也可以几个都不隐藏或全部隐藏。还可以设置超出尺寸线的距离以及起点偏移量等。

如图 10-67 所示，设置符号和箭头属性，包括两个箭头的形式，引线的形式、箭头的大小。设置圆心标记的形式和大小，折断标注、弧长标注的符号，半径折弯标注、线性折弯标注等。

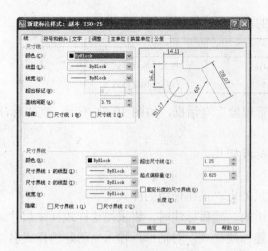

图 10-66　标注样式设置——线　　　　　图 10-67　标注样式设置——符号和箭头

如图 10-68 所示，设置标注文字的属性。文字样式设置为在已经设置好的样式中选择其一。另外需要设置的属性包括文字的颜色、文字的高度、分数高度比例、设置文字在水平方向的位置以及在垂直方向的位置、从尺寸线偏移的大小、文字对齐的方式等。

如图 10-69 所示，设置调整参数，包括尺寸文本、箭头在不同大小空间中的摆放、文字位置调整规则、标注特征比例、是否手动放置文字位置、是否强制在尺寸界线间绘制尺寸线等。

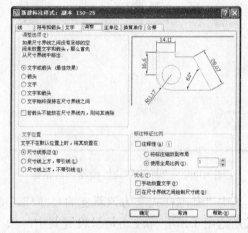

图 10-68　标注样式设置——文字　　　　　图 10-69　标注样式设置——调整

如图 10-70 所示，设置主单位的属性。包括线性标注的单位格式、精度、小数点形式、舍入规则、数字的前缀和后缀，测量单位比例因子，是否清除前导或后续的零，以及角度标注的属性，包括角度单位的格式、精度、清零等。

如图 10-71 所示，设置公差标注的属性。其中有公差的格式设置，包括方式（无：不标注公差；极限偏差方式、极限尺寸方式、对称方式、基本尺寸方式），公差的精度、上下偏差、高度比例、垂直方向的位置、公差对齐方式以及前导和后续零是否消除等。

另有一个选项卡是"换算单位"，用于设置换算单位比例，如可以在英制和公制之间进行转换等。

图 10-70　标注样式设置——主单位　　　　图 10-71　标注样式设置——公差

10.10.3　尺寸标注命令

按钮	命　令	菜　单	含　义
	DIMLINEAR	标注→线性	线性尺寸标注 水平或垂直
	DIMALIGNED	标注→倾斜	对齐线性尺寸标注
	DIMARC	标注→弧长	标注弧长
	DIMORDINATE	标注→坐标	坐标格式标注,应先设置好坐标原点
	DIMRADIUS	标注→半径	半径尺寸标注
	DIMJOGGED	标注→折弯	折线标注半径
	DIMDIAMETER	标注→直径	直径尺寸标注
	DIMANGULAR	标注→角度	角度标注
	QDIM	标注→快速标注	创建快速标注
	DIMBASELINE	标注→基线	以基线方式标注尺寸
	DIMCONTINUE	标注→连续	以连续方式标注尺寸
	DIMSPACE	标注→标注间距	调整平行线性标注间距
	DIMBREAK	标注→标注打断	在与其他图线重叠处打断标注或尺寸界线
	TOLERANCE	标注→公差	创建形位公差
	DIMCENTER	标注→圆心标记	创建圆心标记或中心线
	DIMINSPECT	标注→检验	创建和标注关联的加框检验信息
	DIMJOGLINE	标注→折弯线性	在尺寸线中增加折弯符号

按钮	命　令	菜　单	含　义
	DIMEDIT	标注→倾斜	编辑标注
	DIMTEDIT	标注→对齐文字	编辑标注文字
	-DIMSTYLE	标注→更新	用当前标注样式更新标注对象
	DIMSTYLE	标注→标注样式	设置或修改标注样式

【练习 10-23】对如图 10-72 所示的图形标注尺寸。

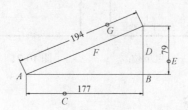

图 10-72　线性标注示例

命令: _dimlinear

指定第一条尺寸界线原点或 <选择对象>:单击 A 点

指定第二条尺寸界线原点:单击 B 点

指定尺寸线位置或[多行文字（M）/文字（T）/角度（A）/水平（H）/垂直（V）/旋转（R）]:单击 C 点

标注文字 =177　　　　　　　　　　　　　　　　　　　　　　　标注尺寸 177

命令: DIMLINEAR

指定第一条尺寸界线原点或 <选择对象>:↙　　　　　　　　　选择对象

选择标注对象:单击直线 D

指定尺寸线位置或[多行文字（M）/文字（T）/角度（A）/水平（H）/垂直（V）/旋转（R）]:单击 E 点

标注文字 =79

命令: DIMALIGNED

指定第一条尺寸界线原点或 <选择对象>:↙

选择标注对象:单击直线 F

指定尺寸线位置或[多行文字（M）/文字（T）/角度（A）/水平（H）/垂直（V）/旋转（R）]:单击 G 点

标注文字 =194

【练习 10-24】对如图 10-73（a）所示图形中的尺寸进行连续标注。

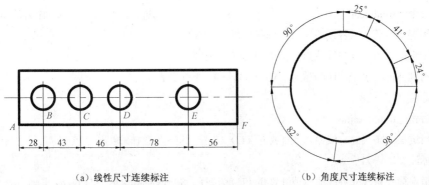

(a) 线性尺寸连续标注　　　　　　　　　　　　　(b) 角度尺寸连续标注

图 10-73　连续尺寸标注示例

命令: _dimlinear	标注线性尺寸，作为连续标注的基准
指定第一条尺寸界线原点或 <选择对象>:单击 A 点	采用对象捕捉方式捕捉 A 点
指定第二条尺寸界线原点:	
指定尺寸线位置或[多行文字（M）/文字（T）/角度（A）/水平（H）/垂直（V）/旋转（R）]:单击 B 点	采用对象捕捉方式捕捉 B 点，下同
标注文字 =28	
命令: _dimcontinue	进行连续尺寸标注
指定第二条尺寸界线原点或 [放弃（U）/选择（S）] <选择>:单击 C 点	
标注文字 =43	
指定第二条尺寸界线原点或 [放弃（U）/选择（S）] <选择>:单击 D 点	
标注文字 =46	
指定第二条尺寸界线原点或 [放弃（U）/选择（S）] <选择>:单击 E 点	
标注文字 =78	
指定第二条尺寸界线原点或 [放弃（U）/选择（S）] <选择>:单击 F 点	
标注文字 =56	
指定第二条尺寸界线原点或 [放弃（U）/选择（S）] <选择>:✓	
选择连续标注:✓	结束连续标注

【练习 10-25】采用基线标注方式标注如图 10-74（a）所示的尺寸。

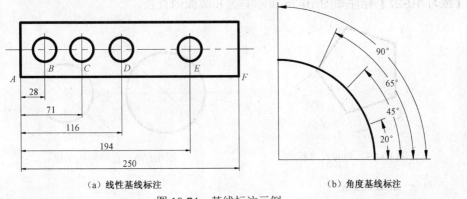

(a) 线性基线标注　　　　　　　　　　　　　（b）角度基线标注

图 10-74　基线标注示例

命令: _dimlinear　　　　　　　　　　　　　　　　进行线性尺寸标注，作为基线标注的基准

指定第一条尺寸界线原点或 <选择对象>:单击 A 点

指定第二条尺寸界线原点:指定尺寸线位置或[多行文字（M）/文字（T）/

角度（A）/水平（H）/垂直（V）/旋转（R）]:单击 B 点

标注文字 =28

命令: _dimbaseline

指定第二条尺寸界线原点或 [放弃（U）/选择（S）] <选择>:单击 C 点

标注文字 =71

指定第二条尺寸界线原点或 [放弃（U）/选择（S）] <选择>:单击 D 点

标注文字 =116

指定第二条尺寸界线原点或 [放弃（U）/选择（S）] <选择>:单击 E 点

标注文字 =194

指定第二条尺寸界线原点或 [放弃（U）/选择（S）] <选择>:单击 F 点

标注文字 =250

指定第二条尺寸界线原点或 [放弃（U）/选择（S）] <选择>:↙

选择基线标注:↙　　　　　　　　　　　　　　　　退出基线标注

【练习 10-26】采用对齐尺寸标注方式标注如图 10-75 所示的边长尺寸。

命令: _dimaligned

指定第一条尺寸界线原点或 <选择对象>:↙

选择标注对象:单击直线 A

指定尺寸线位置或[多行文字（M）/文字（T）/角度（A）]:单击 B 点

标注文字 =59

指定第一条尺寸界线原点或 <选择对象>:↙

选择标注对象:单击直线 C

指定尺寸线位置或[多行文字（M）/文字（T）/角度（A）]:a↙

指定标注文字的角度:30↙

指定尺寸线位置或[多行文字（M）/文字（T）/角度（A）]:单击 D 点

标注文字 =59

【练习 10-27】标注如图 10-76 所示的圆和圆弧的直径。

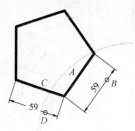

图 10-75　对齐尺寸标注

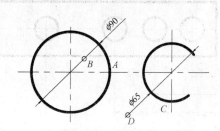

图 10-76　直径标注示例

命令: _dimdiameter

选择圆弧或圆:单击圆 A

标注文字=90

指定尺寸线位置或 [多行文字（M）/文字（T）/角度（A）]:单击 B 点

命令：DIMDIAMETER

选择圆弧或圆:单击圆弧 C

标注文字 =65

指定尺寸线位置或 [多行文字（M）/文字（T）/角度（A）]:单击 D 点

【练习 10-28】标注如图 10-77 所示圆及圆弧的半径。

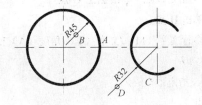

图 10-77　半径标注示例

命令：_dimradius

选择圆弧或圆:单击圆 A

标注文字 =45

指定尺寸线位置或 [多行文字（M）/文字（T）/角度（A）]:单击 B 点

命令：DIMRADIUS

选择圆弧或圆: 单击圆弧 C

标注文字 =32

指定尺寸线位置或 [多行文字（M）/文字（T）/角度（A）]: 单击 D 点

【练习 10-29】标注如图 10-78 所示的角度。

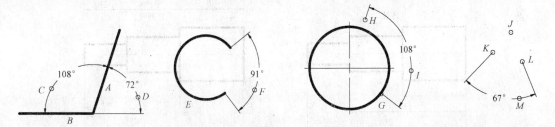

图 10-78　角度标注示例

命令：_dimangular

选择圆弧、圆、直线或 <指定顶点>:拾取直线 A

选择第二条直线: 拾取直线 B

指定标注弧线位置或 [多行文字（M）/文字（T）/角度（A）]:单击 C 点

标注文字 =108

命令：DIMANGULAR

选择圆弧、圆、直线或 <指定顶点>:拾取直线 A

选择第二条直线:拾取直线 B

指定标注弧线位置或 [多行文字（M）/文字（T）/角度（A）]: **单击 D 点**

标注文字 =72

命令: DIMANGULAR

选择圆弧、圆、直线或 <指定顶点>:**拾取圆弧 E**

指定标注弧线位置或 [多行文字（M）/文字（T）/角度（A）]: **单击 F 点**

标注文字 =91

命令: DIMANGULAR

选择圆弧、圆、直线或 <指定顶点>:**单击圆上 G 点**

指定角的第二个端点: **单击 H 点**

指定标注弧线位置或 [多行文字（M）/文字（T）/角度（A）]: **单击 I 点**

标注文字 =108

选择圆弧、圆、直线或 <指定顶点>:✓

指定角的顶点: **单击 J 点**

指定角的第一个端点: **单击 K 点**

指定角的第二个端点: **单击 L 点**

指定标注弧线位置或 [多行文字（M）/文字（T）/角度（A）]: **单击 M 点**

标注文字 =67

【练习 10-30】快速尺寸标注练习。

（1）采用快速标注方式标注如图 10-79 所示的尺寸。

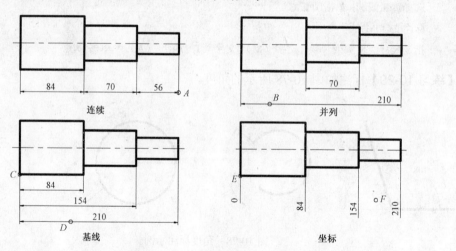

图 10-79　快速标注示例一

命令: _qdim

选择要标注的几何图形:**窗口方式选择三条水平线**

定义对角点: 找到 3 个

选择要标注的几何图形:✓　　　　　　　　　　　　　　　　结束图形对象选择

指定尺寸线位置或[连续（C）/并列（S）/基线（B）/坐标（O）/半径（R）/直径（D）/

基准点（P）/编辑（E）] <坐标>:**c**✓　　　　　　　　　　进行连续标注

指定尺寸线位置或[连续（C）/并列（S）/基线（B）/坐标（O）/半径（R）/直径（D）/

基准点（P）/编辑（E）]<连续>:**单击 A 点**

命令：　QDIM
选择要标注的几何图形:**窗口方式选择三条水平线**
定义对角点: 找到 3 个
选择要标注的几何图形: ↙　　　　　　　　　　　结束图形对象选择
指定尺寸线位置或[连续（C）/并列（S）/基线（B）/坐标（O）/半径（R）/
直径（D）/基准点（P）/编辑（E）]<并列>:**单击 B 点**　　　进行并列标注

命令：　QDIM
选择要标注的几何图形:**窗口方式选择三条水平线**
定义对角点: 找到 3 个
选择要标注的几何图形: ↙　　　　　　　　　　　结束图形对象选择
指定尺寸线位置或[连续（C）/并列（S）/基线（B）/坐标（O）/半径（R）/
直径（D）/基准点（P）/编辑（E）]<并列>:**b**↙　　　进行基线标注
指定尺寸线位置或[连续（C）/并列（S）/基线（B）/坐标（O）/半径（R）/
直径（D）/基准点（P）/编辑（E）]<基线>:**p**↙　　　设定基准点
选择新的基准点: **单击 C 点**
指定尺寸线位置或[连续（C）/并列（S）/基线（B）/坐标（O）/半径（R）/
直径（D）/基准点（P）/编辑（E）]<基线>:**单击 D 点**

命令：　QDIM
选择要标注的几何图形:**窗口方式选择三条水平线**
定义对角点: 找到 3 个
选择要标注的几何图形: ↙　　　　　　　　　　　结束图形对象选择
指定尺寸线位置或[连续（C）/并列（S）/基线（B）/坐标（O）/半径（R）/
直径（D）/基准点（P）/编辑（E）]<基线>:**o**↙　　　进行坐标标注
指定尺寸线位置或[连续（C）/并列（S）/基线（B）/坐标（O）/半径（R）/
直径（D）/基准点（P）/编辑（E）]<坐标>:**p**↙　　　设定新的基准点
选择新的基准点: **单击 E 点**
指定尺寸线位置或[连续（C）/并列（S）/基线（B）/坐标（O）/半径（R）/
直径（D）/基准点（P）/编辑（E）]<坐标>:**单击 F 点**

（2）采用快速尺寸标注如图 10-80 所示的半径和直径尺寸。

命令：_qdim
选择要标注的几何图形:**单击圆**　找到 1 个
选择要标注的几何图形:**单击圆**　找到 1 个，总共 2 个
选择要标注的几何图形:**单击圆**　找到 1 个，总共 3 个
选择要标注的几何图形: ↙
指定尺寸线位置或[连续（C）/并列（S）/基线（B）/坐标（O）/半径（R）/直径（D）/基准点（P）/

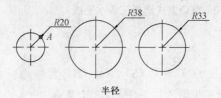

半径

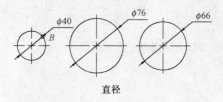

直径

图 10-80　快速标注示例二

第3部分　计算机绘图实践

本章通过典型的、具有代表性的实例，介绍使用 AutoCAD 进行绘图的流程、基本要求以及各种命令配合使用的技巧。

第11章　绘图实践1：基础知识练习

11.1　绘制图框及标题栏

图框和标题栏是每张图均应包含的内容。为了减小工作量，通常情况下是绘制一个标准的标题栏，然后输出成块，供其他图形调用。本例绘制一个竖放的 A4 图框及其标题栏，标题栏如图 11-1 所示。

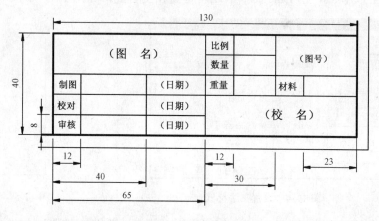

图 11-1　A4 图框的标题栏

1. 环境设置

环境设置步骤如下。

（1）设置图层。在如图 11-2 所示的"图层特性管理器"对话框中，单击"新建图层"按钮，将新建的图层改名成"标题栏"，设置线宽为 0.3mm，单击"确定"按钮退出。

（2）对象捕捉方式。在状态栏右侧的"对象捕捉"上右击鼠标，选择"设置"，弹出"草图设置"对话框，如图 11-3 所示，在"对象捕捉"选项卡中，勾选"交点"和"端点"，单击"确定"按钮退出。

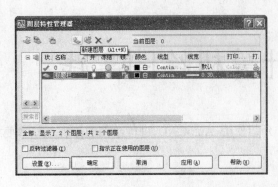

图 11-2 "图层特性管理器"对话框   图 11-3 对象捕捉设置

（3）新建文字样式。选择菜单"格式→文字样式"，弹出如图 11-4 所示的"文字样式"对话框。单击"新建"按钮，在弹出的对话框中输入"HZ"，即新建一种样式，名称为 HZ，然后选择取消"使用大字体"，将字体改为"宋体"。将宽度因子改为 1.0。单击"应用"按钮并单击"关闭"按钮退出。

2. 绘制边框

绘制边框的步骤如下。

（1）打开正交模式，用 Line 命令绘制两垂直相交直线，如图 11-5 所示。

图 11-4 设置文字样式   图 11-5 绘制直线

在状态栏右侧单击"正交"按钮，使其为压下状态。单击"直线"按钮，绘制两直线。

（2）利用 offset 命令偏移复制另两直线，距离分别为 180 和 287。

单击"偏移"命令，选择刚绘制的两直线，分别偏移复制另两直线。

```
命令: _offset
当前设置: 删除源=否  图层=源  OFFSETGAPTYPE=0
指定偏移距离或 [通过（T）/删除（E）/图层（L）] <通过>: 180↙
选择要偏移的对象，或 [退出（E）/放弃（U）] <退出>: 选择垂直的直线
指定要偏移的那一侧上的点，或 [退出（E）/多个（M）/放弃（U）] <退出>:在直线的右侧单击
选择要偏移的对象，或 [退出（E）/放弃（U）] <退出>:↙

↙
命令: offset
```

当前设置: 删除源=否　图层=源　OFFSETGAPTYPE=0

指定偏移距离或 [通过（T）/删除（E）/图层（L）] <180.0000>: **287✓**

选择要偏移的对象，或 [退出（E）/放弃（U）] <退出>:**选择水平的直线**

指定要偏移的那一侧上的点，或 [退出（E）/多个（M）/放弃（U）] <退出>:**在直线的上方单击**

选择要偏移的对象，或 [退出（E）/放弃（U）] <退出>:**✓**

（3）采用 extend 延伸命令或（和）trim 修剪命令完成图框的绘制编辑。单击"修剪"按钮。

命令: _trim

当前设置:投影=UCS，边=无

选择剪切边…

选择对象或 <全部选择>:　指定对角点: **采用 crossing 方式选择 4 条直线** 找到 4 个

选择对象: **✓**

选择要修剪的对象，或按住 Shift 键选择要延伸的对象，或

[栏选（F）/窗交（C）/投影（P）/边（E）/删除（R）/放弃（U）]:　指定对角点:**依次选择多出的**

直线部分

选择要修剪的对象，或按住 Shift 键选择要延伸的对象，或

　[栏选（F）/窗交（C）/投影（P）/边（E）/删除（R）/放弃（U）]: **✓**

3. 绘制标题栏

绘制标题栏的步骤如下。

（1）采用偏移复制命令 offset 将最下方的直线向上偏移 40 复制一条，将最右侧的直线向左偏移 130 复制一条。

（2）采用 trim 命令修剪成如图 11-6 所示的标题栏外框。将光标放置到右下角，转动鼠标滚轮（向上），将标题栏部分放大显示。

（3）重复偏移复制过程，尺寸分别参照图 11-1，并使用修剪命令编辑成图 11-7。

（4）选择粗实线的线条，通过线宽下拉列表选择 0.3mm 宽度，并打开线宽显示开关，显示线宽图形如图 11-8 所示。

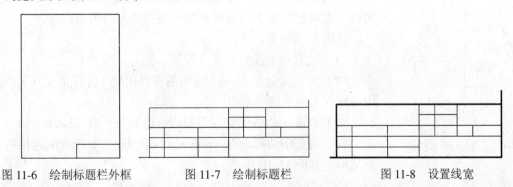

图 11-6　绘制标题栏外框　　　　图 11-7　绘制标题栏　　　　图 11-8　设置线宽

4. 填写文字

采用 Text 命令，分别以高度 10 和 7 注写文本。首先要调整其对齐方式等。

命令: dtext

当前文字样式:　"HZ"　文字高度:　5.0000　注释性:　否

采用汉字输入方法，输入标题栏中字高为 7 的文本。然后采用同样的方法，将字高改为 10，输入其余字高为 10 的文本。结果如图 11-1 所示。

5．保存

检查没有错误后，将图形保存为"A4 图框竖放.dwg"。该图可供其他 A4 图纸的图形使用。

11.2 平面图形练习——五角星

以如图 11-9 所示的五角星为例，练习绘制平面图形。

图 11-9 平面图形练习——五角星

分析：该图形为一个五角星填以渐变色，外围是环形阵列的射线，五角星的 5 个角点可以通过正五边形的顶点获得。

绘图步骤如下。

（1）设置对象捕捉模式（交点、圆心、端点）。

（2）用直线命令（line）绘制两垂直相交（打开正交开关）的中心线作为图形的中心。

（3）以两中心线的交点为圆心，绘制一个圆（circle）。

（4）用正多边形命令（polygon）绘制一个和已知圆内接的正五边形，如图 11-10 所示。

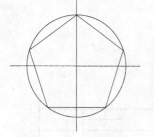

图 11-10 绘制正五边形

（5）用直线命令（line）将对角顶点连起来，如图 11-11 所示。

（6）用修剪命令（trim）将五角星内部的直线剪去，如图 11-12 所示。

（7）用射线命令（ray）绘制一条射线，从水平位置的圆周开始向外绘制，如图 11-13 所示。

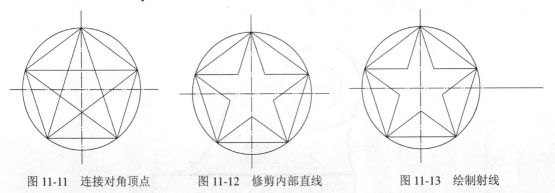

图 11-11　连接对角顶点　　　图 11-12　修剪内部直线　　　图 11-13　绘制射线

命令：_ray

指定起点：**单击右侧圆周上的最右点**

指定通过点：**向右移动一定的距离单击**

指定通过点：✓

（8）用阵列命令（array）中的环形阵列，将射线以圆心为阵列中心，阵列数为 36；单击阵列按钮，弹出图 11-14 所示的"阵列"对话框。

选择"环形阵列"，单击"选择对象"按钮，返回绘图界面，选择射线，按 Enter 键后再回到"阵列"对话框。单击"中心点"按钮，再次回到绘图界面，拾取圆心，回到"阵列"对话框。在"项目总数"输入 36，单击"确定"按钮完成阵列。

（9）用图案填充命令（bhatch），在对话框中选择渐变色填充，分别设置红色和黄色，选择左下侧的圆形发散的填充方式，将五角星内部填充上渐变色。

单击"图案填充"按钮，弹出如图 11-15 所示的"图案填充和渐变色"对话框。设置后选择五角星内部的点，执行填充命令。

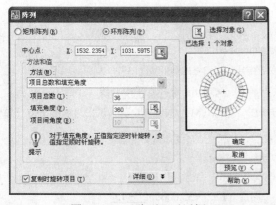

图 11-14　"阵列"对话框

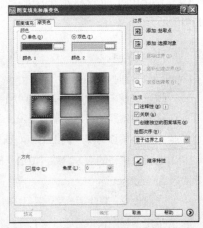

图 11-15　"图案填充和渐变色"对话框

（10）用删除命令（erase）删除正五边形和圆。

（11）保存该文件。

11.3 平面图形练习——线段分析

以如图 11-16 所示的图形为例，练习平面图形的绘制。

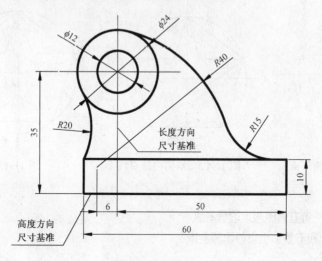

图 11-16　线段分析

分析： 该图形的绘制流程是先绘制基准线，然后绘制已知线段，再绘制中间线段，最后是连接线段。

其中绘制 R40 和 R20 的弧时，需要首先定出圆心位置。绘制 R15 的弧时，直接通过圆角命令即可。

（1）设置图层。粗实线：线宽为 0.3mm，黑/白色，线型 continous；点画线：线型 center，其余默认，设定为当前层；尺寸：默认。

（2）打开正交模式，对象捕捉模式设置成：交点、端点、圆心。

（3）用 line 命令绘制两垂直正交的直线。

（4）用 offset 命令将水平中心线向下 35 复制一条。将垂直中心线向右 50 复制一条，如图 11-17 所示。

> 命令:offset
> 当前设置: 删除源=否　图层=源　offsetgaptype=0
> 指定偏移距离或 [通过（T）/删除（E）/图层（L）] <30.0000>: **35↙**
> 选择要偏移的对象，或 [退出（E）/放弃（U）] <退出>:**选择水平中心线**
> 指定要偏移的那一侧上的点，或 [退出（E）/多个（M）/放弃（U）] <退出>:**单击下方任意点**
> 选择要偏移的对象，或 [退出（E）/放弃（U）] <退出>:**↙**
> 命令:offset
> 当前设置: 删除源=否　图层=源　offsetgaptype=0
> 指定偏移距离或 [通过（T）/删除（E）/图层（L）] <35.0000>: **50↙**
> 选择要偏移的对象，或 [退出（E）/放弃（U）] <退出>:**选择垂直中心线**
> 指定要偏移的那一侧上的点，或 [退出（E）/多个（M）/放弃（U）] <退出>:**单击右侧任意点**
> 选择要偏移的对象，或 [退出（E）/放弃（U）] <退出>:**↙**

（5）选择两复制的直线，出现夹点后，单击图层下拉列表，选择粗实线层。将线条改到粗实线层上。按两次 Escape 键取消夹点，如图 11-18 所示。

图 11-17　偏移　　　　　　　　　　　　　　图 11-18　修改线层

（6）将当前层改为粗实线层。

（7）用 offset 命令将复制的水平线向上偏移 10 复制一条，垂直线向左偏移 60 复制一条，如图 11-19、图 11-20 所示。

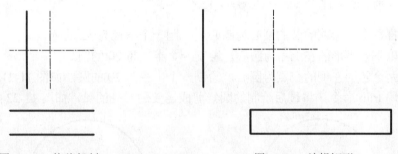

图 11-19　偏移复制　　　　　　　　　　　　图 11-20　编辑矩形

（8）用 fillet 命令将下方 4 条直线修整成标准的矩形。

> 命令: fillet
> 当前设置: 模式 = 不修剪，半径 = 15.0000
> 选择第一个对象或 [放弃（U）/多段线（P）/半径（R）/修剪（T）/多个（M）]: **r↙**
> 指定圆角半径 <15.0000>: **0↙**
> 选择第一个对象或 [放弃（U）/多段线（P）/半径（R）/修剪（T）/多个（M）]: **t↙**
> 输入修剪模式选项 [修剪（T）/不修剪（N）] <不修剪>: **t↙**
> 选择第一个对象或 [放弃（U）/多段线（P）/半径（R）/修剪（T）/多个（M）]: **单击最下方的水平线偏右部位**
> 选择第二个对象，或按住 Shift 键选择要应用角点的对象: **单击最左侧垂直线**
> 命令:fillet
> 当前设置: 模式 = 修剪，半径 = 0.0000
> 选择第一个对象或 [放弃（U）/多段线（P）/半径（R）/修剪（T）/多个（M）]: **单击上方的水平粗实线偏右部位**
> 选择第二个对象，或按住 Shift 键选择要应用角点的对象: **单击左侧垂直线偏下部位**
> 命令:fillet
> 当前设置: 模式 = 修剪，半径 = 0.0000

选择第一个对象或 [放弃（U）/多段线（P）/半径（R）/修剪（T）/多个（M）]:**单击最右侧垂直线**

选择第二个对象，或按住 Shift 键选择要应用角点的对象:**单击最下方水平线**

命令:fillet

当前设置: 模式 = 修剪，半径 = 0.0000

选择第一个对象或 [放弃（U）/多段线（P）/半径（R）/修剪（T）/多个（M）]:**单击上方的水平粗实线**

选择第二个对象，或按住 Shift 键选择要应用角点的对象:**单击最右侧垂直线偏下部位**

（9）采用 circle 命令，以点画线的交点为圆心，绘制两个半径分别为 6 和 12 的圆。

命令: _circle

指定圆的圆心或 [三点（3P）/两点（2P）/相切、相切、半径（T）]:**单击两垂直点画线的交点**

指定圆的半径或 [直径（D）]:**6↙**

命令:circle

指定圆的圆心或 [三点（3P）/两点（2P）/相切、相切、半径（T）]: **单击两垂直点画线的交点**

指定圆的半径或 [直径（D）] <6.0000>:**12↙**

（10）同样以上面绘制的圆的圆心为圆心，绘制一个半径为 32 的圆。

（11）再以下方矩形的左上角为圆心，绘制一个半径为 20 的圆。

（12）以两个圆的左侧的交点为圆心，绘制一个半径为 20 的圆，如图 11-21 所示。

（13）采用 trim 命令，将最后绘制的圆修剪成需要的半径的弧，如图 11-22 所示。

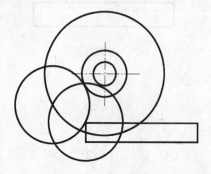 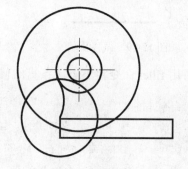

图 11-21　绘制圆　　　　　　　　　　图 11-22　修剪圆弧

命令: _trim

当前设置:投影=UCS，边=无

选择剪切边…

选择对象或 <全部选择>:　找到 1 个　**选择矩形的上面一条边**

选择对象: 找到 1 个，总计 2 个　**选择上面半径 12 的圆**

选择对象:**↙**

选择要修剪的对象，或按住 Shift 键选择要延伸的对象，或

[栏选（F）/窗交（C）/投影（P）/边（E）/删除（R）/放弃（U）]:**单击需要剪去的弧**

选择要修剪的对象，或按住 Shift 键选择要延伸的对象，或

[栏选（F）/窗交（C）/投影（P）/边（E）/删除（R）/放弃（U）]: **↙**

（14）采用 Erase 命令删除绘制的两个辅助圆。

（15）以上面的中心线交点为圆心，绘制半径为 28 的圆。

命令: _circle
指定圆的圆心或 [三点（3P）/两点（2P）/相切、相切、半径（T）]:<u>**单击上侧的中心线的交点**</u>
指定圆的半径或 [直径（D）]: <u>**28**</u>✓

（16）采用 offset 命令，以偏移距离为 6 将垂直中心线向左复制一条，如图 11-23 所示。

命令: _offset
当前设置: 删除源=否　图层=源　OFFSETGAPTYPE=0
指定偏移距离或 [通过（T）/删除（E）/图层（L）] <通过>:　<u>**6**</u>✓
选择要偏移的对象，或 [退出（E）/放弃（U）] <退出>:<u>**选择要偏移复制的对象**</u>
指定要偏移的那一侧上的点，或 [退出（E）/多个（M）/放弃（U）] <退出>:<u>**在左侧单击**</u>

（17）延伸偏移复制的中心线和半径为 28 的圆相交，如图 11-24 所示。

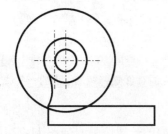
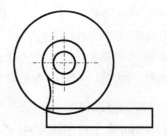

图 11-23　偏移复制中心线　　　　　图 11-24　延伸偏移的中心线

命令: _extend
当前设置:投影=UCS，边=无
选择边界的边…
选择对象或 <全部选择>:　找到 1 个　　<u>**选择半径 28 的圆**</u>
选择对象:✓
选择要延伸的对象，或按住 Shift 键选择要修剪的对象，或
[栏选（F）/窗交（C）/投影（P）/边（E）/放弃（U）]: <u>**选择偏移复制的中心线**</u>
选择要延伸的对象，或按住 Shift 键选择要修剪的对象，或
[栏选（F）/窗交（C）/投影（P）/边（E）/放弃（U）]:<u>✓</u>

（18）以复制的中心线和半径为 28 的圆的下方交点为圆心，绘制一个半径为 40 的圆，如图 11-25 所示。

命令: _circle
指定圆的圆心或 [三点（3P）/两点（2P）/相切、相切、半径（T）]:<u>**单击复制的中心线和半径 28 的圆的下方交点**</u>
指定圆的半径或 [直径（D）] <28.0000>:<u>**40**</u>✓

（19）采用 fillet 命令绘制一个半径为 15 的圆角，分别和半径为 40 的圆和矩形上面的边相切，如图 11-26 所示。

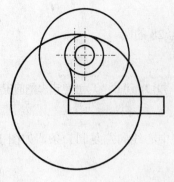

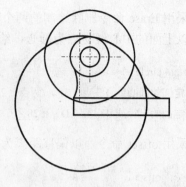

图 11-25 绘制半径为 40 的圆　　　　　　图 11-26 绘制半径为 15 的圆角

命令: _fillet

当前设置: 模式 = 修剪，半径 = 0.0000

选择第一个对象或 [放弃（U）/多段线（P）/半径（R）/修剪（T）/多个（M）]: **t↙**

输入修剪模式选项 [修剪（T）/不修剪（N）] <修剪>: **n**

选择第一个对象或 [放弃（U）/多段线（P）/半径（R）/修剪（T）/多个（M）]: **r↙**

指定圆角半径 <0.0000>: **15↙**

选择第一个对象或 [放弃（U）/多段线（P）/半径（R）/修剪（T）/多个（M）]: **选择半径 40 的圆**

选择第二个对象，或按住 Shift 键选择要应用角点的对象: **选择矩形上面的一条边**

（20）删除辅助圆和辅助中心线。

（21）采用 trim 命令将半径为 40 的圆修剪成需要的一段圆弧，如图 11-27 所示。

命令: _trim

当前设置: 投影=UCS，边=无

选择剪切边…

选择对象或 <全部选择>: 找到 1 个 **参照图 11-25，选择半径 15 的弧**

选择对象: 找到 1 个，总计 2 个 **再选择直径 24 的圆**

选择对象: ↙

选择要修剪的对象，或按住 Shift 键选择要延伸的对象，或

[栏选（F）/窗交（C）/投影（P）/边（E）/删除（R）/放弃（U）]: **参照图 11-27，将多余的部分剪去**

选择要修剪的对象，或按住 Shift 键选择要延伸的对象，或

[栏选（F）/窗交（C）/投影（P）/边（E）/删除（R）/放弃（U）]: ↙

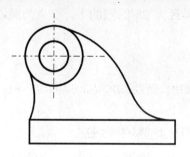

图 11-27 修剪半径为 40 的圆弧

（22）通过夹点边界的方法，将中心线修改到合适的长度。

（23）执行菜单"格式→标注样式"。弹出"标注样式管理器"对话框，如图 11-28 所示。

（24）单击"修改"按钮，在弹出的对话框中选择"主单位"选项卡，如图 11-29 所示，将小数分隔符改为"句点"，单击"确定"按钮，再单击"关闭"按钮完成尺寸样式修改。

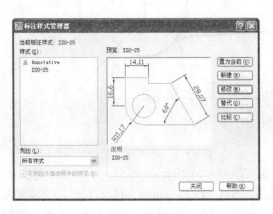

图 11-28　"标注样式管理器"对话框　　　　　图 11-29　修改主单位

（25）在尺寸层，参照如图 11-30 所示的标注尺寸。

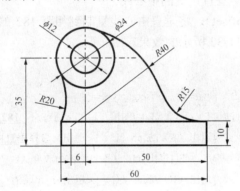

图 11-30　标注尺寸

采用线性标注命令，标注尺寸 35、6、50、60、10。

采用半径标注命令，标注尺寸 R20、R40、R15。

采用直径标注命令，标注尺寸 $\phi 12$、$\phi 24$。

（26）保存文档。

11.4　平面图形练习——扳手

以如图 11-31 所示的图形为例，练习平面图形的绘制。

分析：该图形中主要包括圆、圆弧、正多边形、直线、尺寸等图元，大部分图形需要通过编辑修改（如修剪）得到。图线有线型和宽度等变化，故应该设定图层进行管理。

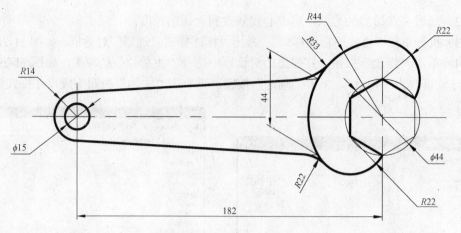

图 11-31　平面图形练习——扳手

绘图过程如下。

（1）设置图层：按照线型设置图层，包括粗实线层，continuous 线型，黑/白色，宽度 0.3；细实线层，continuous 线型，黑/白色，宽度随层；中心线层，center 线型，红色，宽度随层；尺寸线层，continuous 线型，棕色，宽度随层；辅助线层，phantom 线型，蓝色，宽度随层。

（2）设置对象捕捉模式：端点、切点、交点；打开正交模式。

（3）在中心线层绘制两垂直正交的中心线。

（4）通过偏移命令（offset），将垂直中心线复制到相距 182 的位置，通过夹点方式调整水平中心线的长度到如图 11-32 所示的效果。

命令: _offset
当前设置: 删除源=否　图层=源　offsetgaptype=0
指定偏移距离或 [通过（T）/删除（E）/图层（L）] <通过>: **182↙**
选择要偏移的对象，或 [退出（E）/放弃（U）] <退出>:**选择垂直中心线**
指定要偏移的那一侧上的点，或 [退出（E）/多个（M）/放弃（U）] <退出>:**单击另一侧任意位置**
选择要偏移的对象，或 [退出（E）/放弃（U）] <退出>:　*取消*↙

（5）将当前层改到粗实线层。以左侧中心线的交点为圆心，绘制两半径分别为 7.5 和 14 的圆，如图 11-33 所示。

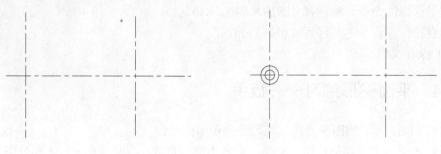

图 11-32　偏移复制中心线　　　　　　　图 11-33　绘制左侧圆

命令: _circle
指定圆的圆心或 [三点（3P）/两点（2P）/相切、相切、半径（T）]:**单击图 11-33 左侧中心线交点**

指定圆的半径或 [直径（D）]: **7.5✓**

命令: circle

指定圆的圆心或 [三点（3P）/两点（2P）/相切、相切、半径（T）]: **单击图 11-33 左侧中心线交点**

指定圆的半径或 [直径（D）] <7.5000>: **14✓**

（6）以右侧中心线的交点为圆心，绘制半径分别为 22、44 的圆，如图 11-34 所示。

命令: _circle

指定圆的圆心或 [三点（3P）/两点（2P）/相切、相切、半径（T）]: **单击图 11-33 右侧中心线的交点**

指定圆的半径或 [直径（D）] <14.0000>: **22✓**

命令: circle

指定圆的圆心或 [三点（3P）/两点（2P）/相切、相切、半径（T）]: **单击图 11-33 右侧中心线的交点**

指定圆的半径或 [直径（D）] <22.0000>: **44✓**

（7）在右侧半径为 22 的圆中绘制一个正六边形，如图 11-35 所示。

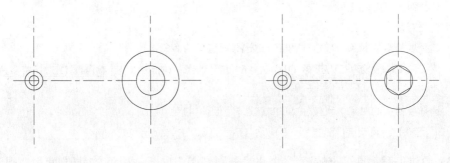

图 11-34　绘制右侧圆　　　　　　　　图 11-35　绘制正六边形

命令: _polygon

输入边的数目 <4>: **6**

指定正多边形的中心点或 [边（E）]: **单击右侧圆的圆心**

输入选项 [内接于圆（I）/外切于圆（C）] <I>: **✓**

指定圆的半径: **单击半径 22 的圆的最高的象限点**

（8）分别以六边形的最上和左下侧顶点为圆心，绘制两个半径为 22 的圆，如图 11-36 所示。

命令: _circle

指定圆的圆心或 [三点（3P）/两点（2P）/相切、相切、半径（T）]: **单击正六边形最高的顶点**

指定圆的半径或 [直径（D）] <44.0000>: **22✓**

命令: circle

指定圆的圆心或 [三点（3P）/两点（2P）/相切、相切、半径（T）]: **单击正六边形左下侧的顶点**

指定圆的半径或 [直径（D）] <22.0000>: **22✓**

（9）以半径为 44、22 的圆为修剪边界，将右侧圆弧线中多余的线条修剪掉（trim），同时以刚绘制的半径为 22 的圆为界，将半径为 44 的圆弧修剪成如图 11-37 所示的结果。

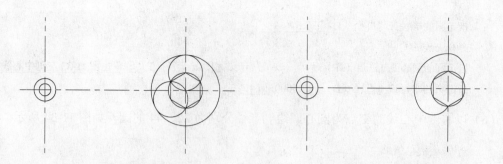

图 11-36 绘制圆　　　　　　　　　　　　　　　图 11-37 修剪圆弧

命令: _trim

当前设置:投影=UCS，边=无

选择剪切边…

选择对象或 <全部选择>: 找到 1 个 **单击刚绘制的半径 22 的圆**

选择对象: 找到 1 个，总计 2 个 **单击刚绘制的另一个半径 22 的圆**

选择对象:✓

选择要修剪的对象，或按住 Shift 键选择要延伸的对象，或

[栏选（F）/窗交（C）/投影（P）/边（E）/删除（R）/放弃（U）]:**参照图 11-37，将多余的线条依次剪去**

选择要修剪的对象，或按住 Shift 键选择要延伸的对象，或

[栏选（F）/窗交（C）/投影（P）/边（E）/删除（R）/放弃（U）]:✓

（10）通过偏移命令（offset）将中心线分别向上、向下，相距 22 复制两根，得到和半径为 44 的圆的交点，如图 11-38 所示。

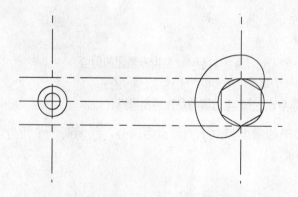

图 11-38 偏移复制中心线

命令: _offset

当前设置: 删除源=否　图层=源　offsetgaptype=0

指定偏移距离或 [通过（T）/删除（E）/图层（L）] <182.0000>: **22**✓

选择要偏移的对象，或 [退出（E）/放弃（U）] <退出>:**选择水平中心线**

指定要偏移的那一侧上的点，或 [退出（E）/多个（M）/放弃（U）] <退出>:**在水平中心线上方**

任意点单击

选择要偏移的对象，或 [退出（E）/放弃（U）] <退出>:**选择原先的水平中心线**

指定要偏移的那一侧上的点，或 [退出（E）/多个（M）/放弃（U）]<退出>:**在该线下方任意点单击**

选择要偏移的对象，或 [退出（E）/放弃（U）]<退出>:**↙**

（11）以步骤（10）中得到的交点为起点，通过直线命令（line），绘制两条和左侧半径为 14 的圆的切线，通过捕捉切点方式得到精确的切点，如图 11-39 所示。

命令:_line

指定第一点:**单击向上偏移复制的直线和半径 44 的圆的交点**

指定下一点或 [放弃（U）]:_tan 到 **按住 Shift 键，同时右击鼠标，弹出如图 11-37 所示的对象捕捉快捷菜单，选择其中的切点，参照图 11-40，移动光标到半径为 14 的圆的上侧偏左位置，出现切点提示后单击鼠标左键**

指定下一点或 [放弃（U）]:**↙**

命令:_line

指定第一点:**单击向下偏移复制的直线和半径为 44 的圆的交点**

指定下一点或 [放弃（U）]:_tan 到 **按住 Shift 键，同时右击鼠标，弹出如图 11-39 所示的对象捕捉快捷菜单，选择其中的切点，参照图 11-40，移动光标到半径为 14 的圆的下侧偏左位置，出现切点提示后单击鼠标左键**

指定下一点或 [放弃（U）]:**↙**

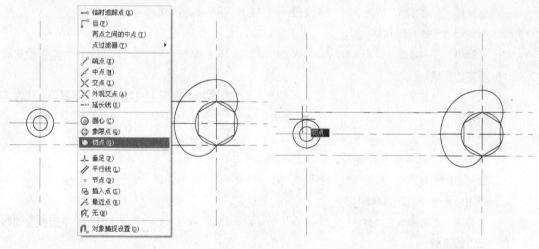

图 11-39　捕捉切点　　　　　　　　　　　　图 11-40　切点提示

（12）通过修剪命令（trim）将左侧圆修剪成圆弧，修剪边界为两条切线，如图 11-41 所示。

命令:_trim

当前设置:投影=UCS，边=无

选择剪切边…

选择对象或 <全部选择>:　找到 1 个 **选择刚绘制的直线**

选择对象:　找到 1 个，总计 2 个　 **选择刚绘制的另一条直线**

选择对象:**↙**

选择要修剪的对象，或按住 Shift 键选择要延伸的对象，或

（13）通过圆角命令（fillet）分别绘制半径为 22 和 33 的圆弧。注意，其中模式改为不修剪，如图 11-42 所示。

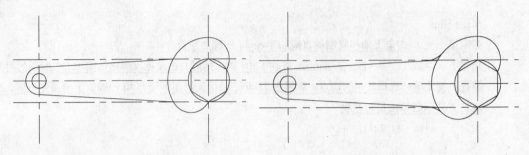

图 11-41　修剪圆　　　　　　　　　　　　图 11-42　绘制圆弧

（14）通过打断命令（break）将两条直线打断，打断时采用在同一点打断的方式，打断对象为直线，打断点为圆角和直线的切点。

指定第二个打断点: @

命令: _break

选择对象: **选择刚绘制的下方的直线**

指定第二个打断点 或 [第一点（F）]: _f

指定第一个打断点: **单击半径为 22 的弧和直线的切点**

指定第二个打断点: @

（15）将正六边形旋转-60°。

命令: _rotate

UCS 当前的正角方向：ANGDIR=逆时针　ANGBASE=0

选择对象: 找到 1 个　**选择正六边形**

选择对象: ↙

指定基点: **单击正六边形的中心**

指定旋转角度，或 [复制（C）/参照（R）] <0>: **-60**↙

（16）通过打断命令（break）将正六边形沿同一点打断，打断点为正六边形的最下方的顶点；

单击打断于点的按钮

命令: _break 选择对象:

指定第二个打断点 或 [第一点（F）]: _f

指定第一个打断点: **单击正六边形最下方的顶点**

指定第二个打断点: @

（17）选择正六边形右下侧的两个边和外接的圆以及两个圆角附近的两小段直线，单击图层下来列表，选择辅助线层。按 Escape 键取消夹点。这三个对象应该具有双点画线和蓝色的属性，如图 11-43 所示。

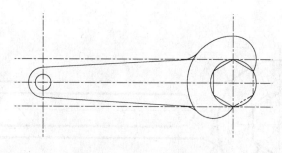

图 11-43　修改图线为辅助线

（18）删除多余线条，将中心线修改到合适长度。

（19）将尺寸线层设置为当前层。通过半径、直径、线性尺寸标注方式，将图中尺寸标注好，并放置到合适位置。

（20）通过标注→倾斜命令（dimedit）将尺寸 44 的标注倾斜-30°，并将尺寸数字位置调整到合适位置。

（21）将右侧半径为 22 的圆改到辅助线层，并打开线宽开关，其结果如图 11-44 所示。

（22）保存该文件。

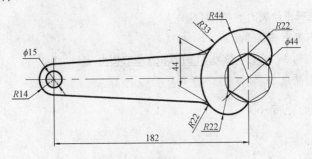

图 11-44　标注尺寸

11.5　基础知识练习

绘制如图 11-45 至图 11-50 所示的平面图形。

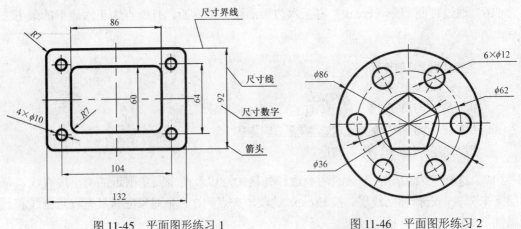

图 11-45　平面图形练习 1

图 11-46　平面图形练习 2

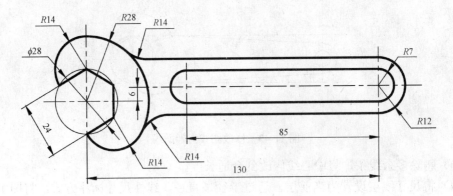

图 11-47　平面图形练习 3

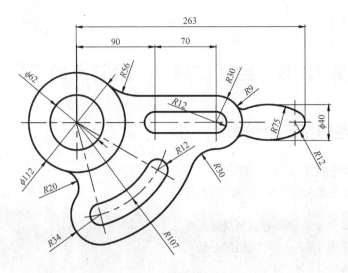

图 11-48　平面图形练习 4

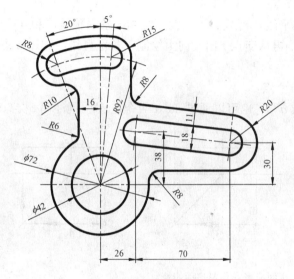

图 11-49　平面图形练习 5

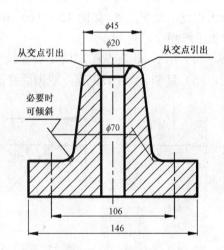

图 11-50　平面图形练习 6

第 12 章　绘图实践 2：绘制点的投影

12.1　求点的第三个投影

已知 A 点的两个投影 a、a'，求 a''。

（1）用 line 命令绘制一 45° 的辅助线。

命令: _line 指定第一点: **单击轴线的交点**

指定下一点或 [放弃（U）]: **@150<−45**

指定下一点或 [放弃（U）]:↵

（2）对象捕捉中设置有端点、交点和节点。

（3）用 line 命令从 a' 向右绘制一条水平线，再从 a 点出发，绘制一条水平线，和 45°斜线相交，得交点 f，如图 12-1（c）所示，再从交点 f 出发向上绘制一条垂直线，和过 a' 点的水平线相交，得到 a''。

（4）用 point 命令在 a'' 的交点上绘制一个点。

（5）复制 a' 到 a'' 位置，双击后修改成 a''。（也可以通过 dtext 命令在 a'' 位置注写 a''。）

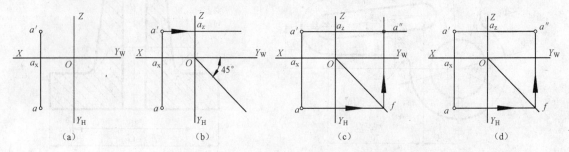

图 12-1　已知点的两面投影求作第三面投影

12.2　表面取点

已知三棱锥上 M 点的正面投影 m'，求出其他两面投影。

分析：首先判断出 M 点位于平面 SAB 上，将问题归结为单个的平面上取点。此时就要注意不要再受到其他平面和顶点的干扰。

其次求解时要通过点在直线上和直线在平面上的方法来解。即要做出通过点 M 的辅助线，该辅助线必须位于平面 SAB 上，即直线的两个顶点都应该在该平面上。可见，常用的方法有作 $S2$ 辅助线和过 M 点作 AB 平行线的两种方法。

最后在求解了 m 点后，通过已知点的两面投影，求第三投影的方法可以求出 m''。

（1）用 line 命令连接 s' 点和 m' 点，注意必须使用对象捕捉方式中的节点和交点模式。

（2）使用 extend 命令延伸 $s'm'$ 和 $a'b'$ 相交，得到 $2'$ 点。

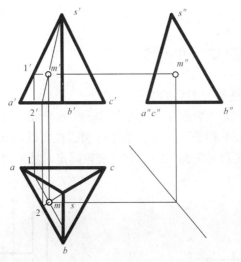

图 12-2　平面立体面上取点

（3）用 line 命令过 2'向下绘制一条垂直线，交 ab 于 2 点。

（4）用 line 命令连接 s 点和 2 点。

（5）过 m'点向下绘制一条垂直线，和 s2 线相交于 m 点。

（6）过 c"向下绘制一条垂直线，过 c 向右绘制一条水平线，得到一交点。过该交点，向右下方绘制一条 45°的辅助线。

（7）过 m 点向右绘制一条水平线，和 45°辅助线相交，过该交点向上绘制一条垂直线。

（8）过 m'向右绘制一条水平线，和上面绘制的垂直线相交，交点即 m"。

（9）用 point 命令在 m"所在的交点位置上绘制一个点，表示 M 点的侧面投影。

（10）用 dtext 命令注写投影符号。

（11）保存文件。

12.3　圆柱上的截交线的绘制

求如图 12-3 所示的圆柱被开槽后的投影。

分析：该题是用三个平面（分别是两侧平面和一个水平面）将圆柱切去一块，形成一个槽，如图 12-4 所示。其中间的投影需求出三个平面和圆柱面以及圆柱上表面的交线。根据平面的投影特性，该槽的正面和水平面的投影首先应该确定，然后再通过投影对应关系求出侧面上的投影。

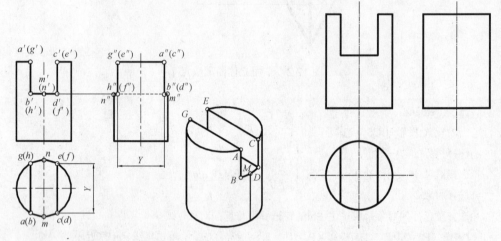

图 12-3　切口圆柱的画法　　　　图 12-4　绘制水平的投影

（1）打开原图。

（2）设置对象捕捉模式为交点、端点。打开正交开关。

（3）绘制水平投影。

① 绘制垂直线。

> 命令: _line
> 指定第一点: **捕捉 *b'* 点**
> 指定下一点或 [放弃（U）]:**垂直向下移动超过 *a* 点，单击**

② 修剪垂直线。

> 命令: _trim
> 当前设置:投影=UCS，边=无
> 选择剪切边…
> 选择对象或 <全部选择>:　找到 1 个　**选择水平投影的圆**
> 选择对象:↙
> 选择要修剪的对象，或按住 Shift 键选择要延伸的对象，或
> [栏选（F）/窗交（C）/投影（P）/边（E）/删除（R）/放弃（U）]: **单击 *gb'* 段**
> 选择要修剪的对象，或按住 Shift 键选择要延伸的对象，或
> [栏选（F）/窗交（C）/投影（P）/边（E）/删除（R）/放弃（U）]:**单击 *a* 点以下的直线段**

选择要修剪的对象，或按住 Shift 键选择要延伸的对象，或
[栏选（F）/窗交（C）/投影（P）/边（E）/删除（R）/放弃（U）]:↙

③ 镜像复制垂直线。

命令: _mirror
选择对象: 找到 1 个 **选择 *ag* 直线段**
选择对象: ↙
指定镜像线的第一点: **捕捉 *m* 点**
指定镜像线的第二点: **捕捉 *n* 点**
要删除源对象吗? [是（Y）/否（N）] <N>:↙

（4）绘制侧面投影。

如图 12-5 所示，首先从正面投影出发，绘制一条水平线通过侧面投影的矩形，再以水平投影上绘制的直线和水平中心线的交点为圆心，以如图 12-3 所示的直线 *ce* 为直径，绘制一个辅助圆，并将该圆复制到侧面投影上。

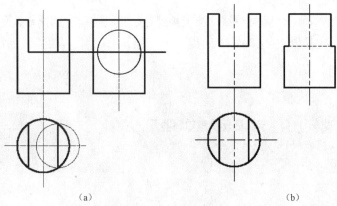

（a）   （b）

图 12-5　绘制侧面投影

① 绘制侧面投影上的水平线。

命令: _line
指定第一点: **单击 *d′* 点**
指定下一点或 [放弃（U）]:**水平向右绘制一直线，通过矩形**
指定下一点或 [放弃（U）]:↙

② 绘制辅助圆。

命令: _circle
指定圆的圆心或 [三点（3P）/两点（2P）/相切、相切、半径（T）]:**单击 *ce* 直线段的中点**
指定圆的半径或 [直径（D）<238.6584>:**单击 *c* 点**

③ 复制辅助圆。

命令: _copy
选择对象: 找到 1 个 **选择刚绘制的圆**

選择对象:↙

当前设置: 复制模式 = 多个

指定基点或 [位移（D）/模式（O）] <位移>: **单击 ce 直线段的中点**

指定第二个点或 <使用第一个点作为位移>:**单击侧面投影中中间的水平直线和垂直中心线的交点**

指定第二个点或 [退出（E）/放弃（U）] <退出>:↙

④ 绘制侧平面和圆柱面的交线 a"b" 和 g"h"。

⑤ 设置对象捕捉模式中包含垂足。

⑥ 绘制侧面上交线的投影。

命令: _line

指定第一点: **单击 h"点**

指定下一点或 [放弃（U）]: **移动光标到圆柱上表面投影线上，出现垂足符号后单击**

指定下一点或 [放弃（U）]:↙

命令:line

指定第一点: **单击 b"点**

指定下一点或 [放弃（U）]: **移动光标到圆柱上表面投影线上，出现垂足符号后单击**

指定下一点或 [放弃（U）]:↙

⑦ 删除辅助圆。

命令: _erase

选择对象: 找到 1 个 **依次选择绘制的辅助圆**

选择对象: 找到 1 个，总计 2 个

选择对象:↙

⑧ 修剪图线。

命令: _trim

当前设置:投影=UCS，边=无

选择剪切边…

选择对象或 <全部选择>: 找到 1 个 **参照图 12-3，选择侧面投影中的剪切边界**

选择对象:↙

选择要修剪的对象，或按住 Shift 键选择要延伸的对象，或

[栏选（F）/窗交（C）/投影（P）/边（E）/删除（R）/放弃（U）]: **参照图 12-3，依次选择需要修剪的对象**

选择要修剪的对象，或按住 Shift 键选择要延伸的对象，或

[栏选（F）/窗交（C）/投影（P）/边（E）/删除（R）/放弃（U）]:↙

⑨ 打断侧面投影上水平直线成三段。

单击打断于点按钮

命令: _break

选择对象: **选择 m"n"线段**

指定第二个打断点 或 [第一点（F）]: _f

指定第一个打断点:**单击 *f″* 点**

指定第二个打断点: @

在 *d″* 点重复打断该直线

⑩ 添加虚线线型。单击"特性"工具栏中线型下拉列表，选择"其他"，弹出如图 12-6 所示的"线型管理器"对话框。

单击"加载"按钮，弹出如图 12-7 所示的"加载或重载线型"对话框。在其中选择"HIDDEN"，单击"确定"按钮将该线型载入当前文件中。在"线型管理器"对话框中单击"确定"按钮退出。

图 12-6　"线型管理器"对话框

图 12-7　"加载或重载线型"对话框

⑪ 修改中间直线段 *d″f″* 为细虚线属性。

选中 *f″d″* 线段，单击"特性"工具栏中的线型下拉列表，选择"HIDDEN"；再单击"特性"工具栏中的"线宽"下拉列表，选择"Bylayer"。按 **Escape** 键取消夹点。

（5）保存图形。

12.4　圆锥上的截交线的绘制

求平面 *P* 截切圆锥后的正面投影。

分析：求圆锥截交线的方法可以分解为求截交线上的点的投影，再进行光滑连接。而截交线上的点也是圆锥面上的点。截父线可以看做是三个平面（圆锥面、切平面 *P*、一系列和底面平行的侧平面）的系列交点的光滑连线，即需要求出截交线上的特殊点和多个一般点的投影，并连线。

从图 12-8 中可以看出，特殊点有三个，分别是最左点 *C*，最高点 *A* 和最低点 *B*。一般点就取中间具有一定代表性的 *D* 点和 *E* 点。

求圆锥面上以上 5 个点的正面投影时，采用辅助平面法。

（1）打开原图。

（2）设置对象捕捉模式：端点、交点。打开正交开关和对象追踪开关。

（3）绘制平面 *P* 的侧面投影。

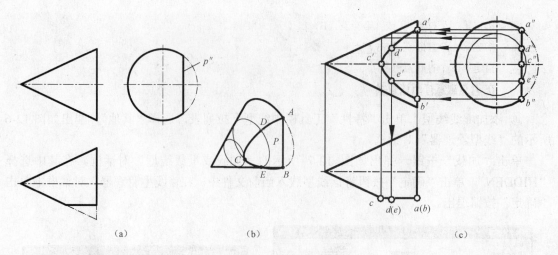

图 12-8　正平面截圆锥

① 绘制 45° 辅助线。

命令: line

指定第一点: **移动光标到如图 12-9 所示的 O 点附近出现"交点"标志时，再移动到 O′ 下方的垂直线端点附近，出现端点标记时将光标移动到图示位置（O 点正右方，O′ 点正下方），单击鼠标左键确定第一点**

指定下一点或 [放弃（U）]: **@500<-45**

指定下一点或 [放弃（U）]: ↙

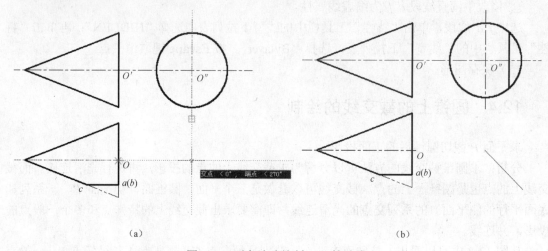

图 12-9　对象追踪绘制 45° 辅助线

② 绘制 P 平面的侧面投影线

命令: line

指定第一点: **捕捉 a 点**

指定下一点或 [放弃（U）]: **向右移动到超过 45° 辅助线单击鼠标左键**

指定下一点或 [放弃（U）]: ↙

命令: line

指定第一点:<u>单击刚绘制的水平线和 45°线的交点</u>

指定下一点或 [放弃（U）]:<u>向上绘制一垂直线超过圆</u>

指定下一点或 [放弃（U）]:↙

③ 修剪超出线条。

命令: _trim

当前设置:投影=UCS，边=无

选择剪切边…

选择对象或 <全部选择>: 找到 1 个　<u>选择圆</u>

选择对象:↙

选择要修剪的对象，或按住 Shift 键选择要延伸的对象，或

[栏选（F）/窗交（C）/投影（P）/边（E）/删除（R）/放弃（U）]:<u>单击超出圆外的线段</u>

选择要修剪的对象，或按住 Shift 键选择要延伸的对象，或

[栏选（F）/窗交（C）/投影（P）/边（E）/删除（R）/放弃（U）]: <u>单击 45°线到圆之间的线段</u>

选择要修剪的对象，或按住 Shift 键选择要延伸的对象，或

[栏选（F）/窗交（C）/投影（P）/边（E）/删除（R）/放弃（U）]: ↙

④ 删除多余线条。

命令: _erase

选择对象: 找到 1 个　<u>选择 a 到 45°辅助线之间的线段</u>

选择对象:↙

（4）绘制正面投影。

① 绘制最左点的投影 c'。

命令: _line

指定第一点: <u>单击 c 点</u>

指定下一点或 [放弃（U）]:<u>移动光标到正面投影中的水平轴线上，出现垂足符号时单击</u>

指定下一点或 [放弃（U）]:↙

② 绘制最高点的投影 a' 和最低点的投影 b'。

命令:line

指定第一点: <u>单击 a″点</u>

指定下一点或 [放弃（U）]: <u>向左水平移动光标，到正面投影上的直线出现垂足符号时单击</u>

指定下一点或 [放弃（U）]:↙

命令:line

指定第一点: <u>单击 b″点</u>

指定下一点或 [放弃（U）]: <u>向左水平移动光标，到正面投影上的直线出现垂足符号时单击</u>

指定下一点或 [放弃（U）]: ↙

③ 绘制点符号。单击"格式–点样式"菜单，弹出如图 12-10 所示的"点样式"对话框，选择其中第二行第四列的点，单击"确定"按钮退出。

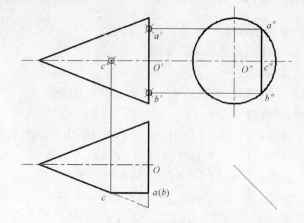

图 12-10　"点样式"对话框　　　　图 12-11　求特殊点的投影

④ 绘制一般位置投影 *d′* 和 *e′*。

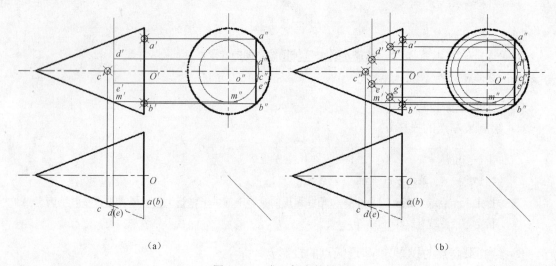

（a）　　　　　　　　　　　　　　　　　（b）

图 12-12　求一般点的投影

求一般点的投影通常采用辅助平面法。

用直线命令在 *c* 和 *a*（*b*）之间合适的位置，绘制一条和底面平行的直线，作为辅助平面在水平面上的投影，和 *ca*（*b*）线的交点即为 *d*（*e*）。与正面投影上的圆锥素线的交点为 *m′*。过 *m′* 向右绘制一条水平线，交侧面投影上的垂直中心线于 *m″*。以 *o″* 为圆心，*o″m″* 为半径，用圆命令绘制一圆，交 *a″b″* 于 *d″* 和 *e″*，再过 *d″* 和 *e″* 分别向左绘制水平线，交 *d*（*e*）*m′* 直线于 *d′* 和 *e′*。得到 *D* 点和 *E* 点的正面投影。

如图 12-12（b）所示，用同样的方法，求出 *g′* 和 *f′* 的位置。

（5）将各点顺次光滑连接截交线上的点，如图 12-13 所示，形成截交线。

（6）删除多余辅助线和点、符号等。利用删除命令 erase，将辅助线、辅助圆、符号、点等删除，其结果如图 12-14 所示。

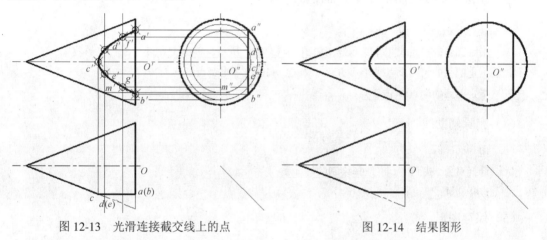

图 12-13　光滑连接截交线上的点　　　　　　　图 12-14　结果图形

12.5　柱柱正交相贯线的绘制

求两正交圆柱的正面投影。

求相贯线时同样可以通过求得相贯线上的特殊点和适当的一般点，将各点顺次连接起来的方法求得，如图 12-15（b）所示。在相贯线形状比较规则时，也可以通过简化画法进行绘制。如图 12-15（a）所示，两柱正交的相贯线，可以通过一段弧来替代相贯线。

（1）打开原始图形。

（2）求正面上特殊点的投影 2′（4′）。

如图 12-5（a）所示，用 line 命令捕捉侧面投影上的 4″点，向左绘制一条水平线，和正面投影上的轴线相交，得到 2′（4′）。

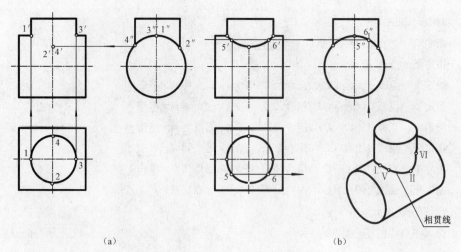

（a） （b）

图 12-15　两正交圆柱的相贯线

（3）用圆弧命令绘制相贯线正面投影。

命令: _arc
指定圆弧的起点或 [圆心（C）]:**如图 12-15（a）所示，单击 1′点**
指定圆弧的第二个点或 [圆心（C）/端点（E）]:**单击 2′点**
指定圆弧的端点:**单击 3′点**

（4）删除辅助线。

命令: _erase
选择对象: 找到 1 个 **选择绘制的辅助线**
选择对象:↙

（5）保存图形。

12.6　点的投影练习

以下进行点的投影练习。

（1）如图 12-16 所示，已知点 A、B、C 的两面投影，求它们的第三投影。

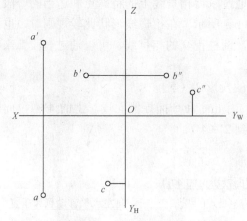

图 12-16　点的投影练习 1

（2）如图 12-17 所示，根据立体图量出 *A*、*B*、*C*、*D* 4 点的位置，并绘制它们的三面投影图。

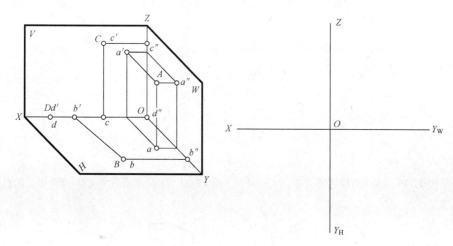

图 12-17　点的投影练习 2

（3）如图 12-18 所示，补画出直线的第三投影，并在横线上填写直线的名称。

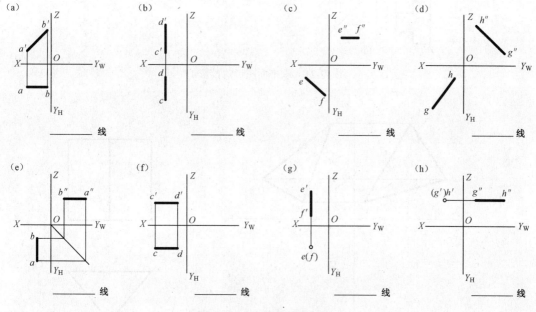

图 12-18　直线的投影练习 1

（4）如图 12-19 所示，已知点 *A* 的水平投影，求作一侧垂线 *AB*，长度为 30，与 *V* 及 *H* 面的距离相等。

（5）如图 12-20 所示，过 *A* 点作一直线 *AB* 与直线 *CD*、*EF* 均相交。

（6）如图 12-21 所示，作平面图形的第三面投影。

（7）如图 12-22 所示，画出平面图形的水平投影。

（8）如图 12-23 所示，画出三棱柱的侧面投影，并完成其表面 *A*、*B*、*C* 点的其他投影。

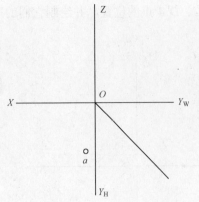

图 12-19　直线的投影练习 2

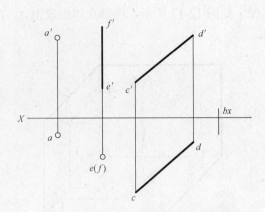

图 12-20　求过 A 点且和 CD、EF 相交的直线

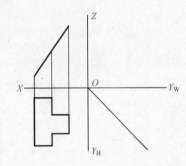

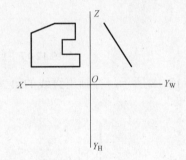

图 12-21　求平面图形的投影 1

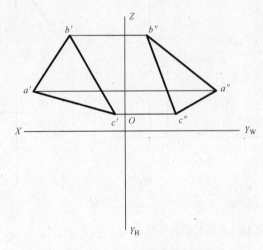

图 12-22　求平面图形的投影 2

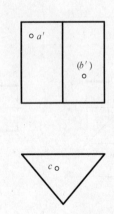

图 12-23　求三棱柱的投影

（9）如图 12-24 所示，画出四棱柱的侧面投影，并完成其表面上 A、B、C 点的其他投影。

（10）如图 12-25 所示，画出圆柱的侧面投影，并完成其表面上 A、B、C 点的其他投影。

（11）如图 12-26 所示，画出圆锥的侧面投影，并完成表面上 A、B、C 的其他投影。

（12）如图 12-27 所示，完成正四棱锥被截切后的三面投影。

（13）如图 12-28 所示，完成圆柱体被截切后的三面投影。

（14）如图 12-29 所示，完成圆锥体被截切后的三面投影。

（15）如图 12-30 所示，补画相贯线的正面投影。

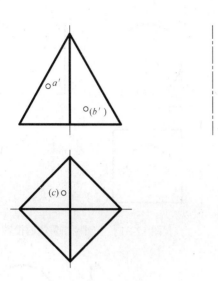

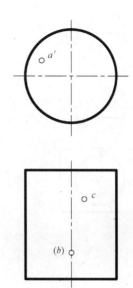

图 12-24　求四棱锥的投影　　　　　　　图 12-25　求圆柱的投影

（16）如图 12-31 所示，补全相贯体的侧面投影。

（17）如图 12-32 所示，完成同轴回转体被截切后的水平投影。

（18）如图 12-33 所示，完成同轴回转体被截切后的水平投影。

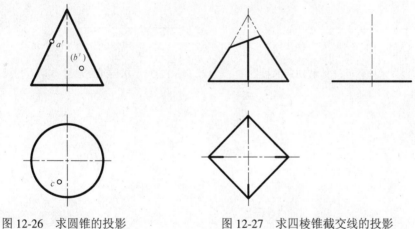

图 12-26　求圆锥的投影　　　　　　图 12-27　求四棱锥截交线的投影

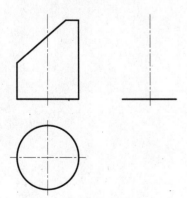

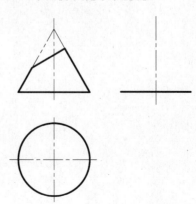

图 12-28　求四锥截交线的投影　　　　图 12-29　求圆锥截交线的投影

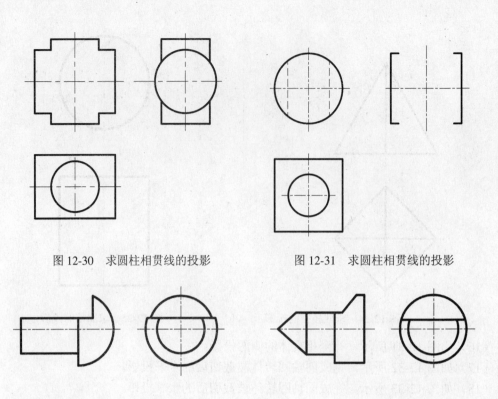

图 12-30　求圆柱相贯线的投影　　　　　图 12-31　求圆柱相贯线的投影

图 12-32　求同轴回转体截切后的投影 1　　　图 12-33　求同轴回转体截切后的投影 2

第 13 章　绘图实践 3：换面法练习

13.1　换面法绘制实例

求点 C 到直线 AB 的距离 CD，如图 13-1 所示。

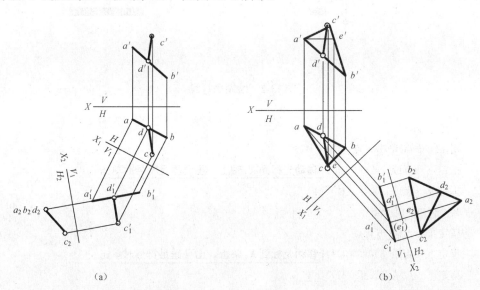

图 13-1　求点到直线的距离

按照换面法的作图规则，需要解决三个基本问题：一是保证换面时设定的轴和已有图线平行；二是保证换面时的距离相等，需要通过辅助圆的方法实现；三是作投影线必须和对应的轴垂直，需要通过垂足的对象捕捉方式绘制投影间的连线。

1. 方法一

分析： 首先更换投影面，使 AB 更换成新的投影面的平行线，再将 AB 更换成投影面的垂直线，如图 13-1（a）所示。

（1）设置对象捕捉模式：垂足、交点、端点、平行。

（2）用 V_1 面更换 V 面，绘制直线和点的投影。

① 绘制新的投影轴 X_1。

> 命令: _line
> 指定第一点:**如图 13-85（a）所示，单击确定第一点**
> 指定下一点或 [放弃（U）]:**首先移动鼠标到直线 ab 上，出现平行的符号后再移动到如图 13-2（b）所示的位置附近，当出现平行提示后单击**
> 指定下一点或 [放弃（U）]:**↙**

② 绘制投影间连线 aa_1'、bb_1'、cc_1'。

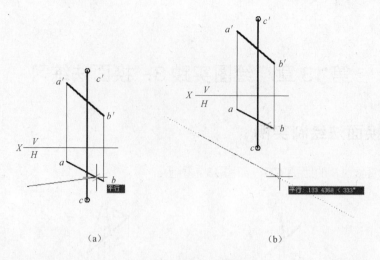

（a）   （b）

图 13-2　绘制平行线

命令：_line

指定第一点：**单击 *a* 点**

指定下一点或 [放弃（U）]：**移动光标到 *X*₁ 轴上，出现垂足符号时单击**

指定下一点或 [放弃（U）]：**↙**

命令：_line

指定第一点：**单击 *b* 点**

指定下一点或 [放弃（U）]：**移动光标到 *X*₁ 轴上，出现垂足符号时单击**

指定下一点或 [放弃（U）]：**↙**

命令：_line

指定第一点：**单击 *c* 点**

指定下一点或 [放弃（U）]：**移动光标到 *X*₁ 轴上，出现垂足符号时单击**

指定下一点或 [放弃（U）]：**↙**

③ 绘制辅助圆。

命令：_circle

指定圆的圆心或 [三点（3P）/两点（2P）/相切、相切、半径（T）]：**单击 *a'a* 和 *X* 轴的交点**

指定圆的半径或 [直径（D）]：**单击 *a'* 点**

同样，针对 *B*、*C* 点分别绘制辅助圆，如图 13-3（a）所示

④ 移动辅助圆。

命令：_move

选择对象：找到 1 个　**选择经过 *a'* 点的圆**

选择对象：**↙**

指定基点或 [位移（D）]<位移>：**单击 *a'a* 和 *X* 轴的交点**

指定第二个点或 <使用第一个点作为位移>：**单击过 *a* 点到 *X*₁ 轴的垂足**

用同样的方法，将其他辅助圆分别移动到过 *b* 点和 *c* 点的 *X*₁ 轴的垂足上，如图 13-3（b）所示

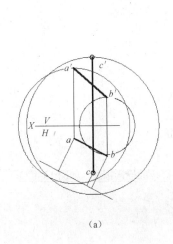 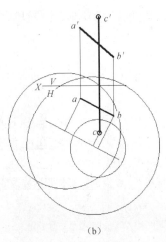 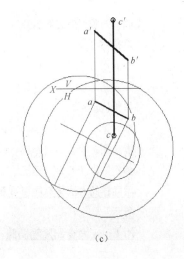

(a)　　　　　　　　　　　(b)　　　　　　　　　　(c)

图 13-3　绘制辅助圆

⑤ 延伸求得点的投影位置。通过延伸命令，将绘制的垂直线延伸到和圆相交，得到各点在新的投影面上的投影位置。

> 命令：_extend
>
> 当前设置：投影=UCS，边=无
>
> 选择边界的边…
>
> 选择对象或 <全部选择>：　找到 1 个　<u>选择圆心落在过 a 点垂直于 X_1 轴的直线上的圆</u>
>
> 选择对象：<u>↙</u>
>
> 选择要延伸的对象，或按住 Shift 键选择要修剪的对象，或
>
> [栏选（F）/窗交（C）/投影（P）/边（E）/放弃（U）]：<u>单击过 a 点向 X_1 轴绘制的垂线，靠近</u>
>
> <u>X_1 轴一侧</u>
>
> 选择要延伸的对象，或按住 Shift 键选择要修剪的对象，或
>
> [栏选（F）/窗交（C）/投影（P）/边（E）/放弃（U）]：<u>↙</u>
>
> <u>**用同样的方法延伸其他分别过 b 点和 c 点的垂线，如图 13-3（c）所示**</u>

⑥ 绘制点的投影 a'_1、b'_1、c'_1。

> 命令：_point
>
> 当前点模式：　PDMODE=33　PDSIZE=−3.0000
>
> 指定点：**单击刚延伸后和相应圆的交点**
>
> **分别在其他两个交点上绘制点，如图 13-4（a）所示**
>
> 命令：_mtext
>
> 当前文字样式："Standard"　文字高度：10　注释性：否
>
> 指定第一角点：<u>**在图 13-4（b）中放字母的位置单击**</u>
>
> 指定对角点或 [高度（H）/对正（J）/行距（L）/旋转（R）/样式（S）/宽度（W）/栏（C）]：<u>**向**</u>
>
> <u>**右下拉开一个矩形窗口，然后输入字符 a'**</u>
>
> <u>**用同样的方法，再写一个字符 1，设定高度为 5**</u>
>
> <u>**移动该字符 1，得到如图 13-4（b）所示的效果**</u>
>
> 命令：_copy

选择对象: 指定对角点: 找到 2 个　　**选择刚才书写的两字符**

选择对象:✓

当前设置: 复制模式 = 多个

指定基点或 [位移（D）/模式（O）] <位移>: 在 a'_1 位置单击，指定第二个点或 <使用第一个点作为位移>:

指定第二个点或 [退出（E）/放弃（U）] <退出>: **在 b'_1 位置单击**

指定第二个点或 [退出（E）/放弃（U）] <退出>: **在 c'_1 位置单击**

指定第二个点或 [退出（E）/放弃（U）] <退出>:✓

用同样的方法将标注字母复制到 B、C 点的投影位置后修改成 B、C 点的投影标注，如图 13-4（b）所示

用 Erase 命令删除辅助圆

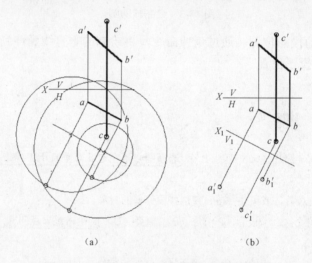

(a)　　　　　　　　(b)

图 13-4　绘制 A、B、C 在新投影面上的投影

⑦ 绘制直线的投影 $a'_1b'_1$。直线的投影是通过连接点的投影得到的，如图 13-5 所示。

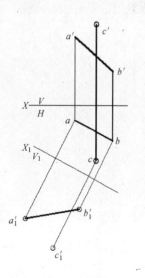

命令: _line

指定第一点:**单击 a'_1 点**

指定下一点或 [放弃（U）]:**单击 b'_1 点**

指定下一点或 [放弃（U）]:✓

命令: '_matchprop

选择源对象:**单击直线 ab**

当前活动设置: 颜色 图层 线型 线型比例 线宽 厚度 打印样式 标注 文字 填充图案 多段线

视口 表格材质 阴影显示 多重引线

选择目标对象或 [设置（S）]:**单击 $a'_1b'_1$**

选择目标对象或 [设置（S）]: *取消* **按 Escape 键**

图 13-5　绘制直线的投影

（3）用 H_2 面更换 H 面，绘制直线和点的投影。

① 绘制新的投影轴 X_2。

再绘制一条直线，作为延伸 X_2 轴的边界，位置参照图 13-6（b），并以此为边界，延伸 X_2 轴与之相交，如图 13-7 所示。

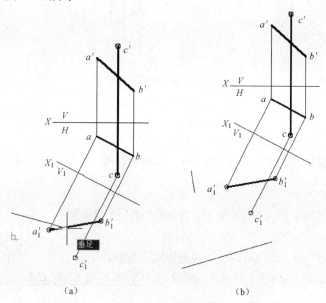

图 13-6　绘制新的投影轴

删除辅助线。并标注 X_2 轴的符号，如图 13-7 所示。

② 绘制投影间连线 $a_2b_2a'_1$、$c_2c'_1$，如图 13-8 所示。

如图 13-9 绘制辅助圆，便于取出 A、B、C 点到 V_1 平面的距离。

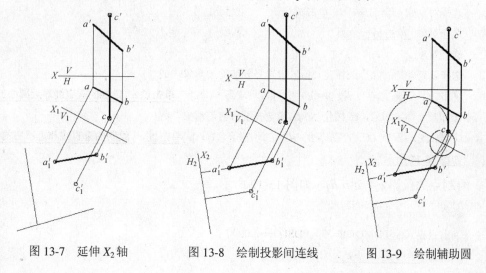

图 13-7　延伸 X_2 轴　　　图 13-8　绘制投影间连线　　　图 13-9　绘制辅助圆

重复绘制过 c 点投影线。

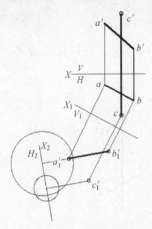 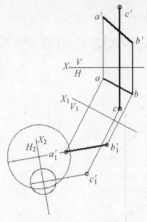 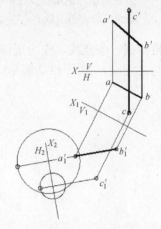

图 13-10　移动辅助圆　　　图 13-11　延伸投影线　　　图 13-12　绘制点的投影

以同样的方法移动另一个圆，如图 13-10 所示。

③ 绘制点的投影 c_2、$a_2b_2d_2$，如图 13-12 所示。

删除辅助圆。

标注投影符号。

（4）绘制点到直线间的距离 DC 的投影。

① 绘制距离 DC 的实长投影 c_2d_2。

如图 13-13 所示，连接点 c_2 和点 d_2。

② 返回绘制距离 DC 投影 $c'_1d'_1$、cd、$c'd'$。

$c'_1d'_1$ 和 X_2 轴平行，和 $a'_1b'_1$ 垂直，如图 13-14 所示。

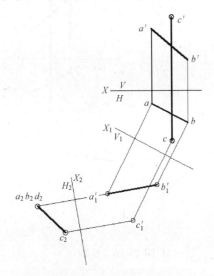

图 13-13　绘制距离 DC 的投影

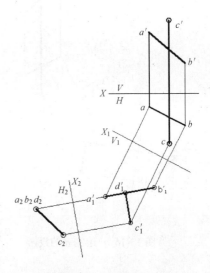

图 13-14　绘制 $c'_1d'_1$

命令: _line
指定第一点:<u>**单击 c'_1 点**</u>
指定下一点或 [放弃（U）]: <u>**移动到 $a'_1b'_1$ 上，出现垂足符号时单击**</u>
指定下一点或 [放弃（U）]: <u>↙</u>

再过 d'_1 作轴 X_1 的垂直线，并交 ab 于 d 点，如图 13-15 所示。

再过 d 点，向上作 X 轴的垂直线，超出 $a'b'$ 并和 $a'b'$ 相交于 d'。

修剪超出的部分图线，得到 d' 点，如图 13-16 所示。

命令: _line
指定第一点: <u>**单击 d'**</u>
指定下一点或 [放弃（U）]: <u>**单击 c'**</u>
指定下一点或 [放弃（U）]:<u>↙</u>

同样连接 cd。

命令: _trim
当前设置:投影=UCS，边=无
选择剪切边…
选择对象或 <全部选择>:　找到 1 个　<u>**单击直线 $a'b'$**</u>
选择对象:<u>↙</u>

结果如图 13-17 所示。

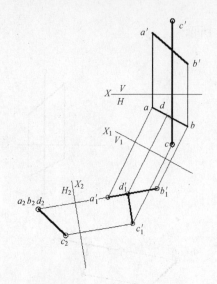

图 13-15　绘制 *d* 的投影

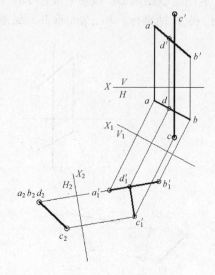

图 13-16　绘制 *d'*

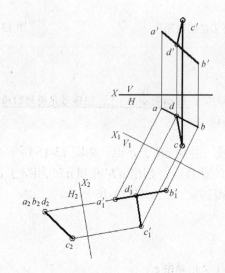

图 13-17　绘制 *DC* 的投影

2. 方法二

分析：原图如图 13-18 所示。如图 13-19 所示连接 *CA* 和 *CB* 形成三角形 *ABC*。首先将 *ABC* 变换成投影面垂直面，再将 *ABC* 变换成投影面平行面，即反映 *ABC* 的实形，直接过 *C* 点作 *AB* 的垂直线，可得 *C* 到 *AB* 的距离 *DC*。

（1）如图 13-20 所示，作平面 *ABC* 中的水平线 *AE*。从 *a'* 点出发，向右绘制一条水平线

和 *b'c'* 相交于 *e'*。*E* 点位于 *BC* 上，故其水平面上的投影 *e* 位于 *bc* 上。则可求得 *e* 点投影，连 *ae*。

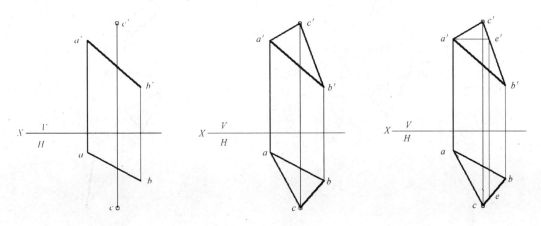

图 13-18　原图　　　　　图 13-19　连成平面 *ABC*　　　　图 13-20　绘制平面上的水平线

（2）变换 *AE* 成新的投影面的垂直线。

如图 13-21 所示，绘制一条和 *ae* 垂直的直线作为 X_1 轴，并将该直线延伸到合适的长度。过 *b*、*c*、*e* 点分别作 X_1 轴的垂直线。

如图 13-22 所示，通过辅助圆取出 *A*、*B*、*C* 各点到 *H* 面的距离，即分别以 *aa'*、*bb'*、*cc'* 和 *X* 轴的交点为圆心，分别作经过点 *a'*、*b'*、*c'* 的圆。

分别移动三个圆，圆心分别移动到过 *a*、*b*、*c* 点到的 X_1 轴的垂足上，如图 13-23 所示。

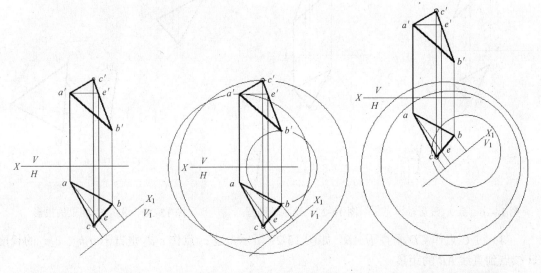

图 13-21　变换 V_1 面　　　　图 13-22　取个点到 *H* 面的距离　　　　图 13-23　移动辅助圆

分别延伸过 *c*、*e*、*b* 三点向 X_1 轴作的垂线，如图 13-24 所示。

连接 $b'_1 a'_1 c'_1$，三点应该位于一条直线上。（如果三点不在一条直线上，绘图中肯定有不正确的地方）。删除辅助圆，结果如图 13-25 所示。

（3）变换 *ABC* 成投影面的平行面。复制 $b'_1 a'_1 c'_1$ 并适当延长，作为新的投影轴 X_2，并分别过 b'_1、a'_1、c'_1 点作 X_2 轴的垂直线，如图 13-26 所示。

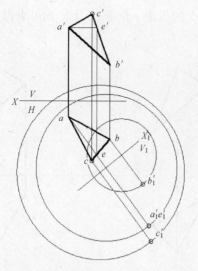

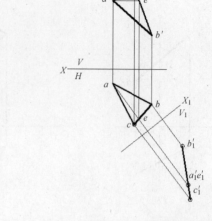

图 13-24　延伸求各点的新的投影　　　　图 13-25　连接三个投影并删除辅助圆

如图 13-27 所示作辅助圆。

如图 13-28 所示，移动辅助圆，并延长过 b'_1、a'_1、c'_1 的垂直线，得到 H_2 面上的投影。连接三个顶点，得到反映 ABC 实形的投影。

删除辅助圆。

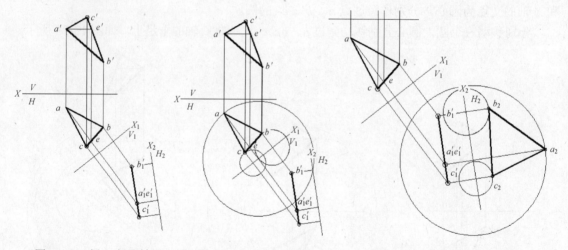

图 13-26　新 X_2 投影轴　　　　图 13-27　绘制辅助圆　　　　图 13-28　求得 H_2 面上的投影

（4）过 C 点作 CD 垂直于 AB。如图 13-29 所示，过 c_2 点作 c_2d_2 垂直于 a_2b_2。c_2d_2 的长度即 C 点到直线 AB 的距离。

（5）返回求 D 点的投影。返回，求在 V_1、H、V 面上 D 点的投影。如图 13-30 所示，过 d_2，作 X_2 轴的垂线并延长和 $b'_1a'_1c'_1$ 相交，交点为 d'_1。

过 d'_1 绘制轴 X_1 的垂线，延伸之并和 ab 相交，得到 d，如图 13-31 所示。

过 d 作 X 轴的垂线，延长和 a'b' 相交，得到交点 d'。连接 c'd' 和 cd，得到所求距离 CD 的投影，如图 13-32 所示。

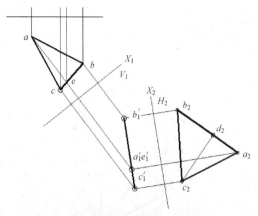

图 13-29 作 c_2d_2 垂直于 a_2b_2

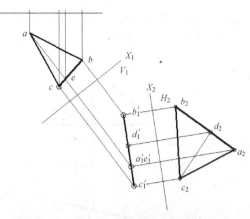

图 13-30 求 D 点在 V_1 面上的投影 d'_1

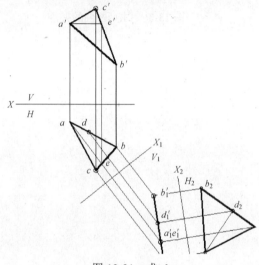

图 13-31 求 d

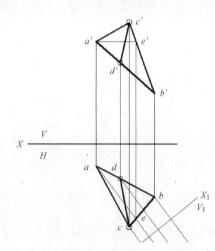

图 13-32 得到 CD 的投影

13.2 换面法练习

以下进行换面法练习。

（1）如图 13-33 所示，求线段 AB 的实长和对 V、H 面的夹角 β、α。

（2）如图 13-34 所示，求正平线 AB、CD（$AB//CD$）之间的距离。

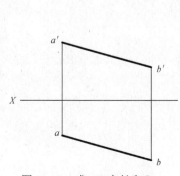

图 13-33 求 AB 实长和 β、α

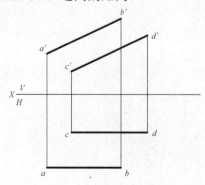

图 13-34 求 AB、CD 之距

（3）如图 13-35 所示，求∠ABC 的真实角度。

（4）如图 13-36 所示，求平面 ABC 与平面 ABD 之间的夹角。

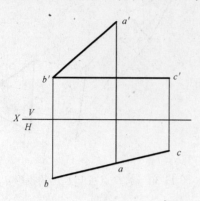 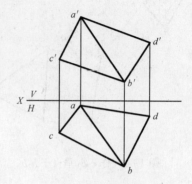

图 13-35　求∠ABC 的真实角度　　　　图 13-36　求两平面的夹角

第 14 章　绘图实践 4：组合体练习

14.1　组合体练习

绘制如图 14-1 所示的组合体三视图。

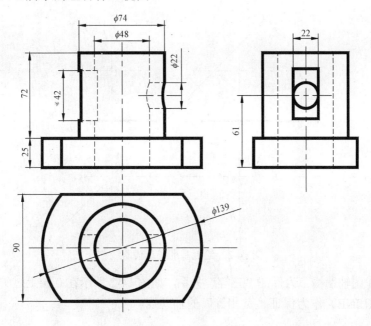

图 14-1　组合体三视图

分析：要正确、快速地绘制有对应关系视图的关键在于合理利用辅助线或辅助圆，以保证各个视图之间的对应关系。而且在使用辅助线时，必须利用对象捕捉功能从对应的点上引出辅助线。和手工绘图类似，要几个视图同时绘制。对本例而言，应先绘制好底板的三个视图，再绘制上方圆柱的三个视图，而不是完全绘制好俯视图再绘制左视图或主视图。

其中俯视图和左视图可以根据尺寸直接绘制，主视图中的图线的形状和位置必须根据俯视图和左视图来确定。

打开正交模式，从俯视图和左视图分别引垂直向上和水平向左的直线作为定位的辅助线，利用辅助线可以确定图形中各结构的尺寸，圆柱部分中间方孔和圆孔产生的截交线必须通过辅助线进行绘制。

1. 环境设置

环境设置包括图纸界限、对象捕捉模式和图层（包括线型、颜色、线宽）的设置。按照如图 14-1 所示的图形大小，图纸界限设置成 A4 横放比较合适，即 297×210。该图使用最多的捕捉模式应该是交点。通过“草图设置”对话框设置默认的捕捉模式为“交点”。图层包括用到的线型（点画线层、粗实线层、虚线层和尺寸标注层。具体线型、颜色参照国家标准设置）。

2．绘制中心线等基准线和辅助线

首先绘制作图基准线。一般情况下，图形的基准线指对称线、某端面的投影线、轴线等。

（1）绘制作图基准线。如图 14-1 所示的基准线主要有俯视图的中心线 *AF*、*AH*，主视图的轴线 *AG* 和下端面投影线 *BC*，左视图的轴线 *IF* 和下端面的投影线 *DE* 如图 14-2 所示，同时将圆孔的中心线 *KL*、*MN* 通过偏移命令以偏移距离 61 复制出来。如图 14-2 所示，在点画线层上绘制各条直线，并将下端面的投影线 *BC*、*DE* 改到粗实线层上。

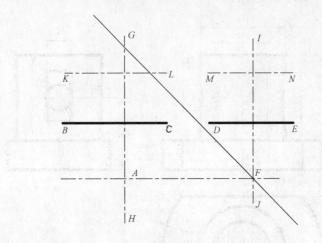

图 14-2　绘制基准线及辅助线

（2）绘制作图辅助线。为保证"三等"关系，如图 14-2 所示在 0 层上过 *F* 点作一−45°方向的构造线（XLINE）作为保证"宽相等"的辅助线。

3．绘制底板

绘制三视图应该遵循三个视图同时绘制的原则。底板可以看做是一个圆柱被两个正平面切去前后两块形成。先绘制圆柱的三面投影，再修剪成最后的结果。

（1）将当前层改到粗实线层上，然后以 *A* 点为圆心绘制俯视图上投影圆（直径为 139）。

（2）分别向上和向下偏移复制 *AF*，距离为 45。

（3）将 *BC*、*DE* 分别向上偏移 25 复制一份，以表示底板厚度。将偏移复制的直线改到粗实线层上。

（4）参照图 14-3 修剪（Trim）俯视图中的圆成圆弧，并修剪俯视图中偏移复制的直线。

（5）绘制主视图上底板圆柱的转向轮廓线投影和左视图上的投影。

（6）剪去超出部分。绘制的转向轮廓线均非最终大小，需要调整。一般采用修剪或延长命令，此处可采用倒圆角命令（Fillet，将圆角半径设置为 0）来调整。

重复同样的过程，并删除两条水平辅助线，其结果如图 14-4 所示。

4．绘制圆柱及其内部垂直圆孔

圆柱及其内部圆孔的投影应该首先绘制俯视图的投影——圆，再捕捉圆的象限点绘制主视图和左视图上的投影。

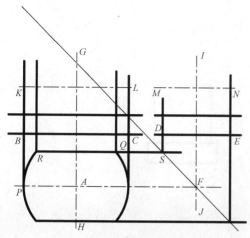

图 14-3　绘制转向轮廓线

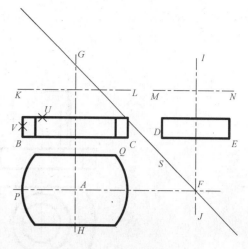

图 14-4　修剪底板投影

（1）向上偏移 97 复制 *BC* 得到圆柱上表面投影线。

（2）通过圆命令（Circle）绘制俯视图投影圆，半径分别为 24 和 37。

（3）从俯视图出发，用直线命令（line）引出绘制主视图轮廓线的投影。

同样绘制其他三条转向素线的投影如图 14-5（a）所示。然后按照图 14-5（b）将超出部分修剪掉。

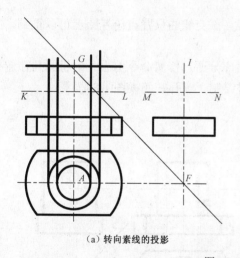

（a）转向素线的投影　　　　　　　　　　　　　（b）修剪掉超出部分

图 14-5　带孔圆柱投影

（4）将中间圆孔主视图上的投影改到虚线层上。

选择中间的投影，然后通过图层下拉列表，将它们改到虚线层上。

（5）复制左视图投影。由于带孔圆柱在左视图上和主视图上的投影相同，因此直接复制（Copy）即可，复制时注意基准点和目标点的选择和捕捉。

结果如图 14-6 所示。

5．绘制左侧方孔

左侧方孔在俯视图和左视图上的投影可以根据尺寸通过偏移轴线和基准线得到，再将偏移的线条改到正确的图层上，并修剪成正确的大小。主视图上的投影应该根据左视图和俯视图的对应关系绘制。

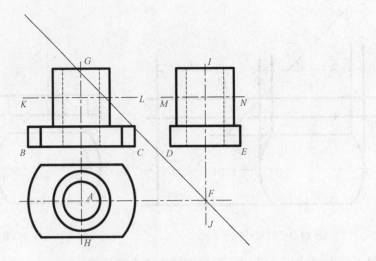

图 14-6　绘制左视图中圆柱投影

（1）主视图中偏移（Offset）21 复制方孔上、下边界线。

同样，以距离 21，偏移复制直线 *MN* 得到左视图上方孔的上、下表面投影线。

（2）俯视图中偏移复制方孔前、后边界线，距离 11。同样在左视图中将 *IF* 偏移 11 复制两根，结果如图 14-7 所示。

（3）绘制主视图中方孔和圆柱相交后的截交线。截交线的位置在俯视图上可以得到，应该从俯视图 *W*、*X* 分别向上引出辅助线。

（4）将超出部分修剪掉。按照图 14-8，将超出部分通过修剪命令剪去。由于圆孔在俯视图上产生的投影和方孔产生的投影对称，所以同时绘制了圆孔在俯视图上的投影。

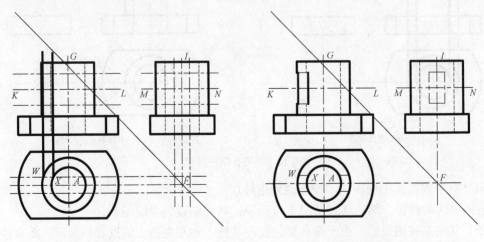

图 14-7　绘制方孔投影线　　　　　图 14-8　修剪图线到正确大小

（5）如图 14-9 所示，采用打断命令（Break　@）在 *Y* 点打断主视图中偏移 21 复制的水平线。

（6）修改图线到正确的层。偏移复制的图线仍在原来的层上，按照如图 14-1 所示的最终结果将图线分别改到正确的图层上。先选择图线，出现夹点后，通过"特性"工具栏中的图层列表选择到正确的层上。按两次 Esc 键取消夹点，如图 14-9 所示。

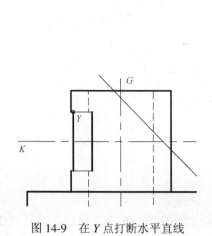

图 14-9　在 Y 点打断水平直线

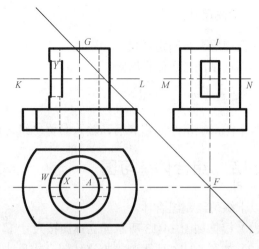

图 14-10　修改图线特性

6．绘制主视图中右侧横向圆孔

要绘制右侧横向圆孔应首先绘制左视图上的投影——圆，再捕捉该圆的象限点绘制俯视图上的投影，根据俯视图和左视图的投影绘制主视图的投影，如图 14-11 所示。主视图上产生的截交线通过圆弧来绘制。

（1）采用圆命令（Circle），以半径 11 在左视图上绘制圆孔的投影圆。

（2）根据俯视图和左视图绘制主视图中的截交线。

圆孔在主视图上的投影必须和俯视图和左视图相对应。应该通过捕捉俯视图和左视图上的对应点来保证"长对正"和"高平齐"。得到特殊点后，通过圆弧来绘制截交线。

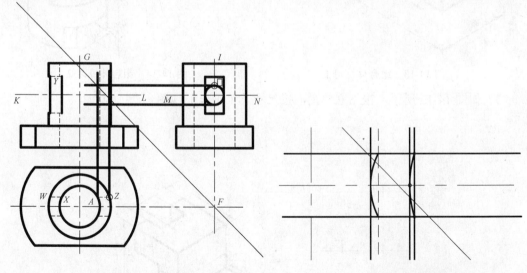

图 14-11　绘制主视图上圆孔的截交线投影　　　图 14-12　放大显示要编辑的部分

（3）修剪各条直线的长度到正确的大小。如图 14-12 所示为放大显示要编辑的部分。

（4）删除辅助线。

（5）将每条线段修改到正确的图层上，完成图形的绘制过程。

7. 标注尺寸

在尺寸层，按照定形尺寸、定位尺寸分别标注上所有的尺寸，保证尺寸齐全、合理，不遗漏，不重复，摆放位置清晰。

8. 保存文件

整个图形编辑绘制完成后，输入名称"组合体三视图.dwg"存盘。

14.2 组合体练习图

以下练习绘制组合体。

（1）根据如图 14-13 所示的立体图按尺寸 1:1 画三视图。

（2）如图 14-14 所示，根据立体图，按尺寸 1:1 画出三视图。根据立体图，按尺寸 1:1 画出三视图。

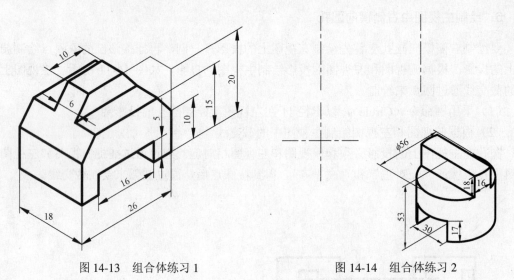

图 14-13　组合体练习 1　　　　　　　　图 14-14　组合体练习 2

（3）如图 14-15 所示，根据立体图，按尺寸 1:1 画出三视图。

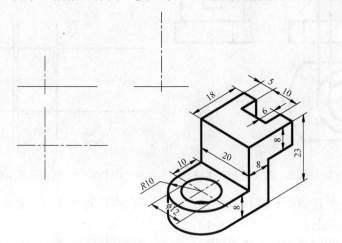

图 14-15　组合体练习 3

（4）如图 14-16 所示，根据轴测图补画视图中所缺图线。

（5）如图 14-17 所示，根据轴测图补画视图中所缺图线。

（6）如图 14-18 所示，根据轴测图补画视图中所缺图线。

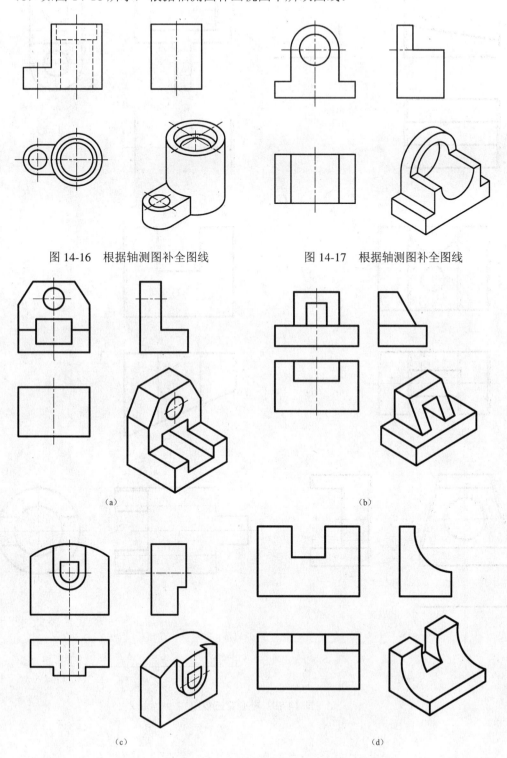

图 14-16　根据轴测图补全图线　　　　　　　图 14-17　根据轴测图补全图线

（a）　　　　　　　　　　　　　　（b）

（c）　　　　　　　　　　　　　　（d）

图 14-18　根据轴测图补全图线

（7）如图 14-19 所示，读懂组合体两视图，补画第三视图。

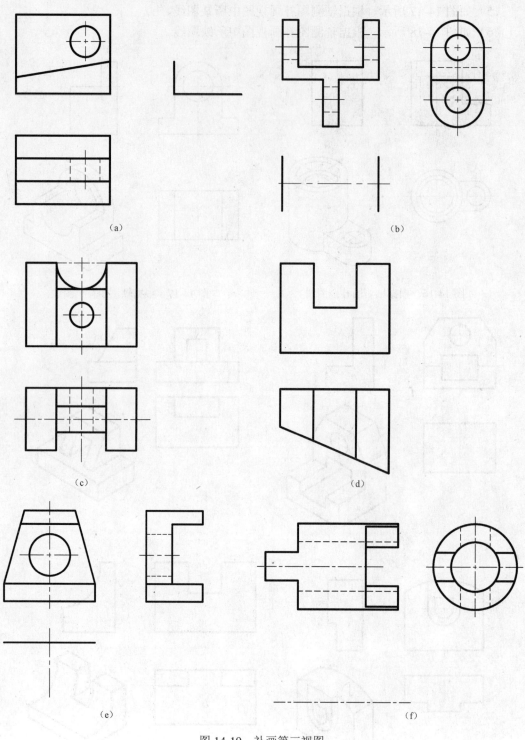

（a）   （b）

（c）   （d）

（e）   （f）

图 14-19　补画第三视图

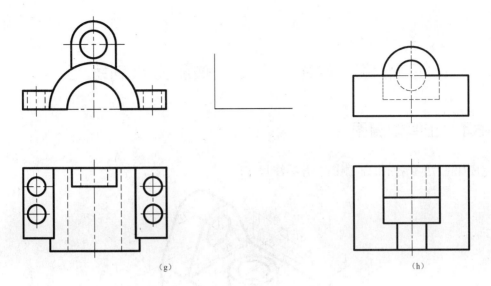

图 14-19　补画第三视图（续）

（8）如图 14-20 所示，看懂组合体视图，补画所缺漏的线条。

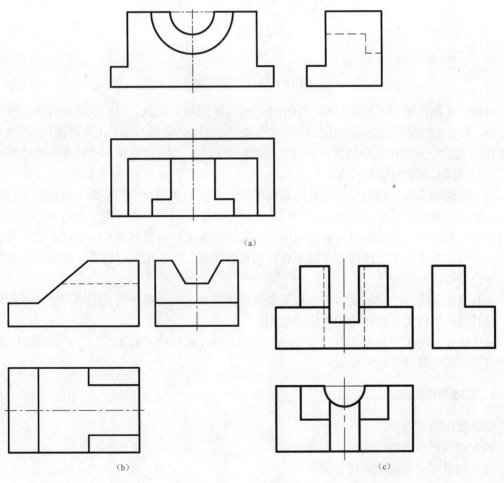

图 14-20　补画所缺线条

第 15 章   绘图实践 5：轴测图绘制练习

15.1   正等轴测图

完成如图 15-1 所示的轴测图，并标注尺寸。

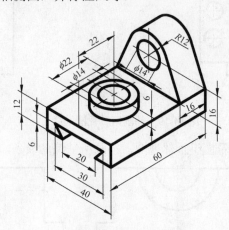

图 15-1   轴测图练习图

分析：轴测图是二维平面图形，但不像二维投影图那么抽象，能提供比较具体形象的立体效果。为了在二维平面上反映出三维的结构和尺寸，其坐标系不同于正交的笛卡尔坐标系，而是互成 120°。一般绘制轴测图时应该先绘制好坐标轴，然后根据图形中线条所对应的坐标轴方向绘制或复制出对应的线条。

绘制等轴测（椭）圆时要注意其所在的平面，需要切换到相应的平面上再绘制才能保证方向正确。在确定相对位置或尺寸大小时，始终要保证是沿轴向进行测量和绘制，如果有不和轴平行的直线存在，也需要投影到轴的方向再进行测量。必要时通过辅助圆的方法来确定尺寸，一般以距离为半径画圆，求圆和目标图线的交点。不能用偏移命令 Offset。一定要沿坐标轴的方向进行测量。

在具有相同大小的轮廓线时可以根据距离进行复制，然后将不可见的部分剪去或删除。

在有圆柱面时要注意转向轮廓线的绘制。

标注尺寸时为了保持文本方向和图线方向的一致，需要设置成 30°，−30° 的方向。尺寸线、箭头、尺寸界线等也需要倾斜。

1. 等轴测作图规则

等轴测作图规则如下。

（1）相互平行的直线其投影相互平行。

（2）测量时必须沿轴向进行测量。

2. 设置等轴测作图环境

设置等轴测作图环境需要以下步骤。

（1）使用样板图。进入 AutoCAD 2008 中文版后，可以直接使用前面设置的"机械样板图"作为模板进行下面的绘制。

（2）设置等轴测作图模式。等轴测图形属于二维平面图形，但和一般的二维投影图不同，等轴测图可以同时表示三个方向的尺寸及投影，三个坐标轴之间互成 120°。首先应该设置成等轴测作图模式。

执行菜单"工具→草图设置"，弹出"草图设置"对话框，选择"捕捉和栅格"选项卡，如图 15-2 所示，在"捕捉类型"区设置成"等轴测捕捉"。单击"确定"按钮退出后，光标自动变成轴测平面上和坐标轴平行的十字线。要在"上/左/右"三个轴测面之间进行转换，直接按 Ctrl+E 组合键即可，当然也可以通过"ISOPLANE"命令来设置。

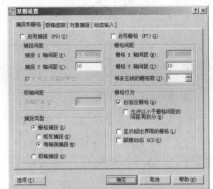

图 15-2　等轴测捕捉设置

3. 绘制等轴测基准线

在粗实线层上绘制基准线。如图 15-3 所示，绘制三条相交的直线 A、B、C 作为基准线。其方向分别为三根轴的方向。

4. 绘制底板

底板为一长方体中间挖去一燕尾通槽。

（1）首先绘制该长方体，通过绘制圆来确定各个方向的尺寸。如图 15-3 所示，以 A、B、C 的交点为圆心绘制三个圆，半径分别为 12、40、60。

（2）根据平行线投影相互平行的投影规则，采用交点捕捉方式，复制基准线如图 15-4 所示。

（3）删除辅助圆，并通过复制（copy）、修剪（trim）或倒圆（半径为 0）（Fillet）等编辑手段完成底板长方体的绘制，结果如图 15-5 所示。

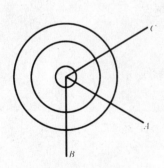

图 15-3　基准线

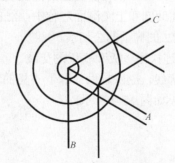

图 15-4　复制基准线

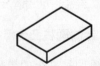

图 15-5　绘制底板长方体

（4）参照图 15-6 通过直线 A 的中点绘制垂直的一条辅助线并以 D 点为圆心，半径为 6 绘制一辅助圆。然后在左平面上将直线 DF 复制一条，即直线 AE，距直线 DF 6。最后绘制分别以 F 和 E 为圆心，半径为 10 和 15 绘制两个圆。

（5）利用对象捕捉中的交点模式，通过直线命令（Line）和修剪命令（Trim），完成如图 15-7 所示的底板燕尾槽的绘制。

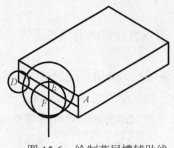

图 15-6　绘制燕尾槽辅助线

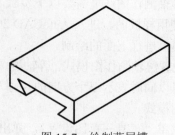

图 15-7　绘制燕尾槽

5. 绘制竖板

绘制竖板的步骤如下。

（1）如图 15-8 所示，在点画线层绘制两条辅助直线并绘制一半径为 16 的圆。

（2）将当前轴测面改到"左"，使用等轴测模式绘制半径为 7、12 的两个椭圆。圆心位置参照图 15-8，即垂直点画线和半径为 16 的圆的交点。

> 按 Ctrl+E 组合键
> 命令: <等轴测平面　左>
> 命令: <u>ELLIPSE</u>
> 指定椭圆轴的端点或 [圆弧（A）/中心点（C）/等轴测圆（I）]:<u>i↙</u>
> 指定等轴测圆的圆心: <u>**单击半径 16 的辅助圆和垂直线的交点**</u>
> 指定等轴测圆的半径或 [直径（D）]:<u>7↙</u>

用同样的方法绘制半径为 12 的椭圆，如图 15-8 所示。

（3）采用对象捕捉中的切点模式，从底板的角点绘制两条直线和半径为 12 的圆相切。首先在下达直线命令后，捕捉底板的顶点，然后按住 Shift 键，单击鼠标右键，在弹出的快捷菜单中选择"切点"，并移动到椭圆合适的位置上，单击。结果如图 15-8 所示。

（4）将两条切线、半径为 7 的椭圆和半径为 12 的椭圆向左侧复制一份，距离为 16。可以通过交点捕捉方式捕捉辅助圆和上轴测面上的点画线的两个交点进行复制。其中基准点为辅助圆的圆心，目标点为辅助圆和上轴测面对称中心线的交点。

（5）绘制两段半径为 12 的椭圆的公切线。

（6）如图 15-9 所示，连接出竖板和底板的交线。

（7）剪去看不见的轮廓线，删除辅助线和看不见的轮廓线。

（8）绘制中心线。结果如图 15-9 所示。

6. 绘制圆柱凸台

绘制圆柱凸台的步骤如下。

（1）按 Ctrl+E 组合键，将轴测面调整到"上"。

（2）如图 15-10 所示，通过复制并修改线型得到另一条中心线。

（3）如图 15-10 所示，绘制等轴测椭圆，半径分别为 7、11。

（4）如图 15-11 所示，将两椭圆及其中心线向上复制一份，距离为 6。

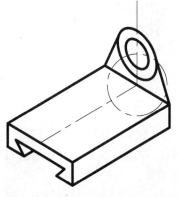

图 15-8　绘制竖直辅助线及椭圆

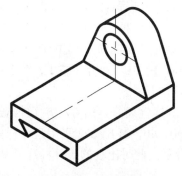

图 15-9　绘制竖板

（5）绘制两椭圆的外公切线。

（6）修剪、删除不可见的线条。结果如图 15-11 所示。

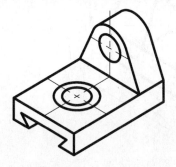

图 15-10　绘制凸台椭圆

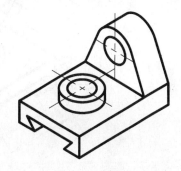

图 15-11　绘制凸台

7. 标注尺寸

标注尺寸的方法如下。

（1）设置文字样式。该轴测图中的不同平面上的尺寸其方向和倾斜角度均不同，需要使用不同的文字样式，为此应该先设置好文字样式。根据图 15-1 所标注的尺寸，文本共有以下 4 种位置：左轴测面上的两种、右轴测面上向上一种和上轴测面上向左一种。使用两种样式配合尺寸和文本的倾斜即可满足要求。

```
命令: -style✓
输入文字样式名或 [?] <isoright>:lefth✓
新样式
指定完整的字体名或字体文件名（TTF 或 SHX）<txt>:✓
指定文字高度 <0.0000>:5✓
指定宽度比例 <1.0000>:✓
指定倾斜角度 <0>:-30✓
是否反向显示文本? [是（Y）/否（N）] <N>:✓
是否倒置显示文本? [是（Y）/否（N）] <N>:✓
是否垂直? <N>:✓
"lefth" 是当前文字样式
```

再使用同样的方法设置字体样式"LEFTV"，使用的倾斜角度为30°。

（2）设置尺寸样式。首先应设定尺寸样式。由于有两种不同的文字样式适用于不同的场合，所以，根据两种不同的文字样式，设定两种不同的尺寸样式。

① DIMLEFTH：使用 LEFTH 文字样式。

② DIMLEFTV：使用 LEFTV 文字样式。

（3）标注尺寸。

① 标注线性尺寸。采用对齐（Dimaligned）标注尺寸方式标注图形中的线性尺寸。其中尺寸 20、30、40、ϕ14、ϕ22 采用尺寸样式 DIMLEFTH，其他尺寸采用 DIMLEFTV 样式。如图 15-12 所示，此时出现的尺寸标注并非最终正确的结果。

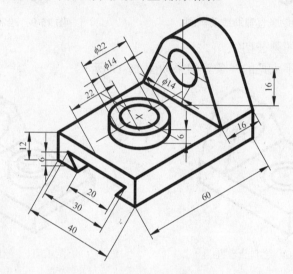

图 15-12　对齐方式标注尺寸

② 修改线性尺寸。要将尺寸改成正确的结果，使用倾斜尺寸标注修改即可。

选择菜单"标注→倾斜"或单击"标注"工具栏中的"编辑标注"按钮，输入 o

命令: _dimedit

输入标注编辑类型 [默认（H）/新建（N）/旋转（R）/倾斜（O）] <默认>:_o

选择对象:**单击尺寸 20**

找到 1 个

选择对象:**↙**

输入倾斜角度（按 Enter 键表示无）:**单击垂直线的一个端点**

指定第二点:**单击垂直线的另一个端点**

用同样的方法修改其他尺寸，对同样方向的尺寸可以同时完成。结果如图 15-1 所示。

③ 标注半径尺寸。在轴测图上标注的半径尺寸不能直接采用半径尺寸进行标注，应该使用指引线加上文本的方式完成。

使用指引线标注半径尺寸 *R*12。

8．保存文件

将该图形以"组合体轴测图.dwg"为文件名保存。

15.2 斜二等轴测图

如图 15-13 所示，根据已知的两个视图，绘制斜二等轴测图。

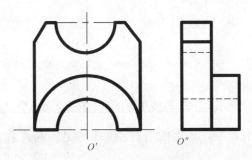

图 15-13　绘制斜二等轴测图

1. 绘制轴测图

斜二等轴测轴是 X 轴和 Z 轴垂直正交，Y 轴呈 $-45°$，如图 15-14 所示。

2. 复制主视图

命令: _copy

选择对象: **选择主视图中的所有对象**，找到 11 个

选择对象:**↙**

当前设置：复制模式 = 多个

指定基点或 [位移（D）/模式（O）] <位移>:**单击 O′**

指定第二个点或 <使用第一个点作为位移>：<正交 关> **单击轴测坐标系中的原点 O**

指定第二个点或 [退出（E）/放弃（U）] <退出>:**↙**

指定第二个点或 [退出（E）/放弃（U）] <退出>:**↙**

结果如图 15-15 所示。

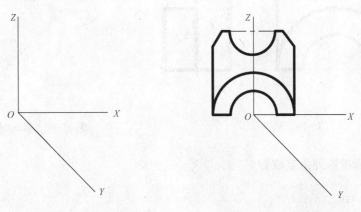

图 15-14　斜二等轴测轴　　　　　图 15-15　复制主视图

3. 绘制辅助圆

命令: _circle 指定圆的圆心或 [三点（3P）/两点（2P）/相切、相切、半径（T）]: **2p↙**
指定圆直径的第一个端点:**单击 O″**
指定圆直径的第二个端点:**如图 15-16 所示，单击直径上另一个点**
命令: circle
指定圆的圆心或 [三点（3P）/两点（2P）/相切、相切、半径（T）]: **2p↙**
指定圆直径的第一个端点: **单击 O″**
指定圆直径的第二个端点: **如图 15-16 所示，单击直径上另一个端点**

注意: 这里用 2p 方式绘制，利用的是直径和半径之间的关系，正好满足 Y 方向长度取一半的要求。

4. 移动辅助圆

命令: _move
选择对象: **选择刚绘制的辅助圆**，找到 1 个
选择对象:**↙**
指定基点或 [位移（D）] <位移>: **单击辅助圆的圆心**
指定第二个点或 <使用第一个点作为位移>: **单击轴测坐标系中的 O 点，如图 15-16 所示**

结果如图 15-17 所示。用同样的方法移动另一个圆。

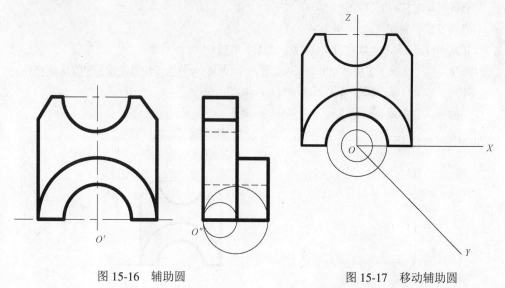

图 15-16　辅助圆　　　　　　　　图 15-17　移动辅助圆

5. 复制正面投影到指定位置

命令: _copy
选择对象: 指定对角点: **采用窗口方式或窗交方式，将轴侧坐标系中正面投影全部选中**。找到 12 个
选择对象:**↙**
当前设置: 复制模式 = 多个

指定基点或 [位移（D）/模式（O）] <位移>: **单击 O 点**

指定第二个点或 <使用第一个点作为位移>: **单击 A 点，结果如图 15-18 所示**

指定第二个点或 [退出（E）/放弃（U）] <退出>: ↙

命令: _copy

选择对象: **依次选择正面投影中前侧的圆弧和下侧的直线**

找到 1 个

选择对象: 找到 1 个，总计 2 个

选择对象: 找到 1 个，总计 3 个

选择对象: 找到 1 个，总计 4 个

选择对象: ↙

当前设置: 复制模式 = 多个

指定基点或 [位移（D）/模式（O）] <位移>: **单击 O 点**

指定第二个点或 <使用第一个点作为位移>: **单击 B 点**

指定第二个点或 [退出（E）/放弃（U）] <退出>: ↙

结果如图 15-19 所示。

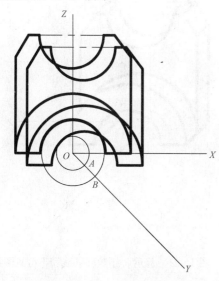

图 15-18　复制后侧正面投影

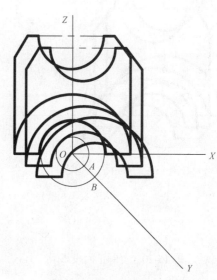

图 15-19　复制前侧正面投影

6. 连接轮廓投影线

将投影的轮廓线连接上。其中前面的两个半圆弧右上侧需要绘制一条公切线表示轮廓投影线。

命令: _line

指定第一点: **_tan 到**（**按住 Shift 键，单击鼠标右键，选择切点**）**在第 1 次复制的圆弧的右上侧位置单击**

指定下一点或 [放弃（U）]: **_tan 到**（**按住 Shift 键，单击鼠标右键，选择切点**）**在第 2 次复制的圆弧的右上侧位置单击**

指定下一点或 [放弃（U）]: ↙

结果如图 15-20 所示。

7. 修剪、删除不可见图线

> 命令:Trim
>
> 当前设置:投影=UCS,边=无
>
> 选择剪切边…
>
> 选择对象或 <全部选择>: 找到 n 个 <u>选择剪切边界</u>
>
> 选择对象:↙
>
> 选择要修剪的对象,或按住 Shift 键选择要延伸的对象,或
>
> [栏选(F)/窗交(C)/投影(P)/边(E)/删除(R)/放弃(U)]:<u>单击需要剪切的图线</u>
>
> 选择要修剪的对象,或按住 Shift 键选择要延伸的对象,或
>
> [栏选(F)/窗交(C)/投影(P)/边(E)/删除(R)/放弃(U)]:↙

结果如图 15-21 所示。

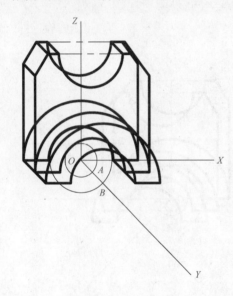

图 15-20 复制正面投影

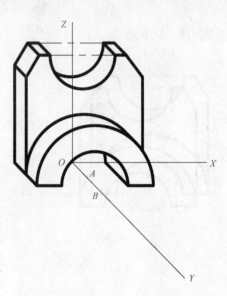

图 15-21 修剪、删除辅助线和不可见图线

8. 删除轴测轴和中心线等

结果如图 15-22 所示。

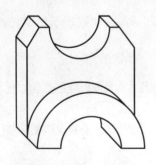

图 15-22 斜二等轴测图

9. 保存文件

将图 15-22 以"斜二等轴测图.dwg"保存。

15.3 轴测图练习

以下是轴测图绘制练习。

(1)根据如图 15-23 所示的三视图,绘制组合体的正等轴测图(尺寸从图中量取)。

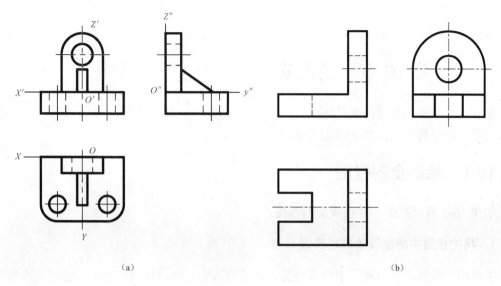

图 15-23　组合体的正等轴测图

（2）绘制如图 15-24 所示模型的正等轴测图和斜二等轴测图（尺寸从图中量取）。

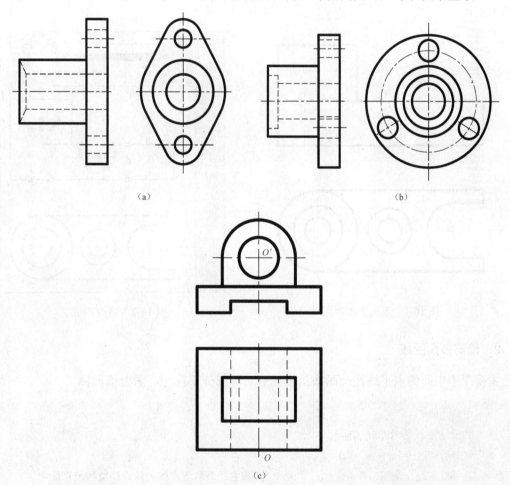

图 15-24　绘制正等和斜二等轴测图

第 16 章 绘图实践 6：剖视图绘制练习

剖视图是机件的重要的表达方式之一。剖视图根据其剖切范围分，可分为全剖、半剖、局部剖等。现举例介绍具体的绘制方法。

16.1 绘制全剖视图

如图 16-1 所示视图，改画成全剖视图。

1. 将主视图中的虚线改成粗实线

主视图中虚线，在剖视图中全部可见，应改画成粗实线。仅需将其所在图层改为粗实线层即可。

选择所有的虚线图线，单击图层下拉列表，如图 16-2 所示，选择粗实线，再按 Esc 键，取消夹点。

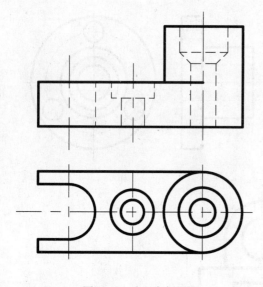

图 16-1 改画全剖视图

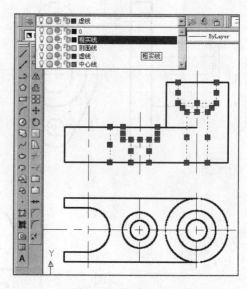

图 16-2 修改图层

2. 修剪多余图线

主视图中中间的水平线在改画成剖视图后右侧部分不存在，需要修剪掉。

```
命令:_trim
当前设置:投影=UCS，边=无
选择剪切边…
选择对象或 <全部选择>: 找到 1 个  选择右边圆柱上左侧的转向轮廓线投影线
选择对象:↙
选择要修剪的对象，或按住 Shift 键选择要延伸的对象，或
```

[栏选（F）/窗交（C）/投影（P）/边（E）/删除（R）/放弃（U）]: **单击中间直线右侧的超出部分**
选择要修剪的对象，或按住 Shift 键选择要延伸的对象，或
[栏选（F）/窗交（C）/投影（P）/边（E）/删除（R）/放弃（U）]: ↙

3. 填充剖面线

单击"图案填充"按钮，弹出如图 16-3 所示的"图案填充和渐变色"对话框。在其中"图案"后选择"ANSI31"。再单击"添加：拾取点"按钮，返回到绘图平面，依次单击需要填充图案的封闭区域。单击鼠标右键返回"图案填充和渐变色"对话框。将比例修改到合适数值。单击"确定"按钮退出。

结果如图 16-4 所示。

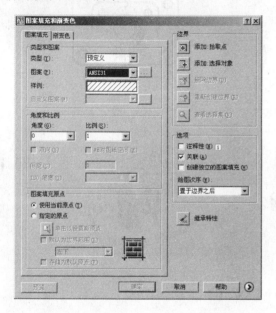

图 16-3 "图案填充和渐变色"对话框

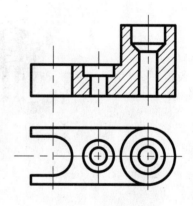

图 16-4 绘制剖面线

4. 保存

将该文件保存，名称为："全剖视图.dwg"。

16.2 绘制半剖视图

如图 16-5 所示，在原有视图基础上用合适的方法将该零件表达清楚。

该零件具有对称的属性，同时其外形和内部结构均需表达。半剖视图表达是最合适的表达方法。对于下面底板和上面顶板上孔，则采用局部剖表达。

半剖视图是取视图中的一半和剖视图中的一半组合而成，如图 16-6 所示。

（1）以垂直中心线为剪切边界，将主视图中左侧部分的

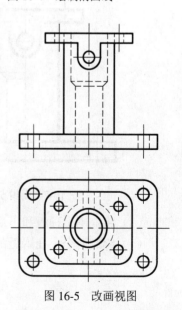

图 16-5 改画视图

虚线删除或修剪到中心线（其中上面顶板的虚线孔保留），如图 16-7 所示。

（2）以垂直中心线为剪切边界，将主视图中右侧部分中间的虚线改为粗实线，上顶板和下底板的孔的投影虚线删除，将上部分前凸缘修剪到垂直中心线。将底板上表面水平投影线修剪到垂直中心线，如图 16-8 所示。

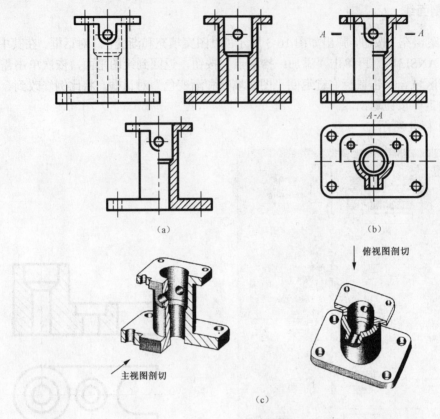

图 16-6　半剖视图

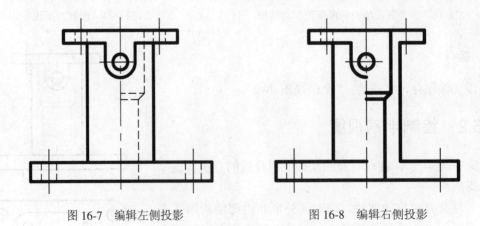

图 16-7　编辑左侧投影　　　　　图 16-8　编辑右侧投影

（3）将左侧上顶板和下底板上的孔的投影线改为粗实线，如图 16-9 所示。

（4）绘制两个小孔附近的波浪线，确保其端点落在粗实线上，如图 16-10 所示。

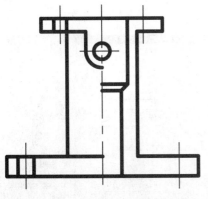

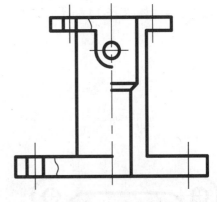

图 16-9　编辑底板空投影线　　　　　　　图 16-10　绘制波浪线

命令: spline

指定第一个点或 [对象（O）]: **采用 near 捕捉方式在上面水平线上的合适位置单击**

指定下一点:**在需要绘制波浪线的中间合适位置单击**

指定下一点或 [闭合（C）/拟合公差（F）] <起点切向>: **再选择几个控制点**

指定下一点或 [闭合（C）/拟合公差（F）] <起点切向>:**↙**

指定下一点或 [闭合（C）/拟合公差（F）] <起点切向>:**↙**

指定起点切向:**↙**

指定端点切向: **↙**

也可以通过 sketch 命令绘制徒手线。

命令: sketch

记录增量 <1.0000>: **0.1↙**

徒手画. 画笔（P）/退出（X）/结束（Q）/记录（R）/删除（E）/连接（C）。 <笔 落> <笔 提>

已记录 x 条直线

（5）.将俯视图中下侧上底板外围轮廓线删除，内侧投影线改为粗实线。上部分内侧虚线删除，如图 16-11 所示。

（6）填充剖面线。设置如图 16-12 所示。结果如图 16-13 所示。

命令: _bhatch

拾取内部点或 [选择对象（S）/删除边界（B）]:　正在选择所有对象…

正在选择所有可见对象…

正在分析所选数据…

正在分析内部孤岛…

拾取内部点或 [选择对象（S）/删除边界（B）]:**单击需要填充的位置内部任意一点**

正在分析内部孤岛…

…（重复单击需要填充剖面线的位置的内部）

拾取内部点或 [选择对象（S）/删除边界（B）]:**↙**

修改尺寸标注如图 16-14 所示。

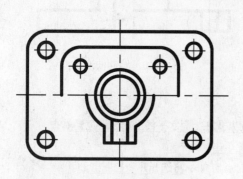

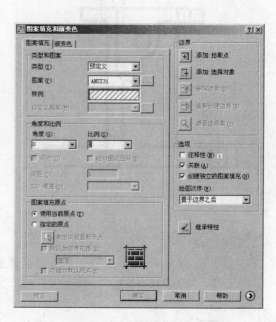

图 16-11　编辑俯视图投影线　　　　　图 16-12　设置填充剖面线参数

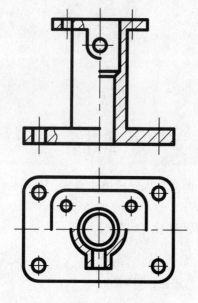

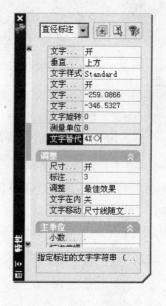

图 16-13　填充剖面线　　　　　图 16-14　修改尺寸标注

（7）标注剖切位置。采用直线命令，在主视图上标注表示剖切平面的两段粗实线，如图 16-15 所示。

（8）标注剖切符号，如图 16-16 所示。

（9）标注尺寸如图 16-17 所示。

（10）保存文件。将该文件保存，名称为："半剖视图.dwg"。

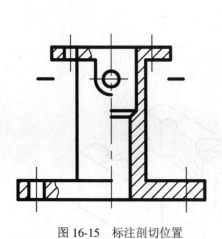

图 16-15　标注剖切位置

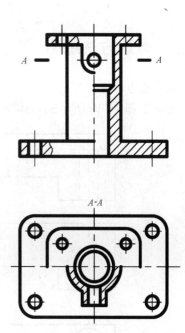

图 16-16　标注剖切符号

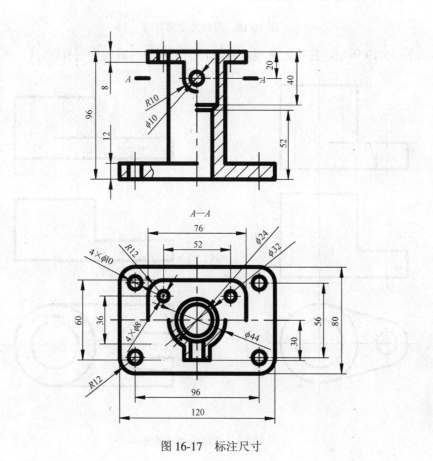

图 16-17　标注尺寸

16.3 表达方法练习

以下是表达方法练习。

（1）根据如图 16-18 所示的立体图，将主视图在指定位置改为全剖视图。

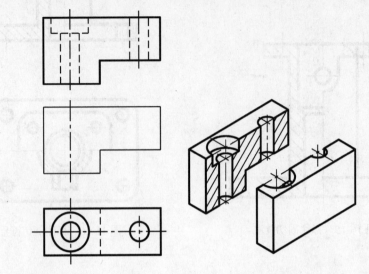

图 16-18 改画为全剖视图

（2）如图 16-19 所示，在指定位置，将机件的主视图改画成全剖视图。

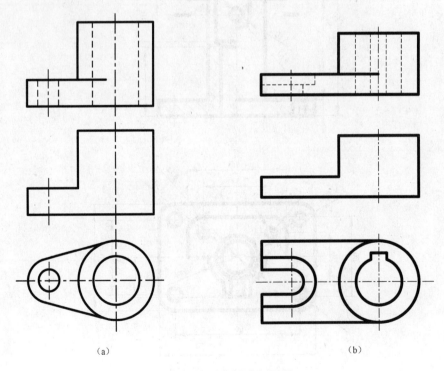

（a）   （b）

图 16-19 改画成全剖视图

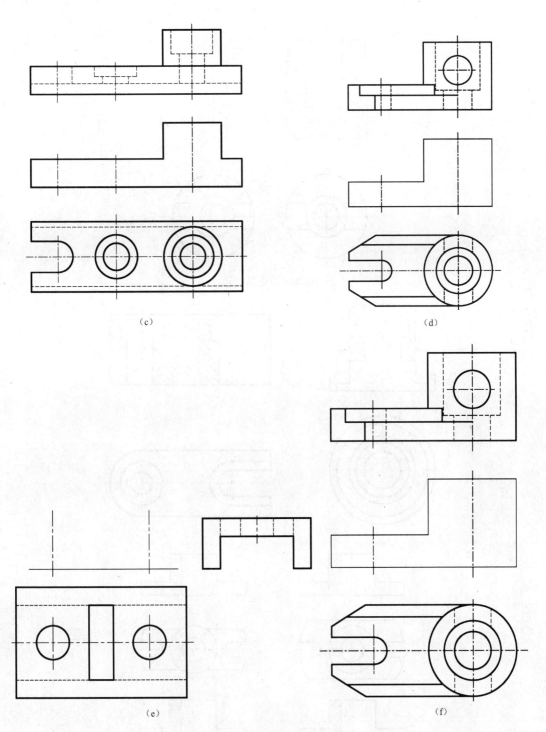

图 16-19　改画成全剖视图（续）

（3）如图 16-20 所示，分析剖视图的错误画法，并在指定处画出正确的剖视图。

（4）如图 16-21 所示，补画剖视图中缺漏的图线。

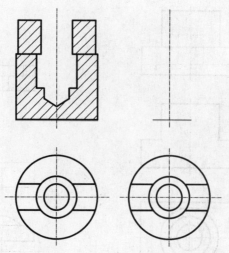

图 16-20　改正错误画法

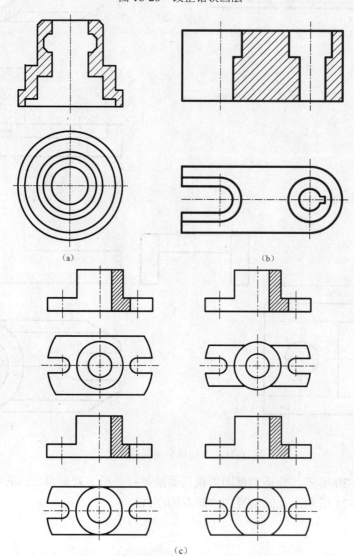

(a)

(b)

(c)

图 16-21　补全图线

（5）如图 16-22 所示，把主、俯视图画成半剖视图。

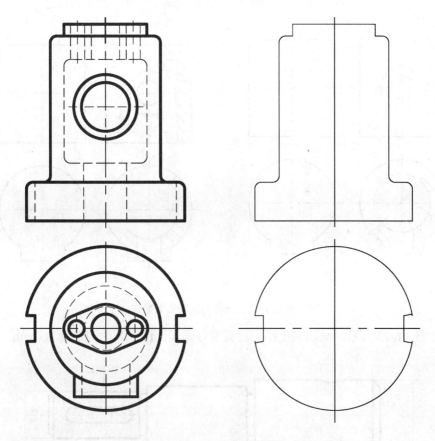

图 16-22　改画半剖视图

（6）如图 16-23 所示，将机件的主、俯视图改画成局部剖视图。

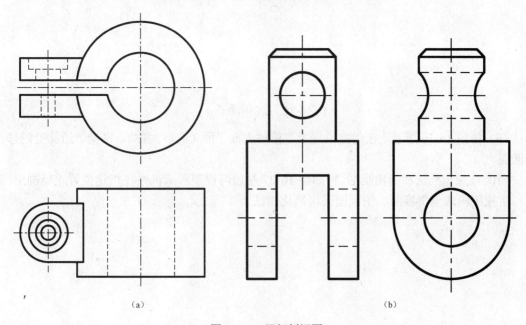

（a）　　　　　　　　　　　　　　（b）

图 16-23　局部剖视图

（7）参照图 16-24，分析左边机件的两视图中局部剖视图画法上的错误，在右边画出正确的局部剖视图。

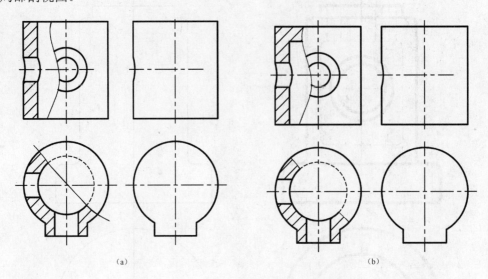

图 16-24　改正局部剖视图中的错误

（8）如图 16-25 所示，画出轴上指定位置的移出断面图，其中键槽深为 3mm。

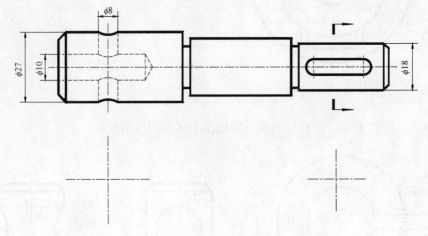

图 16-25　绘制断面图 1

（9）如图 16-26 所示，在指定位置上，作轴上截平面（前后对称）、键槽、通孔处的移出断面图。

（10）按规定画法和简化画法，将如图 16-27 左边两视图所示机件在指定位置重新画出（建议：主视图画成全剖视图，俯视图采用简化画法）。

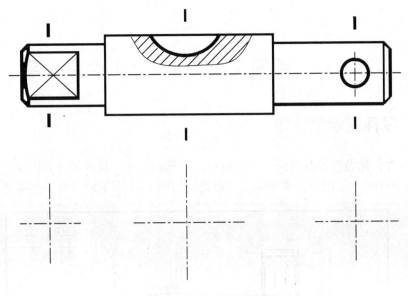

图 16-26　绘制断面图 2

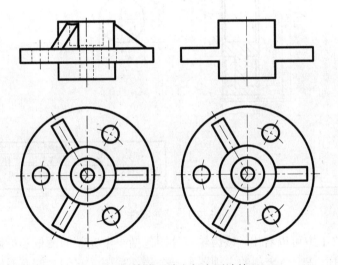

图 16-27　简化画法和规定画法练习

第 17 章　绘图实践 7: 零件图绘制练习

17.1　零件图示例

零件图包含有标题栏及其图框、一组视图、完整的尺寸、技术要求等内容,相对来说,用到的 AutoCAD 命令比较多。本例简要介绍绘制如图 17-1 所示的齿轮零件图的过程。

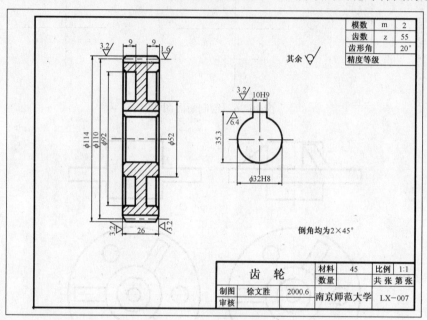

图 17-1　齿轮零件图

分析:从图 17-1 中可以看出,该齿轮零件图包括一个完整的图框和标题栏以及右上角的参数表。中间的图形是一个全剖的主视图和一个局部视图,它们之间有对应关系。图形上有完整的尺寸、公差、表面粗糙度。绘制该图形,应该将图框和标题栏预先绘制成块,最后插入并填充即可。然后绘制局部视图,根据局部视图和主视图的对应关系,绘制主视图。主视图上下、左右对称,可以只绘制 1/4,然后镜像。标注尺寸及公差,插入粗糙度,最后填充剖面线并保存。

1. 环境设置

环境设置包括图纸界限、文本字形设置、尺寸样式设置、图层、对象捕捉模式的设置。

2. 绘制标题栏

标题栏是几乎所有的图纸都应该有的重要内容之一。绘制一标题栏,并输出成“块”(单独保存为一个独立的图形文件),不仅可以供本例使用,也可供其他需要绘制标题栏的图形调用。

3. 绘制表面粗糙度符号

技术要求除了包括文字描述的"技术要求"外，还有表面粗糙度等。表面粗糙度符号经常使用，一般情况下定义成包含属性的块，需要时插入块并修改属性比较方便。参照图 17-2 绘制一个粗糙度符号并定义成块。

4. 绘制局部视图

由于绘制主视图时其键槽尺寸要和局部视图相一致，所以应先绘制局部视图。

（1）绘制基准线。局部视图的基准线为点画线表示的中心线。将当前层设定为点画线层。打开正交模式后，绘制两垂直相交的中心线 A 和 B。

（2）绘制圆。以中心线的交点为圆心，绘制一半径为 16 的圆，如图 17-3 所示。

（3）偏移复制轮廓线。采用偏移命令，得到键槽轮廓线的投影线，然后通过修剪命令得到其准确的投影，如图 17-4 所示。

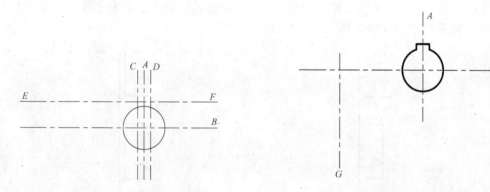

图 17-3　绘制圆并偏移复制键槽轮廓线　　　　图 17-4　修剪键槽投影并修改图层

（4）修改线条特性。偏移复制的三条直线为点画线，需要改到粗实线层上。选择后直接通过图层下拉列表选择粗实线层，使之转过去。

5. 绘制主视图轮廓线

绘制主视图轮廓线的方法如下。

（1）绘制基准线。主视图的基准线包括水平中心线和一条垂直线。由于水平中心线在绘制局部视图时已经绘制，所以只要绘制一条垂直线即可。该垂直线在手工绘图时可以选择成某端面的投影线。因为该齿轮的主视图投影在左右方向上对称，在上下方向上基本对称，所以可以绘制一条垂直线作为左右方向上的对称线（辅助线）。

采用直线命令在点画线层绘制一条垂直线，如图 17-5 所示的直线 G。

（2）偏移复制 1/4 轮廓线。由于该齿轮在主视图上投影的对称性，所以先绘制 1/4，然后再镜像复制其他部分即可。

（3）修剪图线。采用修剪命令，将偏移复制的图线修剪成如图 17-6 所示的结果。

（4）计算齿根线位置。由于齿轮零件图中无齿根线尺寸，需要计算才能绘制。计算公式为：齿根线距分度线的距离＝齿顶线距分度线的距离×1.25。

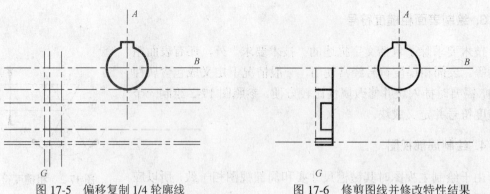

图 17-5　偏移复制 1/4 轮廓线　　　　　　　图 17-6　修剪图线并修改特性结果

（5）偏移复制齿根线。采用偏移命令，选择最下方水平线，向上偏移复制，得到齿根线。

（6）修改图线特性。按照如图 17-6 所示的结果，将除中心线和对称线以及分度线之外的图线改到粗实线层。

（7）倒角。主视图中在 1/4 的范围内存在四处倒角。可以采用倒角命令直接绘制。但在倒角时不论设置成剪切模式或不剪切模式，都会存在线段需要延长或修剪的情况。此处采用剪切模式进行倒角，同时采用延伸命令配合倒角。倒角之后会产生交线投影，直接通过直线命令完成，如图 17-7、图 17-8 所示。

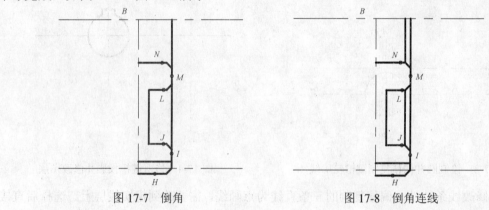

图 17-7　倒角　　　　　　　　　　　　　　图 17-8　倒角连线

（8）镜像轮廓线。绘制完 1/4 轮廓线后，进行镜像复制可以得到其他部分的投影，如图 17-9 和图 17-10 所示。

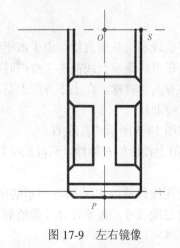 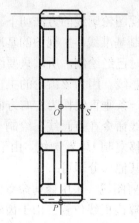

图 17-9　左右镜像　　　　　　　　　　　　图 17-10　上下镜像

（9）绘制键槽轮廓线。在主视图中键槽的轮廓线和中心线以下圆孔的投影线不同，需要根据局部视图进行绘制。从局部视图引出键槽所在位置，然后绘制主视图中的键槽投影线，并修剪到正确长度，如图 17-11 所示。

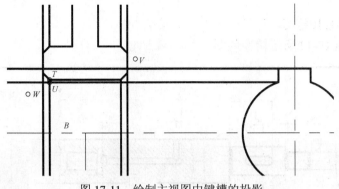

图 17-11　绘制主视图中键槽的投影

6. 插入表面粗糙度符号

通过插入块的方式直接插入粗糙度符号。对部分需要旋转的粗糙度符号，在提示插入点时输入 R 选项，再输入旋转角度，然后指定插入点进行插入操作。如果数值和粗糙度符号之间不符合要求时，可以通过"分解"命令将块和属性分解后单独进行旋转。也可以针对不同的方向建立不同的块。

对"其余"后的粗糙度符号，可以插入一个表面粗糙度符号，然后通过分解命令分解，绘制一圆（TTT 模式），并删除上面的水平线。

采用比例缩放命令将"其余"后的符号放大 1.4 倍。

7. 标注尺寸

按照零件图的尺寸标注要求进行标注。尺寸公差直接在尺寸数字后补充即可。

8. 绘制剖面线

使用图案填充命令，选择 "ANSI31"，比例设置为 3，选择需要填充的范围，绘制剖面线。

9. 插入标题栏

通过插入命令将前面绘制的"标题栏"插入进来，插入比例和旋转角度均采用默认值，并通过移动命令调整图形之间以及图形和标题栏之间的位置。

10. 绘制齿轮参数表

在标题栏的右上角通过直线命令绘制参数表，并使用文本输入命令填写。

11. 注写技术要求和标题栏

通过单行文本或多行文本命令填写技术要求和标题栏。

12. 保存文件

绘制完毕的图形应注意保存，单击"存盘"按钮，输入"零件图练习.dwg"并单击"保存"按钮保存。

17.2　零件图练习

以下是抄绘零件图练习。

（1）抄绘如图 17-12 所示的零件图。

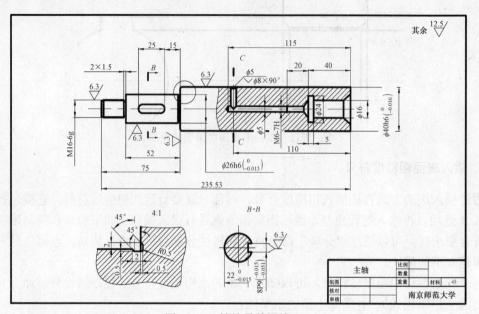

图 17-12　抄绘零件图练习 1

（2）抄绘如图 17-13 所示的零件图。

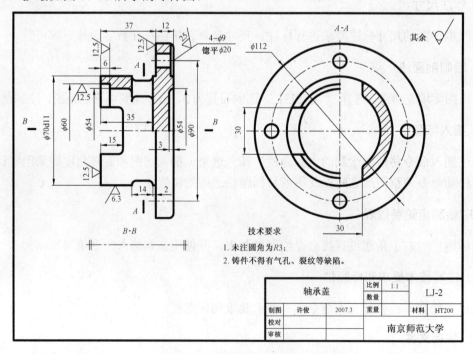

图 17-13　抄绘零件图练习 2

第 4 部分　制图基础手绘练习题

（http:p//www.hxedu.com.cn 网站免费下载）

表1 常用及优先用途轴的极限偏差

基本尺寸(mm) 大于	至	a 11	b 11	b 12	c 9	c 10	c ⑪	d 8	d ⑨	d 10	d 11	e 7	e 8	e 9
—	3	−270 −330	−140 −200	−140 −240	−60 −85	−60 −100	−60 −120	−20 −34	−20 −45	−20 −60	−20 −80	−14 −24	−14 −28	−14 −39
3	6	−270 −330	−140 −215	−140 −260	−70 −100	−70 −118	−70 −145	−30 −48	−30 −60	−30 −78	−30 −105	−20 −32	−20 −38	−20 −50
6	10	−280 −370	−150 −240	−150 −300	−80 −116	−80 −138	−80 −170	−40 −62	−40 −76	−40 −98	−40 −130	−25 −40	−25 −47	−25 −61
10	14	−290 −400	−150 −260	−150 −330	−95 −138	−95 −165	−95 −205	−50 −77	−50 −93	−50 −120	−50 −160	−32 −50	−32 −59	−32 −75
14	18													
18	24	−300 −430	−160 −290	−160 −370	−110 −162	−110 −194	−110 −240	−65 −98	−65 −117	−65 −149	−65 −195	−40 −61	−40 −73	−40 −92
24	30													
30	40	−310 −470	−170 −330	−170 −420	−120 −182	−120 −220	−120 −280	−80 −119	−80 −142	−80 −180	−80 −240	−50 −75	−50 −89	−50 −112
40	50	−320 −480	−180 −340	−180 −430	−130 −192	−130 −230	−130 −290							
50	65	−340 −530	−190 −380	−190 −490	−140 −214	−140 −260	−140 −330	−100 −146	−100 −174	−100 −220	−100 −290	−60 −90	−60 −106	−60 −134
65	80	−360 −550	−200 −390	−200 −500	−150 −224	−150 −270	−150 −340							
80	100	−380 −600	−220 −440	−220 −570	−170 −257	−170 −310	−170 −390	−120 −174	−120 −207	−120 −260	−120 −340	−72 −107	−72 −126	−72 −159
100	120	−410 −630	−240 −460	−240 −590	−180 −267	−180 −320	−180 −400							
120	140	−460 −710	−260 −510	−260 −660	−200 −300	−200 −360	−200 −450	−145 −208	−145 −245	−145 −305	−145 −395	−85 −125	−85 −148	−85 −185
140	160	−520 −770	−280 −530	−280 −680	−210 −310	−210 −370	−210 −460							
160	180	−580 −830	−310 −560	−310 −710	−230 −330	−230 −390	−230 −480							
180	200	−660 −950	−340 −630	−340 −800	−240 −355	−240 −425	−240 −530	−170 −242	−170 −285	−170 −355	−170 −460	−100 −146	−100 −172	−100 −215
200	225	−740 −1030	−380 −670	−380 −840	−260 −375	−260 −445	−260 −550							
225	250	−820 −1110	−420 −710	−420 −880	−280 −395	−280 −465	−280 −570							
250	280	−920 −1240	−480 −800	−480 −1000	−300 −430	−300 −510	−300 −620	−190 −271	−190 −320	−190 −400	−190 −510	−110 −162	−110 −191	−110 −240
280	315	−1050 −1370	−540 −860	−540 −1060	−330 −460	−330 −540	−330 −650							
315	355	−1200 −1560	−600 −960	−600 −1170	−360 −500	−360 −590	−360 −720	−210 −299	−210 −350	−210 −440	−210 −570	−125 −182	−125 −214	−125 −265
355	400	−1350 −1710	−680 −1040	−680 −1250	−400 −540	−400 −630	−400 −760							
400	450	−1500 −1900	−760 −1160	−760 −1390	−440 −595	−440 −690	−440 −840	−230 −327	−230 −385	−230 −480	−230 −630	−135 −198	−135 −232	−135 −290
450	500	−1650 −2050	−840 −1240	−840 −1470	−480 −635	−480 −730	−480 −880							

常用及优先公差带

与配合

（GB/T 1800.4—1999）（尺寸至 500mm）　　　　　单位：μm（1/1000mm）

（带 ○ 者为优先公差带）

f 5	f 6	f ⑦	f 8	f 9	g 5	g ⑥	g 7	h 5	h ⑥	h ⑦	h 8	h ⑨	h 10	h ⑪	h 12
-6 / -10	-6 / -12	-6 / -16	-6 / -20	-6 / -31	-2 / -6	-2 / -8	-2 / -12	0 / -4	0 / -6	0 / -10	0 / -14	0 / -25	0 / -40	0 / -60	0 / -100
-10 / -15	-10 / -18	-10 / -22	-10 / -28	-10 / -40	-4 / -9	-4 / -12	-4 / -16	0 / -5	0 / -8	0 / -12	0 / -18	0 / -30	0 / -48	0 / -75	0 / -120
-13 / -19	-13 / -22	-13 / -28	-13 / -35	-13 / -49	-5 / -11	-5 / -14	-5 / -20	0 / -6	0 / -9	0 / -15	0 / -22	0 / -36	0 / -58	0 / -90	0 / -150
-16 / -24	-16 / -27	-16 / -34	-16 / -43	-16 / -59	-6 / -14	-6 / -17	-6 / -24	0 / -8	0 / -11	0 / -18	0 / -27	0 / -43	0 / -70	0 / -110	0 / -180
-20 / -29	-20 / -33	-20 / -41	-20 / -53	-20 / -72	-7 / -16	-7 / -20	-7 / -28	0 / -9	0 / -13	0 / -21	0 / -33	0 / -52	0 / -84	0 / -130	0 / -210
-25 / -36	-25 / -41	-25 / -50	-25 / -64	-25 / -87	-9 / -20	-9 / -25	-9 / -34	0 / -11	0 / -16	0 / -25	0 / -39	0 / -62	0 / -100	0 / -160	0 / -250
-30 / -43	-30 / -49	-30 / -60	-30 / -76	-30 / -104	-10 / -23	-10 / -29	-10 / -40	0 / -13	0 / -19	0 / -30	0 / -46	0 / -74	0 / -120	0 / -190	0 / -300
-36 / -51	-36 / -58	-36 / -71	-36 / -90	-36 / -123	-12 / -27	-12 / -34	-12 / -47	0 / -15	0 / -22	0 / -35	0 / -54	0 / -87	0 / -140	0 / -220	0 / -350
-43 / -61	-43 / -68	-43 / -83	-43 / -106	-43 / -143	-14 / -32	-14 / -39	-14 / -54	0 / -18	0 / -25	0 / -40	0 / -63	0 / -100	0 / -160	0 / -250	0 / -400
-50 / -70	-50 / -79	-50 / -96	-50 / -122	-50 / -165	-15 / -35	-15 / -44	-15 / -61	0 / -20	0 / -29	0 / -46	0 / -72	0 / -115	0 / -185	0 / -290	0 / -460
-56 / -79	-56 / -88	-56 / -108	-56 / -137	-56 / -186	-17 / -40	-17 / -49	-17 / -69	0 / -23	0 / -32	0 / -52	0 / -81	0 / -130	0 / -210	0 / -320	0 / -520
-62 / -87	-62 / -98	-62 / -119	-62 / -151	-62 / -202	-18 / -43	-18 / -54	-18 / -75	0 / -25	0 / -36	0 / -57	0 / -89	0 / -140	0 / -230	0 / -360	0 / -570
-68 / -95	-68 / -108	-68 / -131	-68 / -165	-68 / -223	-20 / -47	-20 / -60	-20 / -83	0 / -27	0 / -40	0 / -63	0 / -97	0 / -155	0 / -250	0 / -400	0 / -630

基本尺寸(mm) 大于	至	js5	js6	js7	k5	k⑥	k7	m5	m6	m7	n5	n⑥	n7	p5	p⑥	p7
—	3	±2	±3	±5	+4/0	+6/0	+10/0	+6/+2	+8/+2	+12/+2	+8/+4	+10/+4	+14/+4	+10/+6	+12/+6	+16/+6
3	6	±2.5	±4	±6	+6/+1	+9/+1	+13/+1	+9/+4	+12/+4	+16/+4	+13/+8	+16/+8	+20/+8	+17/+12	+20/+12	+24/+12
6	10	±3	±4.5	±7	+7/+1	+10/+1	+16/+1	+12/+6	+15/+6	+21/+6	+16/+10	+19/+10	+25/+10	+21/+15	+24/+15	+30/+15
10	14	±4	±5.5	±9	+9/+1	+12/+1	+19/+1	+15/+7	+18/+7	+25/+7	+20/+12	+23/+12	+30/+12	+26/+18	+29/+18	+36/+18
14	18	±4	±5.5	±9	+9/+1	+12/+1	+19/+1	+15/+7	+18/+7	+25/+7	+20/+12	+23/+12	+30/+12	+26/+18	+29/+18	+36/+18
18	24	±4.5	±6.5	±10	+11/+2	+15/+2	+23/+2	+17/+8	+21/+8	+29/+8	+24/+15	+28/+15	+36/+15	+31/+22	+35/+22	+43/+22
24	30	±4.5	±6.5	±10	+11/+2	+15/+2	+23/+2	+17/+8	+21/+8	+29/+8	+24/+15	+28/+15	+36/+15	+31/+22	+35/+22	+43/+22
30	40	±5.5	±8	±12	+13/+2	+18/+2	+27/+2	+20/+9	+25/+9	+34/+9	+28/+17	+33/+17	+42/+17	+37/+26	+42/+26	+51/+26
40	50	±5.5	±8	±12	+13/+2	+18/+2	+27/+2	+20/+9	+25/+9	+34/+9	+28/+17	+33/+17	+42/+17	+37/+26	+42/+26	+51/+26
50	65	±6.5	±9.5	±15	+15/+2	+21/+2	+32/+2	+24/+11	+30/+11	+41/+11	+33/+20	+39/+20	+50/+20	+45/+32	+51/+32	+62/+32
65	80	±6.5	±9.5	±15	+15/+2	+21/+2	+32/+2	+24/+11	+30/+11	+41/+11	+33/+20	+39/+20	+50/+20	+45/+32	+51/+32	+62/+32
80	100	±7.5	±11	±17	+18/+3	+25/+3	+38/+3	+28/+13	+35/+13	+48/+13	+38/+23	+45/+23	+58/+23	+52/+37	+59/+37	+72/+37
100	120	±7.5	±11	±17	+18/+3	+25/+3	+38/+3	+28/+13	+35/+13	+48/+13	+38/+23	+45/+23	+58/+23	+52/+37	+59/+37	+72/+37
120	140	±9	±12.5	±20	+21/+3	+28/+3	+43/+3	+33/+15	+40/+15	+55/+15	+45/+27	+52/+27	+67/+27	+61/+43	+68/+43	+83/+43
140	160	±9	±12.5	±20	+21/+3	+28/+3	+43/+3	+33/+15	+40/+15	+55/+15	+45/+27	+52/+27	+67/+27	+61/+43	+68/+43	+83/+43
160	180	±9	±12.5	±20	+21/+3	+28/+3	+43/+3	+33/+15	+40/+15	+55/+15	+45/+27	+52/+27	+67/+27	+61/+43	+68/+43	+83/+43
180	200	±10	±14.5	±23	+24/+4	+33/+4	+50/+4	+37/+17	+46/+17	+63/+17	+51/+31	+60/+31	+77/+31	+70/+50	+79/+50	+96/+50
200	225	±10	±14.5	±23	+24/+4	+33/+4	+50/+4	+37/+17	+46/+17	+63/+17	+51/+31	+60/+31	+77/+31	+70/+50	+79/+50	+96/+50
225	250	±10	±14.5	±23	+24/+4	+33/+4	+50/+4	+37/+17	+46/+17	+63/+17	+51/+31	+60/+31	+77/+31	+70/+50	+79/+50	+96/+50
250	280	±11.5	±16	±26	+27/+4	+36/+4	+56/+4	+43/+20	+52/+20	+72/+20	+57/+34	+66/+34	+86/+34	+79/+56	+88/+56	+108/+56
280	315	±11.5	±16	±26	+27/+4	+36/+4	+56/+4	+43/+20	+52/+20	+72/+20	+57/+34	+66/+34	+86/+34	+79/+56	+88/+56	+108/+56
315	355	±12.5	±18	±28	+29/+4	+40/+4	+61/+4	+46/+21	+57/+21	+78/+21	+62/+37	+73/+37	+94/+37	+87/+62	+98/+62	+119/+62
355	400	±12.5	±18	±28	+29/+4	+40/+4	+61/+4	+46/+21	+57/+21	+78/+21	+62/+37	+73/+37	+94/+37	+87/+62	+98/+62	+119/+62
400	450	±13.5	±20	±31	+32/+5	+45/+5	+68/+5	+50/+23	+63/+23	+86/+23	+67/+40	+80/+40	+103/+40	+95/+68	+108/+68	+131/+68
450	500	±13.5	±20	±31	+32/+5	+45/+5	+68/+5	+50/+23	+63/+23	+86/+23	+67/+40	+80/+40	+103/+40	+95/+68	+108/+68	+131/+68

（带 ○ 者为优先公差带）

r			s			t			u		v	x	y	z
5	6	7	5	⑥	7	5	6	7	⑥	7	6	6	6	6
+14/+10	+16/+10	+20/+10	+18/+14	+20/+14	+24/+14	—	—	—	+24/+18	+28/+18	—	+26/+20	—	+32/+26
+20/+15	+23/+15	+27/+15	+24/+19	+27/+19	+31/+19	—	—	—	+31/+23	+35/+23	—	+36/+28	—	+43/+35
+25/+19	+28/+19	+34/+19	+29/+23	+32/+23	+38/+23	—	—	—	+37/+28	+43/+28	—	+43/+34	—	+51/+42
+31/+23	+34/+23	+41/+23	+36/+28	+39/+28	+46/+28	—	—	—	+44/+33	+51/+33	—	+51/+40	—	+61/+50
						—	—	—			+50/+39	+56/+45	—	+71/+60
+37/+28	+41/+28	+49/+28	+44/+35	+48/+35	+56/+35	—	—	—	+54/+41	+62/+41	+60/+47	+67/+54	+76/+63	+86/+73
						+50/+41	+54/+41	+62/+41	+61/+48	+69/+48	+68/+55	+77/+64	+88/+75	+101/+88
+45/+34	+50/+34	+59/+34	+54/+43	+59/+43	+68/+43	+59/+48	+64/+48	+73/+48	+76/+60	+85/+60	+84/+68	+96/+80	+110/+94	+128/+112
						+65/+54	+70/+54	+79/+54	+86/+70	+95/+70	+97/+81	+113/+97	+130/+114	+152/+136
+54/+41	+60/+41	+71/+41	+66/+53	+72/+53	+83/+53	+79/+66	+85/+66	+96/+66	+106/+87	+117/+87	+121/+102	+141/+122	+163/+144	+191/+172
+56/+43	+62/+43	+73/+43	+72/+59	+78/+59	+89/+59	+88/+75	+94/+75	+105/+75	+121/+102	+132/+102	+139/+120	+165/+146	+193/+174	+229/+210
+66/+51	+73/+51	+86/+51	+86/+71	+93/+71	+106/+71	+106/+91	+113/+91	+126/+91	+146/+124	+159/+124	+168/+146	+200/+178	+236/+214	+280/+258
+69/+54	+76/+54	+89/+54	+94/+79	+101/+79	+114/+79	+119/+104	+126/+104	+139/+104	+166/+144	+179/+144	+194/+172	+232/+210	+276/+254	+332/+310
+81/+63	+88/+63	+103/+63	+110/+92	+117/+92	+132/+92	+140/+122	+147/+122	+162/+122	+195/+170	+210/+170	+227/+202	+273/+248	+325/+300	+390/+365
+83/+65	+90/+65	+105/+65	+118/+100	+125/+100	+140/+100	+152/+134	+159/+134	+174/+134	+215/+190	+230/+190	+253/+228	+305/+280	+365/+340	+440/+415
+86/+68	+93/+68	+108/+68	+126/+108	+133/+108	+148/+108	+164/+146	+171/+146	+186/+146	+235/+210	+250/+210	+277/+252	+335/+310	+405/+380	+490/+465
+97/+77	+106/+77	+123/+77	+142/+122	+151/+122	+168/+122	+186/+166	+195/+166	+212/+166	+265/+236	+282/+236	+313/+284	+379/+350	+454/+425	+549/+520
+100/+80	+109/+80	+126/+80	+150/+130	+159/+130	+176/+130	+200/+180	+209/+180	+226/+180	+287/+258	+304/+258	+339/+310	+414/+385	+499/+470	+604/+575
+104/+84	+113/+84	+130/+84	+160/+140	+169/+140	+186/+140	+216/+196	+225/+196	+242/+196	+313/+284	+330/+284	+369/+340	+454/+425	+549/+520	+669/+640
+117/+94	+126/+94	+146/+94	+181/+158	+190/+158	+210/+158	+241/+218	+250/+218	+270/+218	+347/+315	+367/+315	+417/+385	+507/+475	+612/+580	+742/+710
+121/+98	+130/+98	+150/+98	+193/+170	+202/+170	+222/+170	+263/+240	+272/+240	+292/+240	+382/+350	+402/+350	+457/+425	+557/+525	+682/+650	+822/+790
+133/+108	+144/+108	+165/+108	+215/+190	+226/+190	+247/+190	+293/+268	+304/+268	+325/+268	+426/+390	+447/+390	+511/+475	+626/+590	+766/+730	+936/+900
+139/+114	+150/+114	+171/+114	+233/+208	+244/+208	+265/+208	+319/+294	+330/+294	+351/+294	+471/+435	+492/+435	+566/+530	+696/+660	+856/+820	+1036/+1000
+153/+126	+166/+126	+189/+126	+259/+232	+272/+232	+295/+232	+357/+330	+370/+330	+393/+330	+530/+490	+553/+490	+635/+595	+780/+740	+960/+920	+1140/+1100
+159/+132	+172/+132	+195/+132	+279/+252	+292/+252	+315/+252	+387/+360	+400/+360	+423/+360	+580/+540	+603/+540	+700/+660	+860/+820	+1040/+1000	+1290/+1250

表2　常用及优先用途孔的极限偏差

基本尺寸（mm）		A	B	B	C	D	D	D	D	E	E	F	F	F	F	G
大于	至	11	11	12	⑪	8	⑨	10	11	8	9	6	7	⑧	9	6
—	3	+330 / +270	+200 / +140	+240 / +140	+120 / +60	+34 / +20	+45 / +20	+60 / +20	+80 / +20	+28 / +14	+39 / +14	+12 / +6	+16 / +6	+20 / +6	+31 / +6	+8 / +2
3	6	+345 / +270	+215 / +140	+260 / +140	+145 / +70	+48 / +30	+60 / +30	+78 / +30	+105 / +30	+38 / +20	+50 / +20	+18 / +10	+22 / +10	+28 / +10	+40 / +10	+12 / +4
6	10	+370 / +280	+240 / +150	+300 / +150	+170 / +80	+62 / +40	+76 / +40	+98 / +40	+130 / +40	+47 / +25	+61 / +25	+22 / +13	+28 / +13	+35 / +13	+49 / +13	+14 / +5
10	14	+400 / +290	+260 / +150	+330 / +150	+205 / +95	+77 / +50	+93 / +50	+120 / +50	+160 / +50	+59 / +32	+75 / +32	+27 / +16	+34 / +16	+43 / +16	+59 / +16	+17 / +6
14	18															
18	24	+430 / +300	+290 / +160	+370 / +160	+240 / +110	+98 / +65	+117 / +65	+149 / +65	+195 / +65	+73 / +40	+92 / +40	+33 / +20	+41 / +20	+53 / +20	+72 / +20	+20 / +7
24	30															
30	40	+470 / +310	+330 / +170	+420 / +170	+280 / +120	+119 / +80	+142 / +80	+180 / +80	+240 / +80	+89 / +50	+112 / +50	+41 / +25	+50 / +25	+64 / +25	+87 / +25	+25 / +9
40	50	+480 / +320	+340 / +180	+430 / +180	+290 / +130											
50	65	+530 / +340	+380 / +190	+490 / +190	+330 / +140	+146 / +100	+174 / +100	+220 / +100	+290 / +100	+106 / +60	+134 / +60	+49 / +30	+60 / +30	+76 / +30	+104 / +30	+29 / +10
65	80	+550 / +360	+390 / +200	+500 / +200	+340 / +150											
80	100	+600 / +380	+440 / +220	+570 / +220	+390 / +170	+174 / +120	+207 / +120	+260 / +120	+340 / +120	+125 / +72	+159 / +72	+58 / +36	+71 / +36	+90 / +36	+123 / +36	+34 / +12
100	120	+630 / +410	+460 / +240	+590 / +240	+400 / +180											
120	140	+710 / +460	+510 / +260	+660 / +260	+450 / +200	+208 / +145	+245 / +145	+305 / +145	+395 / +145	+148 / +85	+185 / +85	+68 / +43	+83 / +43	+106 / +43	+143 / +43	+39 / +14
140	160	+770 / +520	+530 / +280	+680 / +280	+460 / +210											
160	180	+830 / +580	+560 / +310	+710 / +310	+480 / +230											
180	200	+950 / +660	+630 / +340	+800 / +340	+530 / +240	+242 / +170	+285 / +170	+335 / +170	+460 / +170	+172 / +100	+215 / +100	+79 / +50	+96 / +50	+122 / +50	+165 / +50	+44 / +15
200	225	+1030 / +740	+670 / +380	+840 / +380	+550 / +260											
225	250	+1110 / +820	+710 / +420	+880 / +420	+570 / +280											
250	280	+1240 / +920	+800 / +480	+1000 / +480	+620 / +300	+271 / +190	+320 / +190	+400 / +190	+510 / +190	+191 / +110	+240 / +110	+88 / +56	+108 / +56	+137 / +56	+186 / +56	+49 / +17
280	315	+1370 / +1050	+860 / +540	+1060 / +540	+650 / +330											
315	355	+1560 / +1200	+960 / +600	+1170 / +600	+720 / +360	+299 / +210	+350 / +210	+440 / +210	+570 / +210	+214 / +125	+265 / +125	+98 / +62	+119 / +62	+151 / +62	+202 / +62	+54 / +18
355	400	+1710 / +1350	+1040 / +680	+1250 / +680	+760 / +400											
400	450	+1900 / +1500	+1160 / +760	+1390 / +760	+840 / +440	+327 / +230	+385 / +230	+480 / +230	+630 / +230	+232 / +135	+290 / +135	+108 / +68	+131 / +68	+165 / +68	+223 / +68	+60 / +20
450	500	+2050 / +1650	+1240 / +840	+1470 / +840	+880 / +480											

（带○者为优先公差带）

⑦	H 6	⑦	⑧	⑨	10	⑪	12	JS 6	7	8	K 6	⑦	8	M 6	7	8
+12 +2	+6 0	+10 0	+14 0	+25 0	+40 0	+60 0	+100 0	±3	±5	±7	0 −6	0 −10	0 −14	−2 −8	−2 −12	−2 −16
+16 +4	+8 0	+12 0	+18 0	+30 0	+48 0	+75 0	+120 0	±4	±6	±9	+2 −6	+3 −9	+5 −13	−1 −9	0 −12	+2 −16
+20 +5	+9 0	+15 0	+22 0	+36 0	+58 0	+90 0	+150 0	±4.5	±7	±11	+2 −7	+5 −10	+6 −16	−3 −12	0 −15	+1 −21
+2 +6	+11 0	+18 0	+27 0	+43 0	+70 0	+110 0	+180 0	±5.5	±9	±13	+2 −9	+6 −12	+8 −19	−4 −15	0 −18	+2 −25
+28 +7	+13 0	+21 0	+33 0	+52 0	+84 0	+130 0	+210 0	±6.5	±10	±16	+2 −11	+6 −15	+10 −23	−4 −17	0 −21	+4 −29
+34 +9	+16 0	+25 0	+39 0	+62 0	+100 0	+160 0	+250 0	±8	±12	±19	+3 −13	+7 −18	+12 −27	−4 −20	0 −25	+5 −34
+40 +10	+19 0	+30 0	+46 0	+74 0	+120 0	+190 0	+300 0	±9.5	±15	±23	+4 −15	+9 −21	+14 −32	−5 −24	0 −30	+5 −41
+47 +12	+22 0	+35 0	+54 0	+87 0	+140 0	+220 0	+350 0	±11	±17	±27	+4 −18	+10 −25	+16 −38	−6 −28	0 −35	+6 −48
+54 +14	+25 0	+40 0	+63 0	+100 0	+160 0	+250 0	+400 0	±12.5	±20	±31	+4 −21	+12 −28	+20 −43	−8 −33	0 −40	+8 −55
+61 +15	+29 0	+46 0	+72 0	+115 0	+185 0	+290 0	+460 0	±14.5	±23	±36	+5 −24	+13 −33	+22 −50	−8 −37	0 −46	+9 −63
+69 +17	+32 0	+52 0	+81 0	+130 0	+210 0	+320 0	+520 0	±16	±26	±40	+5 −27	+16 −36	+25 −56	−9 −41	0 −52	+9 −72
+75 +18	+36 0	+57 0	+89 0	+140 0	+230 0	+360 0	+570 0	±18	±28	±44	+7 −29	+17 −40	+28 −61	−10 −46	0 −57	+11 −78
+83 +20	+40 0	+63 0	+97 0	+155 0	+250 0	+400 0	+630 0	±20	±31	±48	+8 −32	+18 −45	+29 −68	−10 −50	0 −63	+11 −86

基本尺寸（mm）		常用及优先公差带（带○者为优先公差带）											
大于	至	N			P		R		S		T		U
		6	⑦	8	6	⑦	6	7	6	⑦	6	7	⑦
—	3	-4 -10	-4 -14	-4 -18	-6 -12	-6 -16	-10 -16	-10 -20	-14 -20	-14 -24	—	—	-18 -24
3	6	-5 -13	-4 -16	-2 -20	-9 -17	-8 -20	-12 -20	-11 -23	-16 -24	-15 -27	—	—	-20 -28
6	10	-7 -16	-4 -19	-3 -25	-12 -21	-9 -24	-16 -25	-13 -28	-20 -29	-17 -32	—	—	-25 -34
10	14	-9 -20	-5 -23	-3 -30	-15 -26	-11 -29	-20 -31	-16 -34	-25 -36	-21 -39	—	—	-30 -41
14	18										—	—	
18	24	-11 -24	-7 -28	-3 -36	-18 -31	-14 -35	-24 -37	-20 -41	-31 -44	-27 -48	—	—	-37 -50
24	30										-37 -50	-33 -54	-44 -57
30	40	-12 -28	-8 -33	-3 -42	-21 -37	-17 -42	-29 -45	-25 -50	-38 -54	-34 -59	-43 -59	-39 -64	-55 -71
40	50										-49 -65	-45 -70	-65 -81
50	65	-14 -33	-9 -39	-4 -50	-26 -45	-21 -51	-35 -54	-30 -60	-47 -66	-42 -78	-60 -79	-55 -85	-81 -100
65	80						-37 -56	-32 -62	-53 -72	-48 -72	-69 -88	-64 -94	-96 -115
80	100	-16 -38	-10 -45	-4 -58	-30 -52	-24 -59	-44 -66	-38 -73	-64 -86	-58 -93	-84 -106	-78 -113	-117 -139
100	120						-47 -69	-41 -76	-72 -94	-66 -101	-97 -119	-91 -126	-137 -159
120	140	-20 -45	-12 -52	-4 -67	-36 -61	-28 -68	-56 -81	-48 -88	-85 -110	-77 -117	-115 -140	-107 -147	-163 -188
140	160						-58 -83	-50 -90	-93 -118	-85 -125	-127 -152	-119 -159	-183 -208
160	180						-61 -86	-53 -93	-101 -126	-93 -133	-139 -164	-131 -171	-203 -228
180	200	-22 -51	-14 -60	-5 -77	-41 -70	-33 -79	-68 -97	-60 -106	-113 -142	-105 -151	-157 -186	-149 -195	-227 -256
200	225						-71 -100	-63 -109	-121 -150	-113 -159	-171 -200	-163 -209	-249 -278
225	250						-75 -104	-67 -113	-131 -160	-123 -169	-187 -216	-179 -225	-275 -304
250	280	-25 -57	-14 -66	-5 -86	-47 -79	-36 -88	-85 -117	-74 -126	-149 -181	-138 -190	-209 -241	-198 -250	-306 -338
280	315						-89 -121	-78 -130	-161 -193	-150 -202	-231 -263	-220 -272	-341 -373
315	355	-26 -62	-16 -73	-5 -94	-51 -87	-41 -98	-97 -133	-87 -144	-179 -215	-169 -226	-257 -293	-247 -304	-379 -415
355	400						-103 -139	-93 -150	-197 -233	-187 -244	-283 -319	-273 -330	-424 -460
400	450	-27 -67	-17 -80	-6 -103	-55 -95	-45 -108	-113 -153	-103 -166	-219 -259	-209 -272	-317 -357	-307 -370	-477 -517
450	500						-119 -159	-109 -172	-239 -279	-229 -292	-347 -387	-337 -400	-527 -567

附录 B 螺 纹

表 3　普通螺纹直径、螺距（GB/T 193—1981）和基本尺寸（GB/T 196—1981）　　　（mm）

D、d：内外螺纹的大径；D_2、d_2：内外螺纹的中径；

D_1、d_1：内外螺纹的小径；P：螺距；

H：原始三角形高度，$H = \dfrac{\sqrt{3}}{2}P$

标记示例。

$M20$：公称直径为 20mm 的粗牙普通螺纹；

$M20 \times 1$：公称直径为 20mm，螺距为 1mm 的细牙普通螺纹

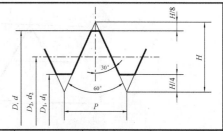

公称直径 D、d	螺距 P 粗牙	螺距 P 细牙	中径 D_2、d_2 粗牙	中径 D_2、d_2 细牙	小径 D_1、d_1 粗牙	小径 D_1、d_1 细牙
3	0.5	0.35	2.675	2.773	2.459	2.621
(3.5)	(0.6)	0.35	3.110	3.275	2.850	3.121
4	0.7	0.5	3.545	3.675	3.242	3.459
(4.5)	(0.75)	0.5	4.013	4.175	3.688	3.959
5	0.8	0.5	4.480	4.675	4.134	4.459
[5.5]		0.5		5.175		4.959
6	1	0.75	5.350	5.513	4.917	5.188
		(0.5)		5.675		5.459
[7]	1	0.75	6.350	6.513	5.917	6.188
		(0.5)		6.675		6.459
8	1.25	1	7.188	7.350	6.647	6.917
		0.75		7.513		7.188
		(0.5)		7.675		7.459
[9]	(1.25)	1	8.188	8.350	7.647	7.917
		0.75		8.513		8.188
		(0.5)		8.675		8.495
10	1.5	1.25	9.026	9.188	8.376	8.647
		1		9.350		8.917
		0.75		9.513		9.188
		(0.5)		9.675		9.459
[11]	(1.5)	1	10.026	10.350	9.376	9.917
		0.75		10.513		10.188
		(0.5)		10.675		10.459
12	1.75	1.5	10.863	11.026	10.106	10.376
		1.25		11.188		10.647
		1		11.350		10.917
		(0.75)		11.513		11.188
		(0.5)		11.675		11.459
(14)	2	1.5	12.701	13.026	11.835	12.376
		1.25		13.188		12.647
		1		13.350		12.917
		(0.75)		13.513		13.188
		(0.5)		13.675		13.459
[15]		1.5		14.026		13.376
		(1)		14.350		13.917

公称直径 D、d	螺距 P 粗牙	螺距 P 细牙	中径 D_2、d_2 粗牙	中径 D_2、d_2 细牙	小径 D_1、d_1 粗牙	小径 D_1、d_1 细牙
16	2	1.5	14.701	15.026	13.835	14.376
		1		15.350		14.917
		(0.75)		15.513		15.188
		(0.5)		15.675		15.459
[17]		1.5		16.026		15.376
		(1)		16.350		15.917
(18)	2.5	2	16.376	16.701	15.294	15.835
		1.5		17.026		19.376
		1		17.350		16.917
		(0.75)		17.513		17.188
		(0.5)		17.675		17.459
20	2.5	2	18.376	18.701	17.294	17.835
		1.5		19.026		18.376
		1		19.350		18.917
		(0.75)		19.513		19.188
		(0.5)		19.675		19.459
(22)	2.5	2	20.376	20.701	19.294	19.835
		1.5		21.026		20.376
		1		21.350		20.917
		(0.75)		21.513		21.188
		(0.5)		21.675		21.459
24	3	2	22.501	22.701	20.752	21.835
		1.5		21.026		22.376
		1		21.350		22.917
		(0.75)		21.675		23.188
[25]		2		23.701		22.835
		1.5		24.026		23.376
		(1)		24.350		23.917
[26]		1.5		25.026		24.376
(27)	3	2	25.051	25.701	23.752	24.835
		1.5		26.026		25.376
		1		26.350		25.917
		(0.75)		26.513		26.188
[28]		2		26.701		25.835
		1.5		27.026		26.376
		1		27.350		26.917

注：（1）公称直径栏中不带括号的为第一系列，带圆括号的为第二系列，带方括号的为第三系列。应优先选用第一系列，第三系列尽可能不用；

（2）括号内的螺距尽可能不用。

表4　60°圆锥管螺纹基本尺寸（GB/T 12716—1991）

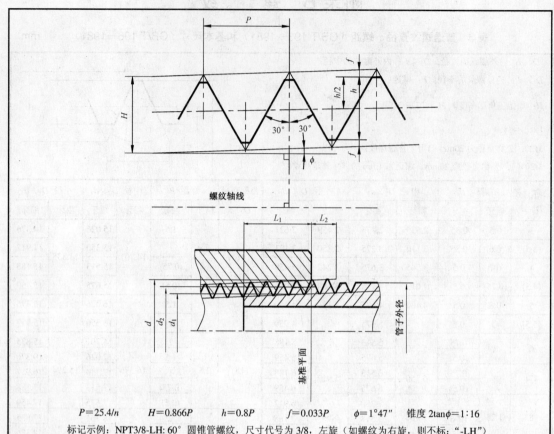

$$P=25.4/n \qquad H=0.866P \qquad h=0.8P \qquad f=0.033P \qquad \phi=1°47'' \qquad 锥度\ 2\tan\phi=1:16$$

标记示例：NPT3/8-LH：60°圆锥管螺纹，尺寸代号为3/8，左旋（如螺纹为右旋，则不标："-LH"）

（mm）

尺寸代号(in)	每25.4mm内的牙数 n	螺距 P	基面上的基本直径			基准距离 L_1		装配余量 L_2	
			大径 D、d	中径 D_2、d_2	小径 D_1、d_1		牙数		牙数
1/16	27	0.941	7.895	7.142	6.389	4.064	4.32	2.822	3
1/8			10.242	9.489	8.736	4.102	4.36		
1/4	18	1.411	13.616	12.487	11.358	5.786	4.10	4.234	3
3/8			17.055	15.926	14.797	6.096	4.32		
1/2	14	1.814	21.223	19.772	18.321	8.128	4.48	5.443	3
3/4			26.568	25.117	23.666	8.611	4.75		
1	11.5	2.209	33.228	31.461	29.694	10.160	4.60	6.627	3
$1\frac{1}{4}$			41.985	40.218	38.451	10.668	4.83		
$1\frac{1}{2}$			48.054	46.287	44.520	10.668	4.83		
2			60.092	58.325	56.558	11.074	5.01		
$2\frac{1}{2}$	8	3.175	72.699	70.159	67.619	17.323	5.46	6.350	2
3			88.608	86.068	83.528	19.456	6.13		
$3\frac{1}{2}$			101.316	98.776	96.236	20.853	6.57		
4			113.973	111.433	108.893	21.438	6.75		

附录C 螺 栓

表5 六角头螺栓，A和B（GB/T 5782—2000）、六角头螺栓，全螺栓，A和B（GB/T 5783—2000）

（GB/T 5782—2000）　　　　　　　　　　（GB/T 5783—2000）

标记示例。

螺纹规格 $d=M12$、公称直径 $l=80mm$、性能等级为 8.8 级、表面氧化、产品等级为 A 级的六角头螺栓：

螺栓 GB/T 5782　$M12\times80$　　　　　　　　（mm）

螺纹规格 d		M3	M4	M5	M6	M8	M10	M12	(M14)	M16	(M18)	M20	(M22)	M24	(M27)	M30
k公称		2	2.8	3.5	4	5.3	6.4	7.5	8.8	10	11.5	12.5	14	15	17	18.7
S公称=max		5.5	7	8	10	13	16	18	21	24	27	30	34	36	41	46
e min	A级	6.01	7.66	8.79	11.05	14.38	17.77	20.03	23.56	26.75	30.14	33.53	37.72	39.98	—	—
	B级	5.88	7.50	8.63	10.89	14.20	17.59	19.85	22.78	26.17	29.56	32.95	37.29	39.55	45.2	50.85
b 参考	$l\leq125$	12	14	16	18	22	26	30	34	38	42	46	50	54	60	66
	$125<l\leq200$	18	20	22	24	28	32	36	40	44	48	52	56	60	66	72
	$L>200$	31	33	35	37	41	45	49	53	57	61	65	69	73	79	85
商品规格范围	l GB/T 5782	20~30	25~40	25~50	30~60	40~80	45~100	20~120	60~140	65~160	70~180	80~200	90~200	90~240	100~260	110~300
	L(全螺纹) GB/T 5783	6~30	8~40	10~50	12~60	16~80	20~100	25~120	30~140	30~200	35~200	40~200	45~200	50~200	55~200	60~200
l长度系列		6,8,10,12,16,20,25,30,35,40,45,50,55,60,65,70,80,90,100,110,120,130,140,150,160,180,200,220,240,260,280,300														

注：尽可能不采用括号内的规格。

附录 D 双 头 螺 柱

表 6 双头螺柱 $b_m = 1d$（GB/T 897—1988），$b_m = 1.25d$（GB/T 898—1988），
$b_m = 1.5d$（GB/T 899—1988），$b_m = 2d$（GB/T 900—1988）

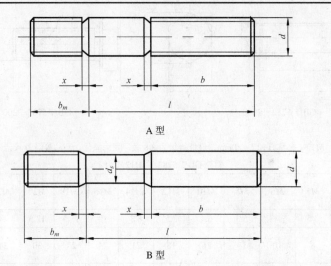

A 型

B 型

标记示例：（1）两端均为粗牙普通螺纹，$d=10$mm、$l=50$mm，性能等级为 4.8 级，不经表面处理，B 型，$b_m = d$ 的双头螺柱：
螺柱 GB/T 897—1988 $M10 \times 50$；

（2）旋入机体一端为粗牙普通螺纹，旋螺母一端为螺距 $P=1$mm 的细牙普通螺纹，$d=10$mm、$l=50$mm，性能等
级为 4.8 级，不经表面处理，A 型，$b_m = d$ 的双头螺柱：螺柱 GB/T 897—1988 A-$M101 \times 50$

（mm）

螺纹规格 d	b_m				l/b
	GB/T 895 —1988	GB/T 898 —1988	GB/T 899 —1988	GB/T 900 —1988	
$M2$			3	4	$(12\sim16)/6,(18\sim25)/10$
$M2.5$			3.5	5	$(14\sim18)/8,(20\sim30)11$
$M3$			4.5	6	$(16\sim20)/6,(22\sim40)/12$
$M4$			6	8	$(16\sim22)/8,(25\sim40)/14$
$M5$	5	6	8	10	$(16\sim22)/10,(25\sim50)/16$
$M6$	6	8	10	12	$(20\sim22)/10,(25\sim30)/14,(32\sim75)/18$
$M8$	8	10	12	16	$(20\sim22)/12,(25\sim30)/16,(32\sim90)/22$
$M10$	10	12	15	20	$(25\sim28)/14,(30\sim38)/16,(40\sim120)/26,130/32$
$M12$	12	15	18	24	$(25\sim30)/16,(32\sim40)/20,(45\sim120)/30,(130\sim180)/36$
（$M14$）	14	18	21	28	$(30\sim35)/18,(38\sim45)/25,(50\sim120)/34,(130\sim180)/40$
$M16$	16	20	24	32	$(30\sim38)/20,(40\sim55)/30,(60\sim120)/38,(130\sim200)/44$
（$M18$）	18	22	27	36	$(35\sim40)/22,(45\sim60)/35,(65\sim120)/42,(130\sim200)/48$
$M20$	20	25	30	40	$(35\sim40)/25,(45\sim65)/35,(70\sim120)/46,(130\sim200)/52$
（$M22$）	22	28	33	44	$(40\sim45)/30,(50\sim70)/40,(75\sim120)/50,(130\sim200)/56$
$M24$	24	30	36	48	$(45\sim50)/30,(55\sim75)/45,(80\sim120)/54,(130\sim200)/60$
（$M27$）	27	35	40	54	$(50\sim60)/35,(65\sim85)/50,(90\sim120)/60,(130\sim200)/66$

螺纹规格 d	b_m				l/b
	GB/T 895 —1988	GB/T 898 —1988	GB/T 899 —1988	GB/T 900 —1988	
M30	30	38	45	60	$(60\sim65)/40,(70\sim90)/50,(95\sim120)/66,(130\sim200)/72,(210\sim250)/85$
M36	36	45	54	72	$(65\sim70)/45,(80\sim110)/60,120/78,(130\sim200)/84,(210\sim300)/97$
M42	42	52	63	84	$(70\sim80)/50,(85\sim110)/70,120/90,(130\sim200)/96,(210\sim300)/109$
M48	48	60	72	96	$(80\sim90)/60,(95\sim110)/80,120/102,(130\sim200)/108,(210\sim300)/121$
l （系列）	12，(14)，16，(18)，20，(22)，25，(28)，30，(32)，35，(38)，40，45，50，(55)，60，(65)，70，(75)，80，85，90，95，100，110，120，130，140，150，160，170，180，190，200，210，220，230，240，250，260，280，300				

注：（1）尽可能不采用括号内的规格；

（2）$d_s\approx$螺纹中径；

（3）$X_{max}=2.5P$（螺距）。

附录 E 螺 钉

表7 开槽圆柱头螺钉（GB/T 65—2000）、开槽盘头螺钉（GB/T 67—2000）、开槽沉头螺钉（GB/T 68—2000）

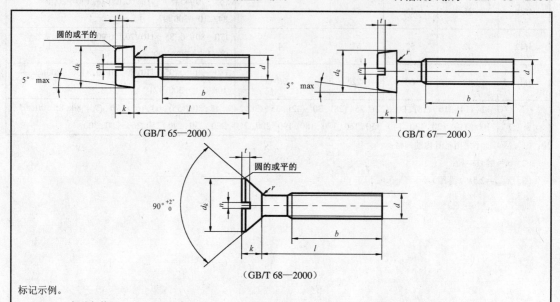

（GB/T 65—2000）　　　　　　　　　　（GB/T 67—2000）

（GB/T 68—2000）

标记示例。

螺纹规格 $d=M5$、公称长度 $l=20mm$、性能等级为 4.8 级，不经表面处理的 A 级开槽圆柱头螺钉：

螺钉　GB/T 65　　　$M5×20$

（mm）

螺纹规格 d		$M1.6$	$M2$	$M2.5$	$M3$	$M4$	$M5$	$M6$	$M8$	$M10$
GB/T 65— 2000	d_k 公称=max	3	3.8	4.5	5.5	7	8.5	10	13	16
	k 公称=max	1.1	1.4	1.8	2	2.6	3.3	3.9	5	6
	t_{min}	0.45	0.6	0.7	0.85	1.1	1.3	1.6	2	2.4
	l	2～16	3～20	3～25	4～35	5～40	6～50	8～60	10～80	12～80
	全螺纹时最大长度	全　螺　纹					40	40	40	40
GB/T 67— 2000	d_k 公称=max	3.2	4	5	5.6	8	905	12	16	20
	k 公称=max	1	1.3	1.5	1.8	2.4	3	3.6	4.8	6
	t_{min}	0.35	0.5	0.6	0.7	1	1.2	1.4	1.9	2.4
	l	2～16	2.5～20	3～25	4～30	5～40	6～50	8～60	10～80	12～80
	全螺纹时最大长度	全　螺　纹					40	40	40	40
GB/T 68— 2000	d_k 公称=max	3	3.8	4.7	5.5	8.4	9.3	11.3	15.8	18.3
	k 公称=max	1	1.2	1.5	1.65	2.7	2.7	3.3	4.65	5
	t_{min}	0.32	0.4	0.5	0.6	1	1.1	1.2	1.8	2
	l	2.5～16	3～20	4～25	5～30	6～40	8～50	8～60	10～80	12～80
	全螺纹时最大长度	全　螺　纹					45	45	45	45
n		0.4	0.5	0.6	0.8	1.2	1.2	1.6	2	2.5
b		25				38				
l（系列）		2，2.5，3，4，5，6，8，10，12，(14)，16，20，25，30，40，45，50，(55)，60，(65)，70，(75)，80								

表8 内六角圆柱头螺钉（GB/T 70.1—2000）

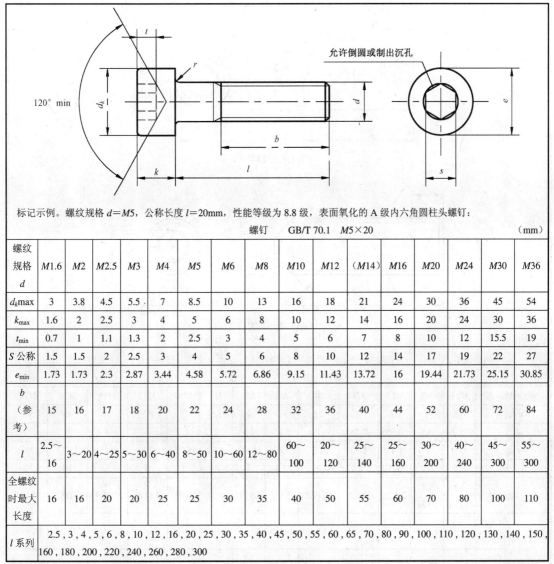

标记示例。螺纹规格 $d=M5$，公称长度 $l=20mm$，性能等级为 8.8 级，表面氧化的 A 级内六角圆柱头螺钉：

螺钉 GB/T 70.1 $M5\times20$

（mm）

螺纹规格 d	M1.6	M2	M2.5	M3	M4	M5	M6	M8	M10	M12	(M14)	M16	M20	M24	M30	M36
$d_k$max	3	3.8	4.5	5.5	7	8.5	10	13	16	18	21	24	30	36	45	54
k_{max}	1.6	2	2.5	3	4	5	6	8	10	12	14	16	20	24	30	36
t_{min}	0.7	1	1.1	1.3	2	2.5	3	4	5	6	7	8	10	12	15.5	19
S 公称	1.5	1.5	2	2.5	3	4	5	6	8	10	12	14	17	19	22	27
e_{min}	1.73	1.73	2.3	2.87	3.44	4.58	5.72	6.86	9.15	11.43	13.72	16	19.44	21.73	25.15	30.85
b （参考）	15	16	17	18	20	22	24	28	32	36	40	44	52	60	72	84
l	2.5~16	3~20	4~25	5~30	6~40	8~50	10~60	12~80	60~100	20~120	25~140	25~160	30~200	40~240	45~300	55~300
全螺纹时最大长度	16	16	20	20	25	25	30	35	40	50	55	60	70	80	100	110
l 系列	2.5，3，4，5，6，8，10，12，16，20，25，30，35，40，45，50，55，60，65，70，80，90，100，110，120，130，140，150，160，180，200，220，240，260，280，300																

注：尽可能不采用括号内的规格。

表9 内六角平端紧定螺钉（GB/T 77—2000）、内六角锥端紧定螺钉（GB/T 78—2000）

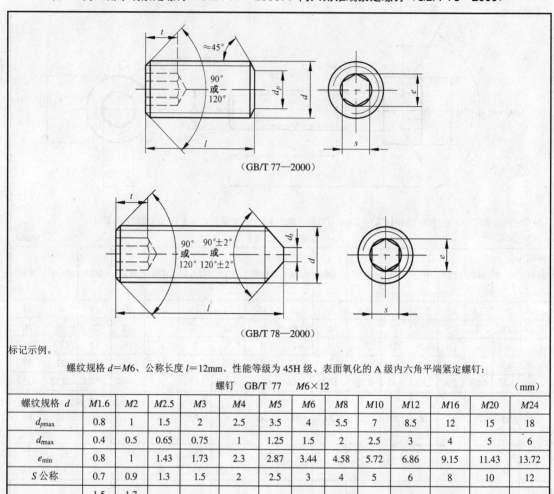

（GB/T 77—2000）

（GB/T 78—2000）

标记示例。

螺纹规格 $d=M6$、公称长度 $l=12$mm、性能等级为 45H 级、表面氧化的 A 级内六角平端紧定螺钉：

螺钉 GB/T 77 $M6×12$　　　　　　　　　　　（mm）

螺纹规格 d		$M1.6$	$M2$	$M2.5$	$M3$	$M4$	$M5$	$M6$	$M8$	$M10$	$M12$	$M16$	$M20$	$M24$
$d_{p\max}$		0.8	1	1.5	2	2.5	3.5	4	5.5	7	8.5	12	15	18
$d_{\max}$		0.4	0.5	0.65	0.75	1	1.25	1.5	2	2.5	3	4	5	6
$e_{\min}$		0.8	1	1.43	1.73	2.3	2.87	3.44	4.58	5.72	6.86	9.15	11.43	13.72
S 公称		0.7	0.9	1.3	1.5	2	2.5	3	4	5	6	8	10	12
$T_{\min}$		1.5 (0.7)	1.7 (0.8)	2(1.2)	2 (1.2)	2.5 (1.5)	3 (2)	3.5 (2)	5(3)	6(4)	8 (4.8)	10 (6.4)	12(8)	15 (10)
公称长度 l	GB/T 77	2~8	2~10	2~12	2~16	2.5~20	3~25	4~30	5~40	6~50	8~60	10~60	12~60	16~60
	GB/T 78	2~8	2~10	2.5~12	2.5~16	3~20	4~25	5~30	8~45	8~50	10~60	12~60	16~60	20~60
公称长度 $l\leqslant$右表内值时的短螺钉,应按上图中所注120°角制成,而90°用于其余长度	GB/T 77	2	2.5	3	3	4	5	6	6	8	12	16	16	20
	GB/T 78	2.5	2.5	3	3	4	5	6	8	10	12	16	20	25
l 系列		2,2.5,3,4,5,6,8,10,12,16,20,25,30,40,45,50,55,60												

注：$t_{\min}$ 在括号内的值，用于 $l\leqslant$上表内值时的短螺钉。

表 10　开槽锥端紧定螺钉（GB/T71—1985）、开槽平端紧定螺钉（GB/T73—1985）、开槽
凹端紧定螺钉（GB/T74—1985）、开槽长圆柱端紧定螺钉（GB/T75—1985）

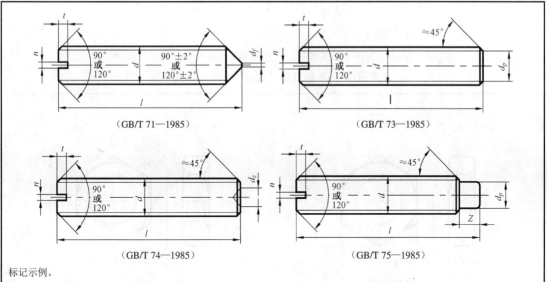

（GB/T 71—1985）　　　　　　　　　　（GB/T 73—1985）

（GB/T 74—1985）　　　　　　　　　　（GB/T 75—1985）

标记示例。

螺纹规格 $d=M5$、公称长度 $l=12$mm、性能等级为 14H 级、表面氧化的开槽锥端紧定螺钉：

螺钉　　GB/T 71　　　$M5×12$

（mm）

螺纹规格 d		$M 1.2$	$M 1.6$	$M 2$	$M 2.5$	$M 3$	$M 4$	$M 5$	$M 6$	$M 8$	$M 10$	$M 12$
n 公称		0.2	0.25	0.25	0.4	0.4	0.6	0.8	1	1.2	1.6	2
t_{min}		0.4	0.56	0.64	0.72	0.8	1.12	1.28	1.6	2	2.4	2.8
$d_{t max}$		0.12	0.16	0.2	0.25	0.3	0.4	0.5	1.5	2	2.5	3
$d_{p max}$		0.6	0.8	1	1.5	2	2.5	2.5	4	5.5	7	8.5
$d_{z max}$			0.8	1	1.2	1.4	2	2.5	3	5	6	8
z_{max}			1.05	1.25	1.5	1.75	2.25	2.75	3.25	4.3	5.3	6.3
公称长度 l	GB/T 71	2～6	2～8	3～10	3～12	4～16	6～20	8～25	8～30	10～40	12～50	14～60
	GB/T 73	2～6	2～8	2～10	2.5～12	3～16	4～20	5～25	6～30	8～40	10～50	12～60
	GB/T 74		2～8	2.5～10	3～12	3～16	4～20	5～25	6～30	8～40	10～50	12～60
	GB/T 75		2.5～8	3～10	4～12	5～16	6～20	8～25	8～30	10～40	12～50	14～60
公称长度 $l≤$右表内值时的短螺钉，应按上图中所注 120° 角制成；而 90° 用于其余长度	GB/T 71	2	2.5		3							
	GB/T 73		2	2.5	3	3	4	5	6			
	GB/T 74		2	2.5	3	4	5	6	8	10	12	
	GB/T 75		2.5	3	4	5	6	8	10	14	16	20
l 系列		2, 2.5, 3, 4, * 5, 6, 8, 10, 12, (14), 16, 20, 25, 30, 40, 45, 50, (55), 60										

注：尽可能不采用括号内的规格。

附录 F 螺 母

表 11　六角螺母-C 级（GB/T41—2000）、1 型六角螺母-A 和 B 级（GB/T6170—2000）、六角薄螺母-A 和 B 级（GB/T 6172.1—2000）

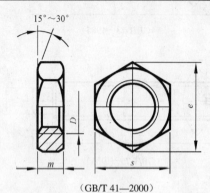

（GB/T 41—2000）　　　　　　　　（GB/T 6170—2000）、（GB/T 6172—2000）

标记示例。

螺纹规格 D=M12、性能等级为 5 级、不经表面处理、产品等级为 C 级的六角螺母：

　　螺母　GB/T 41　M12

标记示例。

螺纹规格 D=M12、性能等级为 8 级、不经表面处理、产品等级为 A 级的 1 型六角螺母：

　　　　螺母　GB/T 6170　M12

螺纹规格 D=M12、性能等级为 04 级、不经表面处理、产品等级为 A 级的六角螺母：

　　　　螺母　GB/T 6172.1　M12

（mm）

螺纹规格 D		M3	M4	M5	M6	M8	M10	M12	(M14)	M16	(M18)	M20	(M22)	M24	(M27)	M30	M36	M42	M48
e 近似		6	7.7	8.8	11	14.4	17.8	20	23.4	26.8	29.6	35	37.3	39.6	45.2	50.9	60.8	72	82.6
S 公称=max		5.5	7	8	10	13	16	18	21	24	27	30	34	36	41	46	55	65	75
m_{max}	GB/T 6170	2.4	3.2	4.7	5.2	6.8	8.4	10.8	12.8	14.8	15.8	18	19.4	21.5	23.8	25.6	31	34	38
	GB/T 6172	1.8	22	2.7	3.2	4	5	6	7	8	9	10	11	12	13.5	15	18	21	24
	GB/T41			5.6	6.4	7.9	9.5	12.2	13.9	15.6	16.9	19	20.2	22.3	24.7	26.4	31.9	34.9	38.9

注：（1）表中 e 为圆整近似值；

　　（2）尽可能不采用括号内的规格；

　　（3）A 级用于 D≤16 的螺母；B 级用于 D＞16 的螺母。

表 12　　1 型六角开槽螺母–A 和 B 级（GB/T 6178—1986）、1 型六角开槽螺母–C 级（GB/T 6179—1986）、

　　　　2 型六角开槽螺母–A 和 B 级（GB/T 6180—1986）、六角开槽薄螺母–A 和 B 级（GB/T 6181—1986）

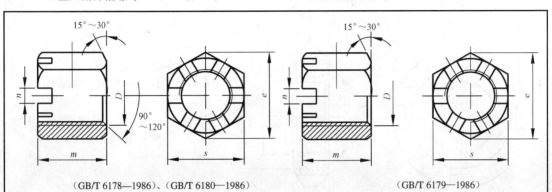

（GB/T 6178—1986）、（GB/T 6180—1986）

（GB/T 6181—1986）

（GB/T 6179—1986）

标记示例。

　　螺纹规格 $D=M12$、性能等级为 8 级、经表面氧化、产品等级为 A 级 1 型的六角螺母：

　　　　　螺母　　GB/T 6178　 $M12$

标记示例。

　　螺纹规格 $D=M5$、性能等级为 5 级、不经表面处理、C 级的 1 型六角螺母：

　　　　　螺母　　GB/T 6179　 $M5$

　　螺纹规格 $D=M12$、性能等级为 04 级、不经表面处理、A 级的六角开槽薄螺母：

　　　　　螺母　　GB/T 6172.1　 $M12$

（mm）

螺纹规格 D		$M4$	$M5$	$M6$	$M8$	$M10$	$M12$	（$M14$）	$M16$	$M20$	$M24$	$M30$	$M36$
N_{min}		1.2	1.4	2	2.5	2.8	3.5	3.5	4.5	4.5	5.5	7	7
e 近似		7.7	8.8	11	14	17.8	20	23	26.8	33	39.6	50.9	60.8
S_{max}		7	8	10	13	16	18	21	24	30	36	46	55
m_{max}	GB/T 6178	5	6.7	7.7	9.8	12.4	15.8	17.8	20.8	24	29.5	34.6	40
	GB/T 6179		7.6	8.9	10.94	13.54	17.17	18.9	21.9	25	30.3	35.4	40.9
	GB/T 6180		7.1	8.2	10.5	13.3	17	19.1	22.4	26.3	31.9	37.6	43.7
	GB/T 6181		5.1	5.7	7.5	9.3	12	14.1	16.4	20.3	23.9	28.6	34.7
开口销		1×10	1.2×12	1.6×14	2×16	2.5×20	3.2×22	3.2×26	4×28	4×36	5×40	6.3×50	6.3×65

注：（1）表中 e 为圆整近似值；

　　（2）尽可能不采用括号内的规格；

　　（3）A 级用于 $D \leqslant 16$ 的螺母；B 级用于 $D > 16$ 的螺母。

表13 圆螺母（GB/T 812—1988）

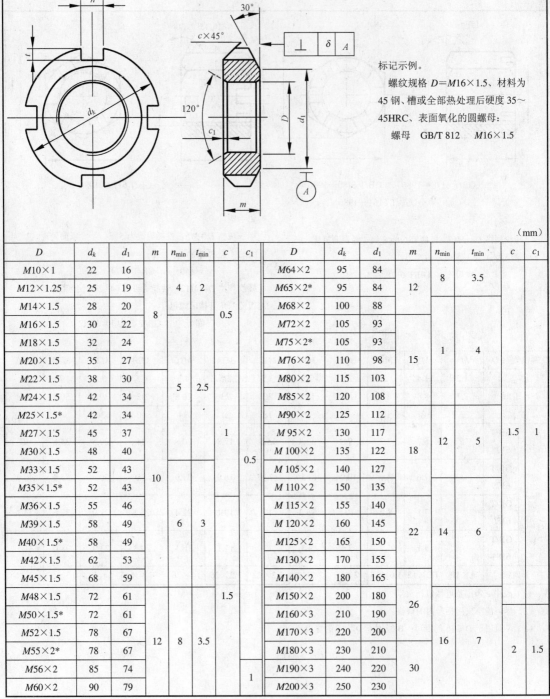

标记示例。

螺纹规格 $D=M16\times1.5$、材料为 45 钢、槽或全部热处理后硬度 35～45HRC、表面氧化的圆螺母：

螺母 GB/T 812 $M16\times1.5$

（mm）

D	d_k	d_1	m	n_{min}	t_{min}	c	c_1	D	d_k	d_1	m	n_{min}	t_{min}	c	c_1
$M10\times1$	22	16						$M64\times2$	95	84		8	3.5		
$M12\times1.25$	25	19	4	2				$M65\times2*$	95	84	12				
$M14\times1.5$	28	20				0.5		$M68\times2$	100	88					
$M16\times1.5$	30	22	8					$M72\times2$	105	93					
$M18\times1.5$	32	24						$M75\times2*$	105	93		1	4		
$M20\times1.5$	35	27						$M76\times2$	110	98	15				
$M22\times1.5$	38	30		5	2.5			$M80\times2$	115	103					
$M24\times1.5$	42	34						$M85\times2$	120	108					
$M25\times1.5*$	42	34				1		$M90\times2$	125	112				1.5	1
$M27\times1.5$	45	37						$M95\times2$	130	117		12	5		
$M30\times1.5$	48	40						$M100\times2$	135	122	18				
$M33\times1.5$	52	43	10					$M105\times2$	140	127					
$M35\times1.5*$	52	43						$M110\times2$	150	135					
$M36\times1.5$	55	46				0.5		$M115\times2$	155	140					
$M39\times1.5$	58	49		6	3			$M120\times2$	160	145					
$M40\times1.5*$	58	49						$M125\times2$	165	150	22	14	6		
$M42\times1.5$	62	53						$M130\times2$	170	155					
$M45\times1.5$	68	59						$M140\times2$	180	165					
$M48\times1.5$	72	61				1.5		$M150\times2$	200	180					
$M50\times1.5*$	72	61						$M160\times3$	210	190	26				
$M52\times1.5$	78	67						$M170\times3$	220	200		16	7		
$M55\times2*$	78	67	12	8	3.5			$M180\times3$	230	210				2	1.5
$M56\times2$	85	74					1	$M190\times3$	240	220	30				
$M60\times2$	90	79						$M200\times3$	250	230					

注：（1）槽数 n：当 $D\leqslant M100\times2$ 时，$n=4$；当 $D\geqslant M105\times2$ 时，$n=6$；

（2）标有*者仅用于滚动轴承锁紧装置。

附录 G 垫 圈

表 14 平垫圈-C 级（GB95—1985）、大垫圈-A 和 C 级（GB96—85）、平垫圈-A 级（GB 97.1—1985）、平垫圈 倒角型-A 级（GB 97.2—1985）、小垫圈-A 级（GB 848—1985）

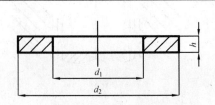

（GB/T 95—1985）、（GB/T 96—1985）

（GB/T 97.1—1985）、（GB/T 848—1985）

标记示例。

标准系列、规格 8mm、性能等级为 100HV 级、不经表面处理的平垫圈：

垫圈 GB/T 95 8

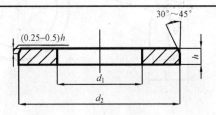

（GB/T 97.2—1985）

标记示例。

标准系列、规格 8mm、性能等级为 140HV 级、倒角形、不经表面处理的平垫圈： 垫圈 GB/T 97.2 8

标准系列、规格 8mm、性能等级为 A140 级、倒角形、不经表面处理的平垫圈：

垫圈 GB/T 97.2 8 A140

（mm）

规格（螺纹大径）d	标准系列 GB/T 95、GB/T9 7.1、GB/T 97.2、				大 系 列 GB/T 96			小 系 列 GB/T 848		
	d_2 公称 max	h 公称	d_1 公称 min (GB 95)	d_1 公称 min (GB 97.1、GB 97.2)	d_1 公称 min	d_2 公称 max	h 公称	d_1 公称 min	d_2 公称 max	h 公称
1.6	4	0.3		1.7				1.7	3.5	0.3
2	5			2.2				2.2	4.5	
2.5	6	0.5		2.7				2.7	5	
3	7			3.2	3.2	9	0.8	3.2	6	
4	9	0.8		4.3	4.3	12	1	4.3	8	
0.55	10	1	5.5	5.3	5.3	15	1.2	5.3	9	1
6	12	1.6	6.6	6.4	6.4	18	1.6	6.4	11	
8	16		9	8.4	8.4	24	2	8.4	15	1.6
10	20	2	11	10.5	10.5	30	2.5	10.5	18	
12	24	2.5	13.5	13	13	37	3	13	20	2
14	28		15.5	15	15	44		15	24	
16	30	3	17.5	17	17	50		17	28	2.5
20	37		22	21	22	60	4	21	34	3
24	44	4	26	25	26	72	5	25	39	
30	56		33	31	33	92	6	31	50	4
36	66	5	39	37	39	110	8	37	60	5

注：（1）GB/T 95，GB/T 97.2，d 的范围为 5～36mm；GB/T 96，d 的范围为 3～36mm；GB/T 848、GB/T 97.1，d 的范围 1.6～36mm；

（2）GB/T 848 主要用于带圆柱头的螺钉，其他用于标准的六角螺栓、螺钉和螺母。

表 15　标准型弹簧垫圈（GB/T 93—87）、轻型弹簧垫圈（GB/T 859—87）

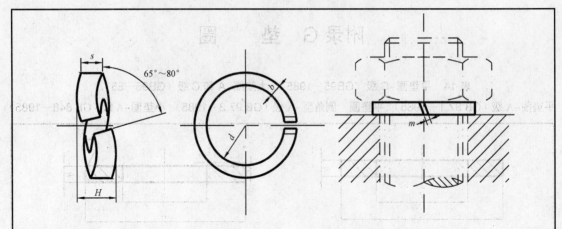

标记示例。

规格 16mm、材料为 65Mn、表面氧化的标准型弹簧垫圈：

垫圈　GB/T 93　16

（mm）

规格 （螺纹大径）	d_{min}	GB/T 93—1987		GB/T 859—1987		
		$S=b$ 公称	$m' \leqslant$	S 公称	B 公称	$m' \leqslant$
2	2.1	0.5	0.25	0.5	0.8	
2.5	2.6	0.65	0.33	0.6	0.8	
3	3.1	0.8	0.4	0.8	1	0.3
4	4.1	1.1	0.55	0.8	1.2	0.4
5	5.1	1.3	0.65	1	1.2	0.55
6	6.2	1.6	0.8	1.2	1.6	0.65
8	8.2	2.1	1.05	1.6	2	0.8
10	10.2	2.6	1.3	2	2.5	1
12	12.3	3.1	1.55	2.5	3.5	1.25
(14)	14.3	3.6	1.8	3	4	1.5
16	16.3	4.1	2.05	3.2	4.5	1.6
(18)	18.3	4.5	2.25	3.5	5	1.8
20	20.5	5	2.5	4	5.5	2
(22)	22.5	5.5	2.75	4.5	6	2.25
24	24.5	6	3	4.8	6.5	2.5
(27)	27.5	6.8	3.4	5.5	7	2.75
30	30.5	7.5	3.75	6	8	3
36	36.6	9	4.5			
42	42.6	10.5	5.25			
48	49	12	6			

注：尽可能不采用括号内的规格。

表 16   圆螺母用止动垫圈（GB/T 858—1988）

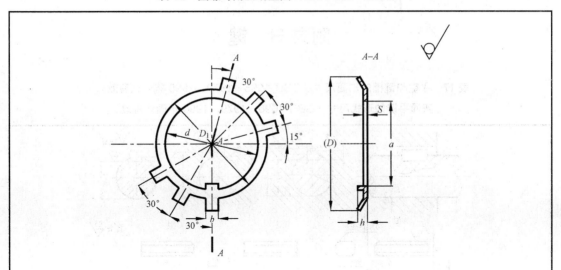

标记示例。

规格 16mm、材料为 Q215、经退火、表面氧化的圆螺母用止动垫圈：

垫圈　　GB/T 858　　16

（mm）

规格（螺纹大径）	d	(D)（参考）	D_1	S	b	a	h	轴端		规格（螺纹大径）	d	(D)（参考）	D_1	S	b	a	h	轴端	
								b_1	t									b_1	t
14	14.5	32	20		3.8	11		4	10	55*	56	82	67			52			—
16	16.5	34	22			13	3		12	56	57	90	74			53			52
18	18.5	35	24			15			14	60	61	94	79	7.7		57	6	8	56
20	20.5	38	27			17			16	64	65	100	84			61			60
22	22.5	42	30	1	4.8	19	4		18	65*	66	100	84			62			
25	24.5	45	34			21		5	20	68	69	105	88	1.5		65			64
25	25.5	45	34			22			—	72	73	110	93			69			68
27	27.5	48	37			24			23	75*	76	110	93		9.6	71		10	—
30	30.5	52	40			27			26	76	77	115	98			72			70
33	33.5	56	43			30			29	80	81	120	103			76			74
35*	35.5	56	43			32			—	85	86	125	108			81			79
36	36.5	60	46			33			32	90	91	130	112			86			84
39	39.5	62	49		5.7	36	5	6	35	95	96	135	117		11.6	91	7	12	89
40*	40.5	66	49	1.5		37			—	100	101	140	122			96			94
42	42.5	72	53			39			38	105	106	145	127	2		101			99
45	45.5	76	59			42			41	110	111	156	135			106			104
48	48.5	76	61			45			44	115	116	160	140		13.5	111		14	109
50*	50.5	76	61		7.7	47		8	—	120	121	166	145			116			114
52	52.5	82	67			49	6		48	125	126	170	150			121			119

注：标有*号的仅用于滚动轴承锁紧装置。

附录 H 键

表 17 平键和键槽的剖面尺寸（GB/T 1095—1979，1990 年确认有效）、
普通平键的形式尺寸（GB/T 1096—1979，1990 年确认有效）

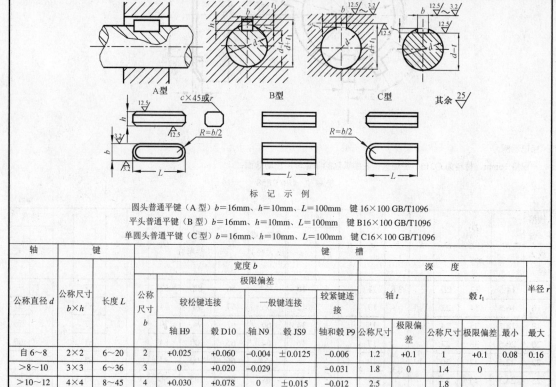

标 记 示 例

圆头普通平键（A 型）b＝16mm、h＝10mm、L＝100mm　键 16×100 GB/T1096
平头普通平键（B 型）b＝16mm、h＝10mm、L＝100mm　键 B16×100 GB/T1096
单圆头普通平键（C 型）b＝16mm、h＝10mm、L＝100mm　键 C16×100 GB/T1096

轴	键		键 槽										
			宽度 b					深 度					
				极限偏差				轴 t		毂 t_1		半径 r	
公称直径 d	公称尺寸 b×h	长度 L	公称尺寸 b	较松键连接		一般键连接		较紧键连接					
				轴 H9	毂 D10	轴 N9	毂 JS9	轴和毂 P9	公称尺寸	极限偏差	公称尺寸	极限偏差	最小	最大
自 6~8	2×2	6~20	2	+0.025	+0.060	−0.004	±0.0125	−0.006	1.2	+0.1	1	+0.1	0.08	0.16
>8~10	3×3	6~36	3	0	+0.020	−0.029		−0.031	1.8	0	1.4	0		
>10~12	4×4	8~45	4	+0.030	+0.078	0	±0.015	−0.012	2.5		1.8			
>12~17	5×5	10~56	5	0	+0.030	−0.030		−0.042	3.0		2.3			
>17~22	6×6	14~70	6						3.5		2.8			
>22~30	8×7	18~90	8	+0.036	+0.098	0	±0.018	−0.015	4.0	+0.2	3.3	+0.2	0.16	0.25
>30~38	10×8	22~110	10	0	+0.040	−0.036		−0.051	5.0	0	3.3	0		
>38~44	12×8	28~140	12	+0.043	+0.120	0	±0.0215	−0.018	5.0		3.3			
>44~50	14×9	36~160	14	0	+0.050	−0.043		−0.061	5.5		3.8		0.25	0.40
>50~58	16×10	45~180	16						6.0		4.3			
>58~65	18×11	50~200	18						7.0		4.4			
>65~75	20×12	56~220	20	+0.052	+0.149	0	±0.026	−0.022	7.5		4.9			
>75~85	22×14	63~250	22	0	+0.065	−0.052		−0.074	9.0		5.4		0.40	0.60
>85~95	28×14	70~280	25						9.0		5.4			
>95~110	28×16	80~320	28						10.0		6.4			
>110~130	32×18	80~360	32	+0.062	+0.180	0	±0.031	−0.026	11.0		7.4			
>130~150	36×20	100~400	36	0	+0.080	−0.062		−0.088	12.0	+0.3	8.4	+0.3	0.70	1.0
>150~170	40×22	100~400	40						13.0	0	9.4	0		
>170~220	45×25	110~450	45						15.0		10.4			

注：（1）（d−t）和（d+t_1）两组组合尺寸的极限偏差按相应的 t 和 t_1 的极限偏差选取，但（d−t）极限偏差应取负号（−）；

（2）L 系列：6、8、10、12、14、16、18、20、22、25、28、32、36、40、45、50、56、63、70、80、90、100、110、125、140、160、180、200、220、250、280、320、330、400、450。

附录I 销

表18 圆柱销 不淬硬钢和奥氏体不锈钢（GB 119.1—2000）、圆柱销 淬硬钢和马氏体不锈钢（GB 119.2—2000）

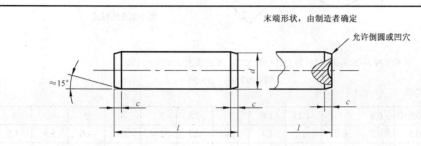

末端形状，由制造者确定

允许倒圆或凹穴

标记示例（GB/T 119.1—2000）。

公称直径 d=6mm、公差为 $m6$、公称长度 l=30mm、材料为钢、不淬火，不经表面处理的圆柱销：

销 GB/T 119.1　6$m6$×30

公称直径 d=6mm、公差为 $m6$、公称长度 l=30mm、材料为 A1 组奥氏体不锈钢、表面简单处理的圆柱销：

销 GB/T 119.1　6$m6$×30—A1

标记示例（GB/T 119.2—2000）。

公称直径 d=6mm、公差为 $m6$、公称长度 l=30mm、材料为钢、普通淬火（A 型）、表面氧化处理的圆柱销：

销 GB/T 119.2　6$m6$×30

公称直径 d=6mm、公差为 $m6$、公称长度 l=30mm、材料为 C1 组马氏体不锈钢、表面简单处理的圆柱销：

销 GB/T 119.1　6$m6$×30—C1

(mm)

d（公称）	2.5	3	4	5	6	8	10	12	16	20	25	30
$c\approx$	0.4	0.5	0.63	0.80	1.2	1.6	2.0	2.5	3.0	3.5	4.0	5.0
l GB/T 119.1	6~24	8~30	8~40	10~50	12~60	14~80	18~95	22~140	26~180	35~200	50~200	60~200
l GB/T 119.2	6~24	8~30	10~40	12~50	14~60	14~80	22~100	26~100	40~100	50~100		
l系列	6、8、10、12、14、16、18、20、22、24、26、28、30、32、35、40、45、50、55、60、65、70、75、80、85、90、95、100、120、140、160、180、200											

表19 圆锥销（GB/T 117—2000）

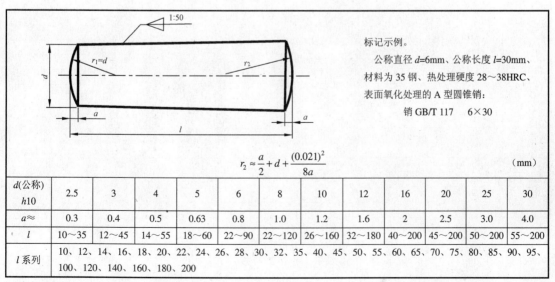

1:50

$r_1=d$

r_2

标记示例。

公称直径 d=6mm、公称长度 l=30mm、材料为 35 钢、热处理硬度 28~38HRC、表面氧化处理的 A 型圆锥销：

销 GB/T 117　6×30

$$r_2 \approx \frac{a}{2} + d + \frac{(0.021)^2}{8a}$$

(mm)

d(公称) $h10$	2.5	3	4	5	6	8	10	12	16	20	25	30
$a\approx$	0.3	0.4	0.5	0.63	0.8	1.0	1.2	1.6	2	2.5	3.0	4.0
l	10~35	12~45	14~55	18~60	22~90	22~120	26~160	32~180	40~200	45~200	50~200	55~200
l系列	10、12、14、16、18、20、22、24、26、28、30、32、35、40、45、50、55、60、65、70、75、80、85、90、95、100、120、140、160、180、200											

表20 开口销（GB/ T 91—2000）

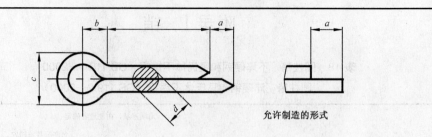

允许制造的形式

标记示例。

公称规格 5mm、公称长度 l=50mm、材料为 Q215 或 Q235、不经表面处理的开口销：

销 GB/T 91　5×50

（mm）

d(公称)		0.6	0.8	1	1.2	1.6	2	2.5	3.2	4	5	6.3	8	10
d	max	0.5	0.7	0.9	1	1.4	1.8	2.3	2.9	3.7	4.6	5.9	7.5	9.5
	min	0.4	0.6	0.8	0.9	1.3	1.7	2.1	2.7	3.5	4.4	5.7	7.3	9.3
a_{max}		1.6	1.6	1.6	2.5	2.5	2.5	2.5	3.2	4	4	4	4	6.3
$b≈$		2	2.4	3	3	3.2	4	5	6.4	8	10	12.6	16	20
c_{max}		1	1.4	1.8	2	2.8	3.6	4.6	5.8	7.4	9.2	11.8	15	19
L		4～12	5～16	6～20	8～26	8～32	10～40	12～50	14～65	18～80	22～100	30～120	40～160	45～200
l系列		4、5、6、8、10、12、14、16、18、20、22、24、26、28、30、32、36、40、45、50、55、60、65、70、75、80、85、90、95、100、120、140、160、180、200												

注：公称规格等于开口销孔的直径。

附录 J 紧固件通孔及沉孔尺寸

表 21 紧固件通孔（GB/T 5277—1985）及沉孔（GB/T 152.2～152.4—1988）尺寸 （mm）

螺纹直径 d			M3	M4	M5	M6	M8	M10	M12	M16	M20	M24	M30
螺栓和螺钉通孔直径 d_h (GB/T 5277)	精装配		3.2	4.3	5.3	6.4	8.4	10.5	13	17	21	25	31
	中等装配		3.4	4.5	5.5	6.6	9	11	13.5	17.5	22	26	33
	粗装配		3.6	4.8	5.8	7	10	12	14.5	18.5	24	28	35
六角头螺栓和六角螺母用沉孔(GB/T 152.4)		d_2	9	10	11	13	18	22	26	33	40	48	61
		t	t 值很小。主要是在不经机加工的铸造或锻造表面或不平整的表面加工一环形平面，使支承面垂直于螺栓轴线，保证连接质量和可靠性										
沉头螺钉用沉孔 (GB/T 152.2)		d_2	6.4	9.6	10.6	12.8	17.6	20.3	24.4	32.4	40.4	—	—
开槽圆柱头螺钉用沉孔 (GB/T 152.3)		d_2	—	8	10	11	15	18	20	26	33		
		t	—	3.2	4	4.7	6	7	8	10.5	12.5	—	—
内六角圆柱头螺钉用沉孔 (GB/T 152.3)		d_2	6	8	10	11	15	18	20	26	33	40	48
		t	3.4	4.6	5.7	6.8	9	11	13	17.5	21.5	25.5	32

附录 K 滚 动 轴 承

表22 深沟球轴承（GB/T 276—1994）

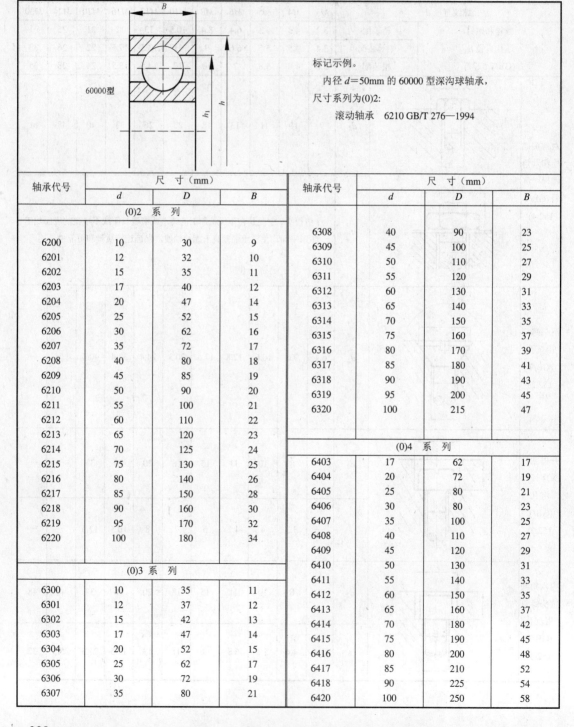

60000型

标记示例。

内径 $d=50\text{mm}$ 的 60000 型深沟球轴承，

尺寸系列为(0)2：

滚动轴承 6210 GB/T 276—1994

轴承代号	尺 寸（mm）			轴承代号	尺 寸（mm）		
	d	D	B		d	D	B
(0)2 系 列				6308	40	90	23
				6309	45	100	25
6200	10	30	9	6310	50	110	27
6201	12	32	10	6311	55	120	29
6202	15	35	11	6312	60	130	31
6203	17	40	12	6313	65	140	33
6204	20	47	14	6314	70	150	35
6205	25	52	15	6315	75	160	37
6206	30	62	16	6316	80	170	39
6207	35	72	17	6317	85	180	41
6208	40	80	18	6318	90	190	43
6209	45	85	19	6319	95	200	45
6210	50	90	20	6320	100	215	47
6211	55	100	21				
6212	60	110	22				
6213	65	120	23	(0)4 系 列			
6214	70	125	24				
6215	75	130	25	6403	17	62	17
6216	80	140	26	6404	20	72	19
6217	85	150	28	6405	25	80	21
6218	90	160	30	6406	30	80	23
6219	95	170	32	6407	35	100	25
6220	100	180	34	6408	40	110	27
				6409	45	120	29
				6410	50	130	31
(0)3 系 列				6411	55	140	33
				6412	60	150	35
6300	10	35	11	6413	65	160	37
6301	12	37	12	6414	70	180	42
6302	15	42	13	6415	75	190	45
6303	17	47	14	6416	80	200	48
6304	20	52	15	6417	85	210	52
6305	25	62	17	6418	90	225	54
6306	30	72	19	6420	100	250	58
6307	35	80	21				

表 23 推力球轴承（GB/T 301—1995）

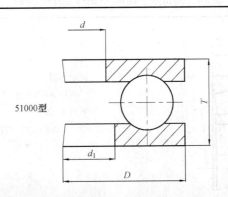

51000型

标记示例。

内径 $d=17\text{mm}$ 的 51000 型推力轴承，尺寸系列为 12：

滚动轴承 51203 GB/T 301—1995

轴承代号	尺 寸（mm）				轴承代号	尺 寸（mm）			
	d	$d_{1\text{min}}$	D	T		d	$d_{1\text{min}}$	D	T
12 系 列					51308	40	42	78	26
51200	10	12	26	11	51309	45	47	85	28
51201	12	14	28	11	51310	50	52	95	31
51202	15	17	32	12	51311	55	57	105	35
51203	17	19	35	12	51312	60	62	110	35
51204	20	22	40	14	51313	65	67	115	36
51205	25	27	47	15	51314	70	72	125	40
51206	30	32	52	16	51315	75	77	135	44
51207	35	37	62	18	51316	80	82	140	44
51208	40	42	68	19	51317	85	88	150	49
51209	45	47	73	20	51318	90	93	155	50
51210	50	52	78	22	51320	100	103	170	55
51211	55	57	90	25	14 系 列				
51212	60	62	95	26	51405	25	27	60	24
51213	65	67	100	27	51406	30	32	70	28
51214	70	72	105	27	51407	35	37	80	32
51215	75	77	110	27	51408	40	42	90	36
51216	80	82	115	28	51409	45	47	100	39
51217	85	88	125	31	51410	50	52	110	43
51218	90	93	135	35	51411	55	57	120	48
51820	100	103	150	38	51412	60	62	130	51
13 系 列					51413	65	68	140	56
					51414	70	73	150	60
51305	25	27	52	18	51415	75	78	160	65
51306	30	32	60	21	51417	85	88	180	72
51307	35	37	68	24	51418	90	93	190	77

表24 圆锥滚子轴承（GB/T 297—1994）

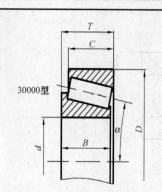

30000型

标记示例。

内径 $d=70mm$ 的 30000 圆锥滚子轴承，尺寸系列为22：

滚动轴承 32214　GB/T 297—1994

轴承代号	尺寸（mm）						轴承代号	尺寸（mm）					
	d	D	T	B	C	α		d	D	T	B	C	α
02 系列							30310	50	110	29.25	27	23	12°57′10″
							30311	55	120	31.50	29	25	12°57′10″
30203	17	40	13.25	12	11	12°57′10″	30312	60	130	33.50	31	26	12°57′10″
30204	20	47	15.25	14	12	12°57′10″	30313	65	140	36.00	33	28	12°57′10″
30205	25	52	16.25	15	13	14°02′10″	30314	70	150	38′00	35	30	12°57′10″
30206	30	62	17.25	16	14	14°02′10″	30315	75	160	40.00	37	31	12°57′10″
30207	35	72	18.25	17	15	14°02′10″	30316	80	170	42.50	39	33	12°57′10″
30208	40	80	19.75	18	16	14°02′10″	30317	85	180	44.50	41	34″	12°57′10″
30209	45	85	20.75	19	16	15°06′34″	30318	90	190	46.50	43	36″	12°57′10″
30210	50	90	21.75	20	17	15°38′32″	30319	95	200	49.50	45	38	12°57′10″
30211	55	100	22.75	21	18	15°06′34″	30320	100	215	51′50	47	39	12°57′10″
30212	60	110	23.75	22	19	15°06′34″							
30213	65	120	24.75	23	10″	15°06′34″	**22 系列**						
30214	70	125	26.25	24	21	15°38′32″							
30215	75	130	27.25	25	22	16.10′20″	32204	20	47	19.25	18	15	12°28′
30216	80	140	28.25	26	22	15°38′32″	32205	25	52	19.25	18	16	13°30′
30217	85	150	30.50	28	24	15°38′32″	32206	30	62	21.25	20	17	14°02′10″
30218	90	160	32.50	30	26	15°38′32″	32207	35	72	24.25	23	19	14°02′10″
30219	95	170	34.50	32	27	15°38′32″	32208	40	80	24.75	23	19	14°02′10″
30220	100	180	37.00	34	29	15°38′32″	32209	45	85	24.75	23	19	15°06′34″
							32210	50	90	24.75	23	19	15°38′32″
							32211	55	100	26.75	25	21	15°06′34″
03 系列							32212	60	110	29.75	28	24	15°06′34″
							32213	65	120	32.75	31	27	15°06′34″
30302	15	42	14.25	13	11	10°45′29″	32214	70	125	33.25	31	27	15°38′32″
30303	17	47	15.25	14	12	10°45′29″	32215	75	130	33.25	31	27	15°10′20″
30304	20	52	16.25	15	13	11°18′36″	32216	80	140	35.25	33	28	15°38′32″
30305	25	62	18.25	17	15	11°18′36″	32217	85	150	38.5	36	30	15°38′32″
30306	30	72	20.75	19	16	11°51′35″	32218	90	160	42.5	40	34	15°38′32″
30307	35	80	22.75	21	18	11°51′35″	32219	95	170	45.5	43	37	15°38′32″
30308	40	90	25.25	23	20	12°57′10″	32220	100	180	49	46	39	15°38′32″
30309	45	100	27.25	25	22	12°57′10″							

附录 L　常用材料及热处理名词解释

表 25　常用铸铁牌号

名　称	牌　号	牌号表示方法说明	硬度（HB）	特性及用途举例
灰铸铁	HT100	"HT"是灰铸铁的代号，它后面的数字表示抗拉强度。（"HT"是"灰铁"两字汉语拼音的第一个字母）	143～229	属低强度铸铁。用于盖、手把、手轮等不重要零件
	HT150		143～241	属中强度铸铁。用于一般铸件，如机床座、端盖、皮带轮、工作台等
	HT200　HT250		163～255	属高强度铸铁。用于较重要铸件，如齿轮、凸轮、机座、床身、飞轮、皮带轮、齿轮箱、阀壳、联轴器、衬筒、轴承座等
	HT300　HT350　HT400		170～255　170～269　197～269	属高强度、高耐磨铸铁。用于重要铸件，如齿轮、凸轮、床身、飞轮、高压液压筒、液压泵和滑阀的超额壳体、车床卡盘等
球墨铸铁	QT450-10　QT500-7　QT600-3	"QT"是球墨铸铁的代号，它后面的数字分别表示强度和延伸率的大小。（"QT"是"球、铁"两字汉语拼音的第一个字母）	170～207　187～255　197～269	具有较高的强度和塑性。广泛用于机械制造业中受磨损和受冲击的零件，如曲轴、凸轮轴、齿轮、汽缸套、活塞环、摩擦片、中低压阀门、千斤顶底座、轴承座等
可锻铸铁	KTH300-06　KTH330-08　KTH450-05	"KTH"、"KTZ"分别是黑心和珠光体可锻铸铁的代号，它们后面的数字分别表示强度和延伸率的大小。（"KT"是"可、铁"两字汉语拼音的第一个字母）	120～163　120～163　152～219	用于承受冲击、震动等零件，如汽车零件、机床附件（如扳手等）、各种管接头、低压阀门、农机具等。珠光体可锻铸铁在某些场合可代替低碳钢、中碳钢及合金钢，如用于制造齿轮、曲轴、连杆等

表 26　常用钢材牌号

名　称		牌　号	牌号表示方法说明	特性及用途举例
碳素结构钢		Q215-A　Q215-A·F	牌号由屈服点字母（Q）、屈服点数值、质量等级符号（A、B、C、D）和脱氧方法（F—沸腾钢，b—半镇静钢，Z—镇静钢，TZ—特殊镇静）等四部分按顺序组成。在牌号组成表示方法中"Z"与"TZ"符号可以省略	塑性大，抗拉强度低，易焊接。用于炉撑、铆钉、垫圈、开口销等
		Q235-A　Q235-A·F		有较高的强度和硬度，延伸率也相当大，可以焊接，用途很广，是一般机械上的主要材料，用于低速轻载齿轮、键、拉杆、钩子、螺栓、套圈等
		Q255-A　Q255-A·F		延伸率低，抗拉强度高，焊接性不够好。用于制造不重要的轴、键、弹簧等
优质碳素结构钢	普通含锰钢	15	牌号数字表示钢中平均含碳量。如"45"表示平均含碳量 0.45%	塑性、韧性、焊接性能和冷冲性能均极好，但强度低。用于螺钉、螺母、法兰盘、渗碳零件等
		20		用于不经受很大应力而要求很大韧性的各种零件，如杠杆、轴套、拉杆等。还可用于表面硬度高而心部强度要求不大的渗碳与氰化零件
		35		不经热处理可用于中等载荷的零件，如拉杆、轴、套筒、钩子等；经调质处理后适用于强度及韧性要求较高的零件，如传动轴等

名 称		牌 号	牌号表示方法说明	特性及用途举例
优质碳素结构钢	普通含锰钢	45	化学元素符号 Mn，表示钢的含锰较高	用于强度要求较高的零件。通常在调质或正火后使用，用于制造齿轮、机床主轴、花键、联轴器等。由于它的淬透性差，因此截面大的零件很少采用
		60		是一种强度和弹性相当高的钢。用于制造连杆、轧辊、弹簧、轴等
		75		用于板弹簧、螺旋弹簧以及受磨损的零件
	较高含锰钢	15Mn		它的性能与 15 号钢相似，但淬透性、强度和塑性比 15 号钢都高些。用于制造中心部分的机械性能要求较高，且须渗碳的零件。焊接性好
		45Mn		用于受磨损的零件，如转轴、心轴、齿轮、叉等。焊接性差。还可做受较大载荷的离合器盘、花键轴、凸轮、曲轴等
		65Mn		钢的强度高，淬透性大，脱碳倾向小，但有过热敏感性，易生淬火裂纹，并有回火脆性。适用于较大尺寸的各种扁、圆弹簧，以及其他经受摩擦的农机具零件
合金钢	锰钢	15Mn2	① 合金钢牌号用化学元素符号表示；② 含碳量写在牌号之前，但高合金钢，如高速工具钢、不锈钢等的含碳量不标出；③ 合金工具钢含碳量≥1%时不标出；<1%时，以千分之几来标出；④ 化学元素的含量<1.5%时不标出，含量>1.5%时才标出，如Cr17，17 表示铬的含量约为 17%	用于钢板、钢管，一般只经正火
		20Mn2		对于截面较小的零件，相当于20Cr 钢，可做渗碳小齿轮、小轴、活塞销、柴油机套筒、气门推杆、钢套等
		30Mn2		用于调质钢，如冷镦的螺栓用截面较大的调质零件
		45Mn2		用于截面较小的零件，相当于 40Cr 钢，直径在 50mm 以下时，可代替 40Cr 做重要螺栓用零件
	硅锰钢	27SiMn		用于调质钢
		35SiMn		除要求低温（−20℃）冲击韧性很高时，可全面代替 40Cr 钢做调质零件，亦可部分代替 40CrNi 钢，此钢耐磨、耐疲劳性均佳，适用于做轴、齿轮及在 430℃ 以下的重要紧固件
	铬钢	15Cr		用于船舶主机上的螺栓、活塞销、凸轮、凸轮轴、汽轮机套环，机床上用的小零件，以及用于心部韧性高的渗碳零件
		20Cr		用于柴油机活塞销、凸轮、轴、小拖拉机传动齿轮和一般强度、韧性均高的减速器齿轮，供渗碳处理
	铬锰钛钢	18CrMnTi		工艺性能特优，用于汽车、拖拉机上的重要齿轮和一般强度、韧性均高的减速器齿轮，供渗碳处理
		35CrMnTi		用于尺寸较大的调质钢件
	铬钼铝钢	38CrMoAlA		用于渗氮零件，如主轴、高压阀杆、阀门、橡胶及塑料挤压机等
	铬轴承钢	GCr6	铬轴承钢，牌号前有汉语拼音字母"G"，并且不标出含碳量。含铬量用千分之几表示	一般用来制造滚动轴承直径小于 10mm 的钢球或滚子
		GCr15		一般用来制造滚动轴承中尺寸较大的钢球、滚子、内圈和外圈
铸钢		ZG200-400	铸钢件，前面一律加汉语拼音字母"ZG"	用于各种形状的零件，如机座、变速箱壳等
		ZG270-500		用于各种形状的零件，如飞轮、机架、水压机工作缸、横梁等。焊接性尚可
		ZG320-570		用于各种形状的零件，如联轴器汽缸齿轮及重负荷的机架等

表 27 常用有色金属牌号

名 称		牌 号	说 明	用 途 举 例
青铜	压力加工用青铜	QSn4-3	Q 表示青铜，后面加第一个主添加元素符号，及除基元素铜以外的成分数字组来表示	扁弹簧、圆弹簧、管配件和化工机械
		QSn6.5-0.1		耐磨零件、弹簧及其他零件
	铸造锡青铜	ZQSn5-5-5	Z 表示铸造，其他同上	用于承受摩擦的零件，如轴套、轴承填料和承受 10 个大气压以下的蒸汽和水的配件
		ZQSn10-1		用于承受剧烈摩擦的零件，如丝杆、轻型轧钢机轴承、涡轮等
		ZQSn8-12		用于制造轴承的轴瓦及轴套，以及在特别重载荷条件下工作的零件
	铸造无锡青铜	ZQAl 9-4		强度高，耐磨性、耐蚀性、受压、铸造性均良好。用于在蒸汽和海水条件下工作的零件及受摩擦和腐蚀的零件，如涡轮衬套、轧钢机压下的螺母等
		ZQAl 10-5-1.5		制造耐磨、硬度高、强度好的零件，如涡轮、螺母、轴套及防锈零件
		ZQMn 5-21		用在中等工作条件下轴承的轴套和轴瓦等
黄铜	压力加工用黄铜	H59	H 表示黄铜，后面数字表示基元素铜的含量。黄铜系铜锌合金	热压及热轧零件
		H62		散热器、垫圈、弹簧、各种网、螺钉及其他零件
	铸造黄铜	ZHMn58-2-2	Z 表示铸造，后面符号表示主添加元素，后一组数字表示除锌以外的其他元素含量	用于制造轴瓦、轴套及其他耐磨零件
		ZHAl 66-6-3-2		用于制造丝杆螺母、受重载荷的螺旋杆、压下螺钉的螺母及在中载荷下工作的大型涡轮轮缘等
铝	硬铝合金	LY1	LY 表示硬铝，后面是顺序号	时效状态下塑性良好。切削加工性在时效状态下良好；在退火状态下降低。耐蚀性中等。系铆接铝合金结构用的主要铆接材料
		LY8		退火和新淬火状态下塑性中等。焊接性好。切削加工性在时效状态下良好；退火状态下降低。耐蚀性中等。用于各种中等强度的零件和构件、冲压的连接部件、空气螺旋桨叶及铆接等
	锻铝合金	LD2	LD 表示锻铝，后面是顺序号	退火和新淬火状态下塑性高；时效状态下中等。焊接性好。切削加工性能在软态下不良；在时效状态下良好。耐蚀性高。用于要求在冷状态和热状态时具有高可塑性，且承受中等载荷的零件和构件
	铸造铝合金	ZL301	Z 表示铸造，L 表示铝，后面系顺序号	用于受重大冲击负荷、高耐蚀的零件
		ZL102		用于汽缸活塞以及高温工作的复杂形状零件
		ZL401		适用于压力铸造用的高强度铝合金
轴承合金	锡基轴承合金	ZChSnSb9-7	Z 表示铸造，Ch 表示轴承合金，后面系主元素，再后面是第一添加元素。一组数字表示除第一个基元素外的添加元素含量	韧性强，适用于内燃机，汽车等轴承及轴衬
		ZChSnSb13-5-12		适用于一般中速、中压的各种机器轴承及轴衬
	铅基轴承合金	ZChPbSn16-16-2		用于浇注汽轮机、机车、压缩机的轴承
		ZChPbSb5-5		用于浇注汽油发动机、压缩机、球磨机等的轴承

表 28　热处理名词解释

名词	标号举例	说　　明	目　　的	适　用　范　围
退火	Th	加热到临界温度以上，保温一定时间，然后缓慢冷却（例如在炉中冷却）	（1）消除在前一工序（锻造、冷拉等）中所产生的内应力。 （2）降低硬度，改善加工性能。 （3）增加塑性和韧性。 （4）使材料的成分或组织均匀，为以后的热处理准备条件	完全退火适用于含碳量0.8%以下的铸锻焊件；为消除内应力的退火主要用于铸件和焊件
正火	Z	加热到临界温度以上，保温一定时间，再在空气中冷却	（1）细化晶粒。 （2）与退火后相比，强度略有增高，并能改善低碳钢的切削加工性能	用于低、中碳钢。对低碳钢常用以代替退火
淬火	C62（淬火后回火至HRC60～65） Y35（z油冷淬火后回火至 HRC30～40）	加热到临界温度以上、保温一定时间，再在冷却剂（水、油或盐水）中急速地冷却	（1）提高硬度及强度。 （2）提高耐磨性	用于中、高碳钢。淬火后钢件必须回火
回火	回火	经淬火后再加热到临界温度以下的某一温度，在该温度停留一定时间，然后在水、油或空气中冷却	（1）消除淬火时产生的内应力。 （2）增加韧性，降低硬度	高碳钢制的工具、量具、刃具用低温（150～250℃）回火 弹簧用中温（270～450℃）回火
调质	T235（调质至HB220～250）	在 450～650℃进行高温回火称"调质"	可以完全消除内应力，并获得较高的综合机械性能	用于重要的轴、齿轮，以及丝杆等零件
表面淬火	H54（火焰加热淬火后，回火至HRC52～58） G52（高频淬火后，回火至 HRC50～55）	用火焰或高频电流将零件表面迅速加热至临界温度以上，急速冷却	使零件表面获得高硬度，而心部保持一定的韧性，使零件既耐磨又能承受冲击	用于重要的齿轮以及曲轴、活塞销等
渗碳淬火	S0.5-C59（渗碳层深0.5，淬火硬度HRC56～62）	在渗碳剂中加热到 900～950℃，停留一定时间，将碳渗入钢表面，深度约0.5～2mm，再淬火后回火	增加零件表面硬度和耐磨性，提高材料的疲劳强度	适用于含碳量为 0.08%～0.25%的低碳钢及低碳合金钢
氮化	D0.3-900（氮化深度0.3，硬度大于HV850）	使工作表面渗入氮元素	增加表面硬度、耐磨性、疲劳强度和耐蚀性	适用于含铝、铬、钼、锰等的合金钢，例如要求耐磨的主轴、量规、样板等
碳氮共渗	Q59（氰化淬火后，回火至 HRC56～62）	使工作表面同时饱和碳和氮元素	增加表面硬度、耐磨性、疲劳强度和耐蚀性	适用于含碳素钢及合金结构钢，也适用于高速钢的切削工具
时效处理	时效处理	（1）天然时效：在空气中长期存放半年到 1 年以上。 （2）人工时效：加热到500～600℃，在这个温度保持 10～20h 或更长时间	使铸件消除其内应力而稳定其形状和尺寸	用于机床床身等大型铸件

《计算机绘图》读者意见反馈表

尊敬的读者：

感谢您购买本书。为了能为您提供更优秀的教材，请您抽出宝贵的时间，将您的意见以下表的方式（可从 http://edu.phei.com.cn 下载本调查表）及时告知我们，以改进我们的服务。对采用您的意见进行修订的教材，我们将在该书的前言中进行说明并赠送您样书。

姓名：_____　　电话：_____

职业：_____　　E-mail：_____

邮编：_____　　通信地址：_____

1. 您对本书的总体看法是：
　　□很满意　　□比较满意　　□尚可　　□不太满意　　□不满意

2. 您对本书的结构（章节）：□满意　□不满意　　改进意见_____
_____
_____

3. 您对本书的例题　□满意　□不满意　　改进意见_____
_____
_____

4. 您对本书的习题　□满意　□不满意　　改进意见_____
_____
_____

5. 您对本书的实训　□满意　□不满意　　改进意见_____
_____
_____

6. 您对本书其他的改进意见：
_____
_____
_____

7. 您感兴趣或希望增加的教材选题是：
_____
_____
_____

请寄：100036　北京万寿路 173 信箱高等职业教育分社收

电话：010-88254571　　E-mail:gaozhi@phei.com.cn

名词	标号举例	说　　明	目　　的	适用范围
冰冷处理	冷却处理	将淬火钢继续冷却至室温以下的处理方法	进一步提高硬度、耐磨性，并使其尺寸趋于稳定	用于滚动轴承的钢球、量规等
发蓝或发黑	发蓝或发黑	氧化处理。用加热办法使工件表面形成一层氧化铁所组成的保护薄膜	防腐蚀、美观	用于一般常见的紧固件
硬度	HB（布氏硬度）	材料抵抗硬的物体压入零件表面的能力称"硬度"。根据测定方法的不同，可分布氏硬度、洛氏硬度、维氏硬度等	硬度测定是为了检验材料经热处理后的机械性能——硬度	用于经退火、正火、调质的零件及铸件的硬度检查
	HRC（洛氏硬度）			用于经淬火、回火及表面化学处理的零件的硬度检查
	HV（维氏硬度）			特别是用于薄层硬化零件的硬度检查